AF290027

Übersicht der Buchtitel dieser Serie:

Zyklus 1:

Band 1:   Fiona – Beginn
Band 2:   Fiona – Entscheidungen
Band 3:   Fiona – Gefühle
Band 4:   Fiona – Wiederkehrer
Band 5:   Fiona – Leben
Band 6:   Fiona - Sterben

Zyklus 2:

Band 7:   Fiona – Reloaded
Band 8:   Fiona – Spinnen
Band 9:   Fiona – Liebe
Band 10:   Fiona – Götter
Band 11:   Fiona – Untergrund

Zyklus 3:

Band 12:   Fiona – Todesstille
Band 13:   Fiona – Traumtanz
Band 14:   Fiona – Finsternis
Band 15:   Fiona – Morgendämmerung
Band 16:   Fiona – Erwachen

Zyklus 4:

FIONA
Beginn

Band 1 - Version 2.0

Zsolt Majsai

Zsolt Majsai | https://buch-ist-mehr.de/shop/autoren/mein-autor/zsolt-majsai/

Fiona – Beginn 2.0

Fantasy

ISBN-Print:	978-3-95667-362-7
ISBN-eBook:	978-3-95667-352-8

© 2019 Verlag 3.0 Zsolt Majsai,

53545 Linz / Rhein | http://buch-ist-mehr.de

Sollten Sie Fragen oder Anregungen haben, können Sie gerne eine E-Mail senden an service@verlag30.de

Umschlaggestaltung:	Clara Vath	http://vath-art.de / Verlag 3.0
Lektorat:	Verlag 3.0
Satz und Layout:	Verlag 3.0
E-Book:	Verlag 3.0

Printed in EU

Bibliografische Information der Deutschen Nationalbibliothek

Die Deutsche Nationalbibliothek verzeichnet diese Publikation in der Deutschen Nationalbibliografie; detaillierte bibliografische Daten sind im Internet über http://dnb.ddb.de abrufbar.

Norman

Kristallwelten

Die Kristallwelten-Saga greift auf die Vorstellung der multiplen Universen zurück. Diese sind wie die Kristalle in einem Elektronengitter (oder so ähnlich) angeordnet. Zwischen ihnen befindet sich die invertierte Welt (Aylvan). Das Material, das dafür sorgt, dass die Kristalle verbunden bleiben, heißt Visz. In der materiellen Welt gibt es Visz auch, wenngleich nur in kleinen Mengen. Es hat dort die Ordnungszahl 500, ist sehr stabil und praktisch unzerstörbar.

Die Kristallwelten sind ein Spiel der Götter. Die Regeln sind vergleichbar mit Monopoly, allerdings auf einem „göttlichen Niveau". Eine Kristallkugel entspricht einem Universum, innerhalb eines Universums wiederum existieren unterschiedliche Welten. Im Verlauf eines Spiels kommt es immer wieder vor, dass die Götter eine Welt kopieren und neu starten. Sogar der Reboot eines vorhandenen Universums kann vorkommen. Engelkind ist die Spielmeisterin. Ihr unterstehen die Statthalter. Die Statthalter sind für einzelne Planeten oder Sternensysteme zuständig. Wenn eine Welt mehrfach vorhanden ist, dann ist ein Statthalter jeweils auch für Kopien zuständig.

Drol Wayne zum Beispiel ist für die Erde zuständig. Und zwar sowohl für die Ur-Erde als auch für sämtliche Kopien. Eine solche Kopie ist die Erde, auf der Fiona lebt, daher ist Drol Wayne der Statthalter dort und damit ihr „Boss".

Zeittafel Kristallwelten

1980:	Fiona wird geboren
1990:	Norman, Fionas Bruder, wird geboren
1992:	Bernd und Michaela lernen sich kennen (*Dargks Erwachen*)
1992:	Nomén und Kay lernen sich kennen
1993:	Halpha wird geboren (*Dargks Erwachen*)
1993:	Helena und Jody werden geboren (kommt voraussichtlich [aber wer weiß? ;)] in keinem Roman vor, aber wichtig für Band 5: *Fiona – Sterben*)
1994:	Nidea, Tochter von Oela und Renroc wird geboren (*Dargks Erwachen*)
1996:	Dargk kommt nach Untes, der Große Krieg findet statt (*Dargks Erwachen*)
1998:	*Dargks Erwachen – Teil 2*
1999:	Gemeinsame Tochter Dargks und Ryemas wird geboren
2001:	Gemeinsamer Sohn von Ryema und Roek wird geboren
2002:	Beginn *Die Legende von Sarah und Thomas – Die Prinzessin, die ihre Eltern tötete*
2003:	Geburt von Ralph, Sohn von Katharina und Dargk

Zyklus 1:

20.6.2003:	Norman stirbt (*Fiona – Beginn*)
2004:	Klassentreffen (*http://fiona-blog.com*)
2005:	*Fiona – Entscheidungen*
2006:	Fiona lernt „Schneewittchen" kennen und wird im Dezember schwanger (*Fiona – Gefühle*)
09.2006:	John Summer (*http://fiona-blog.com*)
6.8.2007:	Geburt Sandras, Tochter von James und Fiona
2007:	Rückkehr von Sarah und Thomas nach Untes. Ende von *Die Legende von Sarah und Thomas – Die Prinzessin, die ihre Eltern tötete*
10.2007:	*Fiona – Wiederkehrer*
2008:	*Fiona – Leben*
12.8.2009:	Sandra, James und Danny kommen bei einem Racheanschlag ums Leben (*Fiona – Sterben*)
2009:	Begegnungen zwischen Sarah und Thomas aus *Die Prinzessin, die ihre Eltern tötete*, Fiona, Katharina und Ryema, Oela aus *Dargks Erwachen* und Dargk

Zyklus 2:

fremde Zeitrechnung

Zyklus 3:

fremde Zeitrechnung

Wein. Rot wie Blut. Nein, nicht wie Blut, Blut ist dicker. Meins jedenfalls, wenn ich mal wieder eins auf die Nase kriege. Immer seltener. Im Dojo sowieso nicht mehr.

Mann. Wieso denke ich eigentlich über Blut nach? Kann ich nicht einfach mal in Ruhe ein Glas Wein trinken? Bloß weil mein Vater einen blöden Spruch losgelassen hat, als ich die Flasche und ein Glas geholt habe?

Ich atme tief durch und sehe mich um. Andere sind in dem Alter schon längst ausgezogen, ich hocke mit 23 noch in meinem Kinderzimmer. Und lasse mich von meinem Vater anmachen.

Echt klasse.

Ich trinke das Glas leer und denke wieder an das Blut. Wie das wohl aussieht, wenn man sich die Pulsadern aufschneidet? Spritzt das Blut dann richtig, bis zur Decke? Oder ist das nur in blöden Filmen so? Sollte ich mal ausprobieren, vielleicht würde das sogar meinen Vater erschüttern.

Oder auch nicht. Ist sowieso ein bescheuerter Gedanke. Selbstmord, nur damit mein Vater mal merkt, dass er eine Tochter hat?

Haha.

Ich mache das zweite Glas voll, stelle die Flasche neben dem Bett ab und zünde mir eine Zigarette an. Dann lasse ich „Supergirl" laufen. Draußen knallt die Sonne, doch durch die heruntergelassenen Jalousien kommt sie nicht. Das Glas balanciere ich auf meinen Unterschenkeln, dort, wo sie sich kreuzen. Dabei entdecke ich einen Fleck auf den Jeans, in Kniehöhe. Hm. Blut? Sperma? Gewöhnlicher Straßendreck?

Okay, wie war das nochmal mit dem Blut, wenn ich mir die Pulsadern aufschneide? Überhaupt, wie muss ich schneiden? Nicht quer, wie oft gezeigt, damit mache ich mir höchstens die Arme kaputt. So blöd muss man erst einmal sein. Schön längs.

Ich mustere mein rechtes Handgelenk, dabei fällt Asche auf

die Bettdecke. Ist das ein gutes oder ein schlechtes Zeichen? Jedenfalls kann ich die Ader erkennen. Preisfrage: Vene oder Arterie? Und was muss ich überhaupt aufschneiden?

Vene wäre unlogisch, aber sicher auch möglich. Dauert dann vielleicht nur länger, bis man tot ist. Ein Mensch hat etwa fünf Liter Blut, wie viel muss er verlieren, bis das Bewusstsein sich verabschiedet?

Ich schicke Supergirl in die Wiederholung. Keine Ahnung, warum ich das Lied so liebe. Es war schon schwer genug, die CD zu bekommen. In Deutschland war das Lied ein Hit, irgendwann mal, in Newope aber unbekannt. Auf irgendeiner Party spielten sie es, der Junge, der die Party schmiss, war ein paar Monate in Deutschland gewesen und brachte Supergirl von dort mit.

„Supergirls just fly.“

Genau. Zum Beispiel als Engel.

Ich hebe das Weinglas und versuche, darin mein Spiegelbild zu erkennen. Das ist gar nicht so einfach, denn durch die Jalousie kommen nur wenige Sonnenstrahlen. Schließlich gelingt es mir, ihre grauen Augen einzufangen. Dass sie grau sind, sehe ich nicht, aber das weiß ich natürlich, obwohl ich es meistens vermeide, sie im Spiegel anzusehen. Zumindest in letzter Zeit.

„Hör zu“, erkläre ich dem Mädchen im Weinglas, „nur Versager denken über Selbstmord nach. Gewinner machen es einfach.“

„Oder sie lassen es, das ist noch besser“, erwidert das Mädchen.

„Klugscheißer.“

Aber natürlich hat sie recht. Und da ich nicht schon längst aufgesprungen bin und ein Messer geholt habe, will ich es nicht wirklich. Es ist einfach nur meine beschissene Stimmung, wie immer, wenn ich eine dieser dämlichen Diskussionen mit meinem Vater hatte. Wegen nichts. Ist doch meine Sache, wie viel ich trinke? Wenn er wüsste, wie oft ich besoffen von Partys nach Hause komme, wenn ich überhaupt nach Hause komme, würde er wahrscheinlich ganz ausflippen.

Geht ihn sowieso nichts an. Bin erwachsen. Allerdings würde er, nicht ganz zu unrecht, darauf hinweisen, dass ich ja ausziehen kann, wenn ich nicht will, dass er mir seine Meinung zu meinem Verhalten mitteilt.

Ich halte die Kleine im Weinglas wieder hoch, um sie zu fragen, ob sie denn wüsste, wieso ich nicht schon längst ausgezogen bin, woraufhin sie mir vermutlich mitteilen würde, dass es nur wegen Norman ist, als ich höre, wie jemand die Treppe hochgerannt kommt, dann reißt mein Vater die Tür auf und stürmt herein.

„Norman … Norman ist tot!"

Ich starre ihn an. Dann schießt mir der idiotische Gedanke durch den Kopf, dass ich ja nun ausziehen kann.

Aber hat er echt gesagt, Norman wäre tot?

„Norman? Mein Bruder? Tot?" Ich mache wohl keinen sehr intelligenten Eindruck, allerdings bezweifle ich, dass mein Vater das überhaupt registriert.

„Unten sind zwei Polizisten und eine Psychologin! Er … er wurde überfahren!"

Mir wird bewusst, dass ich immer noch im Schneidersitz auf meinem Bett throne und ihn anstarre. Ich stelle das Glas ab und werfe die Reste der Zigarette in den Aschenbecher, dann springe ich auf und stürme an ihm vorbei nach draußen. Er folgt mir wohl, aber ich nehme die Treppe mit zwei Sprüngen. Als er endlich auch ankommt, stehe ich bereits neben meiner Mutter, die auf der cremefarbenen Couch sitzt und ins Nichts starrt.

„Was ist passiert?", frage ich.

Niemand bestimmten von drei anderen Personen, die da sind. Nein, vier, ich sehe auch Nicholas, dem das Entsetzen ins Gesicht geschrieben steht.

Die beiden Männer haben keine Uniform an. Einer ist älter, der andere weniger alt. Fast schon jung. Sie erinnern mich an die beiden … Wie hießen sie nochmal? Ach ja, Stone und Heller. Ulkig, dass ich jetzt gerade an diese uralte Serie denken muss.

„Sie sind?“, erkundigt sich Stone. Gut, die Nase ist nicht ganz so prägnant.

„Fiona Carter. Norman ist mein Bruder.“

„Ich bin Lieutenant Jack Siever. Ihr Bruder wurde bei einem Autounfall getötet. Mein Beileid. Es tut mir leid.“ Er mustert mich forschend. Vielleicht befürchtet er, dass ich ohnmächtig zusammenbreche. Oder dass ich ausflippe. Keine Ahnung, wie mein Gesichtsausdruck gerade ist. Ich spüre mein Gesicht nicht.

„Autounfall?“, wiederhole ich.

„Er wurde überfahren. Wir wissen nicht genau, was passiert ist. Der einzige Zeuge ist sein Freund, aber der hat einen Schock und ist im Krankenhaus.“

„Savage?“

Stone … Siever nickt.

„Ist er auch verletzt?“

„Körperlich fehlt ihm nichts. Miss Carter, das hier ist Carola Schmid. Sie ist Psychologin.“

„Ist sonst nicht immer ein Priester mit dabei?“, frage ich abwesend.

„Das kommt darauf an, wer gerade verfügbar ist“, antwortet die Psychologin. Sie sieht irgendwie sehr jung aus für eine Psychologin. Oder meine Wahrnehmung ist völlig gestört, was denkbar wäre.

Norman ist tot?

Mir fällt was ein. „In den Filmen sind es immer uniformierte Polizisten, die so eine Nachricht überbringen. Sie sind doch bestimmt nicht von der Verkehrspolizei?“

Siever schüttelt den Kopf. „Mordkommission. Wir können nicht ganz ausschließen, dass es mit Absicht war. Daher übernehmen wir den Fall. Das bedeutet nicht, dass Norman ermordet wurde. Aber die Möglichkeit besteht."

„Ermordet? Von wem?" Fiona, du warst auch schon mal intelligenter.

„Von dem Fahrer oder der Fahrerin des Wagens. Den ersten Auswertungen nach war es ein Geländewagen."

„Ich will ihn sehen", sagt meine Mutter plötzlich. „Ich will ihn sehen!"

„Das ist keine gute Idee", erwidert die Psychologin. „Mrs Carter, Norman wurde mit hoher Geschwindigkeit von einem Geländewagen angefahren. Er … er sieht nicht so aus, wie Sie ihn kennen. Sie sollten ihn so in Erinnerung behalten, wie er …" Sie unterbricht sich selbst, aber es ist eh klar, was sie meint. Mir jedenfalls.

Meiner Mutter nicht. Oder es ist ihr egal. „Ich will ihn sehen."

Carola und die Polizisten sehen meinen Vater um Hilfe bittend an, doch der sagt: „Sie haben es gehört. Sie will ihn sehen."

„Ich fahre euch. Ihr seid nicht in der Verfassung."

„Bist du es?", fragt mich mein Vater. „Warum?"

„Willst du echt auch jetzt noch mit mir streiten? Ich habe Norman geliebt, das weißt du auch, verdammt nochmal! Ich ziehe meine Schuhe an und dann fahre ich euch!"

Ich sehe flüchtig die entgeisterten Gesichtsausdrücke von den Polizisten, als ich nach oben renne, um meine Schuhe zu holen. In diesem Moment denke ich ganz sicher nicht an Selbstmord, an Mord schon eher.

Dieses verdammte Arschloch!

Leslie nimmt mich stumm in die Arme, dann zieht sie mich ins Haus.

„Mein Vater arbeitet noch", sagt sie. „Wir sind also ungestört."

Ich nicke. Bin froh, dass James nicht da ist, im Moment wäre sein Anblick vielleicht zu viel. Wir gehen in die Küche und sie macht uns Kaffee. Dann setzt sie sich mir gegenüber und sieht mich fragend an.

Ich halte den heißen Becher mit beiden Händen fest.

„Wie geht es deinen Eltern?"

„Beschissen natürlich." Ich atme tief durch. „Meine Mutter hatte einen Nervenzusammenbruch und Carola hat sie mit Beruhigungsmitteln vollgepumpt. Jetzt schläft sie, mein Vater ist bei ihr. War eine blöde Idee, ins Krankenhaus zu fahren. Hast du eine Ahnung, wie ein Dreizehnjähriger aussieht, nachdem ein Jeep über ihn gefahren ist? Wohl mehrmals, sagen die von der Spurensicherung."

„Also Mord?" Leslie schüttelt den Kopf. „Nein, ich habe keine Ahnung und bin ganz froh darüber."

„Das kannst du auch sein. Oh Mann. Man denkt, der menschliche Körper ist was Besonderes, aber ..."

„Fiona", sagt Leslie sanft. „Fiona, sollen wir gemeinsam die Küche vollkotzen?"

Ich starre sie an, dann schüttele ich den Kopf. „Nein. Sorry."

„Schon okay, Schätzchen. Was willst du tun?"

„Ich fahre nachher ins Krankenhaus, zu Savage."

„Der arme Kerl", murmelt Leslie.

Ich mustere sie. Sie trägt ein schwarzes T-Shirt und kurze Hosen. Mit ihren schulterlangen, dunkelbraunen Haaren und den braunen Augen wirkt sie irgendwie exotisch. Sie kommt wohl eher nach ihrer Mutter als nach James. Zumindest den Bildern nach zu urteilen, ich habe sie ja nicht kennengelernt.

„Soll ich mitkommen?"

„Nein, lieber nicht. Dich kennt er ja nur flüchtig."

„Was willst du bei ihm? Ihn trösten?"

„Keine Ahnung. Vielleicht freut er sich."

„Kann sein." Leslie glaubt mir nicht. Zumindest nicht, dass ich nur deswegen zu Savage will. Sie hat ja recht, aber wenn ich das zugebe, versucht sie, es mir auszureden. Und das wiederum könnte sie nicht, also wozu unnötigen Stress erzeugen? Ich weiß ja selbst, dass ich bescheuert bin, weil ich daran denke.

„Vielleicht sollten wir heute Abend irgendwohin ausgehen", schlägt sie vor und beobachtet mich aufmerksam.

Verdammt. Sie kennt mich viel zu gut, was für eine beste Freundin ja nicht weiter erstaunlich ist.

„Mal sehen, wie ich mich fühle, wenn ich bei Sava war", erwidere ich. „Das ist irgendwie ganz unwirklich. Ich meine, wer rechnet schon damit, dass der dreizehnjährige Bruder stirbt? Er war doch noch ein Kind."

„Es ist grausam. Wer es auch immer getan hat, verdient seine Strafe. Ich bin sicher, die Polizei wird ihn finden und er kommt für sehr lange Zeit ins Gefängnis."

„Meinst du? Die Polizisten wirkten nicht so auf mich, als hätten sie viel Hoffnung."

„Die haben heute viele Möglichkeiten, das Auto zu finden. Frag mal meinen Vater. Auch wenn er schon lange weg ist, wird er es dir erklären können."

„Er war beim Geheimdienst, nicht bei der Polizei."

„Das bedeutet nur, dass er die technischen Möglichkeiten kannte, über die die Polizei heute verfügt", sagt sie und grinst leicht.

„Mag schon sein. Angenommen, sie finden ihn. Und dann? Dass es Mord war, wie sollen sie das beweisen? Er kommt dann wegen fahrlässiger Tötung oder so was für zwei Jahre in den Knast. Das wars."

„Erstens ist das gar nicht sicher. Und selbst wenn, was willst du tun? Ihn selbst richten?"

Scheiße. Sie weiß wirklich, worüber ich nachdenke. Aber ich

kann ihr schlecht erzählen, dass meine Mutter mich beauftragt hat, als wir auf dem Heimweg waren und kurz bevor sie ganz weggetreten war, ihn zu finden und zu töten.

„Wer tut so was?", hat sie gefragt. Weder mein Vater noch ich konnten etwas dazu sagen. Wie denn auch? „Finde ihn, Fiona. Finde ihn und töte ihn."

Ich sah meinen Vater an, doch der blieb stumm. Keine Ahnung, was er gedacht hat. Und ich weiß nicht, ob meine Mutter sich überhaupt daran erinnern wird, wenn sie aufwacht. Sie stand unter Drogen, als sie es gesagt hat.

Aber ich habe gespürt, welche Wut, welcher Hass da aus ihr gesprochen hat. Und dieselbe Wut, denselben Hass spüre ich in mir auch.

Das macht mir Angst, denn das sorgt dafür, dass ihr Auftrag zu meinem Auftrag wird. Da ist eine Stimme in mir, die es ständig wiederholt: „Finde ihn. Töte ihn." Immer und immer wieder.

Und es ist meine Stimme.

Scheiße.

„Du bist verrückt, Fiona", sagt Leslie. „Versprich mir, dass du dich aus der Polizeiarbeit heraushältst! Ein paar Straßenjungs zu verprügeln ist was ganz anderes als so was!"

„Leslie? Ich habe nichts gesagt."

„Genau das macht mir Sorgen. Du würdest heftig protestieren, wenn ich unrecht hätte."

„Lass mich bitte diesen Scheißtag irgendwie überstehen, okay?"

„Möchtest du hier schlafen?"

„Ich möchte gar nicht schlafen. Das heißt, ich möchte schon, aber ich kann nicht. Wenn ich die Augen zumache, sehe ich wahrscheinlich Norman vor mir. Und das ist kein schöner Anblick, das kannst du mir glauben!"

„Das glaube ich dir ja. Du könntest trotzdem hier bleiben und wir bleiben zusammen wach. Was hältst du davon?"

Ich muss unwillkürlich lächeln. Sie ist schon ein klasse Mädchen, die beste Freundin, die man sich vorstellen kann. Jemanden wie mich so lange zu ertragen, ist nicht leicht. Ich hätte nicht gedacht, dass unsere Freundschaft die Schulzeit überdauert. Klar, wir sehen uns seltener, sie studiert Wirtschaftswissenschaft, ich arbeite als Trainee bei meinem Vater.

Seit vier Jahren schon, wie mir gerade bewusst wird. Langsam sollte ich über eine Berufswahl nachdenken. Wie wäre es mit Geheimdienst?

„Leslie, ich bin dir echt dankbar und weiß, dass du es ernst meinst. Aber ich muss raus. Ich werde zu Sava fahren und dann wohl in den Dojo. Wenn sonst nichts geht, schlage ich solange auf einen Sandsack ein, bis entweder der oder meine Fäuste kaputt sind."

„Deine Fäuste? Niemals."

„Jetzt hör auf, ich bin auch nur ein Mensch. Ein schwaches, kleines Mädchen."

„Ein Mensch, okay, kann ich gelten lassen. Aber schwache, kleine Mädchen tragen keinen schwarzen Gürtel und zerschlagen keine dicken Bretter mit dem kleinen Finger."

„Hey, das kann ich auch nicht."

„Aber fast. Ich war dabei, du erinnerst dich vielleicht, als du vor sechs Jahren die drei Jungs krankenhausreif geschlagen hast, als sie Jeremy angegangen haben."

„Krankenhausreif ist etwas übertrieben."

„Einen von ihnen auf jeden Fall."

„Okay, er hatte einen gebrochenen Arm. Und ja, ich mache seit zwölf Jahren Kampfsport."

„Entschuldige mal, du machst nicht seit zwölf Jahren Kampfsport, du lebst seit zwölf Jahren Kampfsport. Wie viele Stunden in der Woche?"

„Zwanzig bis dreißig, je nachdem, wie ich Zeit und Lust habe."

„Du könntest Weltmeisterin sein, wenn du endlich an Wettkämpfen teilnehmen würdest."

Vielleicht. Der Meister ist auch überzeugt davon. Es mag sein. Aber ich hasse es. Ich hasse es, im Rampenlicht zu stehen. Dank meines Vaters lebe ich lieber im Verborgenen. Schon schlimm genug, dass ich früher immer mal mit zu irgendwelchen Veranstaltungen musste. Norman, Mama und ich. Die perfekte Familie zum Vorzeigen. Der hübsche Norman und die blonde, sportliche Tochter. Nach ein paar bösen Eskalationen, nicht ganz ungewollt von mir verursacht, durfte ich dann zu Hause bleiben. Der Alkohol und ich, gemeinsam sind wir unschlagbar.

„Will ich aber nicht", erwidere ich.

„Warum nicht?" Als wenn sie es nicht wüsste. Als wenn sie nicht von dem Krieg wüsste, der zwischen meinem Vater und mir tobt. Verstehen kann sie es nicht, sie hat den tollsten Vater der Welt. Er ist immer für sie da und macht alles für sie. Trotzdem ist sie nicht verwöhnt. Keine Ahnung, wie er das hinkriegt.

Der tolle James. Wenn du wüsstest, Leslie.

„Darf ich bei dir duschen? Danach fahre ich ins Krankenhaus."

Leslie nickt. „Klar. Willst du frische Sachen von mir haben?"

„Nur Unterwäsche. Eigentlich reicht auch ein Höschen."

„Mit oder ohne Stoff?"

„Haha. Ich fahre ins Krankenhaus, nicht in die Disco."

Grinsend begleitet sie mich nach oben in ihr Zimmer und gibt mir einen halbwegs normalen Schlüpfer. Sie ist größer als ich und weiblicher gebaut, aber an der Hüfte sind wir uns ähnlich.

Wir umarmen uns, dann verziehe ich mich ins Bad. Zum Duschen und zum Heulen.

Ich starre auf die Leute, ohne sie zu sehen. Es ist heiß und ich bin viel zu dick angezogen. Aber eigentlich ist mir das egal. Ich muss immerzu an Savas ausdrucksloses Gesicht denken, wie er da liegt in seinem Bett und ins Nichts starrt.

Ich lasse den Blick sinken und betrachte die Tasse mit Cappuccino. Durch die Sonnenbrille sieht der Schaum grünlich aus, aber natürlich ist der Cappuccino gut wie immer. Ich überlege, ob ich die Sonnenbrille absetzen sollte. Aber dann sehen die Leute meine verweinten Augen, und das will ich nicht.

Norman ist tot. Auch wenn das, was da in der Pathologie lag, kaum noch als Norman zu erkennen gewesen ist. Alles, was von einem Menschen übrig bleibt, ein Klumpen Fleisch und Knochen. Zumindest wenn ein Geländewagen über ihn mehr als einmal rübergefahren ist. Mir fallen die totgefahrenen Katzen ein, die man manchmal auf der Straße sieht.

Die sehen genauso aus. Logisch. Ich weiß es ja. Muskeln, Knochen, Sehnen. Blut. Bei ausreichendem Druck platzt die Haut auf und alles schießt nach draußen. Zum Beispiel das Gehirn, wenn dir ein Zweitonner über den Kopf fährt.

Verdammte Scheiße, warum habe ich nicht verhindert, dass meine Mutter ins Krankenhaus fährt?

Ich nehme den Zucker, reiße das Papier an der vorgesehen Stelle auf und schütte alles in den Cappuccino. Dann beobachte ich, wie der Zucker langsam im Schaum versinkt. Schließlich nehme ich den Löffel und beginne zu rühren.

„Haben Sie keine Angst, dass die Tasse irgendwann durchgescheuert ist?"

„Was?"

Ich starre den Mann an, der mich vom Nebentisch aus angesprochen hat. Anfangsvierziger, mit dunkelblonden Haaren und braunen Augen. T-Shirt, Jeans, Sportschuhe. Freundliches Gesicht. Hat alles nichts zu bedeuten, ich habe Dreißigjährige mit Babyface erlebt, die auf Fesselspiele standen.

Was will er von mir?

Er deutet auf die Tasse. „Sie rühren den Cappuccino seit etwa zehn Minuten. Der Zucker dürfte schon längst aufgespalten sein in seine atomaren Bestandteile."

„Die da wären?"

„Kohlenstoff, Wasserstoff, Sauerstoff", erwidert er schmunzelnd. „Im Wesentlichen."

„Kommt mir bekannt vor." Ich nehme den Löffel heraus und lecke ihn ab. „Tut mir leid, ich war in Gedanken."

„Offensichtlich. Müssen traurige Gedanken gewesen sein."

„Wieso?"

„Ein paar Tränen haben sich unter der Sonnenbrille hervorgewagt."

Ich fasse an mein Gesicht. Meine Fingerspitzen werden feucht.

Scheiße. Hatte ich einen Aussetzer? Zum ersten Mal in meinem Leben?

Na ja, der Anlass wäre ja gegeben.

„Sorry."

„Kein Problem. Von mir aus dürfen Sie weinen. Oder Sie erzählen mir, was Sie so traurig macht."

Ich denke nach. Irgendwie erinnert er mich an Phil, und das kotzt mich an. Das Letzte, was ich jetzt brauche, ist eine Affäre. Mit wem auch immer. Schon mal keine wie damals mit Phil.

Scheiße. Mein neues Lieblingswort.

„Mein Bruder ist heute gestorben", sage ich achselzuckend.

Er starrt mich entgeistert an.

„Ich sollte wohl am Boden zerstört sein?"

„Jeder Mensch trauert anders. Bei Ihnen habe ich das Gefühl, Sie haben es noch gar nicht richtig begriffen. Hat man Sie angerufen?"

Ich verneine kopfschüttelnd und nippe an meinem Cappuccino.

„Ich war vorhin mit meinen Eltern in der Pathologie, weil meine Mutter ihn unbedingt sehen wollte. Er wurde von einem Geländewagen überfahren. Und vorhin habe ich seinen Freund besucht, der Zeuge gewesen ist. Und wenn ich eine Maschinenpistole hätte, würde ich alle auf der Straße erschießen.“ Ich sehe ihn an. „Habe ich Sie geschockt?“

„Ein wenig. Aber ich komme damit klar. Allerdings weiß ich nicht, was ich mit Ihnen machen soll.“

„Keine Sorge, ich habe keine Maschinenpistole.“

Er schmunzelt. „Das ist auch nicht das, was mir Sorgen macht.“

„Ich werde mich auch nicht umbringen. Ich muss nur irgendwie diesen beschissenen Tag überstehen.“

„Ich fürchte, ein Tag wird da nicht ausreichen.“

„Wahrscheinlich nicht.“ Ich trinke den Rest von meinem Cappuccino und beginne, den Schaum auszulöffeln. „Hören Sie, es tut mir leid. Wäre nicht das mit meinem Bruder, würde ich mich sogar zu Ihnen setzen und wir könnten was unternehmen. Aber mir ist nicht danach.“

Er zieht beide Augenbrauen hoch. „Ich wollte nicht den Eindruck erwecken, als hätte ich Sie angesprochen, um ...“

„Ist mir schon klar. Weinende Blondinen mit Sonnenbrille, die sich mit Cappuccino totrühren, üben eine unwiderstehliche Anziehungskraft auf jeden normalen Mann aus.“

„Aha. Das wusste ich noch gar nicht. Aber wo wir schon dabei sind: Sie kommen mir bekannt vor.“

„Sie mir nicht.“

„Autsch.“

Ich atme tief durch, dann nehme ich die Sonnenbrille ab.

„Sorry. Ehrlich. Ich werde so oft angemacht, dass ich manchmal reflexartig reagiere.“

„Das kann ich mir vorstellen. Verraten Sie mir, woher ich Sie kenne?“

„Aus der Klatschpresse? Ich habe früher gelegentlich halbnackt auf Tischen getanzt, bei Empfängen.“

„Ach ja. Fiona Carter?“

Ich nicke.

„Es tut mir leid mit Ihrem Bruder. Ich würde mich freuen, wenn Sie mir versprechen, dass Sie wirklich keine Maschinenpistole haben und auch nicht vorhaben, sich selbst etwas anzutun. Ich bin Polizist und müsste sonst etwas unternehmen.“

Ich schließe kurz die Augen. Scheiße. Noch eine Ähnlichkeit mit Phil.

„Ich verspreche es.“

Er starrt mich an, dann nickt er.

„In Ordnung. Meine Frau und die Kinder warten in irgendeinem Spielzeugladen in der Nähe auf mich. Fast würde ich lieber hierbleiben. Aber das käme wohl nicht so gut.“

Ich muss unwillkürlich lachen. Er winkt mir zu, nachdem er Geld auf den Tisch gelegt hat, und schlendert davon.

Ich bleibe noch ein paar Minuten sitzen, dann bezahle ich auch und fahre nach Hause.

Mein Vater sitzt im Wohnzimmer und liest Zeitung. Was er um diese Zeit sonst nie macht. Nicholas kann ich auch hören, er scheint in der Küche zu sein. Wollen die den Anschein von Normalität erwecken oder ist das nur, weil sie nicht wissen, was sie tun sollen? Ich spüre den Schmerz ja auch, aber ich habe nicht vor, mich von ihm überwältigen zu lassen.

Da ich keine Lust auf ein Gespräch habe, gehe ich möglichst leise auf die Treppe zu.

Aber es ist zu spät.

„Fiona!“, ruft mein Vater.

Ich bleibe stehen und denke kurz nach. Schließlich gehe ich ins Wohnzimmer und zur Bar. Nach einem fragenden Blick schenke ich in zwei Gläser Whisky ein, reiche eins meinem Vater und setze mich ihm gegenüber in einen der cremefarbenen Sessel.

„Also gut, bringen wir es hinter uns“, sage ich dann betont

ruhig. In mir sieht es anders aus, aber das braucht er nicht zu wissen.

„Was?"

„Was immer du mir sagen willst."

Er starrt mich an. Schließlich nimmt er einen Schluck von seinem Drink und bemerkt: „Was deine Mutter im Auto gesagt hat ..."

„Du meinst den Auftrag?"

„Es gibt keinen Auftrag! Sie stand unter Schock und wird sich wahrscheinlich nicht einmal daran erinnern, wenn sie aufwacht."

„Das weiß ich auch. Sie war vollgepumpt mit irgendwelchen Mitteln. Trotzdem werde ich den Auftrag ausführen."

„Das wirst du nicht tun! Es ist Wahnsinn! Selbst wenn du überhaupt in der Lage dazu wärst, würde ich es nicht zulassen!"

„Ach ja? Was willst du tun? Mich in mein Zimmer sperren? Deine erwachsene Tochter?"

„Wie eine Erwachsene benimmst du dich eher nicht."

Dazu sage ich lieber nichts. Stattdessen trinke ich mein Glas leer und fülle nach.

„Du trinkst zu viel", sagt mein Vater.

Ich fahre herum. „Na und? Meine Sache. Sonst ist es dir ja auch egal, was ich mache. Was kümmert dich also, wie viel ich trinke?"

„Ich bin dein Vater. Egal, wie alt du bist. Glaubst du ernsthaft, ich bekomme nicht mit, was du treibst?"

„Was treibe ich denn?"

„Soll ich dir das wirklich erzählen? Dass du kaum ohne Zigarette anzutreffen bist? Wie oft du betrunken nach Hause kommst? Dass du ständig mit anderen Männern unterwegs bist? Auch mit deinen Kollegen? Glaubst du, ich weiß das nicht?"

Ich zucke die Achseln. „Wenn schon ..."

„Genau, wenn schon. Deine Standardantwort. Dir ist anscheinend alles egal. Deine Zukunft, vor allem.“

„Es ist ja auch meine Zukunft, ich kann damit machen, was ich will. Als wenn sie dich interessieren würde!“

„Natürlich interessiert sie mich. Du bist ja meine Tochter.“

„Ach ja, da war was. Ich habe ja eine Tochter. Ups. Wie hieß sie nochmal?“

„Fiona!“

Ich atme tief durch. „Tut mir leid. Hör zu. Ich bin erwachsen. Und auch wenn du es nicht glaubst, ich habe Norman geliebt. Irgendein Schwein hat ihn umgebracht, wie es aussieht, sogar absichtlich. Also werde ich dieses Schwein finden.“

„Und dann? Was willst du dann tun? Zur Mörderin werden und für lange Zeit ins Gefängnis gehen?“

„Lass das mal meine Sorge sein“, erwidere ich, trinke mein Glas leer und gehe. Entgegen meiner ursprünglichen Absicht nicht nach oben in mein Zimmer, sondern nach draußen, steige in meinen Wagen ein und fahre los.

Irgendwohin.

Dunkelheit hat sich auf die Stadt gesenkt, als ich vor dem Dojo halte. Da drin ist noch Licht, aber kaum was los. Paar Leute an der Bar. Und natürlich Mary, die mich erstaunt aus ihren katzengrünen Augen ansieht, als ich hereinkomme.

„Was machst du denn hier? Willst ja wohl nicht um diese Zeit trainieren, oder?“

Ich setze mich an die Bar und schüttele den Kopf. „Habe es zu Hause nicht mehr ausgehalten.“

„Wieder Streit mit dem Papa?“, fragt sie, während sie Gläser wegräumt. Sie weiß, dass mein Verhältnis mit meinem Erzeuger nicht so schön ist, wie es sein könnte und dürfte.

„Das auch. Mein Bruder ist heute bei einem Unfall gestorben.“

Sie starrt mich entgeistert an. Dann sagt sie „Oh, verdammt!“

und kommt hinter der Theke hervor, um mich in die Arme zu nehmen. „Das tut mir leid. Ich … ich weiß gar nicht, was ich sagen soll!“

Ich bemerke, dass die anderen Gäste aufmerksam geworden sind, aber eigentlich möchte ich das alles nicht. Ich hasse es. Mary darf mich umarmen, wir haben uns im Laufe der Jahre oft und über alle möglichen Themen unterhalten. Aber selbst ihre Umarmung ist mir fast zu viel.

„Schon gut, Mary. Danke. Mach mir bitte einen Drink. Egal was. Hauptsache, mit Whisky drin.“

Sie mustert mich kurz, dann nickt sie. Während sie mir nachher das Glas hinstellt, bemerkt sie: „Das hilft aber nicht auf Dauer, weißt du ja, oder?“

„Klar.“ Ich nehme einen Schluck. „Andererseits ein guter Freund.“

„Ein guter?“ Sie zuckt die Achseln. „Ich habe in einer Stunde Feierabend. Willst du auf mich warten?“

Ich schaue mich um. Trainieren kann ich eh nicht, habe meine Sachen zu Hause vergessen. Außerdem ist es schon spät. Im Dojo sind nur noch zwei Leute. Den Meister sehe ich nicht. Ich frage mich, wieso ich eigentlich hierher gefahren bin.

„Ja, klar“, antworte ich schließlich. Ich setze mich an einen Ecktisch und starre mein Glas an, bis Mary mir einige Magazine hinlegt. Ich blättere in ihnen herum, ohne auch nur im Geringsten zu wissen, was ich da sehe. Bin froh, als die Stunde endlich rum ist. Ich helfe Mary beim Einräumen. Abschließen wird der Meister, der als Letzter noch da ist. Er sieht mich nur kurz an, doch dieser Blick ist mehr wert als alles andere bisher heute. Fast. Oder doch, eigentlich schon.

Ach, Scheiße.

Wir nehmen mein Auto.

„Wollen wir uns was Ruhiges suchen?“, fragt Mary.

Ich sehe sie an. „Ganz sicher nicht. Wenn ich was Ruhiges bräuchte, könnte ich nach Hause und mich einschließen.“

„Auch gut. ‚Skyline‘?“

„‚Skyline‘ ist gut“, antworte ich.

Die Bar hat mehrere Vorteile. Erstens ist sie in der Nähe. Zweitens gibt es dort laute Musik, wer will, kann auch tanzen. Drittens gibt es dort Kleinigkeiten zum Essen. Und viertens kann man dort Kerle aufreißen. Wenn frau will. Und ich habe das Gefühl, dass ich heute alles will, was mich ablenkt: Sex, Alkohol, laute Musik.

Wir setzen uns an die Bar. Ich bestelle ein Sandwich und Gin Tonic, Mary kein Bloody Mary, obwohl ich es ihr vorschlage. Sie lächelt nur müde. Wahrscheinlich hat sie das schon tausendmal gehört. Sie nimmt einen Caipi.

Ich sehe mich um. Die Tanzfläche rechts ist mäßig besucht, aber es sind auch nicht alle Tische besetzt. Und das an einem Freitag, kurz vor Mitternacht.

„Was machen die alle?“, frage ich laut.

„Wer?“

„Na ja, halt alle. Wieso ist hier um diese Zeit so wenig los?“

Mary zuckt die Achseln. „Für einen Freitag ist es okay. Samstags kriegt man keinen Platz.“

„Na gut. Was genau machen wir hier eigentlich?“

„Wir trinken. Essen. Tanzen?“

„Ich eher nicht. Mir ist nicht danach.“

„Wonach ist dir denn?“

„Laute Musik, Alkohol und Sex. In dieser Reihenfolge.“

„Oh, okay. Laute Musik haben wir, Alkohol auch. Mit Sex kann ich allerdings nicht dienen.“

„Kein Problem. Ich finde hier auf jeden Fall jemanden.“

Mary trinkt von ihrem Caipi, dabei wirft sie einen Blick in die Runde. „Mich würde interessieren, wer überhaupt infrage käme für dich.“

„Jeder mit einem funktionierenden Schwanz.“

„Na, das wirst du ja wohl nicht fragen, oder?“, erkundigt sie sich grinsend.

„Warum nicht?“ Ich schaue mich um und deute auf einen Kerl an der Bar. Er sitzt allein da, seitdem wir gekommen sind. „Der sieht ganz interessant aus. Hast du noch nie jemanden abgeschleppt?“

„Nicht oft. Und du?“

„Ziemlich oft.“

„Und was sagst du dann?“

„Die Wahrheit. Dass ich jemanden für eine Nacht suche und sie die Chance auf den Sex ihres Lebens haben.“

Mary lacht auf. „Und das funktioniert?“

„Erstaunlich oft.“ Ich nehme einen großen Schluck von meinem Gin Tonic, dann beobachte ich die Kellnerin, die mein Sandwich bringt. Käse, Zwiebeln, Salami. In einem Ofen warmgemacht. Nichts Besonderes.

Erinnert mich an mein Leben.

Scheiße.

„Und wenn du es heute mal anders machen würdest?“, fragt Mary, nachdem ich in mein Sandwich gebissen habe.

„Hast du einen besseren Spruch auf Lager?“, erkundige ich mich, nachdem ich hinuntergeschluckt habe.

„Ich meinte eigentlich, niemanden aufzureißen.“

„Selbstbefriedigung ist langweilig.“

Mary wird rot und beugt sich kopfschüttelnd über ihren Caipi.

„Manchmal nicht zu vermeiden, aber was Echtes ist mir lieber“, fahre ich fort. Das ist meine Rache für ihren Vorschlag.

„Schon gut, ich habe verstanden.“

„Hör zu, tut mir leid. Ich glaube, heute sollte niemand meine Worte auf die Goldschale legen.“

„Okay. Ist ja allzu verständlich. Möchtest du darüber reden?"

Ich starre sie an. Möchte ich das? Besser wäre es, glaube ich. Aber will ich es auch?

„Entschuldige, ich wollte dir nicht zu nahe treten, Fiona."

„Das ist es nicht. Mary, ich bin dir echt dankbar, dass du mit mir hergekommen bist. Und ich bin mir sehr sicher, dass ich darüber reden sollte. Aber ich kann nicht."

Sie nickt langsam. „Verstehe ich. Du möchtest lieber Sex haben. Da muss ich passen."

Jetzt hat sie es geschafft, ich habe ein Lächeln auf meinem Gesicht.

„Ich stehe nicht so auf Mädchen, aber danke für das Angebot. Weißt du was? Wenn ich das Zeug hier aufgegessen habe, tanzen wir. Und danach sehen wir weiter. Einverstanden?"

Sie nickt. Und ich habe Zeit gewonnen. Aber ich weiß jetzt schon, dass ich den Typen an der Bar ficken werde. Unsere Blicke begegnen sich.

Er lächelt fragend.

Ich glaube, er heißt Joe. Schwach erinnere ich mich daran, dass er das gesagt hat. Irgendwann zwischen dem letzten Schluck Sekt und dem zweiten Sex. Joe Irgendwas. Und dass er frisch geschieden ist. Komisch, dass ich mich daran erinnere.

Draußen ist es hell. Wie spät mag es wohl sein?

Ich stehe auf und wanke ins Bad. Scheißalkohol. Den Sekt hätte ich weglassen sollen. Oder den Sex. Nein, dann lieber den Sekt. Oh Mann.

Entgegen meiner sonstigen Angewohnheit schaue ich mir die Blondine im Spiegel an. Sie sieht furchtbar aus. Ringe um die Augen, die Haare total wirr, mehr noch als sonst. Sie könnten eine Wäsche vertragen. Die Lippen rissig.

Im Mund habe ich immer noch den Geschmack von Joes

Sperma. Ätzend. Beim Sex macht es mich an, aber ich hasse es, wenn es so lange nachschmeckt. Gibt es hier nichts zu trinken?

Ich finde eine Minibar und hole nach kurzem Nachdenken eine Flasche Bier heraus. Bier auf Sperma, nicht die ideale Kombination, aber besser als Cola. Das süße Zeug mag ich eh nicht. Seltsamerweise mochte ich es nie, schon als Kind hatte ich eine Abneigung dagegen, im Gegensatz zu Norman.

Norman.

Scheiße.

„Was ist los?"

Ich blicke zum Bett. Joe stützt sich auf seinen Händen ab, den Oberkörper halb aufgerichtet. Er sieht schon geil aus. Sein 37-jähriger Körper ist gut in Form. Ich werde mich garantiert nicht in ihn verlieben, schon allein, weil ich mich niemals wieder verlieben werde. Aber Sex ist okay.

Allerdings nicht jetzt, nachdem ich an Norman denken musste.

„Ich muss gehen."

„So früh? Warum bleibst du nicht noch?"

Ich setze mich auf den Bettrand und starre ihn an. „Hör zu, Joe, es hat nichts mit dir zu tun."

„Aha. Weißt du, dieser Spruch ist echt zum Kotzen. Mit wem denn dann?"

Am liebsten würde ich ihm Zähne ausschlagen. Aber er kann ja nicht wissen, warum ich so reagiere. Er kann auch nicht wissen, dass ich so gut wie nie zum Frühstück bleibe, selbst wenn nicht der plötzlich auftauchende Gedanke an den Tod meines Bruders meine Muschi trockenlegt.

„Vergiss es", erwidere ich und suche meine Sachen zusammen. „Vergiss es einfach."

Er beobachtet mich. Ich stelle mich insgeheim darauf ein, dass er etwas versucht, was mich zwingen würde, ihm Schmerzen zuzufügen. Aber zu unserem Glück lässt er es sein. Irgendwie erleichtert mich das. Auch wenn ich mich niemals in ihn verlieben werde, wir hatten dreimal Sex miteinander und ich bin jedes Mal gekommen. Solche Männer sind echt selten.

Trotzdem werfe ich keinen Blick zurück, als ich durch die Zimmertür gehe. Für irgendwelche Beziehungsdramen fehlt mir der Nerv. Er tut mir ja ein bisschen leid, aber er hat seinen Spaß gehabt. Wie ich auch.

Scheiße. Verdammte Scheiße!

Als ich mich ins Auto setze, fällt mir seltsamerweise sein voller Name ein: Joe Montena. Freelancer, geschieden und wohnt wegen eines Jobs im Hotel.

Armes Schwein. Wir haben uns anscheinend gefunden, ohne uns zu suchen.

Ich lasse im CD-Player „Supergirl" laufen.

„Supergirls just fly."

Ja, ist klar. Ihr habt ja alle keine Ahnung.

Bevor ich losfahre, zünde ich mir noch eine Zigarette an. In den Hosentaschen sind zwar keine mehr, aber ich finde noch eine ungeöffnete Packung im Handschuhfach. Meine eiserne Reserve. Muss die nachher wieder auffüllen.

Es ist kurz nach halb neun, als ich auf dem Parkplatz des Krankenhauses halte, in dem Savage liegt. Wenig erstaunt nehme ich am Empfang zur Kenntnis, dass ich zu früh bin, die Besuchszeit beginne erst um neun. Auf meine Frage hin erklärt mir die freundliche Dame aber den Weg zur Cafeteria und dass ich dort auch frühstücken kann.

Dass das Frühstück aus gekühlten Automatensandwiches besteht, vergaß sie zu erwähnen. Ist mir eigentlich egal. Hauptsache, etwas zu essen. Einen Kaffee nehme ich auch dazu, obwohl ich es wahrscheinlich bereuen werde. Aber vielleicht hilft er trotzdem. Oder ich werde gerade wegen des Geschmacks wach. Kann auch passieren.

Ich setze mich in eine Ecke, packe mein Sandwich aus und beginne zu essen. Geschmack und Qualität gehen, für ein eingepacktes Sandwich ist es sogar erstaunlich gut. Mit dem Kaffee habe ich nur insofern Glück, dass ich von dem beschissenen Geschmack tatsächlich wach werde. Mir wird sogar fast schlecht. Ob es wirklich am Kaffee liegt oder an den Nachwirkungen der Nacht, ist eine andere Frage.

Auf dem Weg nach oben zu Savage begegne ich im Aufzug dem Lieutenant. Er mustert mich nachdenklich.

„Sie sehen aus, als könnten Sie Schlaf gebrauchen", bemerkt er dann.

„Ich habe geschlafen", erwidere ich mürrisch. „Wollen Sie auch zu Savage?"

Er schüttelt den Kopf. „Bin privat hier."

„Na dann." Ich muss vor ihm aussteigen, spüre aber seinen Blick im Rücken. Irgendwie ist er mir nicht geheuer, weiß aber nicht, was mich stört. Vielleicht sein durchdringender Blick.

Savage ist nicht allein. Carola, die Psychologin, ist auch da. Sie begrüßt mich lächelnd.

„Sie sind früh auf, Fiona."

„Sie auch, Carola."

„Haben Sie überhaupt geschlafen?"

Ich nicke. Die Details lasse ich lieber weg, außerdem stimmt es. Zwischendurch und zum Schluss. War nicht viel, okay, aber ich habe geschlafen.

Savage hat die Augen geschlossen, aber ich habe das Gefühl, er hört uns zu. Ich setze mich auf einen Stuhl in der Ecke, zwischen Wand und Fenster. Savage hat ein Einzelzimmer, dafür hat mein Vater gesorgt. Seine Mutter könnte das nicht bezahlen, Daddy ist schon vor Jahren unbekannt verzogen.

Carola steht am Kopfende seines Bettes und schreibt etwas in ein Büchlein.

„Ich habe mal gehört, Psychologen dürfen gar keine Spritze setzen", bemerke ich.

Sie blickt hoch und mustert mich. „Das ist unterschiedlich geregelt in den verschiedenen Ländern. In Newope dürfen das auch Psychologen, zumindest mit entsprechenden Zusatzkursen. Davon abgesehen bin ich Psychologin und Psychiaterin, und Ärzte dürfen das überall."

„Aha. Wieder was gelernt."

„Wie geht es Ihrer Mutter?"

„Gut, glaube ich. Ich meine, den Umständen entsprechend. Ich war letzte Nacht nicht zu Hause. Aber ich glaube schon. Mein Vater wird auf jeden Fall dafür sorgen."

„Da ist viel Spannung zwischen Ihnen und Ihrem Vater."

„Ja."

Sie nickt und vertieft sich wieder in ihrem Büchlein.

Mir fällt etwas ein und ich gehe, sage ihr aber beim Rausgehen, dass ich gleich wiederkomme. Eigentlich ist das für Savage, denn ich hoffe, dass sie bis dahin fort ist. Sie hat auch so einen seltsam durchdringenden Blick wie der Lieutenant. Ich hasse das, wenn die Leute versuchen, meine Gedanken zu erraten.

Ich gehe in die Bücherei und stöbere herum. So genau weiß ich nicht, was ich suche. Irgendetwas, womit ich Savage erreichen könnte. Aber womit erreicht man einen Dreizehnjährigen, der gestern mitansehen musste, wie sein bester Freund von einem Geländewagen plattgewalzt wurde?

Ich verharre kurz bei den Märchenbüchern. Als Kind habe ich sie gerne gelesen, bis ich vier war. Als ich in die Schule kam, fand ich die Bücher für Erwachsene spannender. Als meine Mutter allerdings Nabokov bei mir fand, gab es Ärger. Damals habe ich nicht verstanden, wieso eigentlich. Ich fand es sehr interessant, wie der Erzähler seine Beziehung zu der Zwölfjährigen beschreibt. Und was ein Orgasmus ist, wusste ich als Sechsjährige nicht. Jedenfalls durfte ich danach nur noch gefiltert lesen: Jedes Buch, das ich aus dem heimischen Buchregal holte, musste ich meiner Mutter vorlegen. Hemingway war teilweise erlaubt, Nabokov aus erwähnten Gründen nicht, Raymond Chandler wieder doch. Okay, Nabokov und Chandler haben nicht viel miteinander gemeinsam. Ich fand beide sehr düster, was mich nicht unbedingt abgeschreckt hat.

Jetzt, mit 23, werde ich einen Teufel tun und Savage „Lolita" bringen. Der depressive Privatdetektiv wäre schon eher was für ihn, aber nicht jetzt, nicht in dieser Situation.

Schließlich entscheide ich mich für ein Buch mit Bildern von Engeln. Keine Ahnung, ob das nicht zu zynisch ist. Ich glaube schon, aber im Vorwort heißt es, dass dieses Buch Trost spenden soll, wenn man einen Verlust erlitten hat. Und irgendwie mag ich Engel. Sie können fliegen, genau wie Supergirl.

Carola ist tatsächlich fort, als ich wieder ins Krankenzimmer komme. Savage sieht mich regungslos an. Immerhin, er scheint wach zu sein.

Ich halte das Buch hoch. „Habe dir was besorgt."

„Was ist das?"

„Ein Buch. Über Engel."

„Bist du auch ein Engel?"

„Ich? Ganz bestimmt nicht. Du weißt doch, wer ich bin?"

Er nickt.

Ich lege das Buch auf sein Nachtschränkchen und setze mich neben dem Bett auf einen Stuhl.

„Wie geht es dir, Sava?"

Sein Blick wandert durch den Raum, ohne dass der Kopf sich bewegt. Schließlich kommt er in meinem Gesicht zur Ruhe.

„Baby, join me in death", sagt er dann.

„Wie, was?"

„Das ist aus einem Lied. Kannst du es mir besorgen?"

Ich denke fieberhaft nach. Es kommt mir bekannt vor, und als es mir endlich einfällt, dass das fast der Titel ist, bin ich mir gar nicht sicher, ob dieses Lied gerade jetzt das Richtige für ihn sein könnte.

„Es ist … ein ziemlich trauriges Lied.“

„Ich weiß. Besorgst du es mir?“

Ich atme tief durch. Am liebsten würde ich Nein sagen, aber ich will etwas von ihm. Und dazu muss ich mir sein Vertrauen erarbeiten.

„In Ordnung“, antworte ich schließlich.

„Wann?“

„Gleich. Wenn wir fertig sind, gehe ich und besorge es.“

„Wir sind fertig“, sagt er und schließt die Augen.

Ich starre ihn entgeistert an. Was war das denn? Schließlich atme ich erneut tief durch. Ich werde nicht mit einem traumatisierten Kind diskutieren.

Und was bist du?

Ich ignoriere die innere Stimme diesmal, verlasse das Krankenhaus, steige in mein Auto und fahre in die Stadt, um die scheißverdammte CD und einen CD-Player zu besorgen.

Samstagvormittag und das Einkaufszentrum ist voll. War eine bescheuerte Idee, hierher zu kommen. Auf der Infotafel suche ich mir das nächstbeste Geschäft aus, das CDs verkauft. Und die Geräte zum Anhören. Aber ich habe Pech. HIM ist einfach zu exotisch hierzulande. Ich denke kurz darüber nach, wieso ich nur so exotische Sachen höre. Andererseits stimmt das auch wieder nicht, vieles von dem, was es in dem Laden gibt, kenne ich durchaus.

Ich frage nach, ob sie denn wüssten, wo ich speziellere Musik bekommen kann. Sicherheitshalber nehme ich von hier einen CD-Player mit.

Sie empfehlen mir einen Laden eine Etage tiefer. Jene ist etwas düster, was damit zu tun hat, dass man sich hier auf Gothic spezialisiert hat. Das ist schon mal vielversprechend, so was wie HIM sollten sie ja dann haben.

Haben sie auch. Aber nur das Album, keine Single. „Razorblade Romance". Echt toll. Als ich die CD in der Hand halte, denke ich noch einmal darüber nach, ob ich das wirklich tun soll. Kann dies das Richtige für einen Jungen wie Sava sein? Jetzt?

Schließlich nehme ich sie, beschließe aber, sie mir zuerst anzuhören. Nach meiner Flucht aus dem Einkaufszentrum fahre ich nach Hause und gelange unbemerkt in mein Zimmer. Für alle Fälle drehe ich den Schlüssel um, bevor ich die CD einlege und mich mit untergeschlagenen Beinen auf das Bett setze, um die CD mit Kopfhörern anzuhören.

Sie macht mich aggressiv, allerdings gehört dazu in der momentanen Situation nicht viel. Mich umbringen? Nicht wegen dieser Musik. Generell finde ich den Gedanken schon faszinierend, allerdings schreckt mich die Endgültigkeit ab. Ich würde schon gerne wissen, wie sich das Sterben anfühlt. Und was danach kommt. Wenn überhaupt. Zu blöd, dass man es nicht mal unverbindlich ausprobieren kann. Okay, so wie in „Flatliners", aber eine sichere Methode ist das ja auch nicht gerade.

Wie auch immer, ich glaube eher nicht, dass die Lieder die Gefahr eines Suizids bei Sava erhöhen. Ich persönlich würde eher weglaufen wollen, bei einigen zumindest.

„Join me" finde ich aber gar nicht so übel. Nicht wegen des Todeswunsches. Aber mich kotzt auch alles an. Fast alles. Vieles jedenfalls. Diese Stimmung wird gut eingefangen.

Ich ziehe mich aus und dusche. Dabei lasse ich meinen Mund mit Wasser volllaufen und hoffe, endlich diesen beschissenen Spermageschmack loszuwerden. Unglaublich, wie hartnäckig er ist. Das ist doch nicht normal.

Ich ziehe kurze Jeans an, Stiefeletten und ein bauchfreies Top mit Spaghettiträgern. Weniger für Savage, aber ich habe nicht vor, den Abend zu Hause zu verbringen und nochmal nach Hause kommen will ich auch nicht.

Beim Gehen habe ich weniger Glück als vorhin. Mein Vater kommt gerade aus der Küche und hat zwei Tassen bei sich.

„Deine Mutter ist wach", sagt er mit einem missbilligenden Blick auf meine Kleidung.

Ich bleibe unschlüssig stehen. Die CD halte ich so, dass er den Titel nicht erkennen kann.

„Willst du sie nicht wenigstens begrüßen?"

Seufzend gehe ich an ihm vorbei in das Wohnzimmer. Meine Mutter sitzt auf der cremefarbenen Couch mit hochgelegten Beinen und zugedeckt. Sie sieht aus, als hätte sie sehr viel geweint, aber ihr Blick ist klar.

Ich beuge mich über sie, um sie zu umarmen.

„Willst du weg?", fragt sie dann.

„Ja."

„Bleib doch lieber hier."

„Mama, ich kann nicht."

„Und warum nicht?", mischt sich mein Vater ein. „Überhaupt, wie läufst du herum? Gestern ist dein Bruder gestorben und du siehst aus wie eine ..."

„Jason!" Meine Mutter starrt ihn entsetzt an, das lässt ihn verstummen.

Und mir reicht es schon wieder.

„Bis irgendwann mal", sage ich und laufe nach draußen.
Zum Kotzen!

Im Krankenzimmer von Sava hat sich nichts verändert. Außer dass keine Sonne mehr reinknallt, aber es ist ja auch mittags. Dafür ist es draußen verdammt heiß. Hier drin nicht. Hier läuft ja auch die Klimaanlage. Es ist fast so kalt wie in der Leichenhalle, in der wir Norman gesehen haben.

Ich atme tief durch.

Savage öffnet die Augen und beobachtet mich. Ich gehe um das Bett herum und setze mich zwischen ihm und dem Fenster auf einen Stuhl. Der Blick des Jungen irritiert mich etwas. Aber vielleicht sind nur meine Nerven zu angespannt, was kein Wunder wäre.

„Hast du es?“, fragt Sava.

Ich nicke und halte die Stofftasche hoch, in die ich alles gepackt habe. Dann hole ich den CD-Player und die CD heraus, lege die CD ein und reiche das Gerät Sava. Er nimmt es, legt es sich auf die Brust und den Kopfhörer auf den Kopf. Er stellt die Musik so laut, dass auch ich sie gut hören kann.

Ich betrachte ihn eine Weile, bevor ich aufstehe und zum Fenster spaziere. Von hier aus kann ich den Park einsehen, dahinter den Parkplatz. An einigen Stellen scheint die Luft zu vibrieren, so heiß ist es.

„SEV-09-6.“

Ich erstarre. Mir ist sofort klar, was das bedeutet. Da er mit niemandem außer mir geredet hat, bin ich außer Savage die Einzige, die jetzt das Kennzeichen kennt. Und mir ist auch klar, dass er will, dass es so bleibt.

Warum?

Ich drehe mich langsam um und sehe ihn an. Seine Augen sind geschlossen, die Hände liegen auf dem Bauch. Vielleicht habe ich es mir nur eingebildet? Doch dann öffnet er die Augen und erwidert kurz meinen Blick.

Wie in Trance verlasse ich ihn und gehe nach unten, steige in mein Auto ein und fahre los. Keine Ahnung, wohin ich fahren soll. Nur weg. Irgendwohin.

Irgendwann bin ich an der Küste, hinter dem Hafen. Links

geht es hoch zu Old Town, zu King Valley, nach Hause. Rechts das Meer. Die Strände sind voll.

Ich parke und bleibe kurz im heißen Auto sitzen. Warum zum Teufel bin ich hergefahren? Ich betrachte im Rückspiegel das Haus, in dem ich vor Jahren schon mal war. Ich könnte aussteigen und klingeln, und wenn er aufmacht, würde er mich sicher einladen. Doch will ich das? Nach Phils Tod hatte ich mir geschworen, mich niemals wieder zu verlieben. Und das weiß er, ich habe mit offenen Karten gespielt. Es war eine Nacht, mehr nicht.

Schließlich steige ich aus, weil es im Auto unerträglich wird, aber ich gehe nicht zum Haus. Ich spaziere weiter in die Richtung, in die ich gefahren bin, bis ich an unserem Lieblingscafé bin. Am Zaun zögere ich kurz. Hier waren wir oft mit Norman, als Familie, oder nur er und ich. Sie werden mich sofort erkennen.

Nein, das kann ich jetzt nicht.

Ich gehe zurück zum Auto, steige ein und fahre nach Hause.

James ist im Garten. Er trägt auch kurze Jeans, dem Wetter angepasst. Und der Tatsache, dass er Gartenpflege betreibt. Als er sich aufrichtet, starre ich unwillkürlich seinen muskulösen Bauch an, bis er sich sein T-Shirt überstreift.

„Leslie ist nicht da", sagt er dabei und wirkt amüsiert.

„Egal, ich will zu dir."

„Zu mir?", erwidert er und zieht eine Augenbraue hoch. Na ja, für mich sieht es so aus, als hätte sie sich bewegt. Ein bisschen zumindest.

„Du hast doch noch Kontakte zum Geheimdienst, oder?"

„Habe ich das?"

„Hast du nicht?"

„Vielleicht. Warum?"

Ich atme tief durch. Was zum Teufel mache ich hier eigentlich? Doch dann fällt mir wieder ein, wie das, was von Norman übrig geblieben ist, ausgesehen hat.

„Ich brauche den Halter dieses Wagens." Dabei gebe ich ihm den Zettel, auf den ich das Kennzeichen geschrieben habe, das mir Savage genannt hat.

Er nimmt ihn und mustert mich. Schließlich dreht er sich wortlos um. Ich beobachte ihn, als er ins Haus geht. So gern würde ich glauben, dass er kein Arschloch ist. So wie ich keine Lolita. Ihm sieht man sein Alter nicht an, aber ich kenne es natürlich. Obwohl es sieben Jahre her ist, dass wir ein einziges Mal Sex miteinander hatten, erinnere ich mich verdammt gut an jedes Detail von ihm. Wer von uns war nachher wohl mehr erschrocken? Er oder ich? Danach habe ich ihn heimlich beobachtet, wollte wissen, ob er uns alle verarscht und in Wirklichkeit auf junge Mädchen steht. Aber entweder ist er der beste Schauspieler der Welt oder er will normalerweise wirklich nichts von Sechzehnjährigen.

Und wenn ich ganz ehrlich bin, ging es ja von mir aus. Allerdings weiß ich bis heute nicht, welcher Teufel mich damals geritten hat. Die Tatsache allein, dass er gut aussieht, kann es nicht gewesen sein. Ich hatte sicher keinen sexuellen Notstand und ich hätte so gut wie jeden Mann haben können.

Scheiße.

Als er zurückkommt, reicht er mir den zusammengefalteten Zettel.

„Du gehst damit zur Polizei?"

Ich nicke.

Er sieht nicht so aus, als würde er mir glauben. Für einen Moment befürchte ich, er will mir den Zettel wieder abnehmen. Das könnte lustig werden. Er sieht immer noch fit aus und als Geheimagent dürfte er Nahkampf gelernt haben. Kann sein, dass er mir den Zettel wegnehmen könnte.

Vielleicht.

„Also gut, ich vertraue dir. Enttäusche mich nicht, okay?“

„Okay“, erwidere ich.

„Und noch was.“

„Ja?“ Will er mich küssen? Sex? Ich weiß nicht, ob ich widerstehen könnte.

„Das war das letzte Mal. Und das meine ich ernst.“

„Okay“, wiederhole ich. „Und danke.“

„Ah, dieses Wort kennst du? Du erstaunst mich.“

Arschloch. Ich hätte dich fast gemocht. Aber natürlich sage ich das nicht. Erstens stimmt es nicht und zweitens könnte er doch noch auf die Idee kommen, mir den Zettel wieder abnehmen zu wollen. Und ich will wirklich nicht austesten, ob der Vater meiner besten Freundin besser Nahkampf kann als ich.

„Ich mich manchmal auch“, erwidere ich, dann drehe ich mich um und gehe schnell, bevor etwas passiert, was ich bereuen würde.

Ich spüre seinen Blick auf mir. Es wäre vielleicht besser gewesen, mich umzuziehen. Die Jeans sind verdammt kurz, ich weiß. Gut, um einen Kerl in der Disco aufzureißen, aber schlecht, wenn James mich so anstarrt.

Vor dem Haus bleibe ich stehen und atme tief durch. Warum macht es mir so viel aus, dass er mich so ansieht? Er ist mir egal. Nein, egal nicht, schließlich ist er Leslies Vater. Er ist okay. Zu blöd, dass mir klar ist, wieso er mich so ansieht. Nur mich.

Scheiße. Ich wünschte, es wäre mir wirklich egal.

Ich starre den Zettel an. Charles Brodwich heißt der Besitzer des Geländewagens, mit dem Norman getötet wurde. Der Name sagt mir gar nichts, aber das ist kein Wunder. Skyline ist eine Millionenmetropole, ich kann nicht alle Einwohner kennen. Klar, zufällig hätte ich ihn kennen können.

Ich hebe den Blick und schaue auf das Meer hinaus. Die Bäume an der Mauer entlang, die den Parkplatz vom Ufer abgrenzt, spenden etwas Schatten. Die grantige Kante schneidet in meine Oberschenkel, wie mir plötzlich bewusst wird, also stelle ich die Füße auf die Mauer und stütze das Kinn auf die Knie. Meine Beine sind nass vor Schweiß und jetzt auch mein Top.

Und nun, du Schlaukopf? Fährst du zu dem Kerl hin und fragst ihn, ob er deinen Bruder totgefahren hat? Und wenn er Ja sagt? Schlägst ihn dann tot?

Das könnte ich, erwidere ich mir mürrisch.

Vielleicht. Du hast ja keine Ahnung, wer oder was er ist. Möglicherweise kann er auch Karate. Oder ist bewaffnet. Oder …

Halt die Klappe!

Ich blicke mich um. Nachdem ich von James den Namen bekommen habe, bin ich wieder zurück an die Küste gefahren und habe mir einen schattigen Parkplatz gesucht. Was gar nicht so einfach war, halb Skyline ist hier. Kein Wunder. Samstag, Nachmittag und heiß. Die Eisdielen sind überfüllt, die Strände auch. Auf dem mit Gras bewachsenen Küstenstreifen zu meinen Füßen liegt niemand. Zu steil und außerdem für Badende gesperrt.

Oh Mann. Gestern klang das noch so einfach. Finde ihn. Töte ihn.

Gefunden habe ich ihn ja. Fast. Er steht im Telefonbuch, also kenne ich auch seine Adresse. Er wohnt in South Village. Nicht gerade der beste Bezirk. Das ist auch so eine Sache. Will ich wirklich dorthin? Egal, wie gut ich kämpfen kann, die Jungs dort sind eine eigene Liga. Nicht selten mit Schusswaffen im Hosenbund.

Aber er hat Norman getötet. Mit Absicht. Dessen bin ich mir inzwischen ganz sicher. Er ist mehrmals über ihn gefahren. Das war kein Unfall. Und auch das Verhalten von Savage ist zumindest eigenartig. Dass er unter Schock steht, ist das Eine. Dass er mir das Kennzeichen gibt, das Andere. Ich habe seinem Blick angesehen: Töte ihn. Da war der Befehl wieder.

Scheiße.

Okay, denk nach. Was hast du zu verlieren?

Die Freiheit? Oder das Leben?

Mal ehrlich, findest du dieses Leben wirklich so toll?

Es gibt auch schöne Momente!

Und ich unterhalte mich in Gedanken schon wieder mit mir, als wären da zwei Fionas in mir. Eine vernünftige und eine wilde. Wobei ich mir gerade nicht sicher bin, wer welche ist.

Ich lege mich mit dem Rücken in Längsrichtung auf die Mauer und zünde mir eine Zigarette an. Zwischen den Blättern hindurch erkenne ich den gleißend blauen Himmel. Und den weißen Kondensstreifen eines Flugzeugs. Er fliegt hoch, ist weder jetzt gestartet noch im Landeanflug. Aber es gibt ja auch in anderen Städten Flughäfen, nicht nur in Skyline.

Okay, jetzt mal zurück zu meinem Problem. Ich habe ein Kennzeichen, einen Namen und eine Adresse. Der Mann, dem das alles gehört, hat möglicherweise meinen Bruder getötet, und wenn, dann vermutlich mit Absicht. Ich weiß nicht, ob er das war. Er könnte sein Auto ja auch verliehen haben.

Nehmen wir einmal an, ich finde irgendwie heraus, dass er es tatsächlich war.

Was zum Teufel mache ich dann? Bin ich tatsächlich in der Lage, ihn zu töten? Gesetzt den Fall, ich kann es, so rein technisch gesehen. Er könnte schließlich ein Gangster sein. Bei seiner Wohngegend nicht ausgeschlossen. Oder irgend so ein Schlägertyp. Okay, dann werde ich mit ihm fertig. Im Nahkampf nehme ich es mit den meisten Männern auf, das weiß ich aus Erfahrung. Ich bin schnell und treffe sehr genau.

Und ich weiß, wie man einen Menschen mit den bloßen

Händen töten kann. Aber ich bin keine Mörderin. Ich habe noch nie einen Menschen getötet. Verletzt, okay, aber nur, um jemanden oder mich zu beschützen.

Er hat Norman getötet.

Ist zweimal über ihn drüber gefahren.

Er. Hat. Meinen. Bruder. Getötet.

„Was machen Sie da?"

Ich zucke zusammen, dann starre ich den Polizisten an, der neben der Mauer steht und mich beobachtet.

„Ich … ich rauche."

„Was?"

„Eine Zigarette?"

„Geben Sie mal her!"

Ich reiche ihm den Rest meiner Kippe. Er riecht daran, dann gibt er sie mir zurück.

„Okay. Ich möchte Sie bitten, von der Mauer runterzukommen."

Ich denke kurz darüber nach, ihn zu fragen, was er dagegen hat, dass ich die Mauer bewache, aber schließlich entscheide ich mich dagegen. Im Moment möchte ich bei der Polizei lieber nicht unangenehm auffallen.

Also nicke ich, setze mich auf und springe auf den Boden.

„Was haben Sie da überhaupt gemacht?" Er klingt freundlicher als gerade eben noch.

„Keine Ahnung. Habe es zu Hause nicht ausgehalten."

„Streit mit dem Freund?"

Ich verneine kopfschüttelnd. „Mit meinem Vater. Außerdem wurde mein Bruder gestern getötet."

„Das tut mir leid", sagt er nach einer kurzen Pause. „Dieser Junge, der vom Geländewagen …?"

Ich nicke langsam.

„Eine traurige Sache. Mein herzliches Beileid."

„Danke.“

„Sie sollten nicht hier alleine sein. Es gibt doch bestimmt jemanden, zu dem Sie gehen können.“

„Keine Ahnung. Vielleicht. Aber jetzt bin ich lieber allein. Oder ist das verboten?“

Er schüttelt den Kopf. „Natürlich nicht. Ich dachte nur, dass es vielleicht besser wäre. Aber es ist Ihre Sache, natürlich.“

„Danke. Ich fahre dann mal.“

Zum Glück fragt er nicht, wohin. Besser so, sonst müsste ich ihn anlügen. Er würde mich wohl kaum gehen lassen, wenn ich ihm sage, dass ich jemanden töten will. Unabhängig davon, dass ich mir dessen gerade gar nicht so sicher bin. Aber auch das möchte ich ihm nicht sagen. Niemandem eigentlich. Nicht einmal mir.

Ach, verdammte Scheiße.

Ich steige in mein Auto ein, drücke im Aschenbecher die kümmerlichen Reste der Zigarette aus, zünde eine neue an und fahre los, alles streng überwacht vom Polizisten. Warum eigentlich? Denkt er ernsthaft, ich wollte mich von den Klippen stürzen? Zwei Meter? Oder wie? Oder ins Wasser gehen? Oder mit einem Kopfsprung von der Mauer ins Meer springen? Ich meine, die zwei Meter schafft ja sogar ein Kleinkind problemlos.

Nur, wohin jetzt?

Erst einmal fahre ich Richtung South Village und halte auf dem Parkplatz vor einer Bar. Eigentlich ist die Bar auf der gegenüberliegenden Straßenseite, und der Asphalt ist heiß. Die Luft darüber flimmert.

In der Bar läuft die Klimaanlage, es ist fast kalt. Aber nur fast.

Ich setze mich auf einen Barhocker und mustere den Barkeeper, einen jungen, rotblonden Kerl, der interessiert zurückmustert. Mir wird bewusst, dass ich suboptimal angezogen bin für diese Gegend. Hier bin ich keine Rebellin, sondern eine

Nutte in diesem Aufzug.

Scheiß drauf, ist jetzt auch egal.

„Zu heiß zum Arbeiten?“, fragt der Rotblonde grinsend.

„Sind wir irgendwie verwandt?“

„Nein, ich glaube nicht. Wieso?“ Er wirkt erstaunt.

„Warum quatscht du mich dann blöd an? Gib mir einen Scotch und lass mich in Ruhe, okay?“

Für einen Augenblick sieht er aus, als würde er gleich etwas ganz Anderes tun. Die wenigen Gäste der Bar amüsieren sich anscheinend bestens. Schließlich grinst der Rotblonde wieder, diesmal etwas gezwungen.

Und er gibt mir meinen Drink, ohne ein weiteres Wort.

Ich trinke das Glas in einem Zug leer und schiebe es ihm hin. Wortlos füllt er es nach und schiebt es vor mich. Diesmal warte ich mit dem Trinken.

Von hier aus würde ich keine fünf Minuten zu Brodwich brauchen. Und ich hasse es, wenn ich so unentschlossen bin. Obwohl, unentschlossen bin ich gar nicht. Ich habe nur Angst. Vor was eigentlich?

Davor, selber getötet zu werden? Klar, wenn er meinen Bruder ermordet hat, dürfte er kein Problem damit haben, mich auch zu beseitigen. Dass er niemand ist, der viel nachdenkt, ist offensichtlich. Würde Savage nicht so hartnäckig schweigen, hätte die Polizei ihn schon längst geholt. Natürlich nur, wenn er auf sie wartete. Was nicht sicher ist. Kann sein, dass er schon abgehauen ist. Dann mache ich mir völlig überflüssigerweise Gedanken.

Oder er ist wirklich ein Vollidiot ohne Skrupel. In dem Fall sollte ich wirklich Angst haben. Solche Leute sind gefährlich. Sie denken nicht darüber nach, welche Folgen ihr Handeln hat, weil es ihnen vollkommen egal ist. Ich muss das wissen, solche Anwandlungen habe ich auch.

Wenn er auf mich losginge, könnte ich mich dagegen wehren? Frei von jedem Skrupel? Nicht die Schläge abbremsen wie beim Training, sondern alles voll durchziehen?

Ich trinke mein Glas leer und schiebe es wieder in Richtung des Rotblonden.

„Bist du sicher?", fragt er.

„Ich glaube das einfach nicht. Wenn wir nicht miteinander verwandt sind, kannst du nicht mein Vater sein. Oder habe ich gerade Halluzinationen?"

Einige in der Nähe grinsen, aber er findet es nicht witzig.

„Hör zu, geh lieber, bevor ich meine Geduld verliere. Hast du überhaupt Geld?"

Ich krame in meiner Hosentasche und lege einen Haufen zerknüllter Geldscheine auf die Theke.

„Reicht das?" Es sind, grob geschätzt, dreihundert Newoper Dollar.

Er nimmt einen Zehner, legt stattdessen das Wechselgeld hin und sagt: „Jetzt hau ab."

Die Gäste beobachten mich neugierig. Ich sollte ihm die Zähne ausschlagen, und kurz denke ich sogar ernsthaft darüber nach. Doch dann siegt die vernünftige Fiona.

Erstens hast du noch nie jemanden verprügelt, der dich nicht angegriffen hat. Bloß weil er blöd ist, kannst du ihn nicht schlagen. Dann müsstest du ja fast jeden Menschen durchprügeln.

Zweitens könntest ja mal an jemanden geraten, der besser ist als du.

Na ja, das ist aber nicht sehr wahrscheinlich, und das weißt du auch.

Ja ja, du eingebildete Idiotin. Okay, und drittens ruft jemand die Polizei und das war es mit deinem Rachefeldzug.

Okay, das ist ein Argument.

Ich nehme mein Geld und stopfe es wieder in meine Hosentasche. Nach einem Ich-könnte-dich-töten-aber-du-hast-nochmal-Glück-gehabt-Blick auf den Jungen verlasse ich die Bar und bleibe draußen stehen.

Und jetzt?

Ich spüre, dass ich jetzt wütend bin. Irgendjemand muss leiden. Wer ist dafür besser geeignet als Brodwich? Niemand.

Ich lasse mein Auto stehen und gehe zu Fuß. Nach Möglichkeit im Schatten.

Die Adresse, die ich gefunden habe, ist ein mehrstöckiges Wohnhaus mit einem Blumengeschäft im Erdgeschoss. Passt ja echt gut, hier werde ich Blumen für sein Grab bestellen.

Die Tür ist nicht ganz zu, ich betrete den muffigen Hausflur. Einen Aufzug gibt es, aber ich nehme lieber die Treppe. Außerdem muss ich eh nur eine Etage höher.

Hier gibt es vier Wohnungen, an einer steht Brodwich. Kein Vorname. Irgendwie hingekritzelt, das spricht für meine Nicht-sehr-intelligent-Theorie.

Ich atme tief durch, dann drücke ich die Klingel und trete sicherheitshalber auch noch ein paarmal gegen die Tür.

Danach passiert – erst einmal gar nichts.

Verdammt!

Ich wiederhole die Prozedur. Nach ein paar Sekunden wird die Tür nebenan aufgerissen und eine Frau, grob geschätzt Ende 50, starrt mich aufgebracht an.

„Was soll das?!"

„Ist er da?"

Sie mustert mich von Kopf bis Fuß. „Was willst du denn von ihm? Sonst bestellt er doch seine Nutten auch nicht tagsüber her."

Schon wieder werde ich für eine Hure gehalten. Das sollte mir zu denken geben. Es kann doch unmöglich nur an der Kleidung liegen, zumal ich mir nicht vorstellen kann, dass Nutten in solche Stiefeletten herumlaufen. Okay, die ziemlich kurzen Jeans und das Top passen vielleicht. Trotzdem, aus der Zeit mit Greg weiß ich, dass ich keine typische Arbeitskleidung einer Prostituierten trage.

„Ich will nur mit ihm sprechen“, erwidere ich. „Bin keine Hure.“

„Ja, klar. Dann versuchs mal im ‚Derek‘, um die Zeit ist er oft da.“ Und knallt die Tür zu.

Na toll. Und jetzt?

Ich gehe nach draußen und setze mich auf die Bordsteinkante. Dann wird mir bewusst, wie das aussieht, und ich stehe wieder auf. Nach kurzem Zögern gehe ich einfach los. Da ich von links gekommen bin, gehe ich nach rechts.

Wenn ich „Derek“, vermutlich eine Kneipe, innerhalb der nächsten Viertelstunde finde, dann gehe ich hinein. Was ich dann mache, weiß ich zwar noch nicht, aber das sehe ich ja dann.

Und wenn ich es nicht finde, gehe ich zurück zum Auto, fahre nach Hause, schnappe mir meinen besten Freund Johnny und betrinke mich, egal, was mein Vater davon hält.

Und gebe der Polizei das Kennzeichen.

Vielleicht auch andersherum. Obwohl, vielleicht komme ich ins Gefängnis, für das Vorenthalten von Informationen. Ich sollte mich zuerst besaufen und dann …

„Derek“.

Ist tatsächlich eine Kneipe.

Aus den gekippten Fenstern dringt der typische Lärm. Voll scheint es nicht zu sein, aber es sind schon einige Leute drin.

Ich blicke mich um. In der Hitze niemand auf der Straße, von einer dämlichen Blondine mal abgesehen.

Es sieht nicht sehr einladend aus. Ob ich gleich da liegen werde, verprügelt oder gar totgeschlagen? Oder nackt und vergewaltigt?

Puh.

Ich atme tief durch, dann betrete ich die Höhle des Löwen.

Drinnen ist es angenehm kühl. Sieht sauber aus, aber es stinkt nach Alkohol und Tabak. Hauptsächlich nach Zigaretten, aber auch Zigarrengestank ist dabei.

Ich zähle schnell die Leute. Neun, einschließlich des vierschrötigen Barkeepers. Alle sehen irgendwie gefährlich aus. Nicht wie diese jugendlichen Gangmitglieder, mit denen ich herumhing, als ich mit Greg zusammen war. Schon die wären unangenehm. Aber diese Kerle hier sind es gewohnt, dass es auch mal Tote gibt.

Ich bin wahnsinnig, aber so richtig.

Alle Augen richten sich auf mich, während ich zur Bar gehe. Vermutlich passe ich hier hinein wie ein Eisbär in eine Bar auf Hawaii. Oder so ähnlich. Wie komme ich grad auf einen so bescheuerten Vergleich?

Ich rutsche auf einen Hocker, neben einem rotblonden Kerl, der mich aus braunen Augen amüsiert ansieht. Seine muskulösen Unterarme sind tätowiert.

„Hast du dich verirrt?", erkundigt er sich.

„Wenn ich mir dich so ansehe, dann ja", erwidert jemand, den ich nicht kenne, mit meiner Stimme. Hey, hallo? Bist du wahnsinnig? Lebensmüde?

Der Rotblonde lacht nur. „Verpiss dich besser, Baby. Noch habe ich gute Laune."

„Erst will ich Charles Brodwich sprechen. Ist er hier?"

Jetzt wird er schlagartig ernst. Nicht nur er, alle anderen auch. „Was willst du von ihm?"

Ein anderer ruft einem riesigen Glatzkopf zu: „Hey, hast du echt eine Nutte hierher bestellt?"

Ich starre den Kerl an, der Brodwich zu sein scheint. Heute hat sich wohl alles gegen mich verschworen. Er ist groß, durchtrainiert, glatzköpfig, gepierct, trägt ein Body-Shirt und eine Armeehose. Wenn ich gegen seine Bauchmuskeln schlage, breche ich mir die Finger. Dabei kann ich dicke Bretter und Steine zertrümmern, aber das kann er wahrscheinlich auch. Mit der Stirn.

Verdammte Scheiße.

Er steht auf und kommt zu mir, bleibt neben mir stehen, fast auf Tuchfühlung. Riecht gut, nach irgendeinem sportlichen Duschzeug. Unter anderen Umständen, auf einer Party, würde er vielleicht sogar mir gehören, nach dem fünften Glas Whisky.

Nochmal Scheiße. Er hat vielleicht meinen Bruder umgebracht.

„Hast du meinen Bruder getötet?"

Seine Augenbrauen laufen nach oben. „Wen?"

„Meinen Bruder. Norman Carter."

„Du spinnst wohl. Verpiss dich hier!" Und um seinen Worten Nachdruck zu verleihen, packt er mich an den Oberarmen und hievt mich vom Hocker, dann stellt er mich auf die Füße und gibt mir einen Stoß Richtung Tür.

Ich fange mich und fahre herum. Spüre förmlich, wie irgendwo eine Sicherung durchbrennt, tief in mir. Die vernünftige Fiona will etwas sagen, aber sie wird von derjenigen, die jetzt das Sagen hat und die mir völlig fremd ist, gnadenlos in eine dunkle Ecke verbannt.

„Du bist ja immer noch da", sagt Brodwich grinsend.

Dann vergeht ihm das Grinsen. Ich springe aus dem Stand hoch, drehe mich um die eigene Achse und treffe mit dem Absatz seine Nase. Die Wucht schleudert ihn gegen die Theke, er rudert wild mit den Armen und fällt dann um, mehrere Hocker mit sich reißend.

Meine Absicht, mich auf ihn zu stürzen, um die Wahrheit aus ihm herauszuprügeln, wird vom Rotblonden durchkreuzt. Er packt mich am rechten Oberarm und zieht mich zurück. Allerdings nur bis zu dem Zeitpunkt, als meine linke Faust seine

Nase trifft. Und um sicherzugehen, jage ich ihm noch das Knie in die Weichteile. Aufjaulend krümmt er sich nach vorne, aus seiner Nase spritzt Blut.

Damit habe ich wohl jeden in der Kneipe gegen mich aufgebracht, jedenfalls erheben sich die anderen sechs ziemlich hastig und der Wirt hält plötzlich einen Stock in der Hand. Vielleicht einen Baseballschläger, keine Ahnung, mir fehlt die Zeit, das Ding genauer anzuschauen, denn ich sehe mich sechs entschlossen dreinblickenden Jungs gegenüber, die ihre eh kaum vorhandene Hemmung, eine Frau zu schlagen, gerade ganz abgelegt haben.

Der Rotblonde ist außer Gefecht, Brodwich noch nicht wieder einsatzfähig und auch kaum in der Lage, wegzurennen.

Na dann.

Von rechts kommen zwei, von links vier Jungs. Zum Glück für mich nicht besonders koordiniert, sonst hätte ich vermutlich nicht einmal die klitzekleine Chance, die ich mir hastig ausrechne.

Ich wende mich schnell nach rechts, weil sie damit nicht rechnen. Ein etwas kleinerer Typ in Jeans und T-Shirt, extrem muskulös. Er darf mich nicht in die Finger kriegen, und mein Tritt in seine Eier verhindert es, mit voller Kraft, ungebremst, was bei meiner Technik nach über zehn Jahren Kampfsport jeden Kerl für Stunden außer Gefecht setzen würde.

Ihn auch. Er schafft es nicht einmal, einen Laut von sich zu geben. Er verfärbt sich unglaublich schnell, wird erst weiß, dann blau, bevor er stumm auf die Knie und dann nach vorne fällt.

Noch sechs, mit dem Wirt. Nicht einmal die Hälfte geschafft. Das wird hart.

Der andere von rechts ist drahtig, wie Dick und Doof. Und er ist doof. Aber nicht doof genug. Jedenfalls scheint er zu kapieren, dass ich nicht einfach nur Glück habe, sondern gelernt habe, zu kämpfen.

Er packt den nächstbesten Stuhl und wirft ihn nach mir. Zwar kann ich ihm ausweichen, aber das lenkt mich ab, dadurch schafft es einer von der anderen Seite, mir einen Stoß zu verpassen, der mich geradewegs in die Arme von Doof treibt.

Er dreht mich um und legt seinen Arm um meinen Hals. Sein Unterarm drückt gegen meine Kehle und schnürt mir die Luft ab.

„Das reicht jetzt aber", keucht er.

Ich starre den Kerl an, der mich in seine Arme gestoßen hat. Er ist jung, höchstens in meinem Alter. Narben in seinem Gesicht zeugen davon, dass er schon Straßenkämpfe ausgefochten hat. Und ich vermute, seine Gegner sind nicht mehr alle am Leben, wenn er so aussieht. Das waren Kämpfe, bei denen es um mehr als nur ein Mädchen ging.

Mit einem Springmesser in der rechten Hand kommt er auf mich zu. Ich halte den Unterarm von Doof fest, ohne ihn wegziehen zu können. Der Kerl ist überraschend kräftig.

Und er ist überrascht. Als ich nämlich meinen rechten Fuß hochschnellen lasse, an meinem Kopf vorbei gegen seine Lippen. Er stöhnt auf, lässt mich los und torkelt zurück.

Der mit dem Messer ist auch überrascht. Wenigstens kurz. Sehr kurz, eigentlich. Doch mir reicht es. Ich habe gelernt, gegen Bewaffnete vorzugehen. Mit der linken Handkante blocke ich seinen Unterarm, der danach gebrochen zu sein scheint, das Knie jage ich zwischen seine Beine und mit der Stirn nehme ich seine Nase in Empfang.

Gelernt ist gelernt.

Fünf. Oder vier, je nachdem, in welchem Zustand sich Doof befindet. Um den kann ich mich jetzt aber nicht kümmern, denn nun kommt sogar der Wirt hinter der Theke hervor, mit seinem Baseballschläger oder was auch immer. Und da sind noch drei andere von vorne, die sich bisher zurückgehalten haben, um dem mit dem Messer nicht in die Quere zu kommen.

Jetzt lassen sie dem Wirt den Vortritt, der seine Keule in meine Richtung schwingt. Ich weiche mehrmals aus, bis ich gegen einen Tisch stoße. Jetzt erwischt mich die Keule. Zum Glück streift sie mich am Kinn nur, sonst hätte ich danach keine Zähne mehr. Aber selbst so tut es höllisch weh und treibt mir die Tränen in die Augen.

Mehr instinktiv als gewollt wehre ich den nächsten Schlag ab, indem ich mich nach vorne, dem Kerl entgegen, werfe. Damit rechnet er anscheinend nicht.

Mit der linken Hand halte ich seinen Schlagarm fest. Das sind nur Sekunden, er ist eigentlich viel zu kräftig für mich, aber mir reichen die Sekunden. Die rechte Hand lege ich auf seinen Nacken, dann wieder, wie bereits bewährt, mein Knie zwischen seine Beine. Als er sich vorbeugt, reiße ich das Knie erneut hoch, während ich seinen Kopf mit aller Kraft nach unten drücke. Knie, Nase, Zähne haben eine unheilvolle Begegnung.

Mein Knie tut danach zwar weh, aber im Vergleich zum Wirt geht es mir richtig gut. Er sieht beschissen aus, soweit ich es erkennen kann. Wenn ich es richtig gehört habe, sind mehrere Zähne gebrochen. Die Nase vielleicht auch.

Drei. Aber die sind jetzt richtig wütend. Auch Doof ist wieder einsatzbereit, wie ich mit einem Blick nach hinten feststelle. Sieht zwar aus wie ein Zombie, weil sein Mund und Kinn blutverschmiert sind, aber er dürfte von Adrenalin geflutet sein.

Wie ich auch.

Jetzt kann ich nur auf meine Schnelligkeit und die exakten Treffer hoffen. Mehr als einen Versuch habe ich bei keinem.

Zuerst nehme ich mir Doof vor, damit ich den Rücken frei habe. Wieder die Drehung um die eigene Achse, diesmal ohne Sprung. Absatz gegen Lippen, das tut so richtig schön weh. Sein Kopf fliegt in den Nacken, gefolgt vom Rest des Körpers, der mehrere Stühle und einen Tisch unter sich begräbt.

Allerdings warte ich es nicht ab, bis es so weit ist.

Drei. Von vorne.

Sie sind unsicher geworden, ich sehe es an ihren Augen. Ich habe etwas geschafft, womit sie nicht gerechnet haben. Ich ja auch nicht. Sechs von ihnen sind mehr oder weniger kampfunfähig.

Zwei jüngere Männer, etwa in meinem Alter. Einer stämmig, aber nicht dick, Anfang 40, schätze ich. Er ist in der Mitte.

„Okay, überlasst sie mir", sagt er und leckt sich die Lippen. Mit der Hand greift er nach hinten. Möglich, dass er eine Pistole hat, und ich sollte nicht abwarten, bis er sie nach vorne geholt hat. Und wenn es nur ein Messer ist, sollte ich trotzdem nicht warten.

Ich setze mich in Bewegung, bevor er zu Ende gesprochen hat. Während ich auf ihn zuspringe, packe ich etwas, was ich erwischen kann. Einen Stuhl, den ich nach ihm werfe. Er rudert mit einem Arm, dadurch sehen die beiden Jungs sich gezwungen, in Deckung zu gehen. Und der Ältere kann sich nicht auf seine andere Hand konzentrieren, was er auch immer darin hat.

Ich nutze den Schwung vom Stuhlwerfen, um hochzuspringen und mich zu drehen. Ich muss genau treffen, wenn ich ihn nicht beim ersten Mal ausschalte, könnte es verdammt eng werden.

Mit der linken Ferse treffe ich seine Schläfe. Da ich mich nach links gedreht habe, steckt dahinter die Wucht einer fast vollständigen Drehung. Er hebt regelrecht ab und landet auf einem Tisch, der dieser unerwarteten Belastung nicht standhält und zusammenkracht.

Er hat tatsächlich eine Pistole.

Die beiden Jungs sehen sie auch, doch sie haben schlechtere Reflexe als ich. Ich springe gegen denjenigen, der näher dran ist, das linke Knie angezogen. Mit den Fingern kralle ich mich in seine Haare, das Knie trifft seine Nase. Wir fallen beide um, ich auf ihn.

Mein Knie tut höllisch weh.

Noch einer.

Ich erhebe mich und starre ihn an. Er starrt mich an, dann die Pistole. Um an sie zu kommen, müsste er an mir vorbei. Und davor scheint er Angst zu haben.

Ich warte nicht ab, bis er sich entscheidet. Da ich nicht weiß, ob er nicht eine Nahkampfausbildung hat, gehe ich kein Risiko ein. Ich täusche einen Seitwärtskick an, als er seinen linken Arm hebt, um zu blocken, drehe ich mich nach links und treffe mit den Handknöcheln seine ungeschützte rechte Gesichtshälfte. Ich kann das Krachen hören, dann sehe ich Blut aus seinem Mund spritzen. Wahrscheinlich hat er sich die Zunge abgebissen.

Null.

Ich wende mich Brodwich zu. Er ist gerade dabei, sich an der Theke hochzuziehen. Seine Nase sieht gebrochen aus, sein Gesicht ist voll mit Blut.

Ich nehme Anlauf. Er sieht mich kommen, ist aber in seinem Zustand zu langsam. Mit dem Ellbogen voran springe ich gegen seine Brust. Erstaunlicherweise scheinen die Rippen zu halten, obwohl er die Theke im Rücken hat. Allerdings berührt er diese schon, bevor ich ihn treffe, das verhindert wohl die Rippenbrüche.

Aber auch so setzt der Treffer ihn außer Gefecht, denn atmen kann er auf keinen Fall mehr. Er rutscht auf den Boden und schnappt verzweifelt nach Luft.

Ich hocke mich auf ihn und hole mit der rechten Faust aus. Eigentlich will ich ihm das Nasenbein zertrümmern. Und dann den Kehlkopf. Das sollte ihn töten.

Aber ich kann nicht.

Ich starre keuchend in seine aufgerissenen Augen.

Ich bin keine Mörderin.

Ich kann keinen wehrlosen Menschen töten.

Vor Wut schreiend packe ich mit beiden Händen sein linkes Handgelenk und reiße den Arm hoch, während mein rechtes Knie seinen Ellbogen unten hält. Das Krachen der Knochen geht in seinem Gebrüll unter.

Mit dem anderen Arm mache ich dasselbe, dann erhebe ich mich schwerfällig.

Erst jetzt wird mir bewusst, dass ich aus der Nase blute. Irgendwann im Kampf muss ich mir einen Treffer eingehandelt haben, ohne es zu merken. Meine Knie und das Kinn, wo mich der Baseballschläger erwischt hat, tun höllisch weh.

Die Ersten rühren sich bereits wieder.

Ich fahre herum und renne nach draußen. Ohne nachzudenken, wende ich mich nach links und laufe durch, bis ich an meinem Auto ankomme. Immer noch ohne Zutun des Verstandes werfe ich mich hinters Steuer, starte den Motor und fahre mit quietschenden Reifen los.

Das Nächste, was ich bewusst wahrnehme, sind die Vögel, die über dem Meer kreisen.

Wo bin ich?

Ich blicke mich um. Ich stehe auf einem einsamen, kleinen Parkplatz an der Küste. Da es hier keinen Strand in der Nähe gibt, auch keinen Weg am Wasser entlang, verirren sich nur selten Leute hierher. Zumal es kaum Hinweisschilder gibt. Hier existierte mal ein kleines Café, aber das ist schon lange her.

Ich starre meine Hände an, die das Lenkrad umklammern. Die Knöchel sind wund.

Was habe ich getan?

Und vor allem, wie habe ich das geschafft? Neun Männer, die es gewohnt sind, echte Kämpfe auszutragen. Ich hätte zwei, drei von ihnen dank meiner Kampfsporterfahrung schaffen können, aber neun? Wie ist das möglich?

Ich lasse das Lenkrad los und suche etwas, um mich zu säubern. Im Handschuhfach finde ich Papiertücher. Als ich sie raushole, merke ich, wie meine Hände zittern.

Nachdem ich ein paarmal tief durchgeatmet habe, steige ich aus dem Auto und gehe ans Wasser. Die zerklüfteten Steine sind glitschig, mehrmals falle ich fast auf die Schnauze. Doch schließlich erreiche ich mein Ziel und wasche meine Hände und das Gesicht, so gut es geht. Am Auto trockne ich mich mit den Tüchern ab.

Dann starre ich auf das Meer hinaus und versuche zu kapieren, was eigentlich geschehen ist.

Ich weiß, dass ich sehr gut im Kampfsport bin. Ich trainiere ja auch seit zwölf Jahren intensiv. Einmal, wirklich nur einmal, habe ich selbst den Meister geschlagen.

Aber neun Männer? Neun solche Männer, die nicht übermäßig skrupelbehaftet sind und kein Problem damit haben, eine Frau zu schlagen, wenn sie nicht spurt? Die mit Sicherheit schon etliche Kämpfe ausgetragen haben, auf der Straße, nicht im Ring?

Wie kann das sein?

Oh Mann.

Ich versuche, mich an den Ablauf des Kampfes zu erinnern. Die Männer haben mich zu keinem Zeitpunkt gleichzeitig angegriffen, aber das wäre auch nicht gegangen. Einerseits hätten sie sich gegenseitig behindert, andererseits stand einiges an Mobiliar im Weg herum. Und ich hatte verdammtes Glück, dass der Baseballschläger mich nicht richtig erwischt hat. Ich hätte sonst einige Zähne weniger.

Das alles ändert nichts daran, dass ich bescheuert bin. Und anscheinend einfach nur unglaubliches Glück hatte.

Ja, es war Glück, mehr nicht.

Ich steige wieder in mein Auto und fahre zum Abtanzen.

Ich fahre herum und meine Hand schlägt gegen etwas. Dann setzt die Erinnerung ein und ich verharre mitten in der Bewegung.

Keine Panik, Fiona. Du liegst zu Hause im Bett, nachdem du ziemlich besoffen, verschwitzt und müde mitten in der Nacht nach Hause gekommen bist.

Habe ich mich wenigstens ausgezogen?

Ich betaste meinen Körper. Er ist nackt. Auch die Füße, nicht einmal die Stiefel habe ich vergessen. Sehr gut. Du bist doch noch zu etwas zu gebrauchen.

Ich setze mich vorsichtig auf und öffne blinzelnd die Augen. Draußen scheint es gleißend hell zu sein, so viel kann ich erkennen.

Ich krabbele zum Fussende und dort aus dem Bett. Die Versuchung, auf allen vieren ins Bad zu kriechen, ist verflucht groß. Aber es sieht lächerlich aus. Und es ist egal, ob mich dabei jemand sieht, ich weiß es. Das genügt. Also erhebe ich mich und wanke zur Toilette.

Wenn ich Glück habe, ist heute Sonntag, wenn nicht, dann habe ich den Sonntag durchgepennt und es ist bereits Montag. Aber eigentlich ist es so scheißegal.

Mein Kopf ist irgendwie ziemlich schwer, ich lege die Stirn in die Hände.

Ich habe ihm die Arme gebrochen. Und ich hatte ernsthaft vor, ihn zu töten. Verdammt, was ist bloß mit mir los? Ich bin doch keine Mörderin!

Ich hebe den Kopf und betrachte meine Hände, mit denen ich ihn totschlagen wollte, zumindest laut Plan.

Komisch. Sie sehen irgendwie komisch aus, diese Hände. Glatte Haut, feingliedrig, einigermaßen sauber, die Nägel mal nicht abgekaut. Eigentlich ganz okay.

Und das genau ist das Problem.

Gestern Abend waren nach der Schlägerei die Knöchel völlig

zerschunden, blutig, wund. Davon ist nichts mehr zu sehen. Nichts. Nada.

Hä?

Ich taste in meinem Gesicht nach den Wunden. Mindestens am Kinn müsste eine Platzwunde sein.

Nada.

Ich springe auf und starre mein Spiegelbild an. Über das Gesicht kann man geteilter Meinung sein, viele halten es für hübsch, aber im Moment interessiert mich nur eines: Es sieht mehr oder weniger genauso aus wie gestern Morgen. Vor der Schlägerei.

Das kann doch nicht sein! Eine solche Wunde verheilt doch nicht einfach über Nacht! Ich weiß ja, dass ich gutes Heilfleisch habe, aber hallo?

Ich gehe ins Zimmer und setze mich auf die Bettkante. Was ist hier eigentlich los? In 48 Stunden hat sich mein Leben völlig verändert. Mein Bruder ist tot, ich hatte vor, einen Menschen zu töten, habe eine unglaubliche Prügelei und meine daraus resultierenden Verletzungen heilen über Nacht.

Äh?

Okay, vielleicht habe ich auch nur alles geträumt und wenn ich zum Frühstücken nach unten gehe, sitzt Norman bereits da.

Ja, das sollte ich tun.

Ich ziehe ein hellgraues T-Shirt und weiße Shorts an und rase nach unten.

Der Lieutenant und der eine Polizist sind da. Ben oder so.

Norman ist nicht zu sehen. Klar, er liegt ja im Leichenschauhaus. Oder das, was von ihm übrig ist.

Die beiden Polizisten mustern mich neugierig. Sie sitzen auf der Couch und haben sich wohl mit meinen Eltern unterhalten. Auch diese mustern mich. Meine Mutter unsicher, mein Vater wütend.

„Hätte nicht gedacht, dass du so früh aufstehst", bemerkt er.

„Wie spät ist es denn? Und welcher Tag?"

Er schnaubt. „Wieso überrascht mich diese Frage nicht?"

„Sonntag, elf Uhr", sagt der Lieutenant. „War wohl eine harte Nacht."

„Ich habe zu viel getrunken und noch mehr getanzt", erwidere ich und lasse mich stöhnend auf die Couch sinken, ohne meinen Vater anzusehen. „Was ist überhaupt los? Wieso kreuzt die Polizei an einem Sonntag vormittags hier auf?"

„Wegen dir", knurrt mein Vater.

„Wegen mir?" Ich suche mit dem Blick Nicholas. Er versteht mich ohne Worte: „Ich bringe Ihnen einen Kaffee, Fiona."

„Es gab gestern Abend eine Schlägerei in einer Kneipe", sagt der Lieutenant. „Unter anderem war darin eine junge, blonde Frau verwickelt, die ihnen auffallend ähnlich sah. Zeugen zufolge hat sie einen Mann beschuldigt, ihren Bruder getötet zu haben. Anschließend brach sie ihm beide Arme. Es heißt, sie hätte unglaublich gut gekämpft. Sie machen doch seit zehn Jahren sehr intensiv Kampfsport, oder?"

„Seit zwölf", korrigiere ich ihn. „Und?"

„Waren Sie in eine Schlägerei verwickelt gestern?"

„Sehe ich so aus?"

Er schüttelt den Kopf. „Ich hätte bis vorhin darauf gewettet, dass Sie es waren. Sowohl die Beschreibung als auch das mit dem Bruder passt. Allerdings wurde die Frau bei der Schlägerei verletzt, unter anderem am Kinn."

„Aha. Nun, ich habe keine Verletzung am Kinn." Weil es verheilt ist und ich habe keine Ahnung, wie das möglich ist. Scheiße!

„So sieht es tatsächlich aus. Schminken Sie sich?"

„Ab und zu, wenn es das Protokoll verlangt."

„Das Protokoll?" Er zieht beide Augenbrauen hoch.

„Ich habe mich zu den Abschlussbällen geschminkt und ich schminke mich, wenn ich an den Messeständen von CSE stehe. Ich bin Trainee bei meinem Vater und war ein Jahr in der Marketingabteilung."

„Ich verstehe." Er beobachtet Nicholas, der mir jetzt meinen Kaffee bringt und sich dann dezent zurückzieht. „Nun, ich muss mich für die Störung entschuldigen."

„Ist schon gut", sagt mein Vater und steht ebenfalls auf. Meine Mutter auch. Ich bleibe demonstrativ sitzen und trinke meinen Kaffee.

Vor der Treppe nach oben bleibt der Lieutenant stehen und dreht sich zu mir um. „Was ich vergessen habe, auch wenn es Sie ja eigentlich nicht interessieren dürfte: Für den Mord an ihrem Bruder hat Brodwich ein Alibi. Einen schönen Sonntag noch, Miss Carter."

Ich nicke nur.

Nachdem die beiden weg sind, kommt meine Mutter wieder und setzt sich neben mich.

Ich sehe sie an. „Was?"

„Warst du das?"

„Hast du nicht zugehört? Das Supergirl wurde verprügelt und hatte eine blutige Visage. Sehe ich aus, als hätte ich eine Prügelei gehabt?"

Sie schüttelt stumm den Kopf, dann erhebt sie sich seufzend. „Kind, es ist für uns alle schwer. Ich möchte nicht noch ein Kind verlieren."

Ich starre ihr hinterher, während sie nach draußen auf die Terrasse geht. Es fühlt sich beschissen an, dass ich sie angelogen habe. Aber ich kann ihr die Wahrheit auf keinen Fall sagen.

Ausnahmsweise sitze ich mal mit am Mittagstisch, aber niemand hat wirklich Hunger. Am begehrtesten ist noch der Rotwein, irgendein Südamerikaner. Schmeckt gar nicht schlecht, alles andere wäre im Hause meines Vaters sehr seltsam.

Bis zum Nachtisch schaffen wir es, ohne dass es Ärger gibt.

Als ich mir allerdings zum dritten Mal das Glas fülle, meint mein Vater, einschreiten zu müssen: „Meinst du nicht, du hast genug?"

Ich starre ihn an. „Meinst du nicht, ich würde es lassen, wenn ich das meinen würde?"

„Du hast doch bestimmt gestern auch ohne Sinn und Verstand getrunken."

„Bestimmt", erwidere ich und nehme einen Schluck. „Du hast doch gehört, ich bin nicht das Supergirl."

„Ja, aber es hätte zu dir gepasst."

„Echt? So gut kennst du mich? Woher eigentlich? Du merkst doch sonst überhaupt nicht, dass es mich gibt. Wieso glaubst du dann, du wüsstest irgendetwas über mich?"

Für einen Moment scheint alles einzufrieren. Dann lässt mein Vater den Kaffeelöffel wieder sinken, mit dem er seinen Kaffee vermutlich umrühren wollte. Will er mich etwa schlagen? Er weiß doch, dass ich mich wehren würde und das auch kann. Die Zeiten, in denen ich mich von ihm schlagen ließ, sind lange vorbei.

Er mustert eine Weile den Kaffee, bis er schließlich den Blick hebt und mich ansieht. „Du bist meine Tochter. Ich kenne dich, besser, als du es gerne hättest. Und ich weiß, wie sehr auch dich der Tod von Norman mitnimmt, daher tue ich mal so, als hättest du nichts gesagt."

„Wie gütig von dir. Und mir reicht es." Ich werfe meine Kuchengabel hin und erhebe mich geräuschvoll.

„Kind ...", sagt meine Mutter.

„Ja, was?"

„Wo willst du hin?"

„Keine Ahnung. Nach draußen.“

Erst einmal gehe ich jedoch nach oben und tausche die Shorts gegen 3/4-Jeans und Sportschuhe. Und kurz darauf stehe ich auf dem Nachbargrundstück vor der Haustür und läute Sturm. Bis Leslie die Tür aufreißt.

„Was soll das denn?“

„Kommst du mit?“

„Wohin?“

„Spazieren. Zur Promenade. Eis essen.“

Sie starrt mich kurz an, dann nickt sie. „Ich ziehe mir nur eben Schuhe an.“

Sie streift sich flache Sandalen über, steckt ihren Schlüsselbund und etwas Geld ein, dann zieht sie die Tür hinter sich zu. Sie trägt wadenlange Jeans und ein Hemd, das sie anscheinend von James geklaut hat, es reicht ihr bis zu den Oberschenkeln.

Eine Weile gehen wir schweigend nebeneinander her. Erst als wir auf den Waldweg einbiegen, der nach unten zur Küste führt, bricht sie unser Schweigen.

„Was ist los? Wieder Krach mit deinem Vater?“

„Das auch.“

„Das auch? Ist das denn noch steigerungsfähig?“

„Anscheinend ja.“ Ich atme tief durch. „Vorhin waren die beiden Polizisten da, der Lieutenant und der junge Kerl.“

„Aha. Was wollten sie denn?“

„Sie dachten, ich hätte mich gestern in einer Kneipe mit neun Männern geprügelt. Und einem von ihnen beide Arme gebrochen.“

„Mit neun Männern? Ist das nicht etwas übertrieben? Ich meine, ich weiß ja, was du drauf hast, habe es ja selbst erlebt. Aber neun Männer? Okay, und das glauben sie nicht mehr?“

„Supergirl hat ein paar Schrammen abgekriegt, unter anderem hier.“ Ich tippe auf die Stelle am Kinn.

„Und weil du nichts … Woher weißt du, an welcher Stelle?"

„Weil ich es war."

Leslie bleibt stehen und starrt mich fassungslos an. „Du? Aber warum?"

„Der Mann mit den gebrochenen Armen … Ihm gehört das Auto, mit dem Norman getötet wurde."

„Was?! Warte mal, wieso glaubten die, dass da eine Verletzung …?"

„Der Barmann hat mich dort mit einem Baseballschläger erwischt."

„Jetzt mal langsam. Aber da ist nichts!"

„Eben, Leslie, eben! Als ich heute aufgewacht bin, waren alle Schrammen spurlos weg! Wie geht so was?!"

„Willst du mich verarschen?"

„Nein! Verdammte Scheiße!" Ich packe meine Haare, dann sehe ich sie wieder an. „Ich habe schon gedacht, ich habe alles geträumt, dann komme ich runter und da sitzen die beiden. Ich … ich weiß einfach nicht, was ich denken soll."

Leslie überlegt kurz, dann nimmt sie meinen Arm. „Wir gehen erst einmal weiter und essen ein Eis, okay?"

Ich nicke schweigend.

An der Küste ist es natürlich jetzt schon voll. Nach einer halben Stunde finden wir trotzdem einen freien Tisch in einer kleinen Eisdiele etwas weiter hinten. Leslie bestellt sich einen Milchkaffee und einen Erdbeerbecher, ich nehme Cappuccino und Spaghettieis.

Erst als wir unser Eis haben, redet Leslie wieder. „Also gut, du hast neun Männer verprügelt? Wie geht das? Waren das irgendwelche Schwächlinge, Buchhalter, oder wie?"

„Straßenjungs, kampferprobt", erwidere ich düster. „Brodwich ist ein Riese mit Glatze und Tattoos, wie aus einem Film. Ein bisschen wie Vin Diesel, nur größer."

„Du weißt aber schon, wie sich das anhört?"

„Klar weiß ich das. Ich … ich weiß auch nicht, was da passiert ist. Ich war schon nahe dran, wieder nach Hause zu fahren, als ich zufällig die Kneipe gefunden habe. Die haben mich für eine Nutte gehalten, weil ich so knappe Jeans anhatte."

„Wo dein halber Arsch raushängt?"

„Genau, du Arsch."

Sie grinst. „Vielleicht bist du ja Supergirl, weißt es nur nicht."

„Das würde erklären, warum ich mich oft so fühle, als käme ich von einem anderen Planeten."

„Siehst du, es gibt für alles eine Erklärung."

Ich erwidere nichts, sondern beobachte an ihr vorbei das Meer. Da sind Segelboote unterwegs, weiter weg ein Kreuzfahrtschiff und vorne auf dem Strand Menschen wie Sardinen in der Büchse.

„Hallo, Schätzchen!" Leslie fuchtelt mit den Händen vor meinem Gesicht herum. „Ich will von dir wissen, ob du eine vernünftige, rationale Erklärung hast!"

„Hab ich nicht", erwidere ich kopfschüttelnd und esse wieder von meinem Eis. „Wie denn? Hör zu, natürlich habe ich gelernt, gleichzeitig mit mehreren Gegnern zu kämpfen. Das gehört zur Prüfung. Ich weiß, was ich kann, und ich habe definitiv nicht damit gerechnet, dass ich auch nur die geringste Chance gegen die habe."

„Warum bist du dann nicht weggerannt, verdammt nochmal? Du hättest sterben können!"

„Keine Ahnung." Ich zucke die Schultern. „Vielleicht deswegen."

„Soll das ein Witz sein? Oder muss ich die Polizei rufen, zu deinem Schutz?"

„Nein, nicht nötig. Du siehst ja, nicht einmal das kriege ich hin."

„Idiot!"

„Ja, danke. - Hör zu, das mit den neun Kerlen kann man ja noch irgendwie mit Adrenalin, Lebensgefahr und so erklären. Irgendwie. Aber das mit den Verletzungen?"

„Wie schlimm waren sie denn? Vielleicht sahen sie nur wild aus."

„Meine Knie waren blutig, mein Ellbogen auch, eine Platzwunde am Kinn. Und jetzt sind alle, wirklich alle Wunden spurlos weg."

„Hm. Eigenartig. Ich würde an deiner Stelle mal Ahnenforschung betreiben."

„Ahnenforschung? Hä?"

„Ich denke, du hast eine Hexe unter deinen Vorfahren. Eine andere Erklärung gibt es eben nicht."

„Du bist echt bescheuert." Ich starre in ihr grinsendes Gesicht, dann schüttele ich den Kopf. „Das ist ernst."

„Weiß ich ja. Aber ich habe echt absolut keine Erklärung. Ich kann ja mal vorsichtig an der Uni rumhören, kenne ein paar Medizinstudis."

„Das wäre gut. Danke."

Sie nickt. „Ich sehe ja, dass du völlig durch den Wind bist. Und das kann ich nachvollziehen. Keine Ahnung, was für Panik ich schieben würde, wenn mir so was passieren würde. Ich meine, vielleicht ist es eine Art Gendefekt."

„Gendefekt? Hast du sie noch alle?"

„Denk mal nach, Schätzchen. Du hast doch auch Biologie gehabt."

„Klar, wir waren ja in derselben Klasse."

„Eben."

„Worauf willst du hinaus?"

„Was passiert denn bei der Wundheilung? Das ist doch reinste Genetik, irgendwie."

„Na ja …“

„Hat das nichts mit der Reparatur defekter Genabschnitte zu tun?“

„Ich glaube, du wirfst da etwas durcheinander, meine Liebe. Unabhängig davon könnte es trotzdem gentechnisch bedingt sein, da gebe ich dir recht, wenn ich so darüber nachdenke. Die Mechanismen bei Wundheilung habe ich nicht mehr parat, aber Veranlagung spielt mit rein. Und Wunden haben bei mir immer schnell geheilt. Aber nicht soo schnell.“

„Vielleicht haben die Schläge was ausgelöst bei dir. So wie man manchmal den Fernseher schlägt, wenn das Bild verwackelt ist.“

„Du bist heute echt unmöglich“, erwidere ich, nachdem ich meine Sprache wiedergefunden habe. „Klar, ein Schlag mit dem Baseballschläger wirbelt meine Gene so durcheinander, dass … Hey, vielleicht hätte ich mich richtig treffen lassen sollen, dann wäre in meinem Kopf bestimmt alles zurechtgerückt worden!“

„Ja, genau. Wenn du Hilfe brauchst dabei …“

„Ich sehe schon, dir darf ich auch nie wieder den Rücken zudrehen.“

Sie lacht auf und ich muss mitlachen. Das ist einfach zu bescheuert, da kann kein Mensch ernst bleiben. Mir ist schon klar, dass sie genau das erreichen wollte. Aber verdammt, niemand ist zynischer als ich. Dachte ich jedenfalls.

Wir essen schweigend unser Eis zu Ende, dabei denke ich darüber nach, ob es wirklich etwas mit meiner Genetik zu tun haben könnte. Jedenfalls wäre das eine wahrscheinlichere Erklärung als das mit der Hexe. Hexen und Magie, all diesen Quatsch gibt es nicht, seltsame Gendefekte schon. Ich meine, ich bin ja eh ziemlich seltsam, warum sollten dann meine Gene normal sein? Wenn schon, denn schon.

Ich beschließe, dass meine Gene genauso bescheuert sind wie ich und seltsame Sachen machen.

Fall gelöst.

Ich muss unbedingt mit Savage reden. Selbst wenn er mir das richtige Kennzeichen genannt hat, Brodwich saß anscheinend nicht am Steuer. Und ich glaube irgendwie nicht, dass Savage das nicht gewusst hat. Es mag ja sein, dass ich keinem Unschuldslamm die Arme gebrochen habe, doch das macht es nicht besser.

Ich springe aus dem Bett und laufe Richtung Bad. Dabei fällt mein Blick unwillkürlich auf die Zimmertür und ich muss daran denken, wie Norman früher immer völlig unerwartet hereingestürmt ist.

Ich bleibe stehen und schließe die Augen.

Verdammte Scheiße.

Es war ihm völlig egal, ob ich vielleicht gerade nackt aus dem Bad kam oder möglicherweise Besuch hatte. Okay, wenn ich Besuch hatte, schloss ich die Tür ab.

Meistens jedenfalls.

Als er acht wurde, erklärte ich ihm, dass er bitte anklopfen möge. Er hat genickt und weitergemacht wie vorher. Ich hatte ein halbes Jahr gebraucht, um ihn umzugewöhnen! Vor allem, dass es nicht reicht, anzuklopfen, er müsste auch darauf warten, dass ich „Herein!" rufe.

Und plötzlich wurde er älter, kam in die Pubertät. Von da an achtete ich wirklich peinlich genau darauf, die Tür abzuschließen, wenn ich Besuch hatte. Trotzdem überraschte er mich an einem Sonntag beim Masturbieren. Keine Ahnung, für wen das peinlicher war. Ich zog blitzschnell die Decke über mich, aber sein Gesichtsausdruck verriet, dass seine Fantasie mit ihm durchging.

Mit mir nicht, dafür rastete ich aus.

Ich spüre, wie mir schlecht wird, und schaffe es gerade eben zum Waschbecken.

Danach dusche ich und ziehe mich an. Ich will zu Savage,

also in ein Krankenhaus. Was ziehe ich an? Nach den Erfahrungen am Samstag habe ich genug davon, wie ein Flittchen auszusehen. Ich entscheide mich für eine kurzärmelige Bluse, einen knielangen, hellblauen Jeansrock und Stiefeletten.

Sieht okay aus. Hübsch, aber nicht aufreizend.

Bist ja auch ein hübsches Mädchen, sagt die Andere in mir.

Halt den Mund. Das ist ja wohl nicht mein Verdienst.

Trotzdem kein Grund, dich zu schämen.

Ich lasse das mal so stehen und gehe nach unten. Mein Vater ist schon weg, zur Arbeit, wie ich von Nicholas erfahre. Ich starre ihn an. Die Frage, wieso er arbeitet, wenn am Freitag erst sein Sohn getötet wurde, kann ich gerade noch zurückhalten. Ich muss es wirklich nicht an Nicholas auslassen, er kann nichts dafür.

Meine Mutter sitzt auf der Terrasse bei einer Tasse Tee. Nach kurzem Zögern lege ich von hinten die Arme um sie. Sie greift nach meinen Unterarmen.

„Wohin gehst du?"

„Zu Savage."

Ihr Blick, als sie mich ansieht, verrät mir, dass sie nicht begeistert ist, doch sie sagt nichts dazu. Ich gebe ihr einen Kuss auf die Wange, dann beeile ich mich, wegzukommen. Ich fürchte, sonst ersticken zu müssen. Oder wieder zu kotzen. Oder beides.

Scheiße.

Im Krankenhaus droht mir dann ein Herzstillstand, als ich das Zimmer von Savage leer vorfinde. Das heißt, sein Bett ist abgezogen, seine Sachen weg. Er ist also auch weg.

Ich renne zur Stationsschwester, die mich erschrocken anstarrt.

„Was ist mit Savage?", frage ich panisch.

„Er ist nach Hause", erwidert sie und kümmert sich wieder um irgendwelche Papiere, mit denen sie bereits vorher beschäftigt war, bevor ich sie auch in Panik versetzt habe.

„Wie, nach Hause? Wieso denn?"

Jetzt blickt sie wieder hoch und mich streng an.

„Er wurde von seiner Mutter abgeholt. Ist das ein Problem?"

„Natürlich ist das ein Problem! Sein Freund wurde vor seinen Augen getötet!"

„Ja, schon klar. Aber er ist nicht krank. Also haben wir ihn entlassen."

„Er ist nicht krank?"

„Jedenfalls nicht physisch. Und um das Andere muss sich die Therapeutin kümmern."

„Aha."

„Miss Carter, wo ist das Problem? Das hier ist ein Krankenhaus, hier werden Menschen mit körperlichen Leiden behandelt. Und wir brauchen das Bett."

„Vielleicht hat er ja irgendwelche Spätfolgen und ..."

„Miss Carter! Körperlich fehlt ihm nichts!"

Ich atme tief durch, dann nicke ich. „Ja, in Ordnung. Sorry."

Ihre Gesichtszüge werden weicher. „Ich weiß ja, was Sie durchmachen. So ein Verlust ist sehr tragisch. Aber wir machen nur unsere Arbeit."

„Klar. Wie gesagt, sorry. Ich hatte mich erschrocken."

„Ist schon okay."

Wie in Trance gehe ich zu meinem Auto und steige ein. Was jetzt? Wo er wohnt, weiß ich ja. Aber ich kann nicht mit ihm reden, während seine Mutter dabei ist. Normalerweise würde sie wohl um diese Zeit arbeiten, doch sie wird sich für ihn freigenommen haben. Kann ich ja nachvollziehen. Trotzdem ist das nicht gut für mich.

Schließlich beschließe ich, dass ich trotzdem hinfahre. Irgendwas wird sich schon ergeben. Hoffe ich jedenfalls.

Die beiden wohnen in einem Mietshaus mit sechs Wohnungen. Nicht die beste Gegend, aber auch nicht die schlechteste.

Mittelstand, aber nicht der gehobene. Die meisten Autos, die hier parken, haben Technik verbaut, die der BMW meines Vaters vor zehn Jahren schon hatte. Aber sie sind sauber und gepflegt, genau wie die Häuser und Gärten.

Hier möchte ich niemals leben. Nicht wegen des fehlenden Luxus, den würde ich wahrscheinlich nicht einmal vermissen. Aber der hier vorherrschende Mief ließe mich früher oder später Amok laufen. Zu Hause habe ich den Vorteil, dass ich allem aus dem Weg gehen kann. Hier könnte ich das nicht. Dann lieber im Ghetto. Wäre bestimmt nicht angenehm, aber ich kenne es aus meiner Zeit mit Greg. Vieles war scheiße, aber ich konnte wenigstens sagen, was ich dachte.

Ist das eine Art Naturromantik?, erkundigt sich die Andere in mir.

Höchstens Sozialromantik. Klar, ich bin ja das verwöhnte Mädchen aus reichem Hause und so was von naiv. Niemand würde mir glauben, dass ich das kenne und es so meine.

Stimmt.

Ach, halt doch die Fresse. Fick dich.

Fängt eigentlich Schizophrenie so an? Dass ich zu mir selbst sage, ich soll mich ficken?

Vielleicht sollte ich mir einen Dildo besorgen. Nur für den Fall, dass es schlimmer wird.

Seufzend steige ich aus und gehe zur Haustür. Mrs Norton öffnet mir die Wohnungstür und nimmt mich in die Arme, als sie mich sieht. Ich lasse es über mich ergehen, ich weiß ja, dass sie es ehrlich meint. Wir haben uns nicht oft gesehen, aber ich habe Norman einige Male gebracht oder abgeholt.

„Das tut mir so leid!“, sagt sie danach schniefend.

„Mir auch“, erwidere ich. „Ich … ich wollte eigentlich zu Savage.“

„Er ist nicht da.“

„Nicht da?“ Ich spüre, wie der nächste Herzstillstand droht.

„Er wollte auf den Spielplatz, wohin er auch mit Norman immer gegangen ist. Gefiel mir nicht, aber er fing an zu weinen, also ließ ich ihn gehen. Es ist nur paar Minuten von hier entfernt. Sag mal, willst du nicht reinkommen? Auf einen Tee?“

„Das ist wirklich sehr lieb, Mrs Norton. Danke. Ich werde Savage suchen.“

„In Ordnung. Einfach nach rechts gehen, du kannst es nicht verfehlen.“

Vor dem Haus zünde ich mir erst einmal eine Zigarette an, bevor ich zum Spielplatz spaziere. Ich kann Savage auf einer Bank sitzen sehen und beobachte ihn während des Rauchens.

Er sitzt nur da und hört Musik. Mit dem CD-Player, den ich ihm geschenkt habe.

Er blickt nicht einmal hoch, als ich mich neben ihn setze. Ich lehne mich zurück und rauche mit geschlossenen Augen zu Ende. Dann erhebe ich mich wieder, gehe zum Mülleimer mit integriertem Aschenbecher, sicheres Zeichen für Mittelschicht, am Rand des Spielplatzes, entsorge die Kippe und kehre zurück zu Savage.

Diesmal beobachtet er mich.

„Hi“, begrüße ich ihn.

„Hi“, erwidert er. „Hast du ihn gefunden?“

„Ja. Aber er saß nicht am Steuer, oder?“

Savage schüttelt den Kopf.

„Wer saß am Steuer, Savage?“

„Ist das wichtig? Komm, ich will dir was zeigen.“

Er springt auf und geht mit einer Geschwindigkeit los, als wollte er heute noch bis … keine Ahnung, wohin. Bis ans Ende der Welt. Ich habe trotz meiner langen Beine Mühe, ihm zu folgen.

„Hey, langsam! Wo willst du hin?“

„Zum Baumhaus."

„Baumhaus?" Ich bleibe stehen, daraufhin er auch. „Was für einem Baumhaus?"

„Unserem Versteck. Du wirst es sehen. Kommst du?"

„Ja, aber renn nicht so." Er geht tatsächlich langsamer weiter, so dass ich mir eine weitere Zigarette anzünden kann. Ob ich weniger rauchen sollte? Ist ja auch eine Art des Selbstmords, nur eben auf Raten. Und möglicherweise sehr unangenehm.

Wir gehen an einem Park entlang bis etwas über die Mitte hinaus, dann schlägt sich Savage plötzlich zwischen die Bäume. Wenn es einen regulären Weg zum Baumhaus gibt, dann will er ihn mir nicht zeigen, und ich verfluche meine Idee, einen Rock anzuziehen. Die verdammten Dornen haben es auf meine Schienbeine abgesehen, das merke ich sehr schnell. Mit etwas Konzentration gelingt es mir aber dann, ihnen aus dem Weg zu gehen. Doch bis dahin habe ich mir einige blutige Schrammen eingehandelt.

Ob die bis morgen spurlos verschwunden sein werden?

Endlich bleibt Savage vor einem Baum stehen und zeigt stumm nach oben. Ich muss zweimal hinsehen, bis ich das Baumhaus erkenne, so gut ist es versteckt. Farblich perfekt an die Äste und den Laub angepasst, sieht man ihn nur, wenn man weiß, dass es da ist.

„Wie kommen wir da hinauf?", erkundige ich mich.

„Kannst du nicht auf einen Baum klettern?"

„Doch", erwidere ich stinkig. Savage weiß, dass ich Kampfsport mache. Irgendwas hat er und das lässt er im Moment an mir aus. Ich habe viel Verständnis für ihn wegen dem, was er erlebt hat, trotzdem bin ich sauer.

Ich greife nach einem Ast, um mich hochzuziehen, als mir bewusst wird, dass ich einen Rock trage. Ich lasse die Hand wieder sinken und sehe Savage an: „Du gehst vor!"

„Schade", sagt er grinsend, dann klettert er schnell und geschickt nach oben.

Ich folge ihm schweigend. Meine Kleidung ist nicht ganz die Richtige, um Jane zu spielen, aber ich gelange ins Baumhaus, ohne mich zu blamieren.

Es ist, nicht unüblich für so ein Baumhaus, klein und spartanisch eingerichtet. Eine alte Matratze, ein Regal, mehr gibt es nicht. Überall liegen Hefte herum. Superman-Comics – und Pornos.

Wenn ich erwartet habe, dass Savage Letztere hektisch einsammelt, werde ich enttäuscht. Er fegt zwar alles beiseite, aber nicht so, dass ich nicht sehe, was es ist. Im Gegenteil, er sortiert alles auf einem Stapel und ganz oben liegt ein Porno. Eine junge Dame mit beängstigend aufgeblasen wirkenden Titten schiebt sich einen noch beängstigender wirkenden Dildo rein und grinst dabei, als würde sie mit einer Pistole gezwungen, Spaß zu simulieren.

Was zur Hölle soll daran erregend sein? Ich bin ja nun echt nicht prüde und bestimmt kein Fan von klassischem Sex in Missionarsstellung und im Dunkeln, aber das wirkt auf mich einfach nur abstoßend. Unabhängig davon, dass ich nicht so auf Sex mit Frauen stehe. Ich wäre aber auch nicht erregt, wenn da ein Mann mit Riesenschwanz sich einen Riesendildo in den Arsch schieben würde, von daher …

„Gefällt es dir?", fragt Savage.

Ich reiße mich von dem Anblick der Monstertitten los und starre ihn entgeistert an.

„Das da? Nein, ganz sicher nicht!"

„Ich finde das gar nicht so schlecht, aber Norman stand auf diese Riesentitten."

„Aha." Das ist ein Thema, das ich gar nicht vertiefen möchte. „Sava, warum hast du mich hierher geführt?"

„Hier sind wir ungestört.“

Er sitzt im Schneidersitz mir gegenüber. Ich sitze eigentlich auch gerne so, aber nicht einem Dreizehnjährigen gegenüber, wenn ich einen Rock trage. Einem Dreizehnjährigen, dessen Blicke mich ziemlich irritieren. Hallo? Er ist traumatisiert!

Also sitze ich auf meinen Fersen, den Rock so weit nach vorne gezogen, wie es nur geht. Und ich bereue es, keinen BH angezogen zu haben. Die Scheißbluse lässt sich nicht bis oben zuknöpfen, außerdem schwitze ich in dieser Hitze, dadurch klebt der Stoff an meinen Brüsten.

Ich beschließe, das Ganze abzukürzen: „Sava, ich will von dir nur wissen, was ...“

„Lass uns ficken“, unterbricht er mich.

„Wie bitte?!“

„Lass uns Spaß haben.“ Dabei streckt er die rechte Hand nach mir aus. Ich greife blitzschnell nach seinem Handgelenk.

„Was soll das denn? Savage, ich weiß ja, dass du Schlimmes erlebt hast und ich bin gerne bereit, dir zu helfen, das zu überwinden, aber ganz bestimmt nicht so, okay?“

„Die anderen haben sich auch nicht so geziert“, sagt er mit einem lauernden Blick.

Hä?

„Was für andere?“, erkundige ich mich, während ich spüre, wie mir kalter Schweiß am Rücken hinunterläuft. Irgendwas ist hier nicht in Ordnung. So verhält sich kein traumatisierter Junge, das weiß ich auch, ohne Psychologie studiert zu haben.

„Die anderen Mädchen.“

„Hier waren andere Mädchen?“

„Nicht hier. Wir durften sie nicht mitnehmen.“

„Nicht mitnehmen ...“ Ich unterbreche mich selbst. Der verarscht mich doch. Aber warum? „Sava, das ist ein verdammt schlechter Scherz.“

„Kein Scherz“, erwidert er kopfschüttelnd. „Niemand darf davon wissen. Versprichst du mir das? Es ist unser Geheimnis. Normans, meins und jetzt auch deins. Okay?“

„Ich nehme an, du redest nicht von dem Baumhaus?“

„Nein, ich rede von Sex.“

„Von Sex? Aha. Ihr habt es hier miteinander getrieben? Ich meine … Entschuldige den Ausdruck, okay? Ihr seid bisschen jung, aber klar, ich will ja auch nicht spießig sein und …“

„Nicht miteinander und nicht hier.“

„Mit wem denn sonst?“

„Mit Mädchen. Fiona, ich liebe dich.“

Hä? Was ist jetzt los?

„Savage, bitte. Ich weiß ja, dass Jungs in deinem Alter …“

„Norman hat gesagt, du schläfst mit jedem Jungen, der das will.“

Ich starre ihn entsetzt an. „Das glaube ich nicht!“

„Dass er das gesagt hat? Doch. Stimmt das etwa nicht?“

„Natürlich nicht!“

„Was muss ich dann tun, damit du es mit mir machst?“

„Ich werde auf keinen Fall Sex mit dir haben, okay? Erstens bist du viel zu jung. Zweitens bist du der beste Freund von meinem gerade eben verstorbenen Bruder. Und drittens …“ Ich unterbreche mich. Diese beiden Gründe reichen völlig aus.

Dachte ich.

„Die Mädchen waren noch viel jünger.“

„Jünger als ich?“

„Jünger als wir.“

Die Gedanken rasen durch meinen Kopf. Ich bin fest davon überzeugt, dass er mich verarscht, dass das ein schlechter, ein sehr, sehr schlechter Scherz ist, aber warum? Wie kommt er dazu, mit so was Scherze zu machen? Wie kommt ein Dreizehnjähriger überhaupt auf solche Gedanken? Das kann doch alles nicht wahr sein!

„Sava, kann es sein, dass dir gar nicht klar ist, was das bedeutet? Wenn die Mädchen viel jünger gewesen wären, wären sie Kinder gewesen. Ich meine, eine Dreizehnjährige, okay, in meiner Klasse waren ein oder zwei Mädchen, höchstens, die mit dreizehn ihr erstes Mal hatten, aber die sahen auch älter aus. Das kommt immer mal vor. Und ich bin bestimmt keine, die das verurteilt, ich bin ja echt keine Nonne und so, aber noch jüngere? Ich selbst hatte ja sogar mit dreizehn noch kein Bedürfnis, Sex mit einem Jungen zu haben, davor schon mal gar nicht.“

„Aber du hast dich selbst befriedigt.“

„Das geht dich absolut nichts an“, erwidere ich kühl.

„Also ja“, sagt er lächelnd.

„Das ist kein Thema für ein Gespräch zwischen uns, okay? Also, du hast doch nur einen Scherz gemacht, oder?“

Statt einer Antwort greift er hinter sich, zieht schließlich ein Pornoheft aus dem Stapel, schüttelt es, bis ein Bild herausfällt, und hält es mir hin.

Okay, bisher war ich nur nahe dran an einem Herzstillstand, gleich zweimal heute, aber jetzt habe ich wirklich das Gefühl, gleich ohnmächtig zu werden.

Das Bild zeigt Norman. Und ein Mädchen, das tatsächlich viel jünger ist als er.

Ich werfe das Bild weg, als würde es glühen und meine Finger verbrennen.

„Wer hat das Bild gemacht?“, flüstere ich. „Du?“

Er schüttelt den Kopf. „Es gibt viele Bilder. Und Videos. Norman und ich haben Geld dafür bekommen.“ Er hält den CD-Player hoch. „Den habe ich mal gekauft. Aber der andere, den du mir mitgebracht hast, der ist auch gut. Wenn dieser hier mal kaputtgeht …“

„Savage!"

Er verstummt und sieht mich fragend an.

Das kann doch nicht wahr sein! Er versteht wirklich nicht, warum ich entsetzt bin? Was das bedeutet? Bis vorhin hielt ich alles für einen sehr dummen, sehr schlechten Scherz, aber das Bild ist eindeutig. Und es sieht echt aus. Selbst wenn es nicht echt wäre, wäre schon allein die Idee widerwärtig.

Ich zwinge mich, nicht zu weinen. Nicht. Nein. Jedenfalls nicht jetzt, nicht vor Savage. Dafür versuche ich, rasend schnell darüber nachzudenken, wie ich mich verhalten soll. Wie verhalte ich mich meinen Eltern gegenüber, jetzt, mit diesem Wissen? Wie kann ich jetzt noch so tun, als wäre ich am Boden zerstört vor Trauer über Normans Tod? Ja, am Boden zerstört bin ich ja, jetzt noch mehr als vorher, aber ich spüre gerade Wut, nicht Trauer. Wenn Norman wirklich das getan hat, dann … dann … dann war er ein Monster.

Ein. Monster.

Aber es kann nicht wahr sein. Das kann einfach nicht wahr sein. Norman war kein Monster.

Mein Bruder war kein Monster. Ich habe ihn geliebt. Er war witzig, charmant, konnte jeden um die Finger wickeln.

Dann fällt mir sein Blick ein, als er mich beim Masturbieren erwischt hat. Damals hat er mich irritiert, doch jetzt … verstehe ich ihn. Norman war nicht erschrocken.

Er kannte den Anblick.

Ich schließe die Augen und kann doch nicht verhindern, dass die Tränen kommen.

„Du brauchst nicht zu weinen", sagt Savage zärtlich und legt eine Hand auf meine Wange.

Aufschreiend stoße ich sie weg. „Fass mich nicht an!"

„Was hast du denn?", fragt er verwirrt.

Ich glaube das einfach nicht. Der versteht es wirklich nicht.

Was muss mit ihm passiert sein, dass ihm überhaupt nicht klar ist, was er getan hat? Was sie getan haben, er und mein Bruder?

„Ihr … ihr habt es mit Kindern getan …“

„Ja, das stimmt. Manchmal war es nicht so schön, aber …“

„Nein!“, schreie ich ihn an. „Ich will das nicht hören!“

„Okay“, sagt er achselzuckend.

Dann nimmt er das Bild und betrachtet es. Ich nehme es ihm wütend weg und will es zerreißen, da fällt mir etwas ein.

„Du hast gesagt, es gibt auch Videos?“

„Ja.“

„Die kann man kaufen?“

Er nickt und mustert das Bild, das ich zwischen den Händen halte. Nach kurzem Zögern mache ich Schnipsel daraus und werfe diese auf die Matratze.

„Wo?“

Savage beginnt, die Schnipsel einzusammeln.

„Wo?!“

Er zuckt zusammen und schaut hoch. „Ich weiß nur von so einer Videothek. Da ist einer, der heißt Stanley. Stanley Mime. Wenn man nach Schwimmanzügen fragt und dem Jungen mit dem Zauberstab, dann … dann kann man die Videos kaufen.“

Ich atme tief durch. Ich muss unbedingt herausfinden, ob Savage nicht doch alles zusammenfantasiert. Dieses Bild ist schrecklich, aber es könnte trotzdem eine Fälschung sein. Schon das wäre furchtbar, aber damit könnte ich noch irgendwie umgehen.

Ich muss die Wahrheit herausfinden!

„Wie heißt die Videothek?“

„StarV.“

„Okay. Savage, ich werde da jetzt hinfahren. Und ich verspreche dir, wenn du mich angelogen hast, dann wirst du es bereuen.“ Ich hasse es, einem Kind so zu drohen, allerdings bin ich mir nicht ganz sicher, ob ich wirklich einem Kind gegenüber sitze.

Sein Blick gehört jedenfalls nicht einem Kind.

„Es ist alles wahr", sagt er schließlich. „Wenn du herausgefunden hast, dass alles wahr ist, schläfst du dann mit mir?"

Darauf kann ich nicht antworten. Wenn ich jetzt den Mund aufmache, kotze ich. Mit zusammengepressten Lippen klettere ich nach unten und laufe bis zum Auto.

Und dann ist es mir egal, ob mich jemand sieht und was er denkt. Ich kann nicht mehr. Heftig keuchend und würgend entleere ich das Bisschen, was sich noch in meinem Magen befindet, neben dem linken Vorderreifen, steige dann, mehr oder weniger blind, in mein Auto und suche tastend nach den Papiertüchern, um meinen Mund abzuwischen. Und meine Bluse. Und den Rock. Einfach alles.

Dann drücke ich meine Stirn gegen das Lenkrad und heule einfach los.

Ich hätte mich vielleicht umziehen sollen. Auch wenn meine Kleidung sauber aussieht, ich weiß, dass ich darauf gekotzt habe. Außerdem bin ich mir nicht sicher, ob eine Dreiundzwanzigjährige in knielangem Jeansrock und Bluse glaubwürdig wirkt als Interessentin für Kinderpornos.

Andererseits, weiß ich denn, wie Leute aussehen, die sich für so einen Scheiß interessieren? Ich meine, Norman und Savage haben sich anscheinend dafür interessiert. Obwohl sie selbst noch Kinder waren. Was zum Teufel muss schiefgelaufen sein, damit ein Junge wie Norman so was macht? Er hat doch alles gehabt ... Nein, nicht alles.

Ich atme tief durch, dann zünde ich mir eine Zigarette an. Der Videoladen befindet sich schräg gegenüber. Montags um ein Uhr ist wohl nicht viel los da drin. Die Tür steht sperrangelweit offen, bei der Hitze kein Wunder.

Will ich das? Will ich es wirklich wissen? Vor allem, will ich das sehen?

Ich will nicht, aber ich muss! Ein Foto ist eine Sache, aber das reicht mir als Beweis nicht. Ich will Norman sehen, vor allem will ich sein Gesicht sehen.

Ich will, ich muss wissen, ob er Opfer oder Täter war.

Wahrscheinlich beides. Wie soll ein Kind in seinem Alter einsehen können, was er da anderen Kindern antut?

Konnte ich das vor zehn Jahren?

Ich versuche mich zu erinnern, wie ich damals getickt habe. Eigentlich konnte ich es. Ich wusste ja auch genau, was ich tat, als ich mit elf auf meinen Klassenkameraden losging, der ständig an meinen Haaren gezogen hatte und der schuld daran war, dass ich sie mir abgeschnitten habe. Ich verprügelte ihn und durfte dann vor dem Büro des Direktors auf meine Mutter warten.

Aber ich wusste genau, was ich tat. Und ich bereute es keine Sekunde. Ich hatte das Arschloch ja vorgewarnt, mehrmals. Bloß weil ich ein Mädchen bin, muss ich nicht alles mit mir machen lassen. Das habe ich noch nie eingesehen.

Das Mädchen auf dem Foto mit Norman hatte keine Wahl. Und hat vielleicht keine Chance mehr auf ein normales Leben.

So eine verdammte Scheiße.

Ich drücke die Zigarette aus und prüfe mein Gesicht im Spiegel, schließlich kann ich nicht verheult da rein und nach dem Jungen mit dem Zauberstab fragen. Die lachen mich aus.

Ich sehe aber verheult aus, also setze ich eine Sonnenbrille auf. Damit geht es.

Auf der Straße, in gleißendem Sonnenlicht, ist die Brille eine Wohltat, aber drinnen sehe ich damit kaum was. Muss trotzdem sein. Nach einiger Zeit habe ich mich jedoch daran gewöhnt und kann alles erkennen, was wichtig ist.

Es sind zwei Kunden drin, ein junger Mann mit aschblonden Haaren und ein älterer, beleibt und in durchgeschwitztem Hemd. Außerdem ein Angestellter, jung, mit dunkelbraunen Haaren, sportlich schlank. Ich schätze ihn auf etwa 30. Er trägt ein Hemd, hellblaue Jeans, von ähnlicher Farbe wie mein Rock, und Turnschuhe. Seine Augen sind grau, soweit ich es erkennen kann, als ich zu ihm gehe. Auf seinem Namensschild steht: Stanley. Habe ich einfach nur Glück oder gibt es hier sonst keinen?

„Hi", sagt er.

„Hi. Habt ihr Schwimmanzüge?"

Er starrt mich erstaunt an. Also sehe ich eher nicht wie typische Kundschaft für dieses spezielle Produkt aus. Doch dann nickt er.

„Eine besondere Vorliebe?"

Na, er kommt ja schnell zum Wesentlichen.

„Der Junge mit dem Zauberstab", würge ich hervor. Ich muss aufpassen, nicht schon wieder zu kotzen. Das wäre nicht gut hier. Irgendwie gar nicht gut. Eher ganz schlecht.

Während Stanley hinter einer Tür verschwindet, übe ich mich in Tiefenatmung, um den Krampf aus meinen Halsmuskeln zu kriegen. Es gelingt mir leidlich, sodass ich nur noch latenten Brechreiz habe, als er zurückkommt.

In der Hand hält er eine undurchsichtige Einkaufstüte aus Plastik, die er mir reicht.

„200", sagt er leise.

„Wie viel?"

„Qualität kostet halt", erwidert er achselzuckend.

Ich taste meine Rocktaschen ab. Verflucht. Normalerweise habe ich in jeder Hosentasche diverse Geldscheine, eine dämliche, aber auch nützliche Macke von mir. Doch diesen Rock trage ich einfach zu selten.

Aber ich habe Glück, ich finde ein Knäuel Scheine und lege

es vor ihm auf die Theke. Er zählt 200 ND ab, den Rest gibt
er mir zurück. Ich stopfe ihn achtlos in die Gesäßtasche und
gehe, ohne mich zu verabschieden.

Bloß raus hier!

Nach dem Einsteigen lege ich die Tasche vorsichtig auf den
Beifahrersitz, als könnte der Inhalt explodieren. Wenn ich jetzt
angehalten und damit erwischt werde … Nun, dann könnte ich
es erklären und der komische Lieutenant würde mir glauben.
Hoffe ich.

Aber ich werde nicht erwischt.

Zu Hause gelange ich unbemerkt auf mein Zimmer und
schließe sorgfältig ab. Dann schiebe ich die Kassette in den
Rekorder, setze mich ans Fußende von meinem Bett und starte
den Film mit der Fernbedienung.

Und ganz, ganz langsam, mit jeder Sekunde immer mehr,
bricht meine Welt zusammen.

Ich starre die Kassette an. Da liegt sie nun. Irgendwann konnte
ich nicht mehr und bin ins Bad gerannt, um den Kopf in die
Kloschüssel zu stecken. Ich hätte nicht gedacht, dass man so viel
und so lange kotzen kann, wenn man gar nichts im Magen hat.

Dann zog ich alles aus, schmiss die Sachen in die Schmutz-
wäsche und nahm frische Kleidung. Diesmal dachte ich prak-
tischer: T-Shirt, Jeans, Sportschuhe. Wer weiß, was heute noch
alles geschieht. Mich würde definitiv nichts mehr wundern.

Was mache ich mit der Kassette? Meinen Eltern zeigen? Hallo?
Das bringt meine Mutter um und mein Vater mich. Eigentlich
gibt es nur eine vernünftige Entscheidung: Ich fahre damit zur
Polizei, beichte ihnen alles und halte mich zukünftig aus Sachen
raus, von denen ich keine Ahnung habe.

Den Teil mit „Ich fahre damit zur Polizei" sollte ich auf jeden Fall machen. Was danach passiert, sehen wir dann noch.

Allerdings habe ich das dumpfe Gefühl, dass ich mit diesem Thema nicht gut umgehen kann, schon gar nicht, wenn Norman da mitmacht.

Und er macht mit. Das steht fest. Nein, er machte mit. Jetzt nicht mehr. Jetzt macht er gar nichts. Jetzt muss kein Mädchen mehr wegen ihm leiden.

Mein Gott, wenn ich daran denke, dass einige von denen noch nicht einmal in die Schule …! Ich halte die Hände vor den Mund und zwinge mich, nicht daran zu denken. Keine Ahnung, ob ich noch mehr kotzen könnte, aber ich will es nicht ausprobieren. Es reicht schon, dass die Tränen wieder aus den Augen schießen. Meine Augen brennen, schon lange.

Polizei. Ich muss zur Polizei.

Ich nehme die Kassette, packe sie wieder in die Plastiktasche und gehe zur Tür. Dort lausche ich erst, denn jetzt möchte ich niemandem begegnen. Ich habe Glück und gelange unbemerkt zu meinem Wagen.

Während ich darauf warte, dass hinter mir das Tor sich wieder schließt, schaue ich nach rechts. King Valley ist leer, eigentlich wie immer. Weiter hinten ist die Kurve zu sehen, hinter welcher der Wald beginnt und wo es nach unten zur Küstenpromenade geht, wenn man mit dem Auto fahren will.

Und zwei Motorradfahrer, die am Straßenrand stehen und sich unterhalten.

Sonst nur die Zäune und Einfahrten zu den Villen der Oberen Zehntausend von Skyline. Direkt neben unserem Haus zur rechten Hand das deutlich kleinere, in dem Leslie mit ihrem Vater lebt. Wie ein ehemaliger Geheimagent sich hier ein Grundstück leisten kann, ist mir ein Rätsel. Aber es hat den Vorteil, auf diese Weise an Leslie als beste Freundin gekommen zu sein. Dass sie auch noch in dieselbe Klasse ging wie ich, war ein nettes Extra.

Ich seufze und fahre los.

Die Motorradfahrer auch.

Hm.

Ich beobachte sie im Innenspiegel und werde nervös. Doch dann biegen sie anscheinend ab, jedenfalls sehe ich sie nicht mehr. Ich muss unwillkürlich lachen. Anscheinend werde ich allmählich hysterisch. Solche Sachen tun mir nicht gut. Das ist aber auch kein Wunder.

Ich nehme der Highway nach Westen. Das Polizeipräsidium, in dem auch der Lieutenant sein Büro hat, liegt in Center Village, an der Grenze zu Downhill. Also ziemlich mitten in der Stadt, im Gegensatz zu Old Town, dessen Herzstück King Valley bildet, dem Viertel der Reichen.

Du wohnst ja auch da, meldet sich mal wieder die Andere.

Bin ja auch nicht gefragt worden.

Du könntest ausziehen, angeblich bist du doch erwachsen.

Während ich noch über eine erwachsene Antwort nachdenke, erblicke ich wieder die Motorradfahrer. Sie sind ziemlich nahe hinter mir, es befinden sich gerade mal zwei Autos zwischen uns.

Verfluchte Scheiße, was soll das? Das ist doch kein Zufall!

Ich fahre auf dem mittleren Fahrstreifen und überhole gerade einen LKW. Rechts vorne ist die Ausfahrt ins Zentrum zu sehen, eine Ausfahrt zu früh. Vielleicht sollte ich sie trotzdem nehmen?

Während ich noch darüber nachdenke und dabei den LKW hinter mir lasse, sehe ich im Innenspiegel die Motorräder aufholen. Die in schwarze Lederanzüge gekleideten Fahrer halten Pistolen in den Händen.

Was zur Hölle …?!

Dann reagiere ich nur noch. Vermutlich der Teil in mir, der durch den Kampfsport daran gewöhnt ist, blitzschnelle Entscheidungen zu treffen und umzusetzen, reißt das Steuer nach rechts. Der BMW schießt über den rechten Fahrstreifen auf die Abbiegespur vor den LKW, den ich gerade erst überholt habe.

Die Motorradfahrer folgen mir, doch nur einer schafft es wirklich. Der andere erwischt die Abtrennung zwischen Abbiegespur und rechtem Fahrstreifen und verliert die Kontrolle über sein Gefährt. Entsetzt beobachte ich, wie er gegen die Absperrung auf der rechten Seite kracht, einen Abflug macht und nach einer längeren Rutsch- und Rollphase schließlich zum Liegen kommt.

Bis der LKW mit quietschenden Reifen über ihn …

Ich wende meinen Blick ab. Meine Fantasie reicht völlig aus, mir vorzustellen, was die blockierten Reifen mit ihm anstellen, ich muss das nicht auch noch sehen.

Zumal ich immer noch einen Motorradfahrer im Nacken habe. Fast wörtlich. Vielleicht hat er nicht einmal gemerkt, was mit seinem Kollegen passiert ist. Jedenfalls ist er dicht hinter meinem Wagen, die Waffe auf mich gerichtet.

Ich reiße erneut das Steuer herum, gleichzeitig höre ich Scheiben zerbersten. Hinten und links. Anscheinend hat er genau in diesem Augenblick abgedrückt und die Kugel verfehlt mich haarscharf.

Ich habe keine Zeit, darüber nachzudenken, ich bin nur noch im Überlebensmodus. Vor mir eine belebte, breite Straße, die zu der Einkaufsmeile führt. Ausgeschlossen, dass er die Jagd fortsetzt, hier gibt es viel zu viele Zeugen!

Und ich irre mich, wie ich schon bald erkenne.

Er ist mit dem Motorrad viel schneller als ich, bevor er also nah genug ist, um wieder schießen zu können, biege ich nach rechts ab.

Und schreie entsetzt auf, denn direkt vor mir befindet sich eine Baustelle. Ich trete mit aller Kraft auf die Bremse, doch trotzdem fliege ich geradezu auf eine Planierraupe zu. Lenkrad nach rechts, denn links ist ein riesiger LKW. Das ABS arbeitet brav und schüttelt den Wagen und mich kräftig durch. Fast reicht es auch.

Aber nur fast.

Mit der linken Seite treffe ich die Planierraupe, die sich davon relativ unbeeindruckt zeigt, im Gegensatz zum BMW. Aber danach steht das Auto endlich.

Ich brauche einige Sekunden, um mich zu sammeln. Dann blicke ich mich um. Der Motorradfahrer fährt auch nicht mehr, und mit diesem Motorrad garantiert nie wieder. Anscheinend hat er es geschafft, rechtzeitig abzusteigen und rappelt sich gerade auf.

Scheiße, haben die einen Terminator geschickt? Ich komme mir gerade wie Sarah Connor vor.

In panischer Angst klettere ich über die Mittelkonsole und stoße die Beifahrertür auf. Sie klemmt ein wenig, doch sie lässt sich wenigstens öffnen. Auf allen vieren krieche ich aus dem Auto, dann erhebe ich mich und laufe los. Anfangs etwas wackelig, nach einigen Schritten wird es besser.

Ich biege nach links in eine Passage ein, komme an einer Buchhandlung und einer Pizzeria vorbei. Kurz denke ich darüber nach, in einen der beiden Läden zu rennen, doch dann sehe ich den Killer hinter mir und laufe weiter.

Auf der anderen Seite das sonnendurchflutete Zentrum. Voll mit Menschen. Und hinter mir der Killer, mit dem Motorradhelm auf dem Kopf und der Pistole in den Händen.

„Mama, die drehen einen Film!", schreit ein kleiner Junge begeistert.

Wie er auf diese Idee kommt, ist mir ein Rätsel. Wahrscheinlich ist das eine glaubwürdigere Erklärung für ihn als dass die Szene echt ist. Für mich bedeutet es, dass ich um mein Leben kämpfen muss. Also ständig in Bewegung bleiben. Der da hinter mir darf gar nicht auf die Idee kommen, zu schießen. Entweder trifft er mich oder Unschuldige oder beides.

Links der Korners Megastore, ein riesiges Kaufhaus mit mehreren Etagen. Ich renne durch die geöffnete Tür und dann geduckt weiter. Am Geschrei hinter mir erkenne ich, dass der Killer nicht daran denkt, aufzugeben.

Ich komme an Haushaltswaren vorbei und lasse ein großes Küchenmesser mitgehen. Eine lächerliche Waffe gegen eine Pistole, aber besser als nichts. Und die Schusswaffen sind zu weit entfernt, außerdem gesichert.

Ich denke kurz an Korner, dem ich schon mal auf einem Empfang begegnet bin. Seine Vorfahren waren Einwanderer aus Deutschland, vor vielen Generationen. Die meisten wollten in die USA, aber nicht alle. Einer von denen, die nicht in die USA wollten, war ein Urgroßvater von Korner. Oder so ähnlich.

Seltsam, dass ich jetzt daran denken muss, während ich durch das Kaufhaus hetze, immer schön geduckt. Dann zur Treppe. Nach unten oder nach oben?

Ich entscheide mich für nach oben, denn da sind die Toiletten. Vielleicht schaffe ich es, schnell genug aus dem Fenster zu klettern und den Killer so abzuhängen, der durch seinen Helm und seinen Lederanzug gehandicapt ist.

Aber Pech gehabt.

Die Toilettenfenster sind vergittert, selbst in der ersten Etage.

Als die Tür aufgestoßen wird, fahre ich herum. Und starre ihn an. Mit der linken Hand halte ich den Messergriff, der mir fast entgleitet, weil ich schwitze wie in der Sauna. Mein T-Shirt klebt an meinem Oberkörper und zwischen den Brüsten. Über meinem Kopf das vergitterte Fenster, in meinem Rücken die gefliese Wand, links die Waschbecken und rechts die Kabinen.

Und vor mir der Mann, der mich aus diesem Leben befördern wird.

Die Pistole ist auf meine Stirn gerichtet, im herunter geklappten, schwarzen Visier kann ich mich sehen. Mein angstverzerrtes Gesicht, die Brüste unter dem nassen T-Shirt …

Warum schießt er nicht?

Dann wird mir klar, dass er meine Brüste anstarrt, die genauso gut zu sehen sind, als wäre ich nackt.

Als Zweites wird mir klar, dass ich vielleicht überleben werde. Vielleicht. Die Chance ist äußerst klein, aber größer als mit einem Loch in der Stirn. Mit viel, viel Glück verliere ich nur ein Auge.

Der schlanke, hochgewachsene Kerl steht so nah vor mir, dass die Pistolenmündung fast meine Stirn berührt. Jedenfalls kommt es mir so vor. Sein Brustkorb hebt und senkt sich schnell. Er stinkt nach Schweiß und Leder.

Ich stoße mit dem Messer von unten ansatzlos zu, gleichzeitig bewege ich mich nach rechts. Ein unmögliches Unterfangen, niemand ist schneller als eine Kugel. Aber besser, als untätig zu sterben, ist es auf jeden Fall.

Ich spüre, wie die Klinge in den Körper vor mir gleitet. Und ich höre den Schuss, unerträglich laut. Dann wird mein linker Arm nach hinten gerissen, der Rest meines Körpers mit. Mein Kopf prall gegen die harte Wand, dadurch wird es schwarz vor meinen Augen.

Doch ich bleibe bei Bewusstsein. Spüre, wie ich nach unten rutsche. Höre, wie etwas hart auf den Boden knallt. Mein Messer? Oder die Pistole?

Dann kann ich wieder sehen.

Der Killer steht vor mir, aber nicht mehr so nah, wie gerade noch. Ich sitze mit ausgestreckten Beinen auf dem Boden und habe keine Ahnung, wie es um mich steht.

Um ihn jedoch steht es schlecht, das ist sicher. Der Griff des Haushaltsmessers mit der 30 cm-Klinge ragt aus seinem Solarplexus, er hält ihn fest und versucht, das Messer herauszuziehen. Dazu fehlt ihm eindeutig die Kraft, und während ich mich erstaunt frage, wie ich es überhaupt geschafft habe, die Klinge so tief in ihn hineinzujagen, fällt er langsam erst auf die Knie, dann nach vorne auf die Seite.

Er atmet röchelnd, aus seinem geöffneten Mund kommen blutige Blasen. Die Augen sind geöffnet, aber ich bezweifle, dass er mich sieht, obwohl er in meine Richtung starrt. Es wirkt eher so, als würde er seinen Schöpfer sehen. Oder den Todesengel. Oder was man halt so sieht, während man stirbt.

Schließlich hört er einfach auf zu atmen.

Ich wende den Blick langsam von ihm ab und sehe an mir hinunter. Mein T-Shirt ist immer noch nass und an der linken Seite blutig. Aber da ist kein Loch. Also lasse ich den Blick weiter schweifen, bis ich die Schusswunde in meinem linken Oberarm erkenne.

So unglaublich es eigentlich auch ist, ich war schnell genug, dass er nur meinen Arm getroffen hat, selbst aber zur Hölle gefahren ist.

Ich sollte Angst vor mir haben. Neun Männer verprügeln. Okay, eigentlich unmöglich, aber irgendwie erklärbar. Wunden über Nacht verheilt. Unmöglich und nicht wirklich erklärbar. Zwei Killer ausgeschaltet und selbst nur eine Schusswunde im Arm.

Absolut ausgeschlossen.

Dann werde ich wohl endlich ohnmächtig.

Ich kann es immer noch nicht glauben. Aber der Schmerz holt mich in die Realität zurück.

„Aua!"

„Nicht zappeln", sagt der Arzt. „Ich sagte ja, es wäre besser, ins Krankenhaus zu fahren."

Ich denke daran, was er sagen würde, wenn meine Verletzung

morgen oder vielleicht auch erst übermorgen verschwunden wäre und erwidere: „Nein! Will ich nicht!"

Er zuckt die Achseln und macht mit der Behandlung weiter. Ob er stinkig ist und deswegen absichtlich so arbeitet, dass es wehtut? Als Arzt?

Ich schließe die Augen und versuche, ihn und den Schmerz zu ignorieren. Das funktioniert erstaunlich gut, aber dafür kommt die Erinnerung wieder.

Ich war wohl nicht sehr lange weggetreten. Der Killer lag noch genauso da wie vorher. Allerdings gab es eine weitere Mitspielerin. Sie stand in der Tür einer Kabine und starrte mich an.

Ich setzte mich langsam auf und hielt die rechte Hand auf die Wunde.

„Könnten … könnten Sie jemandem Bescheid geben?" Meine Stimme klang ziemlich schwach, wie von weit weg. Sie nickte und rannte nach draußen, dabei schrie sie laut. Warum eigentlich?

Kurz darauf kamen zwei Polizisten hereingestürmt. Wahrscheinlich waren sie bereits vorher alarmiert worden, wegen des Unfalls und der Verfolgungsjagd danach. Später bestätigten sie das auch, aber jetzt sichern sie erst einmal die Toilette. Bis zum Beweis des Gegenteils gelte ich auch als Verdächtige, aber den Beweis kriegen sie schnell durch den Bericht einiger Zeugen, die sich in der Tür drängen.

Als ich dann meinen Namen nenne, kriegen die Polizisten große Augen.

„Die Schwester von dem Jungen?", fragt einer von ihnen.

Ich nicke und öffne die Augen, als eine mir bekannte Stimme meinen Namen nennt.

Der Lieutenant steht draußen und beobachtet, wie ich verarztet werde.

„Sie sollte ins Krankenhaus", teilt ihm der Notarzt mit.

„Und?"

„Sie weigert sich.“

„Warum?“, fragt der Lieutenant mich.

„Ich hasse Krankenhäuser“, erwidere ich mürrisch.

„Aha. Sie haben es ja gehört, Doc. Wie schlimm ist die Verletzung überhaupt?“

„Sie hat Glück gehabt, in jeder Hinsicht.“

„Dann ist es ja gut.“ Er sieht mich an. „Übrigens, das stimmt wirklich. Sie haben den Polizisten erzählt, der Killer hätte gezögert. Wollen Sie wissen, warum?“

„Ich bin mir nicht ganz sicher“, erwidere ich.

„Ob Sie es wissen wollen?“

„Ja.“

„Okay.“

Als er sich abwendet, rufe ich hinterher: „Hey! Jetzt erzählen Sie doch!“

Grinsend dreht er sich wieder um. „Das war ein Berufskiller, der sich Sergio Valencia nannte. Niemand weiß, ob das sein richtiger Name ist. Er gehörte der mittleren Liga an.“

„Immerhin“, bemerke ich. Es lenkt mich von der Metzgerarbeit des Arztes ab.

„Ja, immerhin, dafür waren Sie jemandem wichtig genug. Nun, Valencia hatte eine Schwäche: Frauen. Er war berüchtigt dafür, seine Opfer zu quälen, wenn sie weiblich waren.“

„Er hat meine Brüste angestarrt ...“

„Wundert mich nicht“, nickt der Lieutenant und der Arzt grinst.

Was zum ...? Ich blicke an mir hinunter. Natürlich trocknet so schnell kein T-Shirt. Ich spüre, dass ich rot werde.

„Keine Sorge, wir haben schon ganz andere Sachen gesehen“, sagt der Arzt.

„Ganz andere Sachen als nackte Titten?“

„Ja, auch. Oder solche, die beim Obduzieren an den Seiten hängen, nach dem Schnitt ...“

„Wollen Sie, dass ich Sie vollkotze? Lieutenant, darf er das überhaupt? Ich wurde gerade durch die Gegend gehetzt und fast von einem Berufskiller erschossen!“

„Das ist wohl wahr“, sagt der Lieutenant und nickt wieder. „Allerdings haben Sie denselben Killer mit einem haushaltsüblichen Tranchiermesser erstochen und sich nicht wie ein typisches Opfer verhalten.“

„Ich hatte nichts zu verlieren. Und ich mag nicht einfach darauf warten, geschlachtet zu werden. Ich wehre mich, wenn mir jemand was will.“

„Davon habe ich gehört.“

„Von wem?“

„Unwichtig. Bleiben wir doch lieber bei Ihnen. Mich würde es interessieren, warum die überhaupt hinter Ihnen her waren. Hat es was mit dieser Schlägerei zu tun?“

„Woher soll ich das denn wissen?“

Er starrt mich durchdringend an. „Miss Carter, ich bescheinige Ihnen, dass Sie wirklich eine sehr ungewöhnliche und auch mutige junge Frau sind. In gewisser Hinsicht bewundere ich Ihre Nerven. Aber ich möchte Sie ungern verhaften müssen. Mein Gefühl sagt mir, dass Sie uns etwas verschweigen, was auf Dauer ungesund für Sie enden könnte.“

Ich starre zurück. War ich nicht sowieso auf dem Weg zu ihm, als mir das mit den beiden Killern dazwischen kam? Ich wollte doch der Polizei alles beichten, glaube ich. Oder jedenfalls alles, was wichtig ist.

Also atme ich tief durch und nicke.

„Also schön. Sobald dieser Metzger hier fertig ist, zeige ich Ihnen etwas.“

„Und das hat mit dieser Geschichte zu tun?“

„Es erklärt alles“, erwidere ich leise.

„Dann ist ja gut. Doc, sie kann wirklich nicht ins Krankenhaus.“

„Bin ja gleich fertig", erwidert dieser wütend.

Das stimmt. Er legt gerade den Verband an. Als er dann endlich von mir ablässt, lüfte ich mein T-Shirt, damit es nicht mehr so an den Brüsten klebt, und bewege versuchsweise den linken Arm. Geht ganz gut.

„Noch wirkt das Schmerzmittel", bemerkt der Arzt.

„Kriege ich noch was davon?"

„Im Krankenhaus."

Arschloch! Aber ich spreche es lieber nicht aus. Stumm klettere ich aus dem Rettungswagen und will losgehen, zu meinem Auto, als ich die Menschenmenge hinter der Absperrung erblicke. Vor allem Journalisten und Fernsehreporter.

Ach du Scheiße.

„Was wollen die alle?", frage ich entgeistert.

„Miss Carter, Sie wurden von zwei Berufskillern auf Motorrädern verfolgt. Einer von denen wurde von einem LKW geplättet, einen anderen haben Sie mit einem haushaltsüblichen Tranchiermesser gekillt. Sie sind die Tochter des bekannten Jason Carter. Ihr Bruder wurde von einigen Tagen getötet. Und jetzt fragen Sie mich ernsthaft, was die alle hier wollen?"

„Schon gut", erwidere ich mürrisch. „Können Sie mich zu meinem Wagen fahren?"

„Warum? Er ist eh nur noch Schrott."

„Darin befindet sich der Grund, warum die hinter mir her waren."

„Na schön", sagt er seufzend.

Er muss sich selbst mit dem Auto den Weg freikämpfen. Erst mit Hilfe einiger Uniformierten gelingt es. An der Unfallstelle sieht es besser aus. Hier gibt es nur wenige Fotografen. Ein Polizist hebt das Absperrband an, sodass wir bis zum Auto fahren können. Ich springe raus und suche die Kassette. Sie ist mitsamt Plastiktüte unter den Beifahrersitz gerutscht.

Nachdem ich wieder eingestiegen bin, mustert der Lieutenant die Tasche.

„Was ist da drin?“

„Eine Videokassette. Haben Sie ein Abspielgerät?“

„Im Büro“, erwidert er mit hochgezogenen Augenbrauen. „Und was ist auf der Kassette?“

„Das würde ich Ihnen lieber zeigen. Dann glauben Sie mir sofort.“

„Na schön. Hier gibt es für mich eh nichts zu tun.“

Ich nicke nur. Während der Fahrt, die ich auf dem Beifahrersitze verbringe, halte ich mit einer Hand die auf meinem Schoß liegende Tüte fest und kaue auf den Nägeln der anderen herum. Bis ich mich dabei ertappe. Das ist doch gar nicht meine Art?! Die ganze Geschichte zehrt wohl gewaltig an meinen Nerven, verdammt.

„Schmecken sie?“, erkundigt sich die Lieutenant.

„Nein. Und sonst mache ich das auch nicht.“

„Klar. Die Ereignisse bringen wohl neue Verhaltensweisen hervor.“

Ich starre ihn an, er grinst. Irgendwie gefällt er mir, trotz seiner knurrigen Art. Nach einem Moment grinse ich zurück.

Er parkt direkt vor dem großen, imposanten Gebäude. Eine breite Treppe führt hinein, mehrere Aufzüge nach oben zu den Abteilungen. Unterwegs grüßt der Lieutenant einige Uniformierte. Ich werde begutachtet. Trotz allem werden die wenigsten mein Gesicht kennen und im Moment sehe ich wohl ziemlich wild aus.

Aber ich trage keine Handschellen, das wird einige irritieren.

Das Morddezernat hat ein eigenes Großraumbüro, und es ist verdammt laut. Schlimmer als in den Filmen. Aber vielleicht kommt es mir auch nur so vor, denn meine Nerven sind ziemlich angespannt.

Der Lieutenant winkt Heller, der Ben heißt, zu, und einer Frau. Gemeinsam gehen wir in das Büro des Lieutenants mit einer Glasfront zum Großraumbüro hin.

Als Erstes macht er die Front blickdicht, zur Verwirrung der beiden anderen.

„Detective Ben Norris kennen Sie ja bereits. Und das ist Sergeant Laura Holler. Die beiden werden sich ab sofort um Sie kümmern."

„Was ist passiert?", erkundigt sich Ben Norris. Seine grau-blauen Augen mustern mich neugierig.

„Zwei Berufskiller, einer davon Sergio Valencia, haben versucht, sie zu töten."

„Oh", sagt die Frau. Mit ihren schulterlangen, rot-braunen Haaren würde sie attraktiv sein, wenn sich nicht die Erfahrung der Jahre in ihr Gesicht eingegraben hätte. Ich schätze sie auf Anfang 40, obwohl sie älter aussieht. „Sie sind entkommen?"

„Nope!" Jack Siever setzt sich hinter seinen Schreibtisch. „Einer wurde von einem 40-Tonner platt gebügelt, den anderen hat Fiona mit einem haushaltsüblichen Tranchiermesser getötet."

„Wie bitte?!" Die beiden Detectives starren mich an.

„Yep!" Der Lieutenant hat es anscheinend heute mit Slang. Auch gut. „Während er seine Pistole auf ihre Stirn gerichtet hielt. Er hat zwar noch geschossen, aber nur ihren Arm erwischt."

„Okay. Ich denke, wir sollten das mit den neun Jungs bei ‚Derek' neu überdenken", sagt Ben.

Der Lieutenant winkt ab. „Ist erst einmal egal. Eh nicht schade um die."

„So dürfen wir aber nicht einmal denken", sagt Laura Holler. „Wie?"

„Na, wie du gerade ...."

„Ich habe keine Ahnung, was du meinst."

Laura schüttelt den Kopf und setzt sich dann grinsend.

„Okay, Fiona behauptet, die Videokassette da erklärt alles, was bisher geschehen ist.“

„Tut sie auch“, erwidere ich. Inzwischen habe ich das Abspielgerät entdeckt und schiebe die Kassette in den Schlitz.

Nach wenigen Sekunden beginnt der Film.

Nach grob geschätzt zehn Sekunden wird den drei Polizisten klar, was sie sehen und hören.

Nach etwa einer Minute ergreift Ben die Fernbedienung und hält die Wiedergabe an.

Dann starren sie mich an.

„Ihr Bruder?“, fragt schließlich Siever entsetzt.

Ich nicke und kann nur mit Mühe meine Magensäfte dort halten, wo sie hingehören. „Savage behauptet, er und Norman hätten Geld dafür bekommen. Die anderen Kinder … nicht.“

„Das tut mir leid“, murmelt Ben. „Ganz aufrichtig.“

„Danke. Ich … ich weiß einfach nicht, was ich tun soll! Ich kann das doch nicht meinen Eltern erzählen!“

Die drei sehen mich hilflos an, dann sagt wieder Ben: „Ich denke, sie werden es erfahren. Möglichst nicht aus den Zeitungen. Wenn … wenn Sie möchten, übernehme ich das.“

Ich sinke auf den letzten freien Stuhl und begrabe das Gesicht in den Händen. „Ich muss das selbst machen.“ Meine eigene Stimme klingt dumpf. „Ich muss nur vorher das irgendwie begreifen. Das sind Kinder …“

„Ihr Bruder auch“, sagt der Lieutenant leise.

„Er war alt genug, um das freiwillig und für Geld zu machen!“

„Wieso hat Savage Ihnen das eigentlich erzählt?“, erkundigt sich Laura.

„Als Beweis, dass er alt genug ist, mich zu ficken.“

„Oh“, sagt sie nur.

„Wenn es der Wagen von Brodwich war, hängt er irgendwie mit drin“, bemerkt Ben nach einer Weile. „Und dann ist er mit zwei gebrochenen Armen bisher ziemlich billig davongekommen. Ja, Laura, ich weiß, ist mir aber egal.“

Sie winkt ab. „Mir auch, inzwischen. Fiona, woher haben Sie das Video?“

„Savage hat mir erzählt, wie man drankommt. Das ist doch eine Spur, oder? Wir sollten hinfahren und dann ...“

„Wir?“, wiederholt Laura.

„Ich weiß, wo es ist und ...“

„Es gibt doch bestimmt eine Adresse?“

„Ja, sicher. Aber ...“

„Fiona, Sie sind keine Polizistin.“ Es macht ihr wohl Spaß, mich ständig zu unterbrechen.

„Hören Sie, Laura, ohne mich wüssten Sie nicht einmal, um was es hier geht!“, erwidere ich wütend.

„Wir hätten es herausgefunden. Ohne die Mitarbeit von Savage auch, nur später. Fiona, ich verstehe ja, dass Sie sich so engagieren, aber Sie haben ja selbst gespürt, wie gefährlich es ist.“

„Ja, vor allem für Berufskiller!“

Siever und Ben grinsen, Laura schaut ihren Chef hilfeheischend an. Aber dieser ist nicht auf ihrer Seite.

„Fiona wird jetzt im Visier der Bande sein, also müssen wir sie eh beschützen.“

„Genau“, sage ich.

„Jetzt mal langsam, junge Dame. Sie werden Beraterin des PDs. Ihr Alter und die Umstände sind zwar etwas ungewöhnlich, aber das scheint mir die beste Lösung zu sein.“

„Bekomme ich eine Waffe?“

„Nein!“, antworten alle wie aus einem Mund.

„Ist ja schon gut“, murmele ich. Was haben die denn?

„Also gut, Sie begleiten die beiden und zeigen ihnen als Erstes, wo Sie das Video bekommen haben“, sagt Siever, nachdem sie sich beruhigt haben.

„Hm“, erwidere ich.

„Nicht einverstanden?“

„Ich überlege nur. Als ich aus dem Haus kam, warteten die beiden auf mich. Woher wussten die, dass ich das Video habe?“

„Hm“, sagt jetzt Siever. „Eine berechtigte Frage. Hätte von uns kommen müssen.“

„Ich bin die Beraterin, oder?“

„Nicht abheben, junge Dame.“ Ist das jetzt sein neuer Lieblingsausdruck für mich? Furchtbar. „Nehmen wir einmal an, Sie wären das bei ‚Derek‘ gewesen und die bösen Menschen hätten Sie erkannt. Dann könnte es sein, dass Sie beobachtet wurden.“

„Scheiße!“, erwidere ich.

„Was ist?“

„Dann wissen sie auch, dass ich die Info von Savage habe!“

„Das ist nicht gut“, bemerkt Ben. „Wissen Sie, wo er ist?“

„Ich weiß, wo ich ihn zuletzt gesehen habe.“

„Fahrt hin!“, befiehlt Siever. „Ich gebe eine Suchmeldung für Savage raus.“

Während wir mit dem Aufzug nach unten fahre, bemerke ich: „Ich saß noch nie am Steuer eines Polizeiwagen, erst recht nicht mit Blaulicht.“

„Daran wird sich auch nichts ändern“, erwidert Ben amüsiert.

„Aber ich weiß, wohin wir müssen!“

„Ich kann auch nach Anweisung fahren.“

Ich schweige mürrisch, bis wir im Auto sitzen. Das ist doch bescheuert. Ich habe doch bewiesen, dass ich kein kleines Kind bin, und dass ich auch in gefährlichen Situation nicht die Nerven verliere. Ob die schon mal einen Berufskiller erledigt haben, während der ihnen seine Pistole auf die Stirn gedrückt hat?

Du hast nur Glück gehabt und benimmst dich außerdem jetzt gerade durchaus kindisch, stellt die Andere fest.

Trotzdem gebe ich dem Polizisten schlecht gelaunt die Richtungsanweisungen. Meine schlechte Laune verschwindet erst, als wir Savage sehen.

Stattdessen kriege ich den nächsten Heulkrampf.

Es könnte so ein schöner Tag sein. Zwar ist es immer noch heiß, aber ein leichter Wind geht durch die Bäume. Außerdem ist es Montag, der Strand wird also nicht so voll sein wie am Wochenende. Gut, eigentlich müsste ich ja auch arbeiten.

Stattdessen hocke ich im Wagen von Ben Norris und versuche das Bild loszuwerden. Das Bild von Savage, wie er hin und her baumelt. Er sieht aus, als hätte er keinen schnellen Tod gehabt. Seine Zunge quillt aus dem geöffneten Mund, die Augen sind offen und seltsam verdreht. Seine Hände hängen neben dem Körper herunter und sind blutig, als hätte er versucht, die Schlinge zu lockern.

Sie haben ihn einfach hochgezogen und zugesehen, wie er erstickt ist. Ich habe keine Ahnung, wie lange das dauert, aber ich möchte nicht so sterben. Dann lieber eine Kugel in die Stirn.

Um mich herum wimmelt es inzwischen von Menschen. Polizisten, Rettungsärzte, CSI und andere. Ich weiß es nicht. Und es ist mir so egal.

Einige schauen kurz nach mir, aber sie lassen mich in Ruhe. Inzwischen dürfte sich herumgesprochen haben, wer ich bin und was heute passiert ist. Die Killer. Savage. Und was auch immer.

Scheiße. Verdammte Scheiße.

Im Auto kommen die Geräusche nur gedämpft an. Oder es liegt an mir, könnte auch sein.

Ich begrabe das Gesicht in den Händen und weine mal wieder. Bringt bloß überhaupt nichts.

Vor drei Tagen dachte ich noch über Selbstmord nach, nicht einmal wirklich ernsthaft, aber ein bisschen schon, jetzt sterben um mich herum die Menschen. Das ist unglaublich. Bis auf

Phil habe ich davor keine tote Menschen gesehen, glaube ich, jetzt innerhalb weniger Tage gleich vier. Normans Reste, die beiden Killer, jetzt Savage.

Was mache ich nur?

Ich reiße den Kopf hoch und starre durch einen Tränenschleier Ben an, als er die Tür öffnet.

„Wie geht es dir?", fragt er.

„Erwartest du ernsthaft eine Antwort darauf?"

„Nein. Wir fahren dich gleich nach Hause."

„Auf keinen Fall! Wir müssen diese Schweine schnappen!"

„Fiona, willst du auch … Sorry. Es ist gefährlich."

„Meinst du, zu Hause bin ich sicherer als bei euch?"

„Du bekommst einen Streifenwagen vor die Tür gestellt."

„Nein! Wir haben besprochen, dass ich als Beraterin dabei sein darf!"

„Das war, bevor wir Savage fanden."

„Und was ändert das? Wir wussten auch vorher schon, dass sie gefährlich sind und vor nichts zurückschrecken. Hör zu, Ben, ich muss jetzt etwas tun, sonst drehe ich durch! Wenn ich zu Hause rumhocke, tue ich garantiert etwas Unüberlegtes!"

„Wenn du mit Suizid drohst …"

„Tue ich nicht!", unterbreche ich ihn, denn mir wird klar, dass ich ungeschickt war. „Ich nehme denen doch nicht die Arbeit ab!"

Er grinst leicht. „Okay, du hast selbst jetzt noch deinen Humor, das werte ich als gutes Zeichen."

„Sind wir uns dann einig? Ich bin weiterhin dabei?"

Er nickt. „Aber ich will, dass du mir versprichst, das zu tun, was wir dir sagen. Keine voreiligen Aktionen. Und du sagst uns Bescheid, wenn du lieber nach Hause gehen möchtest."

„Okay. Ich verspreche es."

„Na schön. Wir sind hier gleich fertig, dann fahren wir zu

diesem Videoladen. Lauf nicht weg."

„Haha." Ich blicke ihm hinterher, als er wieder im Wald verschwindet. Ein bisschen, wirklich nur ein bisschen, geht es mir besser. Und ich überlege, wann wir eigentlich zu der vertraulichen Anrede gewechselt sind. Ich glaube, das war in dem Moment, als ich beim Anblick des hängenden Jungen zusammengebrochen bin.

Durch die nach wie vor geöffnete Tür schaut jemand rein.

„Alles okay? Ich bin Arzt und man hat mich gebeten, nach Ihnen zu schauen."

„Mir geht es gut", erwidere ich und weiß genau, wie unglaubwürdig das klingen muss. Ich sitze im Fond des Wagens, die Hände gefaltet auf meinen Oberschenkeln, den Rücken krumm, das Gesicht tränenverschmiert … Ich würde mir jedenfalls kein Wort glauben.

„Der Detective meinte, dass Sie das sagen würden, und ich Ihnen nichts aufzwingen soll. Aber falls Sie Schmerzen haben …"

Ich betaste meinen linken Arm. Ein wenig tut es schon weh. Heilungsschmerz? Was würde er wohl als Arzt zu dem Phänomen sagen? Ich beschließe, dass ich es lieber für mich behalte.

„Ein bisschen …"

„Okay, ich gebe Ihnen ein paar Tabletten. Bitte ausreichend dazu trinken. Das Zeug ist stark, nicht wie das aus der Apotheke, also nicht zu viel nehmen. Höchstens eine alle vier Stunden."

Er reicht mir ein Tütchen. Ich nehme es entgegen, schiebe es in die Hosentasche und bedanke mich artig. Er lächelt mich aufmunternd an und entfernt sich dann.

Ich lehne den Kopf zurück.

Ach du Scheiße …

Es ist vielleicht vier Stunden her, dass ich fast an derselben Stelle geparkt und den Videoladen beobachtet habe.

Ich glaube das einfach nicht. Kann das sein? Wirklich nur vier Stunden? Ich rechne nach, aber es stimmt.

Das ist ja unglaublich. Vielleicht sind es ja auch fünf Stunden, aber selbst dann …

„Wie sieht er aus?", erkundigt sich Laura.

„Etwa einen halben Kopf größer als ich, dunkelbraune Haare, sehr kurz, graue Augen. Schlank, sportlich. Etwa 30. Er trägt ein graues Hemd, hellblaue Jeans und Turnschuhe."

Die beiden starren mich an.

„Was?"

„Du wärst eine Traumzeugin", sagt Ben.

„Ich habe ein gutes Gedächtnis und pflege meine Umgebung zu beobachten."

„Es ist sehr ungewöhnlich, eine so präzise Beschreibung zu bekommen. Umso besser für uns. Du wartest hier, wie besprochen und versprochen."

Ich schenke Ben ein kurzes und etwas gezwungenes Lächeln, während sie aussteigen. Dann sehe ich zu, wie sie die Straße überqueren und „StarV" durch die offene Tür betreten. Das wird anscheinend eine ziemlich langweilige Beratertätigkeit, wenn ich immer nur alles aus dem Auto heraus beobachte.

Da ansonsten nichts passiert, betrachte ich meine Umgebung. Viel gibt es ja nicht zu sehen. Was soll auch schon an einem Montag spätnachmittags bitteschön los sein? Es fahren Autos durch die Gegend, Menschen gehen irgendwohin, die Fenster in den Häusern sind überwiegend zu, die Rollos unten. Die Luft flimmert. Ist doch heißer, als ich dachte. Jedenfalls hier, wo alles asphaltiert ist.

Dann kommt Stanley Mime durch die Tür. Allein und ziemlich hektisch. Er blickt sich kurz um, dann rennt er auf mich zu. Gut, nicht wirklich auf mich, er kann ja nicht sehen, dass in dem Wagen jemand sitzt, weil die hinteren Scheiben getönt sind.

Kurz darauf erscheint auch Ben in der Tür. Er wirkt gehetzt. Von Laura keine Spur.

Ich beschließe, dass mein Versprechen nicht für außergewöhnliche Situationen gilt und stoße die Tür auf. Das bringt Stanley, der eigentlich hinter dem Wagen herlaufen wollte, aus dem Takt. Seine Augen weiten sich, als ich aus dem Auto springe und er mich erkennt.

„Willst du nicht lieber warten?", erkundige ich mich.

„Hau ab, Kleine!", erwidert er und rennt weiter.

Das heißt, er würde ja gerne. Aber er nannte mich soeben Kleine. Das kann ich so was von nicht ausstehen. Ganz abgesehen davon, dass ich ihn sowieso nicht entkommen lassen will.

Aber er hat mich Kleine genannt, das Arschloch!

Ich springe ihn von der Seite an, mit der rechten Schulter voran. Dieser Teil von mir ist gerade schmerzfrei. Seine rechte Brust daraufhin nicht mehr. Er dreht sich um die eigene Achse, dann prallt er stolpernd gegen den Wagen, der hinter unserem parkt.

Bevor er sich aufrappeln kann, ist Ben da und legt ihm Handschellen an, ihn wenig zimperlich behandelnd.

„Du solltest doch im Auto bleiben!", fährt er mich wütend an.

„Ach ja? Wolltest du ihm in der Hitze hinterher laufen? Übrigens, habe ich gerne gemacht."

„Danke. - Stanley Mime, ich nehme Sie fest wegen des Handels mit Kinderpornografie. Sie haben das Recht zu schweigen. Alles, was Sie sagen, kann gegen Sie verwendet werden."

„Fickt euch!", erwidert der Videothekar hasserfüllt.

„Wir beide? Uns?", hake ich neugierig nach und ernte von beiden böse Blicke. „Wo ist eigentlich Laura?"

„Er hat sie mit einem dicken Aktenordner niedergeschlagen", antwortet Ben. „Kannst du mal nach ihr schauen?"

„Aber sicher doch!" Ich laufe über die Straße und fühle mich bereits viel besser. Das könnte ja doch noch ganz interessant werden. Wenn er sich beruhigt hat, wird auch Ben einsehen, dass ich alles richtig gemacht habe. Einer wie Stanley ist nun echt keine Herausforderung für die laut ihres Meisters zweitbeste Kampfsportlerin des Landes.

Laura steht bereits, als ich ankomme, aber etwas wackelig. Sie sieht mich erstaunt an.

„Wo ist Mime?“

„Wir haben ihn“, teile ich ihr mit.

„Ihr?“

„Ich habe nur dafür gesorgt, dass Ben ihm die Handschellen anlegen konnte. Soll ich einen Arzt rufen?“

Sie schüttelt den Kopf, dann verzieht sie das Gesicht. Auf ihrer Schläfe ist eine dünne Blutspur zu sehen.

„Wäre vielleicht besser. Wenn du eine Gehirnerschütterung hast ...“

„Fiona, willst ausgerechnet du mir was von Ärzten erzählen?“

„Ist ein Argument“, erwidere ich grinsend. „Darf ich dir wenigstens meinen Arm leihen?“

Ich sehe ihr an, dass sie erst auch das ablehnen will, sich dann aber eines Besseren besinnt. Gemeinsam gehen wir zurück zum Auto. Mime sitzt inzwischen auf dem Rücksitz, Ben steht dagegen gelehnt und hat seine Sonnenbrille aufgesetzt.

„Wo bleibt ihr denn?“, fragt er.

„Fick dich doch“, erwidert Laura.

„Komisch, alle wollen das“, bemerke ich. „Dafür muss es doch einen Grund geben.“

„Dir scheint es wieder besser zu gehen“, meint Ben und mustert mich. Wegen der Sonnenbrille kann ich nicht eindeutig erkennen, wie ernst er es meint. Er holt eine Zigarettenschachtel hervor und bietet mir was an. Ich nehme dankbar an, Laura lehnt ab und setzt sich ins Auto. Nach hinten. Der arme Stanley.

Wir rauchen eine Weile schweigend, bis Ben schließlich sagt:

„Ich weiß durchaus zu schätzen, dass du uns helfen willst. Und ich habe eine Ahnung, dass du ein Karatewunderkind zu sein scheinst. Aber wenn dir was passiert, bringt Jack mich um. Und dich auch.“

„Ja, voll logisch.“

Er grinst leicht. „Du bist durchgeknallt, weißt du das?“

„Ich höre es nicht zum ersten Mal.“

„Dachte ich mir.“

„Hör zu, Ben, damit kann ich umgehen. Alles, was irgendwie mit Nahkampf zu tun hat, kann ich gut. Wir waren mal auf Klassenfahrt, etwa vor sechs Jahren, da haben drei Idioten einen Mitschüler von mir bedroht. Er hätte keine Chance gegen die gehabt, also bin ich dazwischen gegangen.“

„Was ist passiert?“, erkundigt er sich neugierig.

„Sie haben überlebt, mussten aber unterschiedlich lange im Krankenhaus bleiben.“

„Das klingt verdächtig nach Rambo.“

„Nö“, erwidere ich. „Es klingt verdächtig danach, dass ich es nicht leiden kann, wenn Schwächere oder vermeintlich Schwächere angegangen werden. Ich habe auch meinen Bruder beschützt, wenn es sein musste. Zumindest früher, als er noch mit mir unterwegs war. Als Kind habe ich mal ursprünglich Ballett gemacht, fünf Jahre lang. Mit Karate habe ich angefangen, als ich gemerkt habe, wie mit kleinen, zierlichen Mädchen umgegangen wird. Ich wollte das nicht, also habe ich gelernt, wie ich mich dagegen wehren kann. Und ich habe gelernt, dass ich nicht zu lange warten darf, bis ich reagiere. Meine Stärke ist meine Schnelligkeit. Und ich ziehe voll durch. Viele Kampfsportler haben damit ein Problem, im Ernstfall nicht abzubremsen. Ich nicht.“

„Das glaube ich dir sofort.“

„Dann hast du ja Glück“, sage ich grinsend.

„Aber neun Männer?“

„Das war ich nicht.“

Er mustert mich kurz, dann zuckt er die Achseln. Wir wissen beide, dass ich lüge, aber wir wissen beide nicht, wie ich das geschafft habe. Immerhin, eine Gemeinsamkeit.

Er wirft seine Kippe weg und deutet stumm auf das Auto. Wir steigen beide ein, ich diesmal vorne. Ich werfe einen Blick auf Stanley, aber er scheint noch zu leben. Wenn Laura was mit ihm getan hat, dann hat sie es unauffällig erledigt.

Ich lehne den Kopf gegen die Kopfstütze und schließe die Augen. Meine Wunde tut weh und ich denke darüber nach, eine Tablette zu nehmen. Aber vielleicht ist es ja Heilschmerz.

Mal sehen, wie es morgen ist.

Obwohl ich damit gerechnet habe, bin ich fassungslos. Ich sitze im Bett und starre meine Beine an. Ich finde sie ein bisschen zu dünn, obwohl sie vermutlich den Männern gefallen. Doch im Moment versetzt mich in eine kurze Schockstarre, dass sie so glatt sind.

Die Schrammen von den Dornen sind weg! Spurlos weg!

Ich betaste meinen linken Oberarm und erspüre die Wunde durch den Verband. Sie scheint nicht vollständig verheilt zu sein, aber zumindest verursacht die Berührung nicht den geringsten Schmerz.

Ich springe auf und laufe ins Bad. Dort mache ich den Verband vorsichtig ab, lege ihn aufs Klo und wasche die Wunde.

Ich bin keine Ärztin, aber ich glaube, eine Schusswunde darf frühestens nach zwei, drei Wochen so aussehen. Nicht nach nicht mal einem Tag.

Was zum Teufel ist hier nur los?

Ich ziehe das T-Shirt aus, das ich als Nachthemd nutze, und dusche. Danach geht es mir zwar nicht besser, aber ich stinke wenigstens nicht mehr. Nach dem Abtrocknen lege ich den Verband wieder an. Das bleibt besser mein Geheimnis, dass ich noch unnormaler bin, als sowieso schon alle denken. Vor meinem geistigen Auge sehe ich Bilder, wie gefangengenommene Aliens untersucht und aufgeschnitten werden.

Dann atme ich tief durch. Wenn nicht bereits das Militär, dann würde aber ganz bestimmt die Pharmaindustrie vor nichts zurückschrecken, um herauszufinden, wieso Verletzungen bei mir grob geschätzt zehnmal schneller verheilen als bei anderen Menschen.

Ich ziehe kurze, hellblaue Jeans an, aber keine Pomanschette. Schon züchtig bis zu den Oberschenkeln reichend. Und keine Stiefeletten, sondern Söckchen und Sportschuhe. Dazu ein weißes Cross Over Tanktop. Es lenkt die Blicke auf mich, aber eigentlich kann niemand behaupten, es wäre aufreizend. Nicht bei diesem Wetter. Alle Mädchen und junge Frauen in meinem Alter laufen so herum, für mehr Kleidung ist es einfach zu heiß.

Diesmal habe ich kein Glück. Mein Vater ist noch da. Zusammen mit meiner Mutter sitzt er am Esstisch.

„Fiona!", ruft er, als ich mich hinausschleichen will. „Komm mal bitte!"

Ich schließe kurz die Augen, dann gehorche ich. Aber ich setze mich nicht, sondern bleibe ihm gegenüber stehen, die Hände auf eine Stuhllehne gelegt.

„Ja?"

Er mustert mich, dann hebt er den Blick. „Die Beerdigung ist am Donnerstag, um drei Uhr nachmittags."

„In der größten Hitze?"

„Ging nicht anders. Wir hätten sonst eine Woche warten müssen."

„Na gut. War es das?"

„Wo willst du hin? Arbeiten wohl kaum, oder?"

Ich betrachte meine Mutter, die neben ihm sitzt und eine Orange schält. Schon die ganze Zeit. Sehr akkurat. Ich glaube, sie weiß gar nicht, dass sie das tut.

„Nein", antworte ich schließlich. „Ich arbeite mit der Polizei zusammen, um Normans Mörder zu fassen."

„Aha. Und was ist mit deinem Arm passiert?"

„Das ist eine Schusswunde", möchte ich am liebsten sagen. Und eigentlich sollte ich das auch, er wird es sonst aus der Zeitung erfahren. Aber nicht, während ich dabei bin. Ich bin noch nicht so weit, ihnen zu erzählen, was ich über Norman herausgefunden habe.

Dass er ein Monster war.

Ich begreife es ja selbst noch nicht.

Mein Bruder? Der süße Norman?

Ja, der süße Norman. Auf dem Video wurde mir deutlich, wie gut er tatsächlich aussah. Bereits mit 13 dürften ihm die Mädchen nachgelaufen sein. Warum hat er sich nicht mit denen vergnügt, die es freiwillig getan hätten? Selbst das wäre besser gewesen!

„Habe mich verletzt", antworte ich schließlich. „Nichts Schlimmes."

„Ja, genauso sieht es aus."

Ich beende das dämliche Gespräch, indem ich einfach gehe. Eigentlich würde ich mich von meiner Mutter gerne verabschieden, aber dann müsste ich in die Nähe meines Vaters. Was nicht infrage kommt.

Da ich kein Auto habe, werde ich abgeholt. Von Laura und Ben zusammen.

„Was ist los?", erkundigt sich Ben, nachdem ich mich nach hinten gesetzt habe.

„Nichts. Wieso?"

„Weil du aussiehst, als würdest du gleich heulen."

„Es ist nichts", erwidere ich und starre aus dem Seitenfenster.
„Hat Stanley schon was gesagt?"

„Wir haben ihn noch gar nicht befragt. Soll ruhig ein wenig schmoren."

„Okay. Darf ich bei der Befragung dabei sein? Als Beraterin?"

„Wen willst du denn beraten? Ihn oder uns?" Die beiden grinsen sich an.

Haha.

„Ihn, damit er das Richtige sagt. Darf ich ihm dabei ein paar Zähne ausschlagen? Beratend natürlich, nur beratend."

„Oha, ganz schön aggressiv heute, unser Schätzlein", bemerkt Laura.

„Ich hatte vorhin ein Gespräch mit meinem Vater", entfährt es mir. Scheiße. Ich sollte den Mund halten. Aber nun ist es zu spät.

„Euer Verhältnis ist nicht besonders gut", bemerkt Ben nach einem Blick in den Innenspiegel. „Das ist mir schon beim ersten Mal aufgefallen."

Eigentlich ist es ja egal, ob sie es wissen oder nicht. Ist eh kein Geheimnis, von meiner Seite aus. Mein Vater hätte lieber die heile Familie, weil sich das besser macht, aber dann soll er halt was dafür tun.

„Nein, ist es nicht. Ich bin als Erstgeborene kein Junge, damit kommt er nicht klar."

„Dabei benimmst du dich wie einer", sagt Laura.

„Danke!"

„Stimmt das etwa nicht? Du bist ein hübsches Mädchen, aber du hast auch viel Jungenhaftes. Vor allem bewegst du dich wie ein Junge."

„Das stimmt nicht. Meine Art, mich zu bewegen, hängt mit dem Sport zusammen. Jungs, die so trainieren, bewegen sich anders. Und ich weiß, dass ich immer noch das Tänzelnde drin habe, vom Ballett. Aber ich bewege mich nicht wie andere Mädchen in meinem Alter, die von der Diät dünn sind, aber keine Muskeln haben. Das ist ein Riesenunterschied, okay?"

„Oh, sind wir an der Stelle empfindlich?"

„Ja, sind wir. Ich habe Ben gestern schon gesagt, warum ich mit dem Kampfsport angefangen habe. Mal abgesehen von dem konkreten Anlass, aber das hat nur den Denkprozess in mir ausgelöst. Ich will keine Emanze sein, aber ich hasse es echt, wenn ich nicht für voll genommen werde. Und als blondes, zierliches Mädchen passiert mir das ständig. Ich könnte dann jedes Mal ausrasten."

„Sieht man dir gar nicht an", bemerkt Ben.

„Nein, ich kann mich nach außen ganz gut beherrschen. Meistens. Auf der Schule bin ich ein paarmal ausgerastet, danach wussten sie Bescheid und haben es akzeptiert. Ich meine, ich helfe gerne. Und ich bin lieber nett als böse, aber ich kann auch sehr, sehr böse sein."

„Habe ich gemerkt, als du Stanley gestoppt hast."

„Das war sehr zurückhaltend."

„Trotzdem, dein Gesichtsausdruck war eindeutig. Egal. Was war denn der konkrete Anlass?"

„Wie bitte?"

„Du hast vorhin was von einem konkreten Anlass gesagt."

„Ach, das. Ich hatte damals lange Haare und der Idiot hinter mir hat ständig daran gezupft. Tagelang. Ich habe ihn mehrfach gewarnt, dass ich ihn zusammenschlage, aber er hat nur gelacht. Irgendwann, mitten in der Geschichtsstunde, bin ich dann aufgesprungen, habe mich auf ihn geworfen und ihm die Nase gebrochen."

„Oh, oh."

„Ja, das gab ein Riesentheater. Meine Mutter durfte auch kommen. Ich sollte mich dann auch noch entschuldigen, aber da habe ich mich geweigert. Hat ja auch keinen interessiert, warum ich das getan habe. Mädchen dürfen sich nun einmal nicht so verhalten. Schon mal gar nicht so hübsche Mädchen mit so schönen langen Haaren. Hat ernsthaft eine Lehrerin gesagt.“

„Die lebt noch?“

„Ja, leider. Okay, das war jetzt doof. Sorry. Aber ich habe dann am nächsten Morgen mit einer Nagelschere meine Haare abgeschnitten. Meine Mutter ist fast ohnmächtig geworden, als sie mich danach sah. Seitdem habe ich diese Frisur. Und ich habe ihr gesagt, als ich beim Friseur saß, dass sie mich beim Ballett abmelden soll, ich will Karate lernen. Nach einigen Diskussionen hat sie zugestimmt, zumal ich ihr gesagt habe, dass ich da lernen würde, mich zu beherrschen.“

„Das ist ja auch wirklich so beim Kampfsport“, sagt Ben.

„Ich weiß. Klappt einigermaßen. Ich habe euch das auch nur erzählt, weil Laura vorhin meinte, ich würde mich wie ein Junge benehmen. Als Junge bräuchte ich mich gar nicht so zu verhalten.“

„Klingt nach Vorurteilen.“

„Klingt nach Erfahrung. Ich weiß nicht. Hast du andere Erfahrungen gemacht?“

„Ich bin ja nicht zierlich und blond.“

„Haha. Ernsthaft jetzt.“

„Ja und nein. Ich glaube, Rothaarige werden anders eingeschätzt.“

„Und das ist jetzt kein Vorurteil, oder wie?“

Sie dreht sich grinsend zu mir um. „Touché. Okay, an Vorurteilen ist ja meist auch was dran. Und sei doch ehrlich: Wir sind ganz unterschiedliche Typen, unterschiedliche Beuteschemata.“

„Ich bin gar keine Beute“, murmele ich. „Aber ich weiß, was du meinst. Schon klar.“

„Um auf deine Frage zurückzukommen: Ja, ich habe auch

meine Erfahrungen gemacht, und die waren keineswegs nur schön. Gerade bei der Polizei spielt es eine Rolle, dass ich kein Mann bin. Ich will mich aber gar nicht beschweren."

Und ich bin echt froh, dass wir jetzt ankommen. Solche Gespräche machen mich aggressiv, und meine Grundstimmung war eh schon schlecht. Es ist ja nicht so, dass ich es nicht gelernt hätte, aus meinem Aussehen auch mal Profit zu ziehen. Gezwungenermaßen. Deswegen finde ich es trotzdem nicht gut, dass Jungs es besser haben. Wie sehr das stimmt, das durfte ich ja ständig an Norman sehen.

Trotzdem ist er tot, nicht ich.

Ben veranlasst von seinem Schreibtisch aus, dass Mime in einen der Verhörräume gebracht wird. Laura erklärt mir in der Zwischenzeit einige grundsätzliche Dinge, zum Beispiel, dass ich möglichst nur zuhören sollte. Eigentlich nur zuhören sollte.

„Am besten bleibst du erst einmal nebenan und beobachtest nur", meint Ben.

„Was soll ich beobachten?"

„Wie wir das machen."

Ich zucke die Achseln. „Okay. Hauptsache, wir kriegen raus, wie wir an die Hintermänner drankommen."

„Kriegen wir. Früher oder später."

Ich verzichte lieber darauf, zu erzählen, was ich von später halte. Sie werden es sich eh denken können. Und wenn nicht, ist es auch egal.

Stanley Mime wirkt etwas nervös, als er hereingeführt wird. Sein Blick flattert zwischen den beiden Polizisten hin und her, die vor ihm sitzen. Hauptsächlich stellt Ben die Fragen und notiert sich die nichtssagenden Antworten von dem Kerl. Zumindest tut er so.

Natürlich streitet Stanley alles ab. Ich würde lügen, als Ben bemerkt, dass es eine Zeugin gibt. Überhaupt, wer ich denn sei? Außerdem wäre es eine Falle gewesen, jemand hätte ihm was untergejubelt.

Nach einer Stunde sagt Laura, dass sie einen Kaffee braucht und kommt dann zu mir.

„Lange hält er nicht mehr durch", sagt sie dabei.

„Echt jetzt? Warst du bei einem anderen Verhör als ich?"

„Nein, aber ich habe so was schon öfter gemacht", erwidert sie lächelnd. „Er ist nervös. Klar, er hat wohl auch Angst vor denen, die hinter der Sache stecken und ihn töten würden, wenn er redet."

„Warum lassen wir ihn nicht laufen und beschatten ihn?"

„Vielleicht machen wir das", sagt sie achselzuckend. „Aber das wäre mit Aufwand verbunden, außerdem mit dem Risiko, dass er entkommt. Ich glaube, ihn kriegen wir auch so zum Reden."

„Aha. Darf ich mit ihm reden?"

„Meinetwegen darfst du mich ablösen, aber ob du Fragen stellen darfst, entscheidet Ben. Nimm Kaffee mit."

„Guter Bulle, schlechter Bulle?"

„Du guckst zu viele Krimis. Nein, für Ben."

Ich finde den Kaffeeautomaten um die Ecke und ziehe drei Kaffees, die ich in den Verhörraum balanciere. Die drei Pappbecher stelle ich erst auf dem Tisch ab, dann setze ich mich und verteile die Becher.

Ben beobachtet mich fragend.

„Wolltest du keinen Kaffee?", erkundige ich mich.

„Doch. Aber ich dachte, Laura bringt ihn."

„Falsch gedacht." Ich mustere Stanley, der mich wütend anstarrt. „Hi. Ich wusste nicht, wie viel Zucker du in deinen Kaffee tust, deswegen habe ich drei Portionen reingetan."

„Ich mag es süß."

„Wie die süßen kleinen Mädchen?"

„Ich habe keine Ahnung, wovon du redest. Was macht sie

überhaupt hier? Und wo bleibt mein Anwalt?“

„Er steckt im Stau fest. Aber du brauchst ihn gar nicht, um uns zu erzählen, wer dir die Videos geliefert hat.“

„Es gibt einen Lieferdienst, wie ihn alle Videoclubs haben.“

„Dass ich nicht die Filme meine, die ihr offiziell vermietet, weißt du ja.“

„Nein, weiß ich nicht. Aber das habe ich schon gefühlt hundertmal gesagt.“

„Du tust mir jetzt schon leid“, bemerke ich, bevor Ben die Schleife von vorne beginnen kann.

„Wieso?“

„Ich denke, du wirst nicht sitzen können. Wenn du Glück hast. Vielleicht hängen sie dich ja auch auf.“

„Fiona, was soll das?“

Ich wende mich an Ben. „Ist das nicht so? Was geschieht denn im Gefängnis mit Kinderschändern?“

„Ich bin kein Kinderschänder!“, schreit Stanley.

„Aber du vertreibst die Videos, in denen Kinder vergewaltigt werden! Glaubst du, das interessiert die im Knast, ob du mitmachst?“

„Ihr müsst mich beschützen, das ist eure Pflicht! Und überhaupt, wer ist die eigentlich?“

„Sie ist Beraterin. Wir arbeiten mit ihr zusammen.“

„Mit der?“ Stanley wirft mir einen verächtlichen Blick zu. „Müsste sie nicht in der Schule sein?“

Er hat Glück, er benutzt nicht das Wort. Er sagt nicht „Kleine“ oder etwas Ähnliches, sonst fiele es mir deutlich schwerer, mich zu beherrschen. Aber im Prinzip sagt er es doch.

Ich atme tief durch. „Ben, darf ich alleine mit ihm reden?“
„Nein!“

„Schade. Glück für dich, Stanley Mime. Weißt du, was ich glaube? Ich glaube, du weißt ganz genau, dass dich niemand beschützen kann, wenn deine Mithäftlinge herausfinden, dass du ein beschissener Pädo bist. Das glaube ich. Dann hast du ausgeschissen, aber so was von."

Ben starrt mich entgeistert an, dann erhebt er sich. „Kommst du bitte mit, Fiona?"

Ich gehorche. Draußen fährt er mich an: „Was soll das? Und wo hast du diesen Scheiß her?"

„Stimmt das etwa nicht?"

„Das mag in Brasilien oder Mexiko so sein, aber nicht bei uns."

„Und meinst du, das Arschloch weiß das?"

„Wahrscheinlich nicht. Du wusstest es ja auch nicht."

„Haha. Wollen wir nun einen Namen von ihm hören oder nicht?"

„Doch. Aber nicht mit solchen Methoden."

„Warum nicht?"

„Weil Polizisten in diesem Land nicht so arbeiten."

„Kein Problem. Ich bin ja keine Polizistin. Ich berate euch, dass ihr das so machen sollt und stelle mich freiwillig zur Verfügung."

Laura, die uns aus der Tür zum Nebenraum zuhört, sagt plötzlich: „Ich finde die Idee gar nicht so schlecht. Und auch wenn bei uns vielleicht Pädos nicht aufgehängt oder in Stücke geschnitten werden, kann ihnen das Leben zur Hölle gemacht werden, wenn die anderen rauskriegen, warum sie im Knast sind."

„So arbeiten wir aber nicht, Laura."

„Ja, du hast recht, normalerweise nicht. Aber Fiona ist keine Polizistin."

„Darum dürfte sie gar nicht da drin sein. Aber meinetwegen, macht doch, was ihr wollt."

Ich starre ihn erstaunt an, dann werfe ich einen fragenden Blick auf Laura. Diese zuckt grinsend die Achseln, und mir

118

wird klar, dass Ben in Wirklichkeit auch weiß, dass die nicht hundertprozentig legale Methode schneller und damit besser ist. Und weil es ihm nicht in erster Linie darum geht, Stanley ins Gefängnis zu bringen, sondern an die Verantwortlichen heranzukommen, tut er nur so, als wäre er der Gute.

Also doch böser Bulle.

Kann mir nur recht sein.

„Warum hast du mich eigentlich herausgerufen?", erkundige ich mich.

„Um ihn zu verunsichern. Er hofft darauf, dass ich dich zurechtstutze. Wenn wir wieder reingehen und du machst weiter, ist er bald weichgekocht."

„Ich muss wohl meine Meinung über dich revidieren, Ben", stelle ich fest.

„Tue das ruhig. Aber später. Komm." Er hält mir die Tür auf, wir gehen hinein, zu Stanley, der mich grinsend ansieht.

„Na, weißt du jetzt Bescheid?"

„Oh ja, weiß ich. Weißt du, mein Onkel ist bei der Polizei, der hat mir Sachen erzählt, dagegen war ich ja noch zurückhaltend. Ich bin ein nettes Mädchen, deswegen drücke ich mich nicht so aus wie mein Onkel."

Stanley schnaubt. „Du? Nettes Mädchen?"

„Irgendwie schon. Ich habe dir zum Beispiel nichts gebrochen, als ich dich aufgehalten habe. Hätte kein Problem damit gehabt. Ben hier kann das bestätigen."

„Oh ja", sagt Ben.

Stanley wird unsicher, das sehe ich an seinem Blick. Es überrascht ihn, dass Ben mich plötzlich unterstützt. Damit hat er nicht gerechnet, schätze ich.

„Was wird das hier eigentlich?", fragt er schließlich.

„Es hat sich nichts geändert", erwidere ich. „Wir wollen von dir wissen, wie du an die Videos kommst. Und sag nichts vom

Lieferdienst, wir wissen alle, dass du weißt, was wir meinen. Okay?"

„Selbst wenn es so wäre, warum sollte ich überhaupt mit euch zusammenarbeiten?"

Ich werfe einen hastigen Blick auf Ben, doch der ignoriert das und mustert Stanley mit einem gelangweilten Gesichtsausdruck. Dann nippt er an seinem Kaffee.

„Dafür gibt es mehrere Gründe", sage ich schließlich, da anscheinend ich das Gespräch weiter führen darf. Oder sogar soll. „Der wichtigste ist, dass wir dann dafür sorgen werden, dass du den Knast überlebst. In einem Stück. Hilfst du uns, helfen wir dir. Ist das ein guter Grund oder nicht?"

Ich nehme aus dem Augenwinkel wahr, wie Ben mich ansieht, aber nun ignoriere ich ihn.

„Und wie wollt ihr das schaffen? Komme ich in das Kronzeugenprogramm?"

„Jetzt mal nicht übertreiben", erwidert Ben. „Ich glaube nicht, dass du genug für einen Kronzeugen weißt."

„Wenn ich euch den Namen von jemandem liefere, der weiß, wie die Drahtzieher sind, was ist dann?"

„Vielleicht wird es dann was mit uns", sagt Ben. „Wir überprüfen das, wenn du die Wahrheit sagst, dann stehen deine Chancen gut."

„Es kann aber auch sein, dass ich trotzdem in den Knast komme?"

„Sieh das mal so", bemerke ich und beuge mich vor, wie die es in Filmen auch immer machen, wenn sie etwas Bedeutendes sagen wollen. „Kooperierst du nicht, kommst du auf jeden Fall in den Knast. Ohne Vaseline wird es hart. Wenn du mit uns kooperierst, hast du eine Chance, dein Arschloch nicht in Zukunft mit einem Stopfen zumachen zu müssen, damit die Scheiße nicht direkt herausfällt."

„Fiona!" Ben starrt mich entgeistert an, und ich glaube, diesmal ist es echt.

„Was denn? Gibt es das auch nur in Brasilien?"

Er schüttelt den Kopf, dann mustert er Stanley. „Fiona hat, trotz des etwas plakativen Vergleichs, tatsächlich recht. Leute wie du stehen in der Hierarchie ganz, ganz weit unten. Weißt du was? Du kommst jetzt zurück in deine Zelle und darfst dir bis morgen überlegen, ob du mit uns zusammenarbeitest oder nicht. Haben wir morgen um zehn Uhr noch keinen Namen von dir bekommen, ist der Zug abgefahren. Komm, Fiona, wir gehen."

Er packt seine Tasse, erhebt sich und steuert auf die Tür zu. Ich werfe einen Blick auf Stanley, der mich wie versteinert anstarrt, dann zucke ich die Achseln und folge Ben.

„Wartet!"

Bens Hand liegt bereits auf der Klinke. Er dreht sich mit einem fragenden Gesichtsausdruck um.

„Okay, ich bin dabei!" Stanley leckt sich die Lippen. „Scheiße, ich glaube, ihr seid wirklich so verrückt, und ich weiß, was die mit mir machen würden."

„Eine weise Entscheidung", nickt Ben und kehrt zurück an den Tisch. „Na, dann erzähl mal. Und denk daran, du hast nur diese eine Chance."

„Schon gut." Stanley beobachtet mich, als ich ebenfalls zu meinem Platz zurückgehe. „Er heißt Malcolm. Gerry Malcolm. Er bringt die Videos, aber er ist nicht bloß ein Kurier. Aus dem, was er gesagt hat, denke ich, dass er weiß, wer weiter oben ist."

„Das denkst du?"

Er nickt und leckt sich erneut die Lippen. Lügt er jetzt, oder was? Ich krame in meinem Gedächtnis, was ich über Verhaltenspsychologie gelernt habe. Viel war es ja nicht, aber ich habe ja auch nicht studiert. Wenn ich nicht völlig daneben liege, dann ist das eine Beschwichtigungsgeste.

Der Kerl hat Schiss ohne Ende.

Okay, das ist nachvollziehbar.

„Also gut, wir überprüfen ihn. Gerry Malcolm? Wenn er etwas weiß, was uns weiterbringt, lege ich ein gutes Wort beim Captain für dich ein. Wenn allerdings du uns anlügst, dann wird es düster. Sehr düster.“

„Ich sage die Wahrheit“, erwidert Stanley.

„Okay. Wir werden sehen. Komm, Fiona, wir gehen jetzt tatsächlich.“

Draußen wendet er sich mir zu. „Laura und ich fahren zu diesem Kerl, du ...“

„Und ich fahre mit!“

„Du fährst nicht mit!“

„Doch! Wieso willst du es mir verbieten?“

„Weil es gefährlich werden könnte?“

„Und wenn er euch wegläuft? Wer soll ihn dann stoppen?“

„Fiona, das ist kein Spiel. Stanley aufzuhalten war ... Na ja, er ist ungefährlich, eigentlich. Dieser Malcolm scheint aber ein anderes Kaliber zu sein.“

„Oh, ich bin auch ein anderes Kaliber. Hör zu, ich fahre mit und bleibe im Auto. Was soll da schon passieren?“

„Du bleibst wirklich im Auto? Egal, was passiert?“

„Natürlich steige ich aus, wenn ein LKW euren Wagen rammen will!“

„Aber nur dann?“

„Nur dann!“

„Also gut, dann komm meinetwegen mit“, sagt er und wendet sich kopfschüttelnd ab.

Laura ist nicht begeistert, aber anscheinend hat sie verstanden, dass es keinen Sinn hat, mich von etwas abbringen zu wollen, was ich mir in den Kopf gesetzt habe. Stimmt ja auch. Eine der wenigen Eigenschaften, die ich von meinem Vater geerbt habe und für die ich ausnahmsweise sogar dankbar bin, obwohl es etwas von meinem Vater ist. Kann ja nicht alles nur schlecht sein.

Also sitze ich hinter Laura und beobachte die Gegend, durch die wir fahren. Sie weckt Erinnerungen, an Greg, dem ich verdanke, dass ich meine größte – meine große – Liebe Phil kennengelernt habe. Weil er so ein Arschloch war. Toller Sex, zumindest für ein paar Wochen. Hoffentlich hat er immer noch Schmerzen beim Pissen.

Ich beschließe, lieber nicht länger daran denken zu wollen. Es würde keinen guten Eindruck machen, wenn ich anfinge zu heulen, und beim Gedanken an Phil könnte das passieren. Selbst jetzt noch, nach fast vier Jahren.

Verdammte Scheiße.

„Alles okay?", erkundigt sich Ben, und mir fällt auf, dass er mich anscheinend schon eine Weile im Rückspiegel beobachtet.

„Schau auf die Straße!"

„Ich habe zwei Augen. Und du Tränen in deinen."

Ich fahre mit den Händen über meine Augen. Er hat recht. Echt klasse. Ich markiere hier die harte Göre und heule. Ja, so macht man das. Glaubwürdig ohne Ende.

„Habe mich nur an etwas erinnert", erwidere ich schließlich. „Ist privat. Sehr privat."

„Okay, kein Problem. Wir sind gleich da."

Ben parkt den Wagen am Straßenrand, fast vor dem Haus. Ich kann am Haus vorbei in eine Gasse hineinsehen, allerdings ist ein Gittertor davor, etwas höher als ich.

„Du parkst nicht vorschriftsmäßig", teile ich Ben mit, da sich das Haus links von uns befindet.

„Möchtest du wieder nach Hause?", erkundigt er sich, während er aussteigt und dabei seine Waffe kurz prüft.

„Meinetwegen kannst du ja parken, wie du willst. Aber was

sage ich dem Polizisten, der das nicht gut findet?"

„Zeige ihm das Blaulicht. Im Handschuhfach."

„Gut zu wissen."

„Nur für den Notfall, klar?"

„Ja, ja."

Ich beobachte die beiden, wie sie das Haus betreten, dann lehne ich mich zurück. Es ist schon wieder so heiß. Ich liebe den Sommer ja, ich liebe die Sonne, ich liebe es auch, wenn es warm ist, aber das ist selbst mir schon fast zu viel des Guten.

Dann fällt mein Blick auf die nackten Schienbeine. Wie frisch gewachsen. Ich begreife das einfach nicht. Ich habe ja keine Medizin studiert, aber Biologie fand ich immer interessant und in Genetik gut zugehört. Wie kann das sein? Ich könnte mir natürlich schon vorstellen, dass es eine Krankheit gibt, bei der die Zellteilung viel, viel schneller abläuft als normal. Aber müsste ich dann nicht schon aussehen, als wäre ich 100? Mindestens?

Ich werde aus meinen düsteren Gedanken gerissen, als ich Bewegung sehe. Auf der Feuertreppe an der Seite vom Haus, in das Laura und Ben gegangen sind. Dort, wo das Gittertor ist. Ein Kerl in Jeans und Muskelshirt klettert aus dem Fenster und dann verdammt schnell nach unten. Er scheint ziemlich muskulös zu sein, hat rote, kurzgeschorene Haare. Und eine Pistole im Hosenbund.

Fiona, bleib einfach sitzen und überlass das den beiden. Er ist bewaffnet und sieht aus wie van Damme.

Wen interessiert van Damme?

Ich springe aus dem Auto und über das Gittertor. Der Kerl, der Gerry Malcolm sein müsste, und ich kommen gleichzeitig auf dem Boden an. Er starrt mich kurz an, dann wendet er sich ab und rennt von mir weg. Vor mir? Oder nur vor den beiden anderen? Eigentlich spielt das eine große Rolle, dennoch beschließe ich, dass es mich in diesem Moment nicht interessiert.

124

Und folge ihm. Von oben höre ich Ben schreien, kann ihn aber nur schlecht verstehen. Irgendetwas mit „Verdammt" und „Fiona" und „Verflucht". Er soll deutlicher reden, wenn er was von mir will.

Am Ende der Gasse klettert van Damme alias Gerry Malcolm auf eine Mauer und springt auf der anderen Seite hinunter. Ich folge ihm kurzentschlossen und finde mich in einem Garten wieder. Was es hier so alles gibt. Der Garten ist klein und an der Terrassentür, die zum Glück geschlossen ist, klebt ein wütender Hund. Schäferhund.

Ich sehe zu, dass ich weiterkomme, zumal auch Malcolm nicht auf mich wartet. Oder doch, aber dann sehe ich es nicht. Wäre nicht optimal, geht mir kurz durch den Kopf. Andererseits, ich habe neuerdings Glück, außerdem, wer weiß, vielleicht heilen auch sonst tödliche Wunden bei mir inzwischen?

Hör auf zu träumen, Fiona.

Wir überqueren noch einige Gärten, nicht alle sind unbenutzt, doch niemand kommt dazu, etwas zu tun, so schnell sind wir wieder fort. Ich höre hinter mir ein Kleinkind weinen, das tut mir echt leid, aber im Moment kann ich darauf keine Rücksicht nehmen.

Dann kommt der Augenblick, dass ich nicht in einem Garten lande, nachdem ich über ein Mäuerchen springe, sondern auf dem Hof vor einer langen Garagenreihe.

Und mich Malcolm gegenüber sehe.

Ups.

Seine Pistole ist auf mich gerichtet.

Ich reagiere instinktiv, das ist vermutlich auch gut so. Wenn auch nur einer von uns die Gelegenheit zum Nachdenken hätte, wäre das fatal.

Für mich, vor allem.

Aber er rechnet ganz sicher nicht mit dem, was ich tue. Ich

ja auch nicht.

Mit einer Hand schlage ich die Pistole zur Seite, so heftig, dass sie davon fliegt, mit dem Ellbogen voran springe ich dann gegen den riesigen Kerl. Ich treffe ihn so wuchtvoll am unteren Ende des Brustbeins, dass er auf den Rücken fliegt und ich fast auf ihn. Kann mich gerade noch so abfangen und nutze den eigenen Schwung, um in einem Halbkreis zur Pistole zu stolpern, sie hochzureißen, herumzufahren und auf Malcolm zu richten.

Er liegt immer noch auf dem Boden und starrt mich an. Sein Gesicht ist schmerzverzerrt. Das allerdings wundert mich nicht, ich weiß aus eigener Erfahrung allzu gut, wie schmerzhaft so ein Treffer gegen das Brustbein sein kann.

„So", sage ich. Keine Ahnung, wieso. Ich glaube, das wirkt einschüchternd. Vielleicht. Hoffentlich. Eine junge Blondine mit einer Pistole in der Hand wirkt vielleicht ohne „So" nicht einschüchternd genug. So genau weiß ich es aber nicht.

Malcolm beginnt, sich aufzurichten.

„Hey, hey! Bleib mal schön auf dem Boden!"

Er hält inne, dann grinst er. „Die Pistole ist ja nicht einmal entsichert."

„Echt nicht?" Für einen Moment werde ich unsicher, aber dann fällt mir ein, dass er die Pistole schon auf mich gerichtet hatte. Gesichert? Wohl kaum.

Ich ziele neben ihn und drücke ab.

Der Knall ist fast unerträglich laut hier, zwischen den Mauern. Ich höre kaum den Querschläger, der dann irgendetwas trifft. Irgendetwas aus Glas.

Scheiße.

Niemand schreit, das ist schon mal gut.

Malcolm wird aber sehr bleich.

„Hör zu", sage ich. „Du hast recht, ich kenne mich mit Pistolen nicht so gut aus. Aber ich kann abdrücken, wie du gesehen hast. Und ich bin heute irgendwie nervös. Meine Finger zucken seit dem Aufwachen. Also, wenn du aufstehst, schieße ich auf dich. Wo dich das trifft, weiß ich nicht, aber zielen würde ich auf deine Eier. Klar?"

Er nickt und schwitzt. Also brauche ich die Pistole nicht nachzuladen. Das ist auch gut so. Eine Halbautomatik oder Automatik oder wie das auch immer heißt. Verdammt, ich brauche unbedingt Schießunterricht, wenn mein Leben so weitergeht.

„Okay. Für wen arbeitest du?"

„Was?"

„Für wen du arbeitest! Und denk an meinen nervösen Finger, verdammt!" Ich schwitze auch, außerdem weiß ich, dass Ben und Laura bald hier sein werden. Dann nehmen sie mir die Pistole weg. Was vielleicht auch besser ist, aber ich will trotzdem einen Namen von diesem Arschloch. Also richte ich die Waffe jetzt zwischen seine Beine. „Noch einmal frage ich nicht!"

„Du bist wahnsinnig! Keine Polizistin darf ..."

„Ich bin keine Polizistin." Und drücke erneut ab, sicherheitshalber aber nicht zwischen seine Beine zielend, weil ein Querschläger ihn treffen könnte. Ganz abwesend ist mein Verstand also doch nicht. Aber richtig da auch nicht. Ist wohl im Auto geblieben.

Er schreit auf. „Bist du wahnsinnig?!"

„Du wiederholst dich. Name?"

„Rollo! Jay King Rollo!"

Im nächsten Augenblick werden wir erlöst, weil Ben über die Mauer ankommt und fast gleichzeitig Laura mit dem Auto. Die nicht über die Mauer.

Ich atme tief durch und lasse die Pistole sinken. Ben nimmt sie mir vorsichtig ab.

„Bist du bescheuert?", fragt er dann.

„Danke, mir geht es gut.“

„Das bezweifle ich. Welchen Teil von ‚Bleib im Auto!‘ hast du eigentlich nicht verstanden?“

„Jay King Rollo.“

„Was?“

„So heißt sein Boss. Kennst du den?“

Ben wechselt einen Blick mit Laura, die gerade den mit Handschellen gefesselten Rothaarigen ins Auto bugsiert.

„Also ja.“

„Ja, der Name ist bekannt“, knurrt Ben. „Ob der Kerl dir die Wahrheit gesagt hat, wissen wir …“

„Hat er.“

„Was?“

„Er hat mir die Wahrheit gesagt!“, wiederhole ich. „Er hatte eine Scheißangst, weil er gemerkt hat, dass ich mit der Pistole nicht umgehen kann. Freundlicherweise hatte er sie aber vorher entsichert, weil ich habe keine Ahnung, wie das geht. Zeigst du es mir?“

„Nein!“

„Und wieso nicht?“

„Weil du keine Waffe in die Hände nehmen sollst!“

„Ben! Ich finde es sowieso heraus, wenn ich will.“

„Ich denke darüber nach“, sagt er mürrisch. „Jetzt steig ins Auto, wir bringen den Kerl zur Staatspension.“

Grinsend steige ich vorne ein, da es wieder Lauras Aufgabe ist, sich um den Gefangenen zu kümmern. Dieser sieht ziemlich wütend aus, was ich ja irgendwie auch verstehen kann. Ich wäre bestimmt auch ziemlich wütend, so als gefährlicher Gangster, wenn mich so eine Kleine nicht nur überwältigt, sondern mir auch noch eine wichtige Information entlockt hätte.

Vielleicht sollte ich mal darüber nachdenken, mir wirklich eine Pistole zuzulegen. Aus meiner Zeit mit Greg weiß ich, dass

Gangs und überhaupt diesen harten Jungs sehr nachtragend sein können.

Und das, was ich mit Brodwich und seinen Freunden gemacht habe, werden sie nicht ungesühnt lassen wollen. Zu welchen Mitteln meine neuen Feinde zu greifen bereit sind, haben sie ja bereits demonstriert. Mein einziger echter Vorteil dürfte meine neue Unverletzlichkeit sein. Auf sie verlassen sollte ich mich allerdings nicht.

Scheiße, Scheiße. In was habe ich mich da bloß hineingeritten?

Nachdem wir Gerry Malcolm abgeliefert haben, steigen wir wieder ins Auto. Diesmal muss ich hinten sitzen. Eigentlich finde ich das nicht einmal schlimm, denn so kann ich in Ruhe nachdenken. So langsam scheint mir, dass es eine gute Idee ist, das gelegentlich zu praktizieren.

„Wir machen einen Ausflug in die Natur", bemerkt Ben beim Anfahren.

„In die Natur? Wo wohnt denn dieser komische Kerl, von dem Malcolm gesprochen hat? In der Wildnis?"

„Auf einem Campingplatz."

„Auf einem Campingplatz? Hä?"

„Rollo ist ein Unikat", erklärt Ben grinsend. „Er ist bekannt, ein Paradiesvogel, und mit Sicherheit im Drogengeschäft. Aber ehrlich gesagt, kann ich es mir nicht vorstellen, dass er was mit Kinderpornos macht, dazu ist er viel zu sehr auf zwar junge, aber vollbusige Frauen fixiert. Wirst du gleich sehen."

„Na, wenigstens falle ich nicht in sein Beuteschema", bemerke ich und provoziere damit einen Lacher von beiden.

„Oh, du bist jung und gutaussehend, sei dir da nicht so sicher", sagt dann Laura.

„Na toll. Was denn nun?"

„Wir sind ja bei dir", erwidert Ben, immer noch grinsend.

„Wir passen auf dich auf.“

„Das ist sehr lieb von euch. Habt ihr den Eindruck, dass ich Aufpasser benötige?“

Sie gehen beide darauf nicht ein. Ist vielleicht auch besser so. Ich lehne mich zurück und betrachte mich. Die Jeans sind kurz, aber nicht von der Art, von der Leslie meinte, dass mein Arsch raushängt. Sie sind bei diesem Wetter wirklich normal, ich sehe aus dem Auto heraus Dutzende von Mädchen in solchen Jeans herumlaufen. Auch die Schuhe sind nicht ungewöhnlich. Habe ja nicht ohne Grund auf meine geliebten Stiefeletten verzichtet. Das Top dürfte auch unkritisch sein, es ist so geschnitten, dass niemand in meinen Ausschnitt sehen kann, nicht einmal, wenn ich mich vorbeuge. Okay, man sieht, dass ich Brüste habe. Soll ich sie mir abquetschen wegen irgendwelcher Idioten?

Definitiv nicht.

„Du bist ja so still geworden“, bemerkt Ben, dem wahrscheinlich nicht entgangen ist, wie ich mich selbst begutachtet habe.

„Ich muss ja Angst haben, alles wird gegen mich verwendet, was ich sage.“

„Nur wenn du böse Sachen machst.“

„Willst du, dass ich einen Lachflash bekomme?“

„Wieso?“

„Willst du ernsthaft behaupten, die SLPD verhaftet nur Leute, die böse Sachen tun? Und vor allem, dass die verhaftet werden? So naiv bin ich dann doch nicht, okay?“

„Oder du siehst zu viele Krimis, die unseren Ruf in den Dreck ziehen“, erwidert Laura, und sie klingt wütend.

„Okay. Du behauptest also, die Polizei ist nicht korrupt und beschützt die Guten und sperrt die Bösen ein. Ja oder nein?“

Laura wirft einen Blick auf mich, sagt aber nichts.

„Danke, das genügt.“

Erneut senkt sich Schweigen über uns. Echt, das ist ein

schlechter Witz. Auch wenn ich mich nicht mit Politik und dem ganzen Scheiß beschäftige, weiß ich trotzdem einiges. Wozu habe ich Verwandte bei der Polizei? Und über meinen Vater höre ich auch entsprechende Geschichten. Mit Geld kann man alles kaufen, sogar Moral.

Wir verlassen die Zivilisation. Zumindest ein bisschen. Links sehe ich sogar die Wälder der Small Hills. Und die Villen der Neureichen aus Newvill. Was bin ich froh, nicht hier zu wohnen. Schon Old Town ist schlimm, aber da leben wenigstens jene, die schon lange viel Geld haben und es nicht für nötig halten, nach außen hin zu protzen. Wie mein Vater.

Der Campingplatz liegt am Fuß der Wälder, etwas außerhalb und mehr oder weniger an der Grenze zwischen South Village und Small Hills. Das dürfte auch Absicht sein und die Hauptkundschaft aus Wandervereinen bestehen.

Ben parkt den Wagen brav dort, wo alle ihren Wagen abstellen, wenn sie keinen Wohnwagen und Ähnliches haben, nämlich auf dem Parkplatz vor der Haupteinfahrt. Die Schranke steht offen, ein Schild informiert darüber, dass sie um zehn Uhr abends geschlossen und um sechs Uhr morgens wieder geöffnet wird. Es gibt eine Kameraüberwachung und einen gelangweilten Pförtner, der gar nicht von seinem Magazin hochblickt, als wir sein Häuschen passieren.

„Ist es normal, dass wir einfach so herein können?", erkundige ich mich.

„Zu Fuß? Natürlich. Ist ja kein Gefängnis. Und das Restaurant hier ist berühmt, da kommen Leute aus der ganzen Stadt her." Ben schüttelt den Kopf, vermutlich über meine Unwissenheit.

„Aha. Und dieser … Wie heißt er nochmal?"

„Jay King Rollo."

„Wer denkt sich eigentlich so einen bescheuerten Namen aus?"

„Jay King Rollo."

„Ich habe verstanden, dass er so heißt! Mann!"

„Du hast gefragt, wer sich so einen bescheuerten Namen ausdenkt", erwidert Ben grinsend.

„Er hat sich selbst diesen Namen gegeben?"

„Yep!"

„Und wie heißt er wirklich?"

„Das weiß keiner."

„Wie, das weiß keiner?"

„Es gibt Gerüchte, aber keins davon hat sich als wahr erwiesen. Warum ist dir das so wichtig?" Laura mustert mich fragend.

„Eigentlich ist es mir egal", antworte ich. Ich sollte lieber den Mund halten. Eigentlich weiß ich das schon lange, mein vorlautes Mundwerk hat mich oft in unangenehme oder peinliche Situationen gebracht. Dieses Wissen bringt bloß nichts, wenn es mal wieder so weit ist, vergesse ich es wieder. Ich müsste mir den Mund schon zunähen, damit sich was ändert.

Wir erreichen das Restaurant mit dem bescheidenen Namen „Best Choice". Ich schließe den Mund wieder, bevor ich etwas sage, was überflüssig ist. Und beschließe, dass ich trotz aller Vorbehalte irgendwann mal hier essen werde. Vielleicht ist es ja wirklich gut, wenn es so berühmt ist.

Jay King Rollo residiert neben dem Restaurant in einem riesigen Wohnmobil. Eigentlich ist es ein Wohnbus. Teurer als manch eine Luxuswohnung. Jedenfalls wird er nicht oft bewegt, so wie er zugebaut ist mit Vorzelten. Auf diese Weise dürfte die nutzbare Fläche an die 200 qm sein. Auf einem Campingplatz ist das nicht schlecht.

„Okaaay ...", bemerke ich. „Als ihr Campingplatz sagtet, dachte ich natürlich nicht an so ein Schloss."

„Immer diese Vorurteile", erwidert Ben.

Kopfschüttelnd geht Laura vor und betritt das Vorzelt. Wir folgen ihr. Und endlich bekomme ich Jay King Rollo zu sehen.

Er sieht aus wie Marlon Brando. Nur doppelt. Relativ groß, aber kein Riese, doch durch die schiere Masse wirkt er trotzdem groß. Seltsamerweise sieht das gar nicht mal schlecht aus. Seine Leberwerte werden nicht die besten sein, sein Kardiologe wird sich auch nicht freuen, und trotzdem hat er etwas Einladendes. Wie ein riesiger Teddybär. Seine braunen Haare sind kurz, und er hat graue Augen, wie ich.

Seine Kleidung passt auch zu Brando. Und der Jahreszeit: Bermuda-Shorts, Hawaii-Hemd und Flip-Flops.

Er sitzt auf einer Sonnenliege, raucht einen Zigarillo und lässt sich von einer braunhaarigen Schönheit die Kopfhaut massieren. Sie ist vollbusig, was dank ihres Tops mit Spaghettiträgern sehr gut zu erkennen ist. Die gelben Shorts dazu lassen mich beinahe aufschreien vor Entsetzen.

Eine zweite Frau, mit hellbraunen Haaren, noch kleiner als die in gelben Shorts, die schon kleiner ist als ich, hockt vor Rollos Füßen und bearbeitet seine Nägel. Er hat schöne, gepflegte Füße, bei einem Mann wie ihm sicher keine Selbstverständlichkeit. Auch sie hat große Brüste, aber ihre sind eindeutig nicht von Natur aus so groß. Sie trägt nur einen Bikini-Oberteil zu ihren Shorts, die wenigstens keine augenverletzende Farbe haben, denn sie sind einfach nur weiß. Dafür dient der Oberteil nur als Alibi, er verdeckt kaum mehr als die Brustwarzen.

Ich sehe Laura und Ben an, dass auch sie erschüttert sind.

Jay King Rollo mustert kurz Ben, dann Laura und schließlich mich. Genauer gesagt, mich scannt er. Warum Laura nicht? Okay, sie ist nicht mehr jung, aber hässlich ist sie ja nun nicht.

„Sie hat schon fast die richtige Kleidung", bemerkt Jay King und deutet auf mich. „Die Schuhe und die Hose kannst du ausziehen, Liane zeigt dir, wo du dich etwas schminken kannst."

Liane ist die mit den gelben Shorts, denn sie richtet sich auf und geht auf den Wohnwagen zu.

„Gratuliere", bemerke ich. „So schnell hat es noch niemand geschafft, bei mir auf der Liste der Männer zu landen, die ich garantiert niemals von der sinkenden Titanic retten würde. Das ist schon fast bewundernswert."

Er lacht auf, während meine neuen Freunde mich etwas fassungslos ansehen.

„Schade. Und ich habe mich schon darauf gefreut, dich auf meinen Schoß einzuladen."

„Eher würde ich mich auf einen Besenstiel setzen."

Während er wieder auflacht und seine Gefährtinnen pflichtschuldig so tun, als hätten sie meine Antwort verstanden, hat Ben seine Fassung wiedergefunden.

„Das reicht jetzt", sagt er. „Wir sind von der SLPD."

„Ihr könnt das sicherlich beweisen?"

Ben hält seine Marke hoch. Jay King sieht fragend Laura an, woraufhin diese ihre Marke auch zeigt.

„Ich habe keine", bemerke ich. „Und meinen Besenstiel habe ich auch zu Hause vergessen. Darf ich trotzdem bleiben?"

„Du gefällst mir, du darfst bleiben." Er zeigt mit seinem Zigarillo auf mich. „Rauchst du?"

„Ja, aber nicht so ein Zeug, nur Zigaretten."

„Habe ich bis vorgestern auch, inzwischen nur noch Zigarillos. Probier mal, Zigaretten sind für Kinder."

„Ich bin ja auch noch jung genug dafür", erwidere ich, ohne nachzudenken.

„Jedenfalls hast du auf alles eine Antwort, scheint mir." Er lacht immer noch oder schon wieder, so genau kann ich das nicht erkennen. „Ich sag dir, du würdest eine Zigarette nie wieder auch nur anschauen, wenn du mal das hier probieren würdest." Er hält mir seinen Zigarillo hin.

Ich verziehe das Gesicht. „Lass mal. Ich will weder deinen Zigarillo noch deinen Schwanz. War das endlich deutlich genug?"

„Fiona!“ Laura und Ben starren mich entgeistert an.

„Was denn?“

„Geh lieber nach draußen und reg dich ab“, sagt Ben. „Los, geh jetzt!“

Nach kurzem Nachdenken gehorche ich und höre Jay Kings Lachen im Rücken. Am liebsten würde ich zu ihm laufen und ihm seinen dämlichen Zigarillo sonstwohin stopfen. Aber genau das will er ja: mich provozieren.

Verdammte Scheiße!

Ich bleibe vor dem Zelt stehen und zünde mir eine Zigarette an. Meine Hände zittern leicht. Das ist ja unglaublich, wie mich so ein Arschloch aufregen kann. Warum eigentlich? Warum hat so ein Mistkerl so eine Macht über mich?

Ich könnte kotzen.

Nach einigen Minuten kommen Laura und Ben heraus und gehen zurück zum Auto. Ich folge ihnen in einem kleinen Abstand.

„Warum nehmen wir ihn nicht mit?“, erkundige ich mich, als wir einsteigen.

„Weil du es vermasselt hast“, antwortet Laura wütend.

„Ich?“

„Warum kannst du nicht einfach den Mund halten?“

„Hallo? Er hat angefangen!“

„Und du hast reagiert, wie ein kleines Kind.“

„Bin ich jetzt auch noch schuld, oder was? Er hat mich provoziert und ich war dämlich genug, darauf einzugehen. Ja, okay. Aber das ist ganz sicher kein Grund, ihn nicht zu verhaften!“

„Ist es auch nicht“, sagt Ben. „Laura, lass sie in Ruhe. Was Jay King angeht, wir haben nichts gegen ihn in der Hand.“

„Wie bitte?!“

„Was glaubst du, was jeder halbwegs begabte Anwalt mit uns macht, wenn wir ihm erzählen, dass Malcolm den Namen genannt hast, nachdem du, die nicht einmal eine Waffe anfassen darf, eine Pistole auf ihn gerichtet und sogar geschossen hast? Wir können froh sein, wenn wir keine Anzeige kriegen.“

„Ihr könnt ja nichts dafür.“

„Doch, wir hätten besser auf dich aufpassen müssen.“

„Wie denn? Mich mit Handschellen ans Lenkrad fesseln?“

„Oh, da bringst du uns auf eine gute Idee“, erwidert Laura lachend.

„Fickt euch“, sage ich wütend.

„Hey, so was will ich nicht nochmal hören, klar?“ Ben sieht wütend aus. „So kannst du mit deinen Kumpel reden, aber nicht mit uns.“

„Sorry.“ Ich schweige eine Weile, aber schließlich halte ich es nicht mehr aus. „Wie geht es denn überhaupt weiter?“

„Wir reden mit Jack. Danach sehen wir weiter.“

Ich nicke seufzend. Viel lieber würde ich herumschreien und etwas kaputt machen, aber im Moment sollte ich mich wohl besser zurückhalten, glaube ich. Mir wird gerade bewusst, auf welchem schmalen Grat ich herumwandere. Ich habe mehr als einen Grund geliefert, mich festzunehmen. Schon allein die Prügelei in der Kneipe würde für eine Verurteilung reichen, fürchte ich. Ich sollte den Bogen vielleicht nicht überspannen.

Jack sieht unbegeistert aus, als wir in sein Büro kommen.

„Was ist denn los?“, erkundigt sich Ben, während wir uns hinsetzen.

„Fiona ist raus.“

„Wie, ich bin raus? Wo?“

„Aus den Ermittlungen. Anweisung von ganz oben. Als der Polizeichef erfahren hat, dass und wie du dabei bist, hat er gesagt, wir sollen dich nach Hause schicken, das wäre nichts für kleine Mädchen.“

„Dieser Chauviarsch!“, entfährt es mir.

Die drei starren mich an.

„Ist doch wahr! Ich bin kein kleines Mädchen! Ich rede mal mit ihm und bin gleich zurück!“

Ich stürme nach draußen und höre noch, wie mir Jack nachruft, wo zum Teufel ich hinwolle, aber das interessiert mich gerade nicht. Dazu bin ich viel zu geladen.

Kleines Mädchen?! Ich?!

Auch wenn ich eine Ahnung habe, warum der Polizeipräsident mich aus dem Spiel nehmen will, bin ich nicht damit einverstanden. Und das wird er auch einsehen.

Ich fahre mit dem Aufzug nach oben und betrete dann das Allerheiligste der Skyliner Polizei. Dunkle, holzgetäfelte Wände mit Bildern der Männer, die die Stadtgeschicke bestimmt haben in den letzten Jahrhunderten. Nationalflagge.

Und eine erstaunt wirkende Sekretärin.

„Ist er da?“ Ich deute auf die schwere Tür, hinter der sich das Büro von Steve Connor verbirgt.

„Ja, aber ...“

Als ich auf die Tür zustürme, springt sie auf und versucht, mich aufzuhalten, natürlich völlig erfolglos. Um eine wütende Fiona aufzuhalten, müsste sie ihr perfektes Styling riskieren.

Steve sitzt hinter seinem dunkelbraunen Schreibtisch aus Mahagoni und blickt stirnrunzelnd hoch, als die Tür mit Karacho aufgeht.

Ich bleibe erst vor dem Tisch stehen, mit einer empörten Sekretärin neben mir.

„Es tut mir leid, Mr Connor, aber ...“

Der Polizeichef winkt ab. „Schon gut, Sandra. Ich glaube, das ist ihre Art, wenn sie wütend ist. Bringen Sie uns bitte Kaffee.“

Sandra starrt ihn ungläubig an. Dann mich. Sie hat braune Augen. Wie ein Reh, so groß. Ob sie ihm schon mal einen geblasen hat? Ihr Mund ist ja hübsch, aber das ist ja nicht alles.

Pfui, Fiona.

„Kaffee?", fragt sie endlich.

Steve Connor nickt. „Oder, Fiona?"

Ich atme tief durch. „Ja. Schwarz. Ohne Zucker."

„Für mich wie immer. Und, Sandra, bevor Sie sich zu sehr wundern: Das ist Fiona Carter, meine Nichte. Genauer gesagt, ihre Mutter ist eine Cousine von mir."

„Oh", sagt Sandra. „Warum haben Sie es nicht gesagt?"

„Ich glaube, sie ist etwas wütend im Augenblick."

„Etwas?!"

Sandra zieht die Augenbrauen hoch.

„Ihr Bruder wurde letzte Woche getötet, und inzwischen ist ein Mordfall daraus geworden. Ich will nicht, dass sie unnötig in Gefahr gerät."

„Von dem Fall habe ich gehört", erwidert Sandra. „Haben nicht zwei Profikiller versucht, Sie zu … töten?"

„Doch. Aber sie sind tot, ich nicht. Hast du auch davon gehört, so rein zufällig?" Ich sehe meinen Onkel provozierend an.

Er lächelt ansatzweise. „Bringen Sie uns den Kaffee, Sandra." Und als diese kopfschüttelnd hinausgeht, wendet er sich an mich: „Setz dich."

„Warum? Was ich zu sagen habe …"

„Setz dich."

Hm. Vielleicht sollte ich ihn nicht unnötig ärgern, schließlich will ich was von ihm. Also setze ich mich und schlage die Beine übereinander.

„So ist es besser. Fiona, ich weiß, dass du ein willensstarkes Mädchen …"

„Nichts für kleine Mädchen?", unterbreche ich ihn.

„Nun, im Vergleich zu erfahrenen Detectives bist du das, oder?" Er lächelt süffisant.

138

„Hallo? Kann es sein, dass ich ziemlich viel zu den bisherigen Ergebnissen beigetragen habe, so rein zufällig?“

„Du hattest sehr viel Glück.“ Er blickt zur Tür, als Sandra mit dem Kaffee kommt. „Auch bei der Verfolgungsjagd durch die Killer. Das hätte auch ganz anders ausgehen können.“

„Hat es aber nicht. Und das war kein Zufall. Ich bin nämlich kein kleines Mädchen, das alles mit sich machen lässt.“

„Du bist auf jeden Fall eins, das sehr freizügig herumläuft.“

„Es ist heiß.“

„Trotzdem. Keine einzige Polizistin läuft so herum. Das wirft ein schlechtes Licht auf die Polizei, wenn man dich so in Begleitung der Detectives sieht.“

„Okay, ich kann mich ja anders anziehen.“

„Du hast keine Ausbildung ...“

„Ich bin ja auch nur eine Beraterin, habe nicht einmal eine Waffe. Und Fakt ist ja wohl, dass ich der Polizei wichtige Erkenntnisse liefern konnte. Ganz abgesehen davon, dass ich sonst Polizeischutz bekommen müsste. Hast du so viele Leute übrig?“

Er mustert mich, dann lächelt er. „Du bist wie dein Vater.“

„Wie bitte?!“

„Ich weiß, dass ihr euch nicht so gut versteht. Trotzdem, dein Vater würde genauso argumentieren. Das Reden hast du von ihm, glaube mir.“

„Mag sein. Habe ich deswegen etwa unrecht?“

„Nein, hast du nicht. Kannst du denn wenigstens meine Argumente verstehen?“

Ich atme tief durch und nippe am Kaffee. Er ist gut.

„Ja, kann ich.“

„Gut. Du ziehst dir andere Sachen an? Lange Hose, vernünftiges Schuhwerk, Bluse? Und einen BH?“

„Und Schlüpfer auch.“

Er zieht die Augenbrauen hoch.

„War ein Scherz!“

„Unangebracht. Also gut, wir probieren es. Aber ich werde Jack Siever sagen, wie meine Bedingungen lauten. Wenn du dich nicht daran hältst, bist du raus. Und zwar endgültig. Ist das angekommen?“

Ich nicke langsam.

„Also schön. Ich muss jetzt arbeiten.“

Wir stehen beide auf, er begleitet mich zur Tür. Dabei kann ich endlich seinen hellgrauen Anzug von Boss bewundern. Und seine makellos glänzenden Schuhe. Er ist nur unwesentlich größer als mein Vater, aber neben ihm komme ich mir noch viel kleiner vor.

Als er die Hand auf die Klinke legt, sage ich leise: „Onkel Steve ...“

„Ja?“

„Hast du schon meine Mutter angerufen?“

Jetzt atmet er tief durch. „Nein, bisher noch nicht. Ich hole das jetzt gleich nach.“

„Danke ...“

Unten starren mich Laura, Jack und Ben fassungslos an.

„Ich bin doch noch dabei!“, verkünde ich, obwohl ich weiß, dass sie es wissen.

„Der Polizeichef hat persönlich angerufen und mir das mitgeteilt“, erklärt Jack, nach wie vor fassungslos. „Was hast du getan?“

„Mit ihm geredet.“

„Geredet?“

„Geredet. Ich weiß ja nicht, was ihr denkt, aber er ist mein Onkel, okay?“

„Dein Onkel?“

„Meine Mutter ist seine Cousine.“

Ich sehe, wie alle drei aufatmen. Was haben die eigentlich

gedacht, was ich tue? Ihn verprügeln? Ihm einen blasen? Haben Polizisten grundsätzlich so eine schmutzige Fantasie? Oder tue ich ihnen unrecht und sie haben gar nichts konkret gedacht, sondern einfach nur befürchtet, dass ich etwas tun könnte, was ich später bereue? Und sie auch?

Egal.

„Hör zu, Fiona“, sagt Jack. „Du sollst dich ja eh umziehen. Aber es gibt im Moment nichts zu tun. Wir werden versuchen, etwas aus Malcolm herauszubekommen, was wir auch verwerten dürfen, aber es ist besser, wenn du nicht dabei bist. Ich glaube, den Grund brauche ich dir nicht zu erklären.“

„Nein“, erwidere ich missmutig.

„Wir lassen dich nach Hause fahren und eine Streife bleibt die ganze Zeit vor eurem Haus. Sobald wir etwas wissen, sagen wir dir Bescheid.“

„Versprochen?“

„Versprochen. Und umgekehrt?“

„Wie meinst du das?“

„Das weißt du ganz genau.“

„Ja, versprochen. Ich werde brav sein.“

„Gut.“

Ich warte noch auf die Polizisten, die mich nach Hause fahren sollen, dann verabschiede ich mich. Irgendwie ist das ein seltsames Gefühl. Vielleicht sollte ich mich bei der Polizei bewerben. Mein Vater würde zwar einen Anfall kriegen, aber das ist mir so egal.

Na ja, wahrscheinlich ist Polizeiarbeit nur selten so aufregend. Obwohl, wenn ich dabei bin …

Im Polizeiwagen sitze ich hinten und lehne den Kopf zurück, schließe die Augen.

Wenn mir das vor einer Woche jemand gesagt hätte …

Ich hasse Beerdigungen. Es gibt nur einen Vorteil: Ich kann

etwas Langärmeliges anziehen, ohne dass es auffällt. Also brauche ich keinen Verband zu tragen. Die Schusswunde ist ja schon längst verheilt, aber das muss niemand wissen.

Bis auf meine Bluse ist alles schwarz, die Bluse dunkelgrau. Bundfaltenhose, Lackschuhe. Ich erkenne mich kaum wieder, und das, obwohl ich in den letzten vier Jahren durchaus auch mal elegant angezogen war. Vor allem während der Zeit in der Marketingabteilung. Auf Messen, auf wichtigen Meetings … Dort eher, um die Männerblicke auf mich zu lenken. Sex sells, selbst bei Software. Und bei Meetings mit Kunden sowieso. Okay, dass es gelegentlich danach noch zu echtem Sex kam, gehörte nicht zu der Geschäftstätigkeit, und die anderen brachten so viel persönlichen Einsatz, glaube ich, auch nicht. Aber ich als Tochter des Chefs musste ja mehr tun. Nun gut, eigentlich war mir das Geschäft scheißegal. Es ist nur erstaunlich, wie oft Chefeinkäufer irgendwelcher Banken und anderer wichtiger Kunden tatsächlich so gut aussahen wie in Filmen. Obwohl, eigentlich ist das nicht erstaunlich. Es gibt ja Statistiken darüber, dass gutaussehende, hochgewachsene Männer die besten Karrierechancen haben. Keine Statistiken gibt es darüber, dass sie meinem Beuteschema entsprachen. Zumindest in der Zeit nach Phil.

Was die Statistiken ebenfalls nicht erfassen, ist die Tatsache, dass sie beim Sex auch nicht besser sind als andere. Es gibt den Hochleistungssportler, womit ich keine Probleme habe, den Schmuser, den Unterwürfigen, den Idioten – und den Traummann. Letzterem bin ich irgendwie bloß noch nie begegnet.

Ich betrachte mich im Spiegel und unternehme einen letzten Versuch, meine Haare davon abzuhalten, mir vor die Augen zu fallen. Hoffnungslos. Okay, abschneiden wäre noch möglich, aber das will ich nicht.

Dann eben so. Es reicht, wenn ich vom Hals abwärts elegant

aussehe.

Meine Eltern warten schon unten auf mich. Sie sind dem Anlass entsprechend gekleidet, also schwarz. Wie ich ja auch. Außerdem weint meine Mutter jetzt schon. Demzufolge ist mein Vater hauptsächlich damit beschäftigt, sie zu halten, daher biete ich an, dass ich fahre. Nicholas sitzt auf dem Beifahrersitz.

Bis zum Friedhof ist es eine relativ lange Fahrt, die wir schweigend hinter uns bringen. Nur das leise Schluchzen meiner Mutter ist zu hören. Ab und zu blicke ich in den Rückspiegel und beobachte die Zivilstreife. Der Streifenwagen wurde schon am Mittwochmorgen gegen den unauffälligeren zivilen Wagen ersetzt, weil Anwohner sich beschwert hatten. Da der Anschlag auf mich dank der Medien bekannt war, fiel es mir nicht schwer, die Anwesenheit der Polizisten zu erklären. Und als mein Vater mich fragte, warum überhaupt ich ermordet werden sollte, zuckte ich nur mit den Achseln und sagte, dass die Polizei noch ermittelt. Er könnte ja Steve fragen.

Ich würde auch gerne heulen. Aber aus anderen Gründen als meine Mutter. Wie bringe ich ihnen bei, dass Norman nicht der nette Junge war, für den sie ihn halten? Für den auch ich ihn gehalten habe. Wie man das halt so macht mit zehn Jahre jüngeren Brüdern. Hätte ich ihn nicht in dem Video gesehen, würde ich garantiert niemandem ein Wort glauben, der mir erzählen würde, dass er Kinder vergewaltigt hat.

Dennoch hat er es getan. Und ich kann das weder meinen Eltern noch Nicholas erzählen.

Verdammte Scheiße!

„Vorsicht!", ruft Nicholas.

Ich weiche einem parkenden Auto aus und werfe einen Blick durch den Innenspiegel auf meinen Vater, der den Blick kopfschüttelnd erwidert.

Aber er sagt nichts.

Danach erreichen wir ohne weitere Zwischenfälle den Friedhof.

Hier sind schon viele Leute da. Verwandte. Klassenkameraden. Leslie und James. Steve Connor und seine Leute, meine neuen Freunde: Jack, Laura und Ben. Jack nickt mir nur kurz zu, er und die beiden Detectives halten sich zurück, auch als Steve zu uns tritt und stumm meine Mutter umarmt.

Ich weiß gar nicht, ob er angerufen hat. Aber im Grunde genommen ist es völlig egal.

Während der Trauerfeier sitze ich neben meiner Mutter ganz außen. Daneben mein Vater, dann die Geschwister meiner Eltern. Und die Großeltern, soweit noch unter den Lebenden verweilend. Vielleicht sitzen auch die anderen da, aber dann sehe ich sie nicht.

Ist natürlich ein seltsames Gefühl. Ich sitze in einer Kirche wegen eines Toten, dessen hübschgemachten Überreste in einem offenen Sarg liegen. Hier waren schon sehr viele Tote, überhaupt, auf einem Friedhof sind meist einige Tote vorhanden.

Als mein Vater ein paar Worte über Norman sagt, kann ich mich nicht mehr beherrschen und weine auch. Vor allem, weil ich weiß, dass kaum etwas von dem stimmt, was mein Vater über Norman behauptet. Aber das wissen die natürlich nicht. Nur Steve und die Polizisten könnten ahnen, warum ich tatsächlich weine.

Ich hasse dich, Norman. Ich hasse dich, weil du mich zwingst, eine Entscheidung zu treffen. Ich hasse dich, weil ich irgendwann diejenige sein werde, die meinen Eltern erzählen muss, wie du wirklich warst.

Ich zwinge mich, mit dem Weinen aufzuhören. Leslie reicht mir von hinten ein Taschentuch, mit dem ich mein Gesicht abtrockne.

Der Pfarrer tritt vor mich und fragt mich leise, ob ich auch etwas sagen möchte. Für einen kurzen Moment überrasche ich mich dabei, dass ich am liebsten Ja antworten, aufspringen und allen erzählen möchte, dass Norman kleine Kinder vergewaltigt und dafür Geld bekommen hat, dass er getötet wurde, weil er zu gierig wurde und dass wegen ihm nun auch Savage tot ist, der übrigens auch nicht besser war.

Doch dann schüttele ich nur den Kopf.

Irgendwann ist auch diese Scheiße vorbei. Dann geht es zur Grabstelle, gibt es noch eine Runde Heulerei, ein paar warme Worte, bis endlich der Sarg unter der Erde verschwindet.

Jetzt noch die unendlich lange Reihe an Menschen, die meinen, mir ins Ohr heulen zu müssen, überleben.

Und das alles bei einer Hitze, die anscheinend direkt aus den Tropen zu uns gekommen ist. In der Kirche war es ja noch angenehm, aber hier draußen ist es selbst im Schatten der Bäume kaum zu ertragen.

Mein Vater hält meine Mutter fest, die offensichtlich Schwierigkeiten hat, sich auf den Beinen zu halten. In diesem Moment bewundere ich ihn. Ich weiß, dass er selber unglaubliche Schmerzen hat, dass es ihn sehr, sehr viel Kraft kostet, nicht zusammenzubrechen. Ohne die Routine als CEO würde er das nicht durchstehen.

Obwohl, ist das wirklich bewundernswert?

Dann denke ich daran, was ich gerade mache. Eigentlich dasselbe, nur aus anderen Gründen.

Ja, irgendwie ist es bewundernswert und zugleich idiotisch. Warum? Warum reißen wir uns so zusammen, warum schreien wir nicht einfach alles hinaus?

Warum? Warum? Warum?

Als ich mich weinend abwende, nimmt mein Vater mich am Arm und zieht mich an seine freie Seite. Nach kurzem Zögern drücke ich mich an ihn, presse das Gesicht gegen seine Schulter und lasse meinen Tränen freien Lauf.

Ich bin vor meinem Vater zu Hause und ziehe mich um. Stretch-Jeans, die knapp über den Knöcheln enden, ein dunkelgraues T-Shirt und Sandalen. Danach gehe ich nach unten in die Küche, wo ich Nicholas und meine Mutter vorfinde. Nicholas trägt seinen gewohnten grauen Anzug, meine Mutter ein schwarzes, aber luftiges Kleid. Sie sitzt an der Theke in der Mitte und trinkt einen Kaffee. Ich setze mich ihr gegenüber auf einer der Hocker und lasse mir von Nicholas einen Cappuccino machen.

„Wie war dein Arbeitstag?", fragt meine Mutter nach einer Weile.

„Beschissen."

„Warum bist du nicht zu Hause geblieben? Den einen Tag hättest du dir auch sparen können."

„Ja, wäre besser gewesen." Ich zucke die Achseln. „Eigentlich ist es ja egal, wo ich mich beschissen fühle."

Meine Mutter sieht mich an. Ihre grünen Augen wirken verschleiert.

„Vielleicht solltest du eine Psychotherapie machen?"

„Ich? Psychotherapie? Ich glaube, ich würde jeden Psychoterroristen wahnsinnig machen. Nein, danke."

Sie sieht aus, als wollte sie etwas sagen, wahrscheinlich zum Psychoterroristen, aber dann überlegt sie es sich anders und schweigt.

Ist mir recht.

Es ist Freitagnachmittag, halb sechs, und ich hocke hier zu Hause mit meiner Mutter. Eigentlich unglaublich. Und es ist genau eine Woche her, dass mein Vater in mein Zimmer gestürmt kam. Eine Woche und etwa zwei Stunden. Wieso war ich eigentlich letzte Woche schon so früh zu Hause? Ach ja, eigentlich hatte ich was vorgehabt.

Heute habe ich nichts vor, dabei müsste ich hier dringend raus. Aber wohin nur? In die Disco? Auf eine Party? Sicher nicht. Vielleicht könnte ich mal wieder trainieren gehen. Da war ich schon ziemlich lange nicht mehr, vor allem wenn man bedenkt, dass ich sonst jeden Tag da bin. Außer sonntags, aber selbst das hängt davon ab, ob ich Streit mit meinem Vater habe und mich abreagieren muss.

Irgendwie fehlt mir im Moment die Kraft und die Motivation, auch nur aufzustehen.

„Stört es dich, wenn ich rauche?" erkundige ich mich.

Meine Mutter schüttelt den Kopf. Beim Rauchen betrachte ich sie. Dieses Jahr wird sie 45. Immer noch eine schöne Frau, aber die Traurigkeit lässt sie zehn Jahre älter aussehen. Ihre schulterlangen, dunkelblonden Haare sind von grauen Strähnen durchsetzt, und ich bin mir sehr sicher, dass es vor einer Woche viel weniger waren.

Ein Wunder ist es aber nicht. Ich mag gar nicht darüber nachdenken, was es für eine Mutter bedeuten muss, wenn ihr Kind vor ihr stirbt. Und ich möchte das auch nie erfahren. Dann lieber keine Kinder bekommen.

Ich kann hören, wie mein Vater ankommt, den Wagen vor dem Hauseingang abstellt und dann hereinkommt. Er hat seine übliche Arbeitskleidung an, nur das Jackett hat er sich bereits ausgezogen.

„Darf ich dein Auto haben?", frage ich nach der Begrüßung.

„Wann holst du dir ein neues?"

Ich zucke die Achseln. „Noch keine Zeit gehabt. Ja oder nein?"

„Wir wollen nachher noch weg. Nimm ein Taxi."

„Okay." War ja klar. Vielleicht wollen sie wirklich weg, aber das ist nicht sicher. Er will nur nicht, dass ich mit dem 7-er durch die Gegend fahre. Nachdem ich meinen Wagen geschrottet habe, schon mal gar nicht.

Mein Vater holt sich ein Bier aus dem Kühlschrank und bemerkt dabei: „Ich habe mit Steve gesprochen. Er hat erzählt, dass du dich an den Ermittlungsarbeiten beteiligst, als Beraterin."

„An welchen Ermittlungsarbeiten?", fragt meine Mutter.

„Das wüsste ich auch gern", fügt mein Vater hinzu.

Scheiße.

„Wir suchen den … den Fahrer des Wagens, mit dem Norman getötet wurde."

„Du?"

„Ja, ich! Was erstaunt dich daran so?"

„Du hast dich bisher nicht durch besonders hohes soziales Engagement ausgezeichnet."

„Wie bitte?" Ich starre meinen Vater an, selbst meine Mutter wirkt irritiert. „Was weißt du schon, wofür ich mich engagiere?"

„Wenn du dich überhaupt für irgendetwas außer Fiona interessierst, hast du das bisher gut verheimlicht."

Ich glaube das einfach nicht! Er weiß nichts von mir, hat sich nie dafür interessiert, was ich tue, was ich denke, was ich fühle, war nie dabei, wenn in der Schule was anstand, nicht einmal bei der Aufführung vor sechs Jahren, als ich für Jenny einsprang, weil sie sich zwei Wochen vor ihrem Auftritt das Bein gebrochen hat, und jetzt haut er so was heraus. Gestern habe ich ja für einen Augenblick gedacht, zwischen uns hätte sich etwas geändert, als er mich im Arm hielt, während ich so heulen musste, aber da habe ich mich wohl geirrt. Da war er vermutlich einfach nur in einem emotionalen Ausnahmezustand, aber inzwischen hat er sich wieder gefangen.

„Nun, da du so gut über mich Bescheid weißt, brauche ich ja nichts weiter zu sagen", bemerke ich und erhebe mich. Meine Stimme zittert. Jetzt bloß nicht weinen!

„Wo willst du hin?"

„Keine Ahnung. Ich muss mich mal um Fiona kümmern."

Bevor er noch etwas sagen kann, renne ich nach draußen. Nach kurzem Nachdenken nicht nach oben, sondern aus dem Haus, vom Grundstück, nach nebenan, und läute Sturm, wie vor wenigen Tagen schon mal.

Leslie scheint nicht da zu sein, denn in der Tür steht James. Sein Gesichtsausdruck verheißt nichts Gutes. Ihn finster zu nennen, wäre noch sehr untertrieben.

Ich sollte weglaufen. Das kann ich gerade so gut.

„Was willst du?“, fragt er, scheinbar ruhig. Doch da ist ein Unterton, der sollte mir eigentlich Angst machen.

„Ist Leslie … da?“

„Als wenn du es nicht besser wüsstest.“

Wieso durchschaut er mich so leicht?

„Okay, du hast recht, ich wollte zu dir.“

„Dein Gedächtnis war auch schon mal besser.“

„Ich … ich wollte dich nicht um einen Gefallen bitten.“

„Nicht?“ Er zieht eine Augenbraue hoch. Kaum sichtbar, aber ich bemerke es trotzdem. „Und was willst du dann?“

Ich kaue auf meiner Unterlippe herum und starre ihn unsicher an. Vor allem, weil ich es selbst nicht so genau weiß, warum ich hier bin. Wieso tue ich mir das an? Was könnte er mir schon geben, das ich jetzt brauche?

„Hast du die Sprache verloren? Kommt bei dir nicht oft vor.“

„Äh … Ja, das stimmt. Ich … Es war eine blöde Idee, entschuldige. Tut mir leid. Ich wollte dich nicht stören.“

Ich habe mich bereits umgedreht, als er sagt: „Warte.“

Ich verharre.

„Was ist los?“

Ich wende mich wieder ihm zu und spüre die ersten Tränen auf meinen Wangen.

„Jemand wollte mich umbringen.“

„Warum?“

„Weil … weil ich herausgefunden habe, warum mein Bruder
getötet wurde."

„Du bist nicht zu der Polizei gegangen mit dem Kennzeichen."

Ich schüttele den Kopf. Die Tränen werden immer mehr.

„Es tut mir leid. Ich hätte es tun sollen. Jetzt ist auch Savage
tot. Und … Verdammt, mein Bruder hat Kinderpornos gedreht!
Freiwillig! Er hat Kinder vergewaltigt!"

James´ Augen weiten sich, dann nimmt er meinen Arm und
zieht mich ins Haus. Wir gehen in die Küche, er drückt mich
sanft auf einen Stuhl, dann bringt er mir ein Glas Wasser.

„Weiß die Polizei davon?"

Ich nicke. „Sie wissen alles, was ich weiß. James, es tut mir
wirklich leid, dass ich nicht auf dich gehört habe. Er … er
stand vor mir, mit der Pistole, ich dachte nur, das war es, ein
verdammt kurzes Leben …" Ich sehe ihn keuchend an.

James erwidert meinen Blick. Für einen Moment sieht es so
aus, als wollte er was sagen, doch dann erhebt er sich, kommt
zu mir und hockt sich neben mir hin. Damit sind wir ungefähr
auf Augenhöhe. Er nimmt mein Gesicht zwischen die Hände
und küsst mich sanft. Auf den Mund.

Ich habe Angst, wenn ich mich bewege, löst sich dieser
Moment auf wie eine Seifenblase und James geht wieder weg.

„Fiona, warum bist du zu mir gekommen?", fragt er, ohne
mein Gesicht loszulassen.

„Ich … ich weiß einfach nicht, zu wem ich gehen könnte.
Und weil ich dachte … dachte, dass du vielleicht mich … nicht
hasst."

„Warum sollte ich dich hassen?"

„Die meisten tun das", erwidere ich leise. „Niemand würde
es sagen, viele wissen es nicht einmal."

„Weißt du es?"

Ich starre ihn an.

„Okay, vergiss diese Frage. Du hast meine Frage, warum du zu mir gekommen bist, nicht wirklich beantwortet, oder?“

„Das … das war nicht gelogen.“

„Nein, aber nicht die eigentliche Antwort.“

Das ist wahr. Wieso durchschaut er mich wie sonst niemand?

Ich beuge mich vor und küsse ihn. Nicht so sanft wie er mich. Genau genommen nicht einmal ansatzweise so sanft. Nach einem Augenblick erwidert er den Kuss.

„Ich brauche dich“, sage ich schließlich, ohne ihn loszulassen.

„Jetzt? Und in sieben Jahren wieder?“

Am liebsten würde ich aufspringen und weglaufen. Noch weiter weg. Aber er hat recht. Bin ich nur deswegen hier? Oder gibt es noch einen anderen Grund?

Gibt es.

„Nein. Ich … Damals war ich fast noch ein Kind. Ich meine, nicht wirklich, natürlich nicht. Ich habe so was sonst nicht gemacht.“

„Du hattest sonst keinen Sex? Fällt mir schwer, das zu glauben.“

„Natürlich hatte ich Sex!“ Ich muss lachen. „Aber meistens hat es mir nichts bedeutet. Es wäre mir auch egal gewesen, wenn jemand Nein gesagt hätte. Ich meine, auch das ist natürlich vorgekommen. Aber bei dir wäre es mir nicht egal.“

„Warum nicht?“

„Was willst du denn jetzt hören?“

„Die Wahrheit.“

Das ist doch pervers. Da sitze ich bei James in der Küche auf einem Stuhl, total verheult, hatte gerade wieder einen Streit mit meinem Vater, vielleicht kommt Leslie gleich rein, er hockt neben mir, sein Gesicht so nah vor meinem, dass ich nur seine Augen sehe, meine Arme liegen auf seinen Schultern, seine rechte Hand auf meinem Oberschenkel, die linke auf meinem Nacken. Und er will, dass ich die Wahrheit sage. Ist die denn nicht offensichtlich?

„Ich liebe dich", sage ich schließlich leise.

Ich glaube das einfach nicht. Wollte ich das wirklich sagen? Habe ich das überhaupt schon mal jemandem gesagt? Kann mich gerade nicht erinnern. Vielleicht zu David, als ich noch daran geglaubt habe.

Er wirkt überrascht, als hätte er nicht damit gerechnet, dass ich das wirklich sage. Kein Wunder, auch ich bin ja überrascht. Wieso habe ich das gesagt? Ist es die Verzweiflung wegen meinem Vater oder ist es wahr? Wie könnte ich ihn überhaupt lieben? Er ist so alt wie mein Vater, seine Tochter meine beste Freundin, mit der ich zusammen in die Schule gegangen bin, und wir hatten vor sieben Jahren Sex miteinander, genau einmal.

Weil ich es wollte.

Aber liebe ich ihn?

Gesagt habe ich es zumindest.

Er starrt in meine Augen, als würde er herausfinden wollen, ob ich das ernst meine. Schließlich nickt er und zieht mein Gesicht heran, um mich zu küssen.

Was habe ich getan?

Ich beuge mich vor, bis meine Stirn die Knie berührt, und lege die Arme um meine Schienbeine. Das Pinkeln ist zwar etwas schwerer in dieser Position, aber ich bin völlig durcheinander.

Als ich vorhin die Augen aufschlug, war es draußen schon hell, was im Sommer passieren kann. Neben mir lag James und schlief. In seinem Bett.

Und ich lag auch in seinem Bett. Nackt, wie er. Ich kann mich nicht erinnern, wie oft wir Sex hatten, aber mehr als einmal. Viel mehr. Nur wenige Männer haben es bisher geschafft, mich so wegdriften zu lassen wie er.

Oh Scheiße.

Okay, der Altersunterschied ist erheblich, aber der war zwischen Phil und mir größer. Und da gab es einige weitere Männer, die deutlich älter waren als ich. Ist vielleicht nicht die Regel, aber so selten auch wieder nicht.

Aber, verdammte Scheiße, der Vater der besten Freundin?

Liebe ich ihn wirklich? Wie könnte ich das überhaupt? Nach zweimal Sex? Oder trotz? Ich meine, ich kenne ihn ja schon lange, logisch. Und dann soll ich es nicht gemerkt haben, dass ich mich in ihn verliebt habe?

Vielleicht, weil die Gesellschaft das nicht so toll findet?

Da ist sie ja wieder, die Andere.

Ich richte mich auf und trete vor den Spiegel. Die da, die ich sehe, macht einen verwirrten Eindruck. Aber ihre Augen leuchten. Ist die etwa tatsächlich verliebt?

Ich spüre in mich hinein. Möchte ich weglaufen oder wieder ins Bett, zurück zu James?

Die Antwort ist eindeutig.

James´ Augen sind geöffnet, als ich mich neben ihn lege.

„Da bist du ja", flüstert er. Anscheinend hatte er ähnliche Gedanken wie ich.

„Ich war nur pullern", erwidere ich.

„Ich weiß."

„Bist du schon wach?"

„Vielleicht."

Ich schaue mit meiner Hand nach. Er scheint wach zu sein. Auf einmal weiß ich genau, wie die Antwort lautet. Nicht, weil er einen Steifen hat. Das kenne ich ja zur Genüge. Sondern weil es sich gut anfühlt, gemeinsam mit ihm wach zu werden, mich auf ihn zu legen, ihn zu spüren, mich mit ihm zu vereinigen, obwohl die Sonne aufgegangen ist.

Das kenne ich nicht zur Genüge.

Ich strecke mich auf ihm aus und hebe den Kopf, um ihn

anzusehen. Seine Hände liegen auf meinem Po, seine Daumen liebkosen kreisend die kleine Grube am Übergang zum Rücken.

„Und du?"

Ich sehe ihm an, dass er kurz nachdenken muss. Aber nur kurz. Das wollte ich wissen.

Er lächelt. „Kann es sein, dass das typisch für dich ist?"

„Kann schon sein. Möchtest du nicht antworten?"

„Doch. Ich liebe dich auch."

Er hat es gesagt! Verdammt, er hat es gesagt!

Ich überlege kurz, ob ich die Tränen unterdrücken soll, doch dann entscheide ich mich dagegen und küsse ihn stattdessen mit geschlossenen Augen.

Es dauert lange, was vor allem daran liegt, dass wir uns kaum bewegen. Hat was Meditatives, Sex auf eine Art, die ich schon lange nicht mehr hatte. Anscheinend sind Männer, die es auf diese Weise können und wollen, ziemlich selten. Ob ausgestorben oder eine ganz neue Art, die sich erst noch verbreiten muss, wird sich vielleicht noch zu meinen Lebzeiten zeigen. Oder auch nicht.

Ist mir eigentlich egal.

Irgendwann schlafe ich auf James liegend ein, nachdem wir beide gekommen sind. Danach breitet sich eine süße Schwere in mir aus, die schließlich meine Augen zudrückt.

Bis durch das offene Fenster Sirenengeheul jede Romantik zerstört. Es kommt näher und näher und verstummt schließlich praktisch neben uns.

Mir wird kalt.

Ich springe auf und zum Fenster. Blaulicht, soweit ich erkennen kann, von nebenan. Von links nebenan, also von unserem Haus.

„Die sind bei uns!", rufe ich James zu, während ich voller Panik meine Sachen nehme und nach draußen renne. Bis ich an der Haustür ankomme, habe ich zumindest die Hose irgendwie

154

an, bis ich auf der Straße ankomme, sogar das T-Shirt und gleich darauf die Sandalen.

Ich sehe den Wagen der Zivilstreife und wundere mich, aber nur kurz, denn vor unserer Einfahrt steht mit eingeschaltetem Blaulicht ein Streifenwagen und zwei Polizisten sind dabei, ein Absperrband aufzuspannen.

Einer von ihnen hält mich auf.

„Lassen Sie mich durch! Ich wohne hier! Was ist überhaupt passiert? Wo sind meine Eltern?“

„Sie wohnen hier? Wie heißen Sie denn?“

„Fiona Carter!“ Ich werfe einen Blick auf die Zivilstreife. „Haben die euch gerufen?“

„Warum?“

„Das sind auch Polizisten, zu meinem Schutz! Also, waren sie das?“

„Nicht dass ich wüsste.“

Ich renne zum Wagen und schreie unwillkürlich auf, als ich die beiden Männer sehe, die blutverschmiert und zusammengesackt auf ihren Sitzen liegen. Der Polizist kommt zu mir gelaufen, flucht kurz und spricht dann in sein Funkgerät.

Ich nutze die Gelegenheit und sprinte auf unser Grundstück, mühelos vorbei am anderen Polizisten.

Da sind noch mehr Streifenwagen und auch ein Krankenwagen. Zwei Uniformierte fangen mich ab, als ich sehe, wie jemand auf einer Trage herausgebracht wird.

„Nicholas! Lassen Sie mich durch!“

Ich reiße mich los und renne zu den Sanitätern. Nicholas ist bei Bewusstsein, blutüberströmt, aber am Leben.

„Nicholas! Was ist geschehen! Wo sind meine Eltern?“

Ich packe seine Hand, während er leise antwortet: „Es tut mir leid … Sie waren plötzlich da …“

„Wer? Wer war das?“

Er versucht etwas zu sagen, aber anscheinend ist er zu schwach. Jemand zieht mich zurück und hält mich fest, während Nicholas in den Krankenwagen geladen wird.

„Wer sind Sie denn?", fragt einer der Polizisten.

„Ich wohne hier! Ich bin Fiona Carter!"

„Sie sind die junge Frau, die vor ein paar Tagen die beiden Killer erledigt hat?"

„Ja, die bin ich! Was ist hier passiert, verdammt nochmal?"

„Wo waren Sie?"

„Nebenan! Was ist mit meinen Eltern?!"

„Das wissen wir nicht, wir haben sie bisher nicht gefunden."

„Was?!" Ich reiße mich erneut los und renne ins Haus. Unten scheint niemand zu sein, also laufe ich direkt nach oben, ins Schlafzimmer meiner Eltern. Das Bett ist zerwühlt, einige Möbelstücke umgeworfen, als hätte es einen Kampf gegeben. Kein Blut.

Ein bewaffneter Polizist kommt hereingestürmt, der Polizist, mit dem ich gesprochen habe, hinterher, und erklärt dem vom SWAT, wer ich bin.

„Was machen Sie hier drin, zum Teufel?", fragt Letzterer wütend.

„Ich will wissen, was mit meinen Eltern ist!"

„Wir haben sie noch nicht gefunden. Es ist gefährlich, wenn hier noch jemand von den Angreifern sich versteckt!"

Ich lasse mich widerstandslos von dem Polizisten nach draußen führen. Inzwischen ist auch James da und nimmt mich in Empfang. Gemeinsam gehen wir zu einer Bank und setzen uns hin. James neben mir, der Polizist bleibt vor uns stehen.

„Und wer sind Sie?", fragt er James.

„James Flame. Ich bin der Nachbar. Fiona war bei mir."

„Okay. Sie hätten nicht während eines Einsatzes auf das Grundstück kommen dürfen, beide nicht!"

James mustert ihn ruhig, während er mich an sich drückt.

„Ich war zehn Jahre beim Geheimdienst, um mich brauchen Sie sich keine Sorgen zu machen", sagt er schließlich.

„Sie waren beim Geheimdienst?"

„Ja. Im aktiven Dienst, Innere Sicherheit. Eigentlich wollte ich nur Fiona rausholen. Auch wenn sie selbst Berufskiller mit links erledigt, sie hat keine Erfahrung mit der Sicherung eines Hauses."

Der Polizist betrachtet mich und wirkt nicht mehr so wütend.

„Hören Sie, ich kann Ihre Sorge ja verstehen, aber Sie helfen Ihren Eltern, wenn Sie uns unsere Arbeit machen lassen."

Ich nicke und wische meine Tränen ab. Wenigstens einen Teil.

„Tut mir leid … Meine Beschützer sind verletzt oder tot. Die wollten mich."

„Wer?"

„Ich weiß es nicht genau. Wir … wir sind einer Bande auf der Spur, die mit Kindern Pornos dreht."

„Sie beide?"

„Nein", erwidere ich kopfschüttelnd. „Rufen Sie Jack Siever vom Morddezernat an. Oder Ben Norris. Sie arbeiten an dem Fall, ich bin Beraterin bei der SLPD."

„Beraterin? Sie?" Der Polizist starrt mich ungläubig an, doch wie bestellt fährt jetzt der Wagen von Ben auf das Grundstück und hält in unserer Nähe. Jack ist auch dabei. Während Ben nach einem knappen Nicken in meiner Richtung ins Haus geht, kommt Jack zu uns und zeigt dem Polizisten seine Marke.

„Sie sagt, sie würde für Sie arbeiten", sagt der Uniformierte.

„Das stimmt. Und die beiden draußen hatten eigentlich die Aufgabe, sie zu beschützen. Es ist mal wieder erstaunlich, dass sie als Einzige nichts abbekommen hat."

„Was willst du damit sagen?"

„Dass es erstaunlich ist, nichts weiter. Falls du mal deine

Berufswahl überdenken willst, beim SWAT bist du sicher willkommen."

„Aha", erwidere ich, nicht ganz sicher, was ich davon halten soll.

Jack wendet sich an James. „Hm. Kennen wir uns nicht irgendwoher?"

James nickt. „Ich glaube, wir haben in meiner aktiven Zeit bei der Inneren Sicherheit miteinander zu tun gehabt."

„Ah, jetzt weiß ich es! James … James Bond?"

„Flame", erwidert der grinsend.

„Ach ja, genau. Was machst du denn hier?"

„Ich wohne nebenan. Fiona hat die Nacht bei mir verbracht."

„Aha." Jack sieht mich nachdenklich an. „Also, wenn ich das richtig sehe, galt das dir und weil sie dich nicht gefunden haben, haben sie deine Eltern mitgenommen. Oder wie siehst du das?"

Ich nicke. „Ich habe ja schon gesagt, dass es mir galt!"

„Ruhig bleiben, Fiona. Ich analysiere nur die Situation, das war kein Vorwurf. Anscheinend haben wir jemanden mehr aufgescheucht, als wir dachten."

Ben kommt aus dem Haus, jemand vom SWAT ist bei ihm. Beide gesellen sich zu uns.

„Also, da drin ist sonst niemand. Nicholas hat eine Schussverletzung und sie hielten ihn vermutlich für tot. Er wird durchkommen. Deine Eltern haben sie mitgenommen, sie scheinen unverletzt zu sein. Wir können bisher nur raten, was das soll. Die Reinigungskräfte haben Nicholas gefunden. Der Angriff fand vermutlich vor dem Morgengrauen statt. Mehr wissen wir im Moment noch nicht."

Jack nickt. „Okay. Ben, das ist James, der Nachbar, Fionas Freund und ehemaliger Mitarbeiter von ISD."

„Aha", sagt Ben und sieht mich fragend an. „Ich wusste gar nicht, dass du einen Freund hast."

„Ich weiß es auch erst seit gestern“, erwidere ich schniefend.

„Oh, also ganz frisch. Herzlichen Glückwunsch.“

„Danke“, antwortet James. „Ich schlage vor, wir richten hier eine Kommandozentrale ein. Die werden sich früher oder später melden.“

„Wahrscheinlich. Wissen Sie Bescheid, um was es geht?“

„Fiona hat es mir erzählt.“

„Na schön. Dann ...“

Er unterbricht sich, weil mein Name gerufen wird. Im Eingang steht Leslie und winkt uns zu.

„Das ist Leslie, meine Freundin und James´ Tochter“, erkläre ich.

„Aha“, sagt Jack, dann winkt er den Polizisten zu, sie sollen Leslie durchlassen. Seine Miene verrät nicht, was er denkt. Sein „Aha“ schon.

Leslie setzt sich auf meine andere Seite und nimmt mich in die Arme. „Was für ein Glück, dass dir nichts passiert ist!“

„Ich war ja auch nicht da ...“

Ben bekommt einen Hustenanfall und wendet sich ab. Leslie sieht ihn kopfschüttelnd an, dann mich. „Wo warst du denn?“

„Bei euch. Genauer gesagt, bei James.“

„Oh.“ Leslie wirkt erstaunt, aber nicht sehr.

Hä?

Sie beugt sich zu mir vor und flüstert in mein Ohr: „Wurde ja auch Zeit.“

Was zum Teufel ...?!

Dann starre ich James an, der die Achseln zuckt.

Ich sollte mir das Datum merken. 28. Juni 2003. In der Rangfolge kommt er direkt nach dem 20. Juni, dem Todestag meines Bruders.

Jack und Ben begeben sich zu den SWAT-Leuten, die jetzt alle aus dem Haus kommen, ich wende mich an Leslie.

„Du weißt davon?“

„Schätzchen, wie kommst du auf die Idee, das konnte mir entgehen? Natürlich habe ich irgendwann gemerkt, dass da etwas ist zwischen euch. Du hättest es mir ja vielleicht noch verheimlichen können, aber niemals mein Vater.“

„Hm.“

„Ich habe kein Problem damit. Klar, es ist eine ungewöhnliche Konstellation, irgendwelche Moralisten werden sich bestimmt aufregen. Aber mein Gott, du warst 16, alt genug!“

„Mein Bruder war auch alt genug“, erwidere ich.

„Wofür? Du hast doch nicht …?“

„Nein! Ganz bestimmt nicht! Aber er mit Kindern. Und Savage auch.“

„Mit Kindern? Ich verstehe kein Wort.“

Ich atme tief durch. „Norman und Savage haben für Geld Sex mit Kindern gehabt. Norman wollte eine bessere Bezahlung, also wurde er beseitigt. Als Savage mir gegenüber zu gesprächig wurde, haben sie ihn auch beseitigt. Mich wollten sie ja auch, aber das hat bekanntermaßen nicht geklappt. Heute Nacht haben sie es wieder versucht und meine Eltern mitgenommen. Und alles nur, weil ich keine Ruhe gegeben habe!“

Leslie starrt mich entgeistert an, dann zieht sie mich an sich, während der nächste Weinkrampf meinen Körper durchschüttelt. Hört das denn nie auf?

Als ich endlich wieder klar denken kann, löse ich mich von ihr und sehe sie an.

„Aber warum haben sie deine Eltern entführt?“

„Ich habe keine Ahnung!“

„Schon gut, schon gut. War mehr eine rhetorische Frage. Wie geht es weiter?“

Indem ein neuer Darsteller auftritt. Mein Onkel ist auch ein Fan der deutschen Marke, die mein Vater so mag, und ich ja auch. Der 7er rollt auf das Grundstück, mein Onkel steigt aus, winkt mir kurz zu und geht dann ins Haus, begleitet von Jack und einem mir unbekannten Mann, der das SWAT-Team leitet.

„Wer war das denn?“, fragt Leslie irritiert.

„Steve Connor, Polizeichef von Skyline und Cousin meiner Mutter.“

„Oh! Du kennst wohl jeden, der hier wichtig ist, oder?“

Leslie schon wieder. Ich kann nicht anders, ich muss grinsen, obwohl mir wirklich nicht danach ist.

„Jeden vielleicht nicht, aber die wichtigsten wahrscheinlich. Dich kenne ich ja auch.“

„Du bist ja schon wieder so witzig.“

„Galgenhumor.“

Mein Onkel kommt wieder aus unserem Haus. Ich springe auf und laufe zu ihm hin.

„Das sieht übel aus“, bemerkt er. „Es wird Zeit, diesen zigarillorauchenden Mistkerl zu kassieren.“

„Wir haben nichts gegen ihn in der Hand“, erwidert Jack. „Die von Malcolm erpresste Aussage können wir nicht verwerten.“

„Aber wir wissen, dass er etwas damit zu tun hat?“

„Ja!“, antworte ich.

„Nun, wir vermuten es und dafür gibt es gute Gründe“, bemerkt Jack.

„Gut. Zwei Menschen sind entführt, ein dritter schwerverletzt und nur durch Glück nicht tot. Tun Sie alles, was nötig ist, um diesen Mistkerl hinter Gittern zu bringen. - Fiona, es tut mir leid. Mir wäre es lieber, du würdest dich ab jetzt heraushalten, allerdings ist das vermutlich nicht mehr möglich.“

„Sie haben Norman getötet. Sie haben Savage getötet. Sie haben Nicholas fast getötet. Und sie haben meine Eltern. Wenn du glaubst, ich würde nur tatenlos herumsitzen und darauf warten, dass alles gut wird wie im Märchen, dann ...“

„Ich sagte, dass es vermutlich nicht mehr möglich ist, dich herauszuhalten“, unterbricht mich mein Onkel ruhig. „Du bist aufgeregt, was auch verständlich ist.“ Er wendet sich wieder an den Lieutenant. „Ich möchte regelmäßig informiert werden, spätestens stündlich. Wenn sich etwas ergibt, dann so schnell es geht. Egal, um welche Uhrzeit. Sie übernehmen hier die Einsatzleitung, Lieutenant Siever.“

Jack nickt. Gemeinsam beobachten wir, wie mein Onkel in das Auto steigt und fortfährt.

„Große Emotionen sind nicht sein Ding“, bemerkt Ben.

„Er ist Politiker“, erwidere ich. „Emotionen nur, wenn sie ihm einen Vorteil bringen. Hier markiert er den großen Polizisten, der alles im Griff hat.“

„Eure Zuneigung zueinander scheint ja auf Gegenseitigkeit zu beruhen“, stellt Jack fest.

„Er ist okay, aber kein Mensch, mit dem ich über die Filme von Julia Roberts reden würde.“

„Du siehst dir Filme von Julia Roberts an?“, fragt Ben erstaunt.

„Nein, aber wenn ich es täte, dann … Ach, fick dich doch.“

Ich gehe zurück zu Leslie und James, die auf der Bank sitzengeblieben sind, und setze mich zwischen sie.

„Das war ja ein filmreifer Auftritt“, sagt Leslie.

„Ja.“

Leslie geht danach nach Hause, um zu duschen. James bittet sie, ihm frische Sachen mitzubringen und bleibt lieber bei mir. Da ich auch duschen will, gehe ich nach oben, nachdem mit der Polizei geklärt ist, dass sie in den oberen Etagen fertig sind. Ich nehme einen der Mobilteile mit, falls ein Anruf von den Entführern kommt.

In meinem Zimmer setze ich mich auf den Bettrand und starre die Wand an. James setzt sich neben mich und legt einen Arm um mich.

„Wolltest du nicht duschen?“

„Doch. Und du?“

„Ich dusche nach dir, wenn es okay ist.“

Ich nicke. „James, ist das vielleicht alles nur ein schlechter Traum?“

„Ich wünschte, es wäre so.“

„Also ist es real? So eine Scheiße … Ich meine, nicht alles, nur der Teil mit der Entführung.“

„Das habe ich bereits vermutet“, erwidert James lächelnd. „Ich schlage vor, du duscht jetzt, ich achte solange auf das Telefon. Okay?“

„Ja.“ Ich erhebe mich und gehe auf die Badezimmertür zu. Mit der Klinke in der Hand blicke ich zurück. James sitzt breitbeinig auf dem Bettrand, die Unterarme auf die Oberschenkel gelegt, die Hände verschränkt. Er beobachtet mich aufmerksam.

Und er sieht verdammt sexy aus.

Ich kann es immer noch nicht glauben. Da lebten wir so viele Jahre nebeneinander, sahen uns dank Leslie fast täglich, und dann muss erst etwas wirklich Schlimmes passieren, damit wir uns näherkommen.

Das ist doch bescheuert.

„Was ist los?“, erkundigt er sich.

„Nichts.“

Ich laufe zurück zu ihm, setze mich rittlings auf seine Beine und küsse ihn wild. Seine Hände rutschen unter mein T-Shirt, streicheln sanft meinen Rücken.

Dann löst er sich sachte von mir.

„Wenn du weitermachst, garantiere ich für nichts. Und Leslie könnte jeden Augenblick kommen.“

„Außerdem ist es unangemessen.“

Er zuckt die Achseln. „Gerade in emotional stressigen Situationen reagiert der Körper mit besonders viel Lust, um die

Anspannung abzubauen. Das ist normal."

„Ich bin nur scharf auf dich, weil ich unter emotionalem Stress stehe?!"

„Ich hoffe nicht. Aber das ist die Erklärung, warum du trotz der eigentlich unangemessenen Situation so scharf bist."

„Aha. Analysierst du alles so sachlich?"

„Nein, eher selten. Aber im Moment hilft es dir vielleicht."

Ich atme tief durch, dann nicke ich. Er hat recht. Es hilft mir wirklich. Ich berühre kurz seinen Mund mit meinem, dann laufe ich ins Bad, um endlich zu duschen.

Ich mustere die Nägel meiner rechten Hand, nachdem ich gerade noch an ihnen gekaut habe.

„Es gibt bestimmt was zu essen in der Küche", bemerkt Leslie.

Sie sitzt an meinem Schreibtisch. Sie hat wieder ihren schwarzen Jogginganzug angezogen, riecht aber nach Lavendel. Eigentlich mag ich den Geruch nicht wirklich, aber seit Jahren nutzt sie Lavendelshampoo, also habe ich mich daran gewöhnen müssen.

Da ich nicht weiß, was der Tag vielleicht noch bringt, habe ich schwarze Jeans, ein dunkelgraues T-Shirt und Sportschuhe angezogen. Bequem, aber trotzdem so, dass ich mich unter Menschen wagen kann. Und man sieht Blut nicht so schnell darauf. Neuerdings muss ich irgendwie auch so was bedenken.

„Ich habe keinen Hunger", erwidere ich.

„Nur auf Kollagen?"

„Arschloch." Ich seufze. „Dieses Herumsitzen macht mich noch wahnsinnig. Wir müssen doch etwas tun können!"

„Deine Kollegen von der Polizei tun doch etwas. Soweit ich weiß, hat jeder Polizist der Stadt Bilder von deinen Eltern und diesem … Roller oder wie er heißt."

„Rollo", korrigiere ich abwesend. „Ja, schon. Überhaupt,

164

wieso Kollegen? Hä?"

„Na, neuerdings bist du doch nebenberufliche Polizistin geworden, oder?"

„Du bist ja so witzig. Aber ja, als Beraterin. Ist aber nicht dasselbe."

„Schon klar. Hör zu, wollen wir nicht etwas unternehmen?"

„Und wenn sie gerade dann anrufen?"

„Wir wissen ja nicht einmal, ob sie anrufen werden ..." Sie blickt zur Badezimmertür, weil James gerade herauskommt. Er könnte glatt in einem Werbespot für die bekannte Zigarettenmarke mitmachen: Kariertes, hellblaues Hemd, dunkelblaue Jeans, braune Schuhe.

„Hübsch", bemerkt seine Tochter grinsend.

„Danke, Teuerste."

„Ach du Scheiße", füge ich hinzu. „Wie soll ich euch beide gemeinsam denn ertragen?"

„Das schaffst du schon", sagt Leslie. „Du bist hart im Nehmen."

„Das wird aber trotzdem eine Herausforderung."

Jetzt geht die Zimmertür auf und Ben kommt herein. Sein Gesichtsausdruck verheißt irgendwie nichts Gutes.

„Du hast ein Päckchen erhalten", sagt er.

„Was ist darin?", frage ich, als er eine Pause macht, und spüre, wie mir der kalte Schweiß ausbricht.

„Ein Handy, mit einer einzigen Nummer im Adressbuch: call me." Nach einer kurzen Pause fügt er hinzu: „Und ein Finger, aller Wahrscheinlichkeit nach von deiner Mutter."

Ich starre ihn an, aber eigentlich sehe ich ihn gar nicht. Überrascht bin ich nicht, seltsamerweise habe ich mit etwas Derartigem gerechnet. Es hätte mich auch nicht gewundert, wenn Ben mir erzählt hätte, dass ein Kopf in dem Päckchen ist. Natürlich ist es besser, dass es nur ein Finger ist.

Ich stelle mir vor, wie sie meiner Mutter, die sich eh schon in einem emotionalen Ausnahmezustand befindet, den Finger abschneiden. Was sie dabei empfinden muss. Oder fühlt sie es vielleicht gar nicht, weil der Schock sie von allem abtrennt? Keine Ahnung. Hoffentlich.

Mir wird bewusst, dass Leslie und James neben mir sitzen und auf mich einreden. Eigentlich redet nur Leslie, aber James hält mich am Kinn fest und sieht mich durchdringend an.

„Was ist?", frage ich.

„Wir haben uns Sorgen gemacht", erwidert Leslie. „Du hast überhaupt nicht mehr reagiert!"

„Ich habe nachgedacht." Dann blicke ich zu Ben, der immer noch in der Tür steht. „Hast du das Handy dabei?"

„Unten", sagt er kopfschüttelnd. „Wir wollen den Anruf zurückverfolgen."

„Ja, sicher. Macht Sinn."

„Fiona? Alles in Ordnung?"

„Ob mit mir alles in Ordnung ist? Ben, du hast mir gerade erzählt, ein Finger meiner Mutter wäre gerade in einem Päckchen angekommen. Wie könnte dann alles in Ordnung sein?"

„Schon klar. Aber du siehst aus, als hättest du einen Schock."

„Natürlich habe ich einen Schock, verdammt nochmal! Und es kostet mich gerade sehr viel Kraft, nicht total auszurasten! Mach es also nicht mit deiner Fragerei noch schlimmer, okay!?"

„Schon gut", murmelt er und eilt davon.

„Der Arme", bemerkt Leslie. „Hör zu, Schätzchen, auch wenn ich mir nicht wirklich vorstellen kann, wie du dich fühlst, kann ich es mir vorstellen."

„Ja, voll logisch."

„Nicht wahr? Also, pass mal auf. Gehen wir gemeinsam runter und du rufst diese Nummer an? Wenn du willst, halten wir dich fest. Oder nur Papa macht das. Oder nur ich. Was immer du willst.“

Ich sehe sie an. „Leslie, ich bin dir dankbar. Ernsthaft. Ich weiß das zu schätzen. Ernsthaft. Es reicht mir, wenn ihr einfach nur dabei seid, in meiner Nähe. Okay?“

„Okay“, erwidert sie. James nickt.

Wir gehen gemeinsam nach unten. Die Kommandozentrale wurde im Salon eingerichtet. Verschiedene Geräte, Computer und was weiß ich alles steht herum, Frauen und Männer mit dem Gesichtsausdruck „Ich bin wichtig!“ huschen durch die Gegend, Ben, Laura und Jack unterhalten sich mit einem weiteren Mann, den ich zum ersten Mal sehe. Kleiner als Jack oder gar James, mit grauen Haaren, in einem dunkelgrauen, aber nicht sehr teuren Anzug gekleidet.

James stöhnt auf, als er ihn sieht.

„Kennst du den?“, erkundige ich mich.

„Das ist Tom Halliway. Er gehört zu ID5. Im Prinzip ist ID5 bei der Polizei dasselbe wie ISD, meine Abteilung damals, beim Geheimdienst.“

„Was macht er denn hier?“

Er zuckt die Achseln. „In den USA wäre jetzt auch das FBI dabei, hier ist es die ID5.“

„Aha.“

Wir treten zu der kleinen Gruppe. Jack stellt uns den Neuankömmling vor. Als dieser James die Hand schüttelt, stutzt er.

„Kennen wir uns nicht von irgendwoher?“

„Ich war mal beim ISD“, erwidert James und lässt sich nichts mehr von seinem Ärger anmerken.

„ISD ist an diesem Fall interessiert?“

„Ich war beim ISD, bin privat hier, wegen Fiona.“

„Ich verstehe.“ Der Mann, den Jack als Major vorgestellt hat, mustert jetzt mich neugierig. „Über Sie hört man ja wahre Wundergeschichten.“

„Ja, ich wundere mich auch. Über vieles."

„Es ist gut, dass Sie in dieser Situation immer noch Ihren Humor bewahren", sagt er schmunzelnd.

„Humor?"

Darauf gehen sie nicht mehr ein. War ja klar.

Ich sehe zu dem kleinen Karton, der auf einem Tisch liegt, daneben das Handy. Und kein Finger. Ich spaziere zum Tisch und werfe einen Blick in den Karton.

„Ich hoffe, du hast nicht erwartet, darin etwas zu finden?", bemerkt Jack stirnrunzelnd.

„Ich hoffe im Moment nur eines, dass nämlich die ganze Scheiße hier bald vorbei ist." Ich nehme das Handy und öffne das Adressbuch, dann gehorche ich dem Befehl darin.

„Na endlich", meldet sich eine markante männliche Stimme.

Und obwohl ich sie bisher nur live und nur einmal gehört habe, erkenne ich sie sofort.

„Brodwich, ich hätte dir mehr als nur die Arme brechen sollen!"

„Das freut mich, dass du meine Stimme erkennst, kleine Schlampe."

„Du weißt doch, Unangenehmes merkt man sich am besten, Wichser! Ach nein, das geht ja bei dir gar nicht. Das tut mir aber leid."

Er lacht kurz auf, es klingt aber nicht besonders fröhlich. „Darüber unterhalten wir uns noch, kleine Schlampe. Du hast unser kleines Geschenk erhalten. Wir melden uns."

Und legt auf.

Ich starre das Handy entgeistert an.

Jack räuspert sich. „Das war etwas unüberlegt."

„Was?!"

„Dein Anruf. Es wäre nett gewesen, uns vorzuwarnen, damit wir die Rückverfolgung vorbereiten können."

„Die Zeit war eh zu kurz", sagt einer der Polizisten.

„Wer hat dich denn gefragt?", fährt Laura ihn an. „Das wussten wir ja nicht vorher! Also, Fiona, sprich bitte deine Aktionen in Zukunft mit uns ab!"

„Ja, ja", erwidere ich. „Und sorry. Bin etwas gereizt."

„Verständlich", sagt Ben. „Sind wir alle, du hast natürlich am meisten Grund dazu. Wir wollen dir ja helfen und darum ist es wichtig, dass du nichts tust, ohne es vorher mit uns zu besprechen. Okay?"

Ich nicke. „Wie gesagt, es tut mir leid."

„Schon okay."

James nimmt meine rechte Hand und erkundigt sich ruhig: „Wer hat das Päckchen gebracht?"

„Irgendein Teenager, der dafür zehn Dollar bekommen hat. Er hat es von einem Mann in dunklen Jeans und einem Kapuzenshirt."

„Sie sind ja nicht doof", bemerkt Tom.

„Da bin ich mir noch nicht so sicher", erwidert James. „Sie haben zwei Polizisten verletzt, Nicholas fast getötet, Fionas Eltern entführt – wofür? Sie erregen damit verdammt viel Aufsehen und haben praktisch die gesamte Polizei der Stadt im Nacken. Wozu soll das eigentlich gut sein?"

„Ich glaube nicht, dass das so geplant war", meint Ben.

„Ich glaube das auch nicht. Vielleicht wollten sie wirklich nur Fiona, vielleicht sogar aus Rache. Aber selbst das wäre idiotisch."

„Das sehe ich auch so", sagt Jack. „Ich denke schon die ganze Zeit darüber nach, welcher Sinn hinter dieser Aktion steckt. Eigentlich glaube ich nicht, dass es Idioten sind. Dazu ist es viel zu gut gemacht. Also haben sie einen Plan, den wir einfach nur nicht erkennen."

„Vielleicht erfahren wir es ja, wenn dieser Wichser sich meldet."

Alle starren mich an.

„Was sollte das eigentlich vorhin?", fragt dann Laura. „Wenn du ihn provozierst ...“

„Er hat mich erstens kleine Schlampe genannt. Das sollte wohl eine Anspielung auf meine Statur und meine Kleidung bei unserer Begegnung sein. Und vor allem sollte es mich provozieren ...“

„Was ihm anscheinend auch gelungen ist“, meint Ben.

„Ja, ja. Und nein, eigentlich nicht. Klar, natürlich macht es mich wütend, so genannt zu werden. Aber ich habe ihn ganz bewusst Wichser genannt, weil ich ja weiß, dass er seine Hände nur sehr eingeschränkt benutzen kann. Ganz sicher nicht zum Wichsen. Wie auch immer, es hätte ja sein können, dass er sich irgendwie verrät.“

„Oder deiner Mutter direkt einen weiteren Finger abschneidet“, erwidert Laura. „Lass es lieber, okay? Ich weiß ja, dass du es liebst, andere zu provozieren, aber du könntest hier deiner Mutter schaden.“

„Okay“, sage ich leise.

Dann drehe ich mich um und gehe nach hinten in den Garten, um eine zu rauchen. Und damit ich irgendwie mein starkes Verlangen, ihr in die Fresse zu schlagen, wieder besänftigen kann.

Leslie und James begleiten mich, sie raucht eine mit, James steht nur schweigend neben mir und betrachtet das Wasser im Pool, in dem sich das Sonnenlicht spiegelt.

Es ist mein zweites versautes Wochenende in Folge.

So eine verdammte Scheiße.

Warten ist beschissen. Vermutlich für jeden Menschen. Alle sehen jedenfalls irgendwie genervt aus.

Aber, verdammt nochmal, ich hasse das Warten grundsätzlich! Immer! Und trotzdem vergeht jetzt Minute um Minute, Viertelstunde um Viertelstunde, Stunde um Stunde! Tag um Tag! Monat um Monat!

Ich laufe in die Küche, um mir Kaffee zu holen.

„Pinkelst du eigentlich schon schwarz?", erkundigt sich Leslie und löst einige Lachanfälle aus.

„Was ist los?"

„Du trinkst so viel Kaffee, du müsstest eigentlich schon ganz schwarz pinkeln."

„Bist du bescheuert, oder was?!"

Alle hören auf zu lachen und beobachten das Drama, das sich ihrer Meinung nach ankündigt.

„Warum nimmst du nicht direkt Koffeinextrakte?", fährt Leslie gnadenlos fort.

„Nur wenn ich dadurch blau pinkeln würde!"

„Hm. Wohl eher nicht."

„Dann trinke ich lieber Kaffee. Möchtest du auch einen?"

Als sie nickt, gehe ich tatsächlich in die Küche. Trotz meiner beschissenen Laune kann ich mir ein Grinsen nicht ganz verkneifen, als ich die enttäuschten Gesichter sehe. Die kennen uns beide halt nicht. Leslie und ich sind ein eingespieltes Team, wenn es darum geht, unsere Mitmenschen total zu verarschen. Am besten können wir das Spiel „Wir bringen uns gleich gegenseitig um!".

Der Einzige, dem man keine Regung ansieht, auch während unseres Schauspiels, ist James. Er sitzt in der Nähe seiner Tochter auf der cremefarbenen Couch und blättert in einem Modemagazin. Als wir uns angeschrien haben, blickte er nicht einmal hoch.

Noch während der Kaffee läuft, kommt auch Ben in die Küche.

„Glückwunsch. Ihr seid ja gut."

„Danke", erwidere ich und zwinge ein Grinsen auf mein Gesicht.

„Aber ihr Vater muss schwerhörig sein."

„James? Der ist abgehärtet."

„Aha.“

Ich drehe mich um und lehne mich gegen den Schrank, in den die Kaffeemaschine eingebaut ist.

„Ben, was ist?“

Er zuckt die Achseln. „Mich nervt diese Warterei.“

„Ach? Echt jetzt?“

„Mir ist schon klar, dass es dich ganz anders belastet. Aber deine Gereiztheit ist epidemisch.“

„Na toll. Kommt jetzt auch noch die Gesundheitsbehörde?“

„Haha. Hör zu, warum trinkst du so viel Kaffee? Jetzt mal im Ernst. In welcher Farbe du pinkelst, ist mir völlig egal, aber vielleicht ist der Kaffee schlecht für deine Nerven.“

„Aha, die Farbe meiner Pisse ist dir also egal.“ Beide Kaffees sind fertig, ich nehme die Tassen und gehe mit ihnen an Ben vorbei Richtung Salon. „Du wirst lachen, ohne Kaffee wäre ich viel unleidlicher.“

„Das kann ich mir gar nicht vorstellen.“

„Arschloch!“ Ich bleibe stehen, als mir bewusst wird, dass wir uns eigentlich kaum kennen und ich ihn noch nie so angeredet habe. Einmal tief durchatmen, dann drehe ich mich zu ihm um. „Sorry.“

Er lächelt schwach. „Schon okay. Aber lass es nicht zur Gewohnheit werden.“

„Versprochen.“ Puh! Das war jetzt peinlich, zumal alle uns beobachtet haben. Selbst James schaute hoch, das will schon was heißen.

Jetzt lächelt er mir zu, als ich mich zwischen ihn und Leslie setze. Ich gebe eine Tasse Leslie, die andere nimmt er mir aus der Hand.

„Danke. Wolltest du nicht auch einen?“

Während ich ihn noch ungespielt entgeistert anstarre, lacht Leslie auf, gibt mir ihre Tasse und rennt in die Küche. Fast gleichzeitig höre ich von draußen Stimmen, dann kommt einer der Polizisten rein und hält einen Karton hoch.

„Das wurde soeben für Fiona abgegeben."

Ich will aufspringen, doch James hält mich fest. Aus gutem Grund, wie mir gleich darauf klar wird, denn zwei andere Polizisten nehmen den Karton und gehen damit nach nebenan, um ihn unter anderem auf Sprengstoff zu untersuchen.

Leslie kommt mit dem Kaffee und setzt sich neben mich. So sitzen wir da wie die drei Affen auf der Couch, jeder Affe hat einen Kaffee und starrt auf die Tür zur Bibliothek. Wieso nutzen die eigentlich die Bibliothek für so was? Wenn mein Vater das erfährt … Wenn.

Verdammte Scheiße.

James´ linke Hand liegt auf meinem Oberschenkel. Ich spüre, wie sich Schweiß in meinem BH ansammelt. Die Fähigkeit des Stoffes, Flüssigkeit aufzusaugen, wie es sich für einen Sport-BH gehört, wird arg auf die Probe gestellt.

Dann geht endlich die Tür auf und einer der Polizisten kommt heraus. Er nickt zu Jack, der mit ihm in den Raum geht. Als er hinauskommt, wirkt sein Blick düster.

„Noch ein Handy?", erkundige ich mich, doch meine Stimme wirkt irgendwie fremd.

„Nein, kein Handy."

Ich öffne schon den Mund, um noch etwas zu sagen, doch in diesem Augenblick klingelt das Handy, das mit der ersten Lieferung gekommen ist.

„Call me" ruft an.

„Du dämliches Arschloch!", schreie ich ihn an, und es ist mir gerade vollkommen egal, was Laura vorhin übers Provozieren gesagt hat.

„Du klingst aufgeregt", sagt Brodwich und es ist, als würde er lachen. „Du könntest von deinem Vater eine Menge lernen, was Nonchalance angeht."

„Brich dir nicht die Zunge bei diesem Wort, du verfluchter Mistkerl! Hast du eine Ahnung, was ich ..."

„So weit sind wir noch nicht", unterbricht er mich. „Jetzt geht es noch darum, was wir mit deinen Eltern machen. Und das hängt weitestgehend davon ab, wie du dich ab sofort verhältst. Hast du das verstanden?"

Ich schließe meinen Mund wieder, denn mir wird plötzlich bewusst, dass er bisher mitgespielt hat, doch ab sofort leiden meine Eltern, wenn ich das Falsche tue. Und ich erinnere mich wieder an Lauras Worte.

„Ja", sage ich leise.

„Sehr gut. Ist das neue Päckchen angekommen?"

„Ja."

„Ich will, dass du dir den Inhalt anschaust."

„Brodwich ... tue mir das nicht an ..."

„Tue es oder das nächste Päckchen ist in zwei Minuten unterwegs."

Ich schließe kurz die Augen und höre mich selbst stöhnen. „Okay ... Ich muss nach nebenan."

Er sagt nichts, während ich in den anderen Raum gehe. In die Bibliothek meines Vaters. Auf dem kleinen Tisch, an dem er so gerne sitzt, steht der geöffnete Karton. Daneben auf einem braunen Tuch ein Finger.

Ich beiße mit aller Kraft auf meine Unterlippe, um nicht zu schreien.

„Ich sehe ihn", sage ich dann aufschluchzend.

„Was siehst du?"

„Den Finger ..."

„Sonst nichts?"

Ich gehe langsam näher und schaue in den Karton. Darin liegt ein Zettel. Darauf steht nur: 2/10.

„Da ist ein Zettel", flüstere ich. „Mit zwei Zahlen."

„Genau. Merk sie dir. Und wenn das nicht reicht, hat sie ja auch noch einige Zehen."

„Ich mache doch schon alles, was ihr sagt!"

„Dann ist es ja gut. Es liegt ab jetzt nur an dir, ob deine Mutter noch mehr Finger verliert."

„Was wollt ihr?"

„Ich will, dass in einer Stunde, um drei Uhr, zehn Millionen Dollar in kleinen Scheinen und in einem Aktenkoffer aus Alu bereitliegen. Wenn ich dann anrufe, sagst du, dass du sie hast und sofort losgehen kannst. Wohin, das sage ich dir dann. Angekommen?"

„Ja ..."

„Gut." Er legt auf.

Ich starre das Handy an, umringt von mehreren Leuten, die natürlich wissen wollen, was Brodwich gesagt hat. Vielleicht hätte ich auf Lautsprecher stellen sollen, aber daran habe ich nicht gedacht.

Plötzlich hole ich aus und werfe das Handy wuchtvoll auf den Boden.

„Nein!", ruft Laura. „Bist du wahnsinnig?"

Ich falle langsam auf die Knie.

„Das war vielleicht nicht so gut durchdacht", bemerkt James ruhig.

Die Tränen schießen aus meinen Augen und ich krümme mich, bis meine Stirn den Boden berührt. Dann wird mir klar, was er meint. Weinend richte ich mich wieder auf und sammle die Teile des Telefons ein. Irgendwie schaffe ich es trotz meiner zitternden Hände, die SIM-Karte zu entnehmen, dabei stoße ich jeden, der mir helfen will, weg. Hole mein eigenes Handy hervor und tausche die SIM-Karten aus. Erhebe mich ganz und gehe wie in Trance zurück in den Salon, zur Couch und

setze mich. Mein Handy halte ich mit beiden Händen fest und
starre es an.

Leslie setzt sich rechts von mir und legt einen Arm um
meine Schultern. Auf der anderen Seite nimmt Jack Platz und
mustert mich.

„Was?“, frage ich schniefend. Mit den Unterarmen versuche
ich, die Tränen abzuwischen. Irgendjemand reicht mir ein Taschentuch. Es ist James.

„Ich wünschte, wir könnten dir das ersparen“, sagt Jack.

„Könnt ihr nicht. Die wollen mich leiden sehen, weil ich ihr
Geschäft zerstört habe. Weil ich die beiden getötet habe. Weil
ich das Schlimmste bin, was ihnen je passiert ist.“

„Das kann gut sein. Was hat er gesagt?“

Ich reiche James das zusammengeknüllte Taschentuch und
atme tief durch. So allmählich habe ich das Gefühl, wieder
Kontrolle über mich zu haben. Ganz allmählich. Ein bisschen
wenigstens.

„10 Millionen. In einer Stunde. In einem Alu-Koffer. Und dass
meine Mutter noch acht Finger hat. Und zehn Zehen. Scheiße!“

„Nicht!“ James packt blitzschnell meine erhobene Hand mit
dem Handy. „Das wird irgendwann langweilig. Glaub es mir.“

Ich starre ihn an, dann überlasse ich ihm das Handy und
verschränke die Arme vor der Brust.

„Okay“, sagt Major Tom. „Haben Sie 10 Millionen?“

„Moment.“ Ich durchwühle meine Hosentaschen, dann erwidere ich: „Nein. Keine Ahnung, wohin ich sie gelegt habe.“

Jetzt werde ich angestarrt.

„Etwas morbid ist dein Humor schon“, sagt schließlich Jack.

„Humor?“ Dann fällt mir etwas ein und ich halte James meine
Hand hin. „Gib mir bitte mein Handy.“

„Was hast du vor?“

„Telefonieren. Was macht man denn sonst mit einem Telefon?“

„Kommt darauf an, wer.“

„Jetzt gib schon her. Ich werde es nicht durch die Gegend werfen.“

Er gehorcht. Ich tausche die SIM-Karten zurück. „Jemand könnte mir ein Handy besorgen, das niemand braucht. Irgendwo im Keller gibt es eine Kiste mit alten Handys, die sollten funktionieren.“ Dann blättere ich durch mein Telefonbuch, bis ich gefunden habe, was ich suche. Dabei habe ich das Gefühl, dass die alle nur darauf warten, wann ich wieder ausraste. Ganz unbegründet dürfte die Sorge nicht sein.

„Computer Software Enterprises, Büro Jason Carter, am Apparat Monica Lowell. Was kann ich für Sie tun?“

„Hier ist Fiona“, antworte ich. „Monica, ich habe nicht viel Zeit. Wieso sind Sie überhaupt im Büro?“

„Ich mache Home Office, wegen dieser schrecklichen Sache. Das tut mir so leid, Fiona.“

„Danke. Ich … ich muss ganz schnell ziemlich viel Geld besorgen. Hat mein Vater vielleicht für diesen Fall vorgesorgt? Bitte! Sie sind meine letzte Rettung!“

„Hat er“, antwortet sie. „Es gibt einen Notfallkontakt, der entsprechende Befugnisse hat. Es ist der Rechtsanwalt Dr. Samuel Kaltenbach. Ich schicke Ihnen die Telefonnummer als SMS.“

„Monica, Sie sind ein Schatz! Vielen, vielen Dank!“

Ich lege auf und sehe Tom an. „Ich habe das Geld gefunden.“

Er schüttelt den Kopf, sagt aber nichts.

Die SMS ist da und ich wähle die Nummer.

„Kaltenbach?“

„Mr Kaltenbach, ich bin Fiona Carter. Mein Vater hat Sie als Notfallkontakt bestimmt.“

„Das kann schon sein.“

„Es ist so. Ich habe gerade mit Monica, seiner Sekretärin gesprochen. Meine Eltern wurden heute entführt. Haben Sie das schon gehört?“

„Nein. Legen Sie auf, ich rufe Sie an.“

Ich gehorche, gleich darauf klingelt das Festnetztelefon. Ich nehme das Gespräch an.

„Also gut, Miss Carter. Da Sie mich anrufen, haben wir wahrscheinlich keine Zeit für Gefühlsduseleien.“

Er gefällt mir. Als würde ich mit James sprechen.

„Die Entführer haben meiner Mutter bereits zwei Finger abgeschnitten und mir in zwei Päckchen geschickt. Das dritte folgt, wenn ich nicht bis drei Uhr zehn Millionen Dollar in einem Alu-Koffer besorgt habe. Es reicht, wenn ich damit sofort losfahren kann.“

„Ich verstehe. Ich denke, das ist machbar. US-Dollar oder Newope?“

„Äh … das haben sie nicht gesagt. Ist das ein großer Unterschied?“

„Im Prinzip nicht. Der US-Dollar ist derzeit etwas schwächer notiert als unserer, aber selbst bei 10 Millionen macht das nicht viel aus. Ich empfehle dann US-Dollar, da er international besser zu verwenden ist.“

Der Mann denkt mit. Das gefällt mir zunehmend.

„In Ordnung. Dann bitte US-Dollar. In kleinen Scheinen.“

„Das habe ich mir bereits gedacht. Holen Sie es ab?“

„Ja. Wohin soll ich kommen? Können Sie mir die Adresse als SMS schicken?“

„In Ordnung. Bis später.“

Ich beende das Gespräch und blicke James an.

„Dein Vater hat den Richtigen für diesen Job ausgesucht“, sagt er lächelnd.

„Das Gefühl habe ich auch. Wie geht es weiter?“

„Wir warten“, erwidert Major Tom. „Und denken außerdem darüber nach, was wir tun, wenn die von Ihnen verlangen, dass

Sie das Lösegeld überbringen.“

„Hm“, sagt Leslie.

„Das ist nicht unüblich und in diesem Fall sogar besonders wahrscheinlich“, bemerkt Jack.

„Ja, das ist mir klar“, entgegnet Leslie. „Gefällt mir trotzdem nicht.“

„Leslie.“ Ich sehe sie von der Seite an. „Hol mir Kaffee und halt den Mund.“

Sie sieht mich an und für kurze Zeit bin ich mir nicht sicher, ob ich den Bogen nicht überspannt habe. Dann grinst sie und zuckt die Achseln.

„Du bist bescheuert, Schätzchen. Tiefschwarz, sage ich nur, tiefschwarz!“

Danach wende ich mich wieder an den Major: „Was schlagen Sie vor?“

„Peilsender. Am besten zwei, damit sie einen finden und nicht weiter suchen.“

„Okay. Wo trage ich sie?“

„Einen zum Beispiel am Hals.“

„Und den anderen?“

Ben räuspert sich und James grinst ansatzweise.

„Was?“

„Den anderen sollen sie ja nicht finden“, sagt Major Tom.

„Ähm … Und?“

„Das heißt, er muss in den Körper.“

„Oh … Okaaay … Und was heißt das?“

„Schätzchen, manchmal bist du erstaunlich begriffsstutzig“, sagt Leslie, während sie mir meinen Kaffee reicht. „Wo würdest du etwas verstecken, wenn du willst, dass es auch bei einer Leibesvisitation nicht gefunden wird?“

„Äh … Soll ich das Ding schlucken, oder was?“

„Das ist eine Möglichkeit“, nickt Major Tom. „Hat den kleinen

Nachteil, der er irgendwie wieder raus muss. Das kann ganz schnell gehen, aber es kann auch sehr lange dauern. Und es kann auch zu schnell gehen, wenn jemand zu aufgeregt ist."

Ich seufze und lege die Stirn auf die Knie.

„Ich ahne, was die andere Möglichkeit ist."

„Es gibt auch eine Variante nur für Frauen", sagt Jack.

„Okay, das gefällt mir bisher am besten."

„Schätzchen, wir reden hier aber nicht von Liebeskugeln", bemerkt Leslie.

Die ist verrückt. Mindestens so sehr wie ich.

„Echt jetzt?"

„Und zwar in den Größen S, M und XXL", fährt Jack fort, sichtlich um Fassung bemüht.

„Ich nehme XXL."

„Sicher?", rutscht es Major Tom raus. „Entschuldigung ..."

„Möchten Sie es überprüfen? James, hilf mir doch."

Selbst James sieht jetzt etwas entgeistert aus, dann schüttelt er stumm den Kopf. Die anderen sagen auch nichts.

Ich lehne mich zurück und schließe die Augen. Wahrscheinlich bin ich wirklich verrückt. Und mein Verhalten ist ganz sicher unangemessen. Aber ich kann wieder einigermaßen klar denken, und auch die anderen sind nicht mehr ganz so angespannt. Es ist wichtig, jetzt einen klaren Kopf zu haben. Ist mir schon klar.

Ich nippe an meinem Kaffee und versuche, einfach mal an nichts zu denken. Gar nicht so einfach, wenn James einen Arm um mich und eine Hand auf meinen Oberschenkel legt.

Ich sehe ihn an. „Danke, dass du mir hilfst", sage ich leise.

„Gerne." Er lächelt mich aufmunternd an. „Wir kriegen das hin."

Seinen Optimismus möchte ich haben. Jetzt ganz besonders.

Irgendwie wundert es mich überhaupt, als etwa eine Minute

vor drei ein Polizist mit einem Päckchen hereinkommt. Genau genommen habe ich sogar damit gerechnet. Inzwischen verstehe ich, wie diese Arschlöcher vorgehen. Meine Hoffnung ist, dass dies der letzte abgeschnittene Finger ist. Ich für meinen Teil werde jedenfalls alles dafür tun.

Alles.

Während die anderen mich erschrocken ansehen, hebe ich das Handy, in dem nun die mitgeschickte SIM-Karte steckt.

„Er wird gleich anrufen", bemerke ich ruhig.

„Alles in Ordnung, Fiona?", fragt Ben.

„Ja, mir geht es gut. Schaut bitte nach, ob es wieder eine besondere Botschaft für mich gibt. Ich möchte vorbereitet sein."

Ich spüre deutlich, dass sie sich Sorgen machen. Um mich. Auch das ist mir klar. Aber ich kann es halt nicht ändern. Ich habe mich entschieden, obwohl es mich durchaus erschreckt, dass ich das so kann. Andererseits passt es gut dazu, dass meine Wunden superschnell heilen. Scheint auch für meine Nerven zu gelten.

Also schön, wer weiß, wozu das noch gut sein wird.

Ich sitze mit untergeschlagenen Beinen auf der Couch zwischen Leslie und James. Komisch, dass die mich heute ständig von beiden Seiten abschirmen. Oder was sie auch immer tun. Die anderen sind verteilt im großen Raum. Allerdings kommen sie jetzt näher. Das große Finale.

Das Handy klingelt, als einer der Polizisten aus der Bibliothek kommt und einen Zettel hochhält, auf dem 3/10 steht.

„Ja?"

„Hast du das Päckchen bekommen?"

„Ja."

„Auch die Nachricht?"

„Ja."

„Und das Geld?"

„Ich muss es noch abholen, aber es ist bereit.“

„Gut. Wenn du bis eine Minute vor vier an der Central Station bist, verliert deine Mutter keinen weiteren Finger. Schaffst du das? Natürlich mit dem Geld in dem Alu-Koffer. Und allein. Vor allem ohne Polizistenfreunde. Hast du das verstanden?“

„Ja. Soll ich euch anrufen, wenn ich da bin?“

„Nein. Deine Aufgabe ist nur, zur Central Station zu kommen. Spätestens eine Minute vor vier. Das ist alles.“

„Okay.“

„Gut.“ Und legt auf.

Ich lasse das Handy sinken. „Spätestens eine Minute vor vier an der Central Station. Mit dem Geld im Koffer. Ohne Polizei. Sonst 4/10.“

Jack mustert mich. „Schaffst du das?“

„Ja.“

„Sicher? Im Moment wirkst du beängstigend auf mich.“

„Das ist gut. Dir will ich ja nichts. Wie muss ich dann nachher erst auf diese scheißverdammten Arschlöcher wirken?“

„So habe ich das nicht gemeint.“

„Ist mir klar, Jack. Hör zu, ich habe sowieso keine andere Wahl. Wir müssen uns beeilen. Soll ich selbst fahren?“

„Ich komme mit“, sagt James ruhig.

„Und Laura und Ben fahren euch“, ergänzt Jack. „Wo sind die Peilsender?“

Einer der Männer von Major Tom tritt zu mir und reicht mir eine Halskette, die ich um den Hals lege. Ein Adler. Ob das zu mir passt? Na ja, irgendwie schon. Jedenfalls relativ klein und unauffällig, aber auffällig genug.

Dann bekomme ich den zweiten Sender. Sieht aus wie ein Tampon für Frauen, die regelmäßig fisten. Vielleicht hätte ich doch eine Nummer kleiner nehmen sollen. Nun ist es zu spät. Wenigstens ist es außen weich, wie ich durch die Plastikverpackung ertasten kann.

„Doch zu groß?", fragt Laura grinsend.

„Nein!" Ich gehe nach oben, in mein eigenes Badezimmer. Mit etwas Vaseline geht es ganz gut. Aber, zum Teufel, wieso haben die so riesige Fake-Tampons?

Ich betrachte kurz mein Gesicht im Spiegel. Es ist ausdruckslos, wie eine Maske. Nicht wirklich ich. Zumindest nicht die Fiona, die ich sonst in diesem Spiegel sehe. Na ja, ist ja auch alles andere anders, warum sollte ich also aussehen wie immer? Wäre voll unlogisch.

Als ich wieder nach unten komme, stehen Leslie und James zusammen mit den beiden, die uns fahren werden, Jack und Major Tom.

„Hat es geklappt?", erkundigt sich Leslie.

„Ich glaube, es hat sich verkantet, aber mit der Klobürste konnte ich das in Ordnung bringen."

„Du meinst wirklich die Klobürste? Die ist zu klein für so was."

„Ich musste etwas herumstochern, aber es ging irgendwie."

„Ihr seid beide vollkommen durchgeknallt", sagt Laura, und es klingt ehrlich.

Leslie grinst, doch dann wird sie wieder ernst. Wir nehmen uns in die Arme.

„Am liebsten würde ich mitkommen", sagt sie leise.

„Ausgeschlossen", erwidert ihr Vater. „Und darüber diskutiere ich auch nicht."

„Ist ja schon gut, Dad, ich sehe es ja ein." Leslie schüttelt den Kopf. „Väter!"

„Trink für mich Kaffee mit. Vielleicht schaffst du es ja, schwarz zu pinkeln."

„Ich gebe mir Mühe", sagt sie grinsend. „Los jetzt, hau schon ab, bevor ich es mir anders überlege."

Wir fahren mit Bens Wagen, James und ich sitzen hinten.

Nachdem ich die Adresse ansage, geht es los. Ben schaltet das Blaulicht ein, wir haben es ja eilig.

„Darf ich jetzt eine Pistole benutzen?", erkundige ich mich.

„Du willst eine Pistole mitnehmen? Bist du bescheuert?"

„Laura!", sagt Ben entgeistert.

„Was denn? Die erschießen sie sofort!"

„Ich will keine Pistole mitnehmen, okay? Aber ich wüsste gerne, wie man eine benutzt. Ist das wirklich so schlimm? Wissen wir denn, was auf mich zukommt?"

„Das ist wahr", bemerkt James ruhig. „Ich kann es ihr zeigen."

Laura und Ben sehen sich an, dann nickt Ben. Laura gibt ihre Waffe James, der sie sich mit hochgezogenen Augenbrauen anschaut.

„Eine Glock 19? Ernsthaft jetzt?"

„Was ist das Problem? Klein und handlich."

„Na ja." James macht irgendwas und hält dann eine Patrone in der Hand. „Na schön. Hier entsicherst du. Im Moment ist keine Kugel im Lauf, habe sie gerade durch den Auswurf entfernt. Das Magazin befindet sich im Griff. So nimmst es raus. Und so legst du die Patrone ins Magazin rein. Magazin in den Griff, verriegeln. Schießen kannst du allerdings nicht, da du erst einmal durchladen musst. So. Die Glock ist eine Halbautomatik, nach jedem Schuss hast du eine neue Patrone im Lauf. Okay, nach dem fünfzehnten nicht. Also mitzählen, okay?"

Er nimmt das Magazin raus, entfernt die Patrone aus dem Lauf und reicht mir alles.

„Laura, hast du schon dein Testament abgegeben?", erkundigt sich Ben.

Sie mustert mich mit verrenktem Hals. „Mach keine Scheiße, okay?"

„Hast du gesagt, ich muss die Pistole entsichern, bevor ich sie lade?", frage ich James.

„Fiona! Lass den Scheiß!"

James lächelt die Polizistin an. „Ich passe auf, keine Sorge."

Ich mustere die Teile in der Hand und rekapituliere, was James gemacht hat. Dann schiebe ich beide Patronen ins Magazin, was ein bisschen Fummelei bedeutet, zumindest bei der ersten. Dann schiebe ich das Magazin in den Griff. Als ich nachladen will, dreht James die Waffe so, dass die Mündung zwischen meinen Füßen auf den Boden zeigt. Schließlich nickt er.

„Und jetzt die Patrone herausnehmen, wieder ins Magazin schieben, aber nicht wieder nachladen."

Ich gehorche und gebe die Waffe danach Laura wieder. Sie atmet hörbar durch, während sie die Waffe wegsteckt.

„Keine Verletzte", freut sich Ben.

„Funktionieren alle Pistolen so?", erkundige ich mich, ignoriere den Detective.

„Ganz grundsätzlich ja. Bei vollautomatischen Waffen kannst du den Abzug gedrückt halten, sie schießen, solange Munition im Magazin ist. Es gibt unterschiedliche Nachladesysteme, bei der Glock ist es das Browning-Petter-System. Die Details sind unwichtig, du brauchst sie nicht, um jemanden zu erschießen."

„Hm."

Wir erreichen unser Ziel, das im Geschäftsviertel in West Town, fast in Center Village, liegt. Hier in der Nähe befindet sich auch das Hauptquartier von CSE. Und viele andere Konzernzentralen. Dementsprechend dürften auch die Mieten sein.

Das Bürogebäude, in dem sich die Kanzlei von Dr. Kaltenbach befindet, wirkt dekadent. Der Parkplatz ist auf der Höhe der Straße, aber unter dem Gebäude, das in der Mitte kein Erdgeschoss hat. Der Parkplatz wird bewacht, aber die Polizeimarken von Laura und Ben sind gute Tür- und Schranköffner. Insbesondere mit eingeschaltetem Blaulicht.

Wir fahren mit dem Aufzug in die dritte Etage und treten aus dem Aufzug direkt ins Vorzimmer. Hier werden wir von der Frau in Blau erwartet. Eine schlanke, hochgewachsene, zarte Schönheit mit rotbraunen Haaren, in einem engen, blauen Kleid.

„Guten Tag“, sagt sie mit angenehm weicher Stimme. „Dr. Kaltenbach erwartet Sie bereits. Folgen Sie mir bitte.“

James mustert ihren Hintern in dem wirklich engen Kleid, der um ihre nicht vorhandene Taille auch noch einen Gürtel vorsieht, bis ich ihn mit dem Ellbogen anstoße.

Er sieht mich fragend an.

„Nichts“, erwidere ich. „Lass es.“

„Ich habe nur über Physik nachgedacht.“

„Über Physik?“

Leider kommt er nicht mehr dazu, mir das zu erklären, denn wir treffen nun auf Dr. Samuel Kaltenbach, eine imposante Erscheinung in einem imposanten Büro. Vor allem die sehr, sehr vielen, teilweise furchteinflößend dicken Bücher wirken imposant. Natürlich auch die Massivholzmöbel, obwohl ich die aus dem Büro meines Vaters ebenfalls kenne.

Kaltenbach ist auch schlank und auch hochgewachsen, aber definitiv kleiner als James. Was ja nicht schwer ist. Er trägt seine kurzen, grauen Haare mittig gescheitelt. Ich schätze ihn auf irgendwo zwischen 50 und 60. Sein Rücken ist gerade, als hätte er einen Besenstiel verschluckt. Vielleicht will er aber auch nur nicht, dass sein hellgrauer Boss-Anzug Falten bekommt. Wer weiß schon, was solche Leute denken.

Du bist unfair, Fiona. Als wenn du Leuten wie ihm noch nie begegnet wärst!

Das stimmt natürlich. Und mindestens einen habe ich ja auch ohne seinen Anzug gesehen. Nicht nur gesehen.

Doch das ist eine andere Geschichte.

Kaltenbach kommt uns entgegen und nimmt meine Hand.

„Ich habe inzwischen die Nachrichten gehört, Miss Carter.

Es tut mir unendlich leid, was geschehen ist.“

„Haben Sie die Entführung in Auftrag gegeben?“

Er sieht mich irritiert an, bis Ben sagt: „Das ist ihr spezieller, tiefschwarzer Humor.“

„Wie Kaffee“, füge ich hinzu und fahre schnell fort: „Danke, Mr Kaltenbach.“ Ich hasse Doktortitel und vor allem hasse ich es, wenn jemand damit angibt. Darum weigere ich mich, ihn in der Anrede zu nutzen. „Meine Begleiter sind Laura Holler und Ben Norris von der Polizei, außerdem James Flame. Er … er unterstützt mich.“

Kaltenbach sieht aus, als hätte er seine eigene Meinung darüber, wie James mich unterstützt, womit er ja auch recht hat, aber wieso weiß er das? Dann fällt mir ein, dass er als Rechtsanwalt wahrscheinlich ziemlich viel Übung darin hat, Menschen innerhalb von Sekundenbruchteilen einzuschätzen. Und die Hand von James auf meinem unteren Rücken, nur knapp oberhalb meiner Hüfte, als wir hereinkamen, war eindeutig genug.

Der Mann ist vielleicht gar nicht so übel. Wird schon seinen Grund haben, warum mein Vater ihn ausgewählt hat.

Er deutet auf einen Alu-Koffer, der geöffnet auf seinem Schreibtisch liegt und viel Geld enthält.

„Möchten Sie nachzählen?“

„Ich glaube nicht, dass das nötig ist.“

Sein Blick verrät, dass er mich verstanden hat. Er steigt immer mehr in meiner Achtung. Ich mag es, wenn Leute wissen, was um sie herum passiert.

„Dann benötige ich nur noch Ihre Unterschrift über den Empfang. Hier, bitte.“

Ich nehme den Stift, den er mir reicht, dann überfliege ich kurz das Dokument, das neben dem Koffer liegt. Schließlich setze ich meine kaum leserliche Signatur darunter.

„Vielleicht interessiert es Sie, dass Ihr Vater nur vier Menschen bestimmt hat, die hierzu berechtigt sind", sagt Kaltenbach ruhig. „Einer allerdings nur eingeschränkt. Ihn müssen wir von der Liste nehmen."

Ich erstarre kurz. Klar, Norman war ein Kind, ihm wird mein Vater wohl kaum völlig freie Hand gelassen haben. Um mich abzulenken, überlege ich, wer die vierte Person ist. Ich tippe auf Nicholas. Niemand sonst kennt die Familie so gut.

Schließlich nicke ich. „Danke. Und jetzt habe ich ein Rendezvous mit …" Ich beende den Satz nicht, denn mir liegt das Wort Todgeweihten auf der Zunge. Und das wäre sehr mehrdeutig. Ich selbst denke dabei nicht an meine Eltern, doch das will ich erst recht nicht sagen.

„Das verstehe ich sehr gut, Miss Carter. Ich wünsche Ihnen viel Erfolg und Kraft in diesen schweren Stunden."

„Danke", wiederhole ich, dann nehme ich den Koffer, den James zwischenzeitlich geschlossen hat, und marschiere damit nach draußen.

Erst im Auto traue ich mich, durchzuatmen.

„Er macht nur seinen Job", bemerkt Laura.

„Ich weiß."

„Und er macht ihn gut", ergänzt Ben.

„Auch das weiß ich! Er hat zehn Millionen in der kurzen Zeit besorgt, das ist ein verdammt guter Job! Lasst mich bitte einfach in Ruhe und fahrt mich so nahe an die Central Station heran, wie es nur geht, okay?"

Ben nickt und lässt den Motor an. Zur selben Zeit nimmt James meine linke Hand und drückt sie leicht. Der Koffer steht zwischen meinen Beinen und der Lehne des Beifahrersitzes. Laura und mich trennen nur zehn Millionen.

Bescheuert.

„Wie geht es eigentlich deiner Schusswunde?", erkundigt sich Ben.

„Wie kommst du denn ausgerechnet jetzt darauf?!“ Ich muss mich sehr zusammenreißen, um nicht an den Arm zu fassen. Zum Glück habe ich ein T-Shirt mit relativ langen Ärmeln an. Nein, nicht zum Glück, absichtlich.

„Keine Ahnung“, murmelt Ben. „Nicht so wichtig. Sorry.“

„Meinem Arm geht es gut“, erwidere ich leise und werfe einen flehenden Blick auf James. Dieser erwidert ihn nachdenklich, sagt aber nichts.

„Wir sollten deinen Peilsender überprüfen“, bemerkt Laura nach einer Weile. „Also, beide natürlich.“

Sie greift nach dem Handy und ruft Major Tom an. Sie redet kurz mit ihm, wobei ich gar nicht zuhöre. Ben fährt gerade auf einen Parkplatz, von dem aus die Treppe zur U-Bahn gut zu sehen ist. Hier ist ein Knotenpunkt der gesamten Stadt, die Treppe ist bestimmt 20 Meter breit und befindet sich inmitten eines riesigen Platzes, von dem aus sowohl das Geschäftsviertel als auch die Einkaufsmeile zu Fuß erreichbar sind.

Und es ist viel Verkehr.

Mir wird schlecht.

„Wie spät ist es“, erkundige ich mich und wische ein paar vorwitzige Tränen ab.

„Gleich Viertel vor“, antwortet James nach einem Blick auf die Uhr im Armaturenbrett. Dann zieht er mich an sich und hält mich einfach nur fest. Das tut unglaublich gut.

„Ich liebe dich“, flüstert er. „Und ich glaube an dich. Du schaffst das. Du bist ein unglaublich tapferes Mädchen, und ich habe viele mutige Menschen erlebt. Du gehörst zu den tapfersten und stärksten, die ich kennenlernen durfte. Und du kannst mir glauben, ich meine das wirklich, ich sage das nicht nur, um dich zu trösten. Das ist nicht meine Art.“

„Dem kann ich nur zustimmen“, sagt Ben. „Auch wenn du verrückt bist.“

„Danke“, erwidere ich und wische die nächsten Tränen ab. „Und wieso habe ich dann so eine Scheißangst?“

„Weil du dabei ist, deine Eltern da rauszuholen. Weil es normal ist, in so einer Situation Angst zu haben.“

Ich blicke Ben an. „Klar. Und weil ich weiß, dass diese Arschlöcher scharf darauf sind, mich in die Finger zu kriegen. Aus gutem Grund.“

„Fiona.“ James zwingt mich, ihn anzusehen. „Fiona, ich werde dir nichts vorlügen. Du hast recht. Es kann tatsächlich sein, dass die nächsten Stunden für dich sehr hart werden. Aber denk dann daran, dass ich auf dich warte. In einem Stück, lebend. Wie soll ich dich sonst heiraten?“

„Du willst mich heiraten?!“

Er nickt.

Ich atme tief durch. „Verdammt, James, wir … Okay, wenn ich lebend aus dieser Scheiße rauskomme, will ich den Ring sehen. Sonst mache ich Bungeespringen, ohne Seil.“

„Das ist ja unglaublich“, sagt Laura, während James nur die linke Augenbraue leicht hochzieht. „Die ist wirklich durchgeknallt. Kriegt einen Heiratsantrag und antwortet so was!“

James beachtet sie nicht. „In Ordnung. Du hast mein Wort. Aber nur, wenn du dich darauf konzentrierst, zu überleben. Versprichst du mir das?“

Ich nicke langsam.

„Eigentlich dürften wir sie gar nicht gehen lassen“, bemerkt Ben nachdenklich. „Das ist ja mehr als nur eine Lösegeldübergabe.“

„Fällt dir reichlich spät ein“, erwidere ich.

„Hey, ich stehe auch etwas unter Stress.“

„Schon gut. Hör zu, Ben, die Alternative wäre, dass meine Eltern zerstückelt und getötet werden. Ist aber keine Alternative.“

„Ich weiß. Trotzdem ist das scheiße.“

„Ist es. Und jetzt gehe ich wirklich besser."

James gibt mir einen leichten Kuss, fast schon platonisch, dann steige ich aus, nehme den Koffer und gehe entschlossen auf die Treppe in die Unterwelt zu, da ich überirdisch keine Chance bei dem Verkehr hätte, zur Central Station zu gelangen.

Ich blicke kein einziges Mal zurück.

Um sieben Minuten vor vier klingelt das Handy. Es unterbricht mich in meinen düsteren Gedanken, während ich die Menschenmengen betrachte. Es ist der 28. Juni, ein Samstag, kurz vor vier Uhr nachmittags. Natürlich ist es hier dann voll. Voll mit Einheimischen, voll mit Touristen. Eigentlich sind die ja doof, bei dieser Hitze sollten sie lieber im Hafen oder an der Uferpromenade sein und Eis essen. Was zum Teufel wollen die hier?

Call me ruft an.

„Ja", sage ich müde.

„Du bist pünktlich. Sehr löblich."

„Ich habe mich an die Verabredung gehalten. Ich hoffe, ihr tut das auch und schneidet meiner Mutter keinen weiteren Finger ab."

„Im Moment nicht. Und wenn du weiter brav tust, was ich dir sage, bleibt es dabei."

„Sag mir doch einfach, was ich tun soll."

Ich errege etwas Aufsehen, eine junge Frau mit einem schweren Alu-Koffer. Aber das kann ich nicht ändern. Irgendwie ist es mir auch egal. Ich hoffe nur, dass wirklich jeder Polizist weiß, dass er mich in Ruhe lassen soll.

„Du kannst es anscheinend kaum erwarten, mich wiederzusehen."

„Du bist so ein Idiot."

Er lacht auf, dann sagt er: „Also gut. Geh auf die zweite

Ebene, auf Bahnsteig 7. Dort am entgegengesetzte Ende zur Rolltreppe findest du den Zugang zu einem Wartungsgang. Er ist nicht abgeschlossen. Da gehst du durch."

„Und dann?"

„Das siehst du dann schon." Und legt auf.

Ich seufze und stecke das Handy in die Hosentasche.

Die Central Station ist eine der wenigen U-Bahnstationen, die sich über mehrere Ebenen erstrecken. Einfach weil so viele Züge hier zusammentreffen. Skyline ist schließlich eine riesige Metropole, fast so groß wie New York.

Ich fahre mit der Rolltreppe zwei Etagen tiefer und muss erst suchen, ehe ich Bahnsteig 7 entdecke. Die Bahnsteige sind eine halbe Ebenen tiefer, ich muss über eine weitere Rolltreppe fahren. Als ich unten ankomme, sehe ich die Wartungstür sofort.

Entweder ist der Zug gerade weg oder auf dieser Strecke sind wenige Leute unterwegs, jedenfalls ist der Bahnsteig fast leer. Ich kann in Ruhe zur Tür gehen. Als ich den Knauf packe, muss ich einen leichten Widerstand überwinden, um sie zu öffnen.

Dahinter ist es schummerig, kühl, dreckig. Gefühlt alle zehn Kilometer flackert irgendeine Lampe. Noch kann ich zurück. Theoretisch jedenfalls, denn meine Eltern würden es nicht überleben. Und das wiederum würde ich nicht überleben.

Ich denke an James, atme tief durch und trete ein. Die Tür schlägt hinter mir von selbst zu.

„Da bist du ja!", sagt eine Stimme über mir.

Ich blicke hoch und sehe Brodwich. Er steht neben einer Luke, seine Glatze glänzt. Die Arme sind beide in Gips und in Armschlingen. Er trägt Jeans und ein T-Shirt. Mit weiten Ärmeln.

„Komm hoch", sagt er und nickt jemandem zu.

In der Luke erscheint ein weiteres Gesicht, das ich kenne. Rotblonder Kerl. Einer aus der Kneipe. Der Rotblonde, der versucht hat, mich davon abzuhalten, dass ich mich auf Brodwich stürze.

Nicht gut. Gar nicht gut.

Der Rotblonde lässt eine Leiter hinunter. Während ich nach oben klettere, kämpfe ich gegen meine immer stärker werdende Übelkeit. Und mit dem schweren Koffer.

Endlich komme ich oben an und stelle als Erstes Brodwich den Koffer vor die Füße.

Er nickt. „Ich bin überrascht, dass du es geschafft hast. Andererseits hast du ja bereits bewiesen, dass du etwas auf dem Kasten hast, kleine Schlampe."

Während ich noch überlege, wie ich darauf reagieren sollte, werde ich von zwei Kerlen von hinten gepackt. Sie drehen meine Arme auf den Rücken und der Rotblonde schlägt mit der Faust in meinen Bauch. Wenn ich könnte, würde ich mich nach vorne krümmen, aber die beiden hinter mir halten mich fest.

Der Rotblonde lächelt, dann schlägt er wieder zu. Exakt auf dieselbe Stelle. Da helfen auch meine Bauchmuskeln nicht mehr, das tut einfach nur höllisch weh.

Nach dem dritten Schlag werde ich fast ohnmächtig. Die Jungs lassen mich los, ich falle einfach auf den Boden. Wie durch Watte höre ich, dass die Leiter hochgezogen und die Luke geschlossen wird.

„Macht sie fertig, aber lasst sie am Leben", sagt Brodwich. „Komm, Nick, du trägst den Koffer."

Nick ist der Rotblonde, der mich angrinst, als er den Koffer packt und dann hinter seinem Meister hertrottet.

Unter normalen Umständen würde ich mit den beiden Kerlen, die mir nicht bekannt vorkommen, fertig. Aber Nick weiß genau, wie er zuschlagen muss. Ich kann kaum atmen, geschweige denn mich bewegen. Und das wird nicht besser, bis die beiden mit mir fertig sind. Kein Schlag, kein Tritt verletzt mich ernsthaft, ich blute nirgendwo. Nur Rotz und Spucke bedecken mein Gesicht. Aber ich kann nicht einmal mehr weinen.

Das war es also. Ich liege auf dem kalten, dreckigen Boden, vollkommen diesen Monstern ausgeliefert, vor Schmerz unfähig, mich zu rühren. Wahrscheinlich werden sie mich jetzt einfach erschießen … Obwohl, Brodwich hat gesagt, sie sollen mich am Leben lassen. Wieso? Will er es zu Ende bringen? Oder hat er noch was vor mit mir?

Ich schließe die Augen, da werde ich an den Haaren gepackt und hochgerissen. Mein Schrei ist kaum hörbar. Einer der Kerle legt mich über die Schulter, wir folgen den beiden anderen.

Durch eine Tür gelangen wir auf einen Korridor und gehen an etlichen Stahltüren vorbei. Sieht aus wie in einem Gefängnis. Aber das kann es ja wohl kaum sein. Aber wo sind wir dann? Es muss irgendwo unterirdisch sein, direkt an der Central Station.

Mein Träger bleibt vor einer Tür stehen, sein Kumpel schließt sie auf, dann werde ich hineingeworfen. Flüchtig erkenne ich meine Eltern, die in der Mitte auf zwei Stühlen sitzen, Rücken an Rücken. Meine Mutter blickt zur Tür.

Beim Auftreffen knallt mein Kopf gegen die Fliesenboden, dadurch höre und sehe ich eine Weile lang nichts. Wie lange dieser Zustand anhält, weiß ich nicht. Jedenfalls erkenne ich irgendwann die Stimme meiner Mutter.

Ich drehe mich mühsam auf den Rücken und starre die weiße Decke an.

„Fiona! Sag doch was!“

Ich befeuchte meine Lippen. „Hi, Mama …“

„Was ist passiert? Bist du verletzt? Haben sie dir wehgetan? …“

„Mir geht es gut“, erwidere ich und setze mich vorsichtig auf. Die Bauchmuskeln widersprechen mir heftig, aber das ignoriere ich.

Ich sehe meine Eltern an. Ihre Füße sind an die Stühle

gefesselt, die vom Bett abgesehen die einzigen Möbeln in diesem Raum bilden. Eine Gefängniszelle, tatsächlich. Selbst die Kloschüsseln und die Waschbecken sind noch da. Allerdings keine Fenster. Mir fällt ein, dass wir ja unterirdisch sind. Von einem unterirdischen Gefängnis habe ich allerdings noch nie was gehört. Was sagen die Menschenrechtler denn dazu? Wobei, dieses Gefängnis scheint nicht mehr im regulären Betrieb zu sein, vielleicht sogar deswegen.

„Dir geht es ganz bestimmt nicht gut!", sagt meine Mutter.

Ich mustere sie genauer. Anscheinend sind diese Entführer Menschenfreunde, denn sie haben ihr den kleinen und den Ringfinger der linken Hand und den kleinen Finger der rechten Hand abgeschnitten. Und außerdem bedeutet es, dass sie meine Eltern nicht töten wollen. Wenigstens ein Lichtblick.

Was sie mit mir vorhaben, steht auf einem anderen Blatt.

„Ich habe den Leuten ihr Taschengeld gebracht", erwidere ich und versuche, dabei möglichst flach zu atmen. Ohne dass es zu sehr auffällt. „Jetzt gehen wir nach Hause und danach irgendwo schick essen."

Jemand klatscht in die Hände, ich bemerke jetzt erst, dass Brodwich in der immer noch offenen Tür steht. Es sieht ziemlich grotesk aus, wie er mit eingegipsten Armen klatscht.

„Du hast Fantasie, kleine Schlampe", sagt er dann.

„Wieso nennst du mich eigentlich Schlampe, du Arschloch?" Ich erhebe mich stöhnend. Ich glaube, mein gesamter Körper ist blau angelaufen.

„In den Hotpants sahst du auf jeden Fall aus wie eine. Und ich glaube, du bist eine. Hat Norman zumindest gesagt."

„Lass Norman aus dem Spiel!" Die Wut flutet mich mit Adrenalin, das ist gut. Oder auch nicht, denn was will ich gegen ihn tun? Er allein wäre ja kein Problem, aber hinter ihm sehe ich den rotblonden Nick. Und noch einen Kerl, der vorher nicht dabei war. Riesig, noch größer als James, wahrscheinlich, sehr breitschultrig, muskulös, was dank seines Netzshirts gut zu erkennen ist. Die Haare so kurz, dass er seinen Kopf auch als Klobürste benutzen könnte. Und sein Gesicht sieht aus wie ein Fernseher, zumindest so quadratisch oder wenigstens rechteckig. Ich mag ihn jetzt schon nicht.

„Sonst was? Ich glaube, du lebst echt in einer Fantasiewelt, wenn du noch nicht mitbekommen hast, dass du dich nicht in der Situation befindest, Forderungen zu stellen."

„Aber ich habe getan, was ihr wolltet. Jetzt lasst meine Eltern gehen! Ihr habt ja mich!"

„Das ist wohl wahr, wir haben dich. Doch deine Eltern müssen noch für eine Weile unsere Gastfreundschaft ertragen."

„Was?!" Gleichzeitig setze ich mich in Bewegung, und es ist mir grad vollkommen egal, welche Konsequenzen das hat.

Brodwich springt zurück und gibt damit den Weg für Nick und den Riesen frei. Nick hat einen Stock, ich habe Schmerzen und Muskeln, die sich weigern, mir zu gehorchen. Das Ergebnis ist ein déjà-vu, ich lande mal wieder auf dem Boden. Vermutlich bin ich sogar bewusstlos, denn ich kann mich nicht erinnern, wann ich mich auf den Bauch gedreht habe.

Außerdem sind die Fliesen blutbesprenkelt. Es dürfte mein Blut sein, irgendwie fühlt es sich um meinem Mund herum so an. Meine Nase tut auch weh. Ach ja, der Stock. Der hat gewonnen.

Jemand weint leise. Das dürfte meine Mutter sein.

Ich will mich aufrichten, dabei stelle ich fest, dass ich meine Hände nicht bewegen kann. Zumindest nicht wie gewohnt. Als Nächstes stelle ich fest, dass sie auf meinem Rücken gefesselt sind.

Das ist was ganz Neues, das hatte ich noch nie. Prügeleien, blutige Schnauze, Schmerzen, all das habe ich schon mal erlebt, wenn auch nicht oft. Aber Hände auf dem Rücken gefesselt, das ist eine neue Erfahrung. Auf die ich gerne verzichtet hätte.

„Du bist also wieder wach“, höre ich eine mir unbekannte Stimme. Tief und männlich. Möglicherweise der Riese.

Dann greift eine Hand in meine kurzen Haare, ein bisschen Kopfhaut ist vielleicht auch dabei, und zieht mich hoch.

Ich schreie auf, das tut wirklich weh.

„Nein, tun Sie das bitte nicht!“, ruft meine Mutter.

„Sei still, sonst lasse ich dich knebeln! Klar?“ Der Verursacher meiner Schmerzen sieht mich neugierig an. Es ist wirklich der Riese. Dann schleift er mich zur Wand, drückt mich mit dem Rücken dagegen, packt meinen Hals und schiebt mich so weit hoch, dass ich gerade eben mit den Fußspitzen den Boden erreiche.

Weniger schmerzhaft als soeben noch, aber nicht wirklich bequem.

„Ich stehe nicht so auf BDSM“, sage ich keuchend, da es schwierig ist, normal zu atmen, wenn einem so die Luft abgedrückt wird.

„Echt jetzt?“ Er grinst. „Warum hast du das nicht früher gesagt?“

„Allerdings, wenn ich mehr darüber nachdenke, habe ich vielleicht eine sadistische Veranlagung. Was hältst du davon, wenn ich dir den Fuß in den Arsch schiebe? Kommst du dann?“

„Fiona!“, schreit meine Mutter auf.

Der Kerl grinst immer noch. Dann gibt er mir ansatzlos eine Ohrfeige mit der freien Hand. Verfluchte Scheiße, wenn das schon so schmerzhaft ist, was passiert erst, wenn er ausholt?

Ich befühle mit der Zunge meinen aufgesprungenen Mundwinkel und versuche herauszufinden, ob er mir irgendwelche Knochen gebrochen hat.

„Eigentlich finde ich deinen Mut gar nicht so schlecht, Mädchen“, sagt er. „Aber leider mag dich Brodwich nicht. Er ist der Meinung, du wärst gefährlich. Wenn ich mir seine Arme ansehe, könnte ich ihm sogar zustimmen. Wenn ich mir dich jetzt ansehe, dann eher nicht.“

„Ich bin momentan nicht in Topform“, erwidere ich. „Sozusagen nicht auf der Höhe, obwohl du dir ja echt Mühe gibst.“

Er grinst schon wieder, dann hebt er mich mühelos mit einer Hand höher, sodass ich jegliche Bodenhaftung verliere. Er hält mich so, dass ich noch atmen kann, zumindest halbwegs, aber es ist trotzdem nicht angenehm. Außerdem drückt er auf diese Weise von unten gegen das Zungenbein, das verursacht Brechreiz.

„Wenn … wenn du so weitermachst … kotze ich dich an … Sogar unfreiwillig …“

„Kotz einfach in die andere Richtung, sonst stopfe ich dir dein Höschen in den Mund.“

„Du stehst wirklich auf seltsame Sexspiele … Wie heißt du überhaupt?“

„Nenn mich Terminator.“

Das passt ja irgendwie. Ich schließe kurz die Augen und drücke den Brechreiz weg.

„Hör zu, Mädchen. Ich stell dich wieder hin und du telefonierst. Ansonsten machst du gar nichts. Sonst wird Nick, der Rotschopf da, deine Mutter so bearbeiten, wie er vorhin dich bearbeitet hast. Möchtest du das?“

„Nein …“

„Wirst du brav sein?“

„Ja …“

„Gut.“ Er stellt mich ab und ich atme tief durch. Dass es so schön sein kann, auf eigenen Füßen zu stehen …

Einer der beiden Kerle, die mich vorhin abschließend noch bearbeitet haben, kommt jetzt mit einem Handy.

„Nummer?“, fragt er.

„666.“

Und die nächste Ohrfeige, diesmal von der anderen Seite.

„Letzte Warnung. Noch so ein Spruch, und Nick beschäftigt sich mit deiner Mutter.“ Zur Bekräftigung seines Willens tritt Nick zu meiner Mutter und packt die beiden nicht mehr vorhandenen Finger der linken Hand. Meine Mutter schreit unmenschlich auf.

„Hört auf!“, schreie ich. „Hört bitte auf!“

„Bist du jetzt wirklich brav?“, erkundigt sich Terminator.

„Ja, verdammt, ja!“

„Okay. Also, die Nummer?“

„Ihr müsst mir schon sagen, wen ihr überhaupt sprechen wollt“, erwidere ich schluchzend.

„Deine Bullenfreunde, wen denn sonst?“

„Ich kenne deren Telefonnummer doch nicht auswendig, verdammt nochmal!“

„Das ist schlecht.“

„Warte, warte! Ich könnte zu Hause anrufen, sie sind bestimmt noch da!“

„Okay. Mach das.“

Ich nenne unsere Festnetznummer und der Kerl mit dem Handy tippt sie ein. Dann hält er mir das Telefon ans Ohr.

„Bei Carter, Leslie am Apparat.“

„Leslie, ich bin es! Hör zu, ich habe keine Zeit. Gib mir bitte so schnell wie möglich Major Tom!“

„Wen?“

„Halliway! Gib mir Halliway.“

„Moment.“ Ich höre leise Stimmen, dann die markante Stimme des Majors: „Tom Halliway.“

„Hallo, Major. Ich bin jetzt bei meinen Eltern. Ihnen geht es den Umständen entsprechend gut.“

„Und Ihnen?“

Ich antworte nicht. Der Kerl nimmt das Telefon und stellt auf Lautsprecher.

„Jetzt hören alle mit“, sage ich.

„Okay“, erwidert der Major ruhig. „Um was geht es?“

Nick hält einen Zettel hoch.

„Sie wollen ein Flugzeug. In einer Stunde, vollgetankt. Eine Boeing.“

„Okay. Sportlich, aber machbar. Ich nehme an, Sie fahren mit zum Flughafen?“

Ich gebe keine Antwort, sondern starre den nächsten Zettel an.

„Und Rollo? Wieso? Ich verstehe nicht …“

„Rollo haben wir vor einer Stunde verhaftet, als er versucht hat, sich davonzuschleichen“, erklärt der Major.

„Was? Sind Sie denn wahnsinnig?“

„Fiona, was wollen die Entführer noch?“

Ich atme tief durch und konzentriere mich wieder auf den Zettel von Nick.

„Rollo soll auch auf dem Flughafen sein. Als freier Mann, in einer Stunde.“

„Okay, ich kläre das. Wann werden Sie freigelassen …?“

Der Kerl mit dem Telefon legt auf.

„Was soll das? Die Frage ist ja wohl berechtigt!“

„Ist sie“, nickt der Terminator. „Alles zu seiner Zeit. Nick, mach ihre Eltern los. Einer von euch bleibt hier, wenn sie versuchen, Fiona zu befreien, werden sie wieder gefesselt.“

Er mustert mich, während Nick gehorcht. Dann verabschiedet er sich mit einem Schlag in meinen Magen.

Während ich nach Luft schnappend auf den Boden sinke, verlassen die bösen Jungs die Zelle und kommen meine Eltern zu mir gerannt. Mehr oder weniger. Sie sind körperlich auch nicht ganz fit.

Meine Mutter drückt mich an sich, und ich kämpfe gegen die Panik an, mein Zwerchfell könnte gerissen sein, denn es fällt mir immer noch verdammt schwer zu atmen. Doch dann wird es langsam besser, die Schmerzen lassen nach.

„Fiona … Kind … Warum provozierst du ihn auch noch?“

Ich befreie mich sanft aus ihrer Umarmung und lehne mich mit dem Rücken gegen die Wand. Meine Mutter kauert vor mir, mein Vater hockt daneben.

„Es ist egal, ob ich ihn provoziere oder nicht“, erwidere ich dann.

„Ist es nicht! Dann würden sie dir nicht wehtun!“

„Mama, als ich angekommen bin, haben sie mich durchgeprügelt, ohne dass ich etwas getan hätte. Einfach nur, weil ich es bin. Die paar Schläge zusätzlich sind egal.“

Sie bedeckt das Gesicht mit den Händen und weint.

„Warum haben sie dich denn verprügelt?“, erkundigt sich mein Vater. „Warst du das mit den Gipsarmen?“

Ich nicke und konzentriere mich auf meine Atmung. Allmählich wird der Schmerz erträglich.

„Und das Geld?“

„Vom Notfallkontakt. Ich habe Monica angerufen und sie gab mir die Nummer von Kaltenbach.“

„Gut. Ich habe gehofft, dass du daran denkst.“

„Manchmal klappt es sogar mit dem Denken bei mir“, erwidere ich und stöhne leise auf.

Meine Mutter hebt den Kopf. „Kind! Wie kannst du das sagen? Wieso hast du dich in diese Gefahr gebracht? Diese Menschen hassen dich!“

„Oh ja, das glaube ich auch.“ Ich erhebe mich vorsichtig und wanke zu den Stühlen. Meine Eltern folgen mir, dabei wird meine Mutter von meinem Vater gestützt.

„Sie haben mit der Ermordung Normans zu tun, nicht wahr?“

„Das Arschloch mit den Gipsarmen ist der Besitzer des Wagens. Aber er scheint nicht gefahren zu sein.“

„Und dieser Rollo?“

„Wir glauben, dass er der Kopf der Bande ist.“

Ich lasse mich stöhnend auf das Bett sinken.

„Ich verstehe nicht, warum sie uns entführt haben“, sagt meine Mutter weinerlich.

„Wir vermuten, dass sie mich haben wollten, aber ich war über Nacht nicht zu Hause. Sie haben auch meine Beschützer schwerverletzt.“

„Was ist mit Nicholas?“, erkundigt sich mein Vater.

„Er wird durchkommen.“

„Gott sei Dank!“

Während meine Mutter in sich zusammengesunken auf einem der Stühle sitzt, betrachtet mich mein Vater nachdenklich.

„Was haben sie mit uns vor, was meinst du?“

„Ich gehe davon aus, dass sie euch freilassen werden, sobald sie euch nicht mehr brauchen.“

„Und dich?“

Ich zucke die Achseln.

Meine Mutter starrt mich an, mein Vater wendet sich ab. Trotzdem sehe ich, dass seine Augen glänzen. Nanu?

„Sie müssen dich auch freilassen!“, ruft meine Mutter.

„Wir werden sehen. Mama, sie machen mich dafür verantwortlich, dass sie aufgeflogen sind. In gewisser Weise stimmt das sogar. Ich glaube, sie sind ziemlich sauer auf mich.“

„Dann sollen sie dich bestrafen, aber am Leben lassen!“

„Herzlichen Dank auch.“ Aber ich muss grinsen.

„So meinte ich das doch nicht!“

„Weiß ich ja. Ich fürchte nur, so leicht wird es für mich nicht. Aber ich wusste ja, worauf ich mich einlasse.“

„Dir war das klar, als du hergekommen bist?“, fragt mein

Vater ruhig.

„Ja.“ Ich überlege kurz, ob ich ihnen das mit James auch erzählen soll, lasse es aber lieber. Vorerst jedenfalls.

„Aber die Polizei muss doch etwas tun können! Sind sie überhaupt da?“

„Sogar Onkel Steve war kurz da. Und eine Spezialeinheit.“

„Major Tom?“, erkundigt sich mein Vater.

„Ja, genau.“

„Sie werden nichts tun, solange sich noch eine Geisel bei diesen Verbrechern befindet“, stellt mein Vater fest. „Und wenn sie dich behalten, bis sie außer Landes sind, kommen sie davon.“

„Vermutlich darf ich während des Fluges aussteigen. Natürlich ohne Fallschirm.“

Weder meine Mutter noch mein Vater sagen etwas. Sie weint leise, mein Vater stiert vor sich hin. Ich lege mich vorsichtig hin und schließe die Augen.

Ich habe eine Scheißangst.

Ich betrachte meine Mutter. Die Schmerzen am Kopf ignoriere ich. Zumindest versuche ich es. Nach dem Anruf von Major Tom, dass das Flugzeug bereit steht, sind wir aufgebrochen.

Der Terminator war reingekommen und hatte befohlen, dass mein Vater gefesselt wird. Die Hände vorne, mit einem Kabelbinder, genau wie meine. Dann zog er mich an den Haaren hoch.

„Das tut weh!“

„Ich weiß. Aber deinetwegen befinden uns überhaupt erst in dieser Lage, du kleine Schlampe.“

„Arschloch! Fick dich!“

Er lächelte mich an, dann packte er mit der freien Hand meine rechte Brust unter dem T-Shirt.

„Weißt du, was mit Schlampen passiert?“

Statt einer Antwort spuckte ich ihm ins Gesicht. Meine

Mutter schrie auf, ich dann auch, als er mir eine Ohrfeige mit dem Handrücken verpasste. Dann marschierte er los, und da ich kaum was sehen konnte, geschweige denn auf den Beinen stehen, zog er mich einfach hinter sich her.

Irgendwann kamen wir an einem Van an, dessen Tür er öffnete und mich hinein stieß. Dass dabei mein Kopf unsanfte Bekanntschaft mit dem Boden machte, bemerkte ich kaum, so süß war das Nachlassen des Schmerzes an meinen Haaren.

„Setz dich in die Ecke!", befahl er.

Ich richtete mich auf.

„Was passiert mit den Kindern?"

„Sie verrotten in den Zellen", erwiderte er achselzuckend. „Und jetzt halt das Maul, sonst sorge ich dafür."

Er ließ auch meine Eltern einsteigen, während ich heulend in die Ecke kroch. Die Schmerzen und die Nachricht über die Kinder waren zu viel. Ich drückte mich gegen die Wände des Vans. Meine Mutter saß neben mir und hielt mich in den Armen, daneben mein Vater. Dann stiegen noch einige der Kerle ein, unter anderem Nick und der Terminator, danach ging es los.

Und nun sitze ich hier und schaue meine Mutter von der Seite an. Sie steht eindeutig unter Schock. Vorhin war sie im Muttermodus, als sie mich getröstet hat, doch inzwischen ist ihr bewusst geworden, dass wir zum Flughafen fahren und sie möglicherweise bald das Land verlassen wird.

Verdammte Scheiße.

Ich betaste die Stelle, wo die Halskette hing. Vermutlich habe ich sie verloren, als Terminator mich über den Boden geschleift hat. Nun, dann bekommen meine Freunde zwei widersprüchliche Signale. Ich kann nur hoffen, dass sie es richtig deuten und das Gefängnis suchen. Falls sie überhaupt wissen, dass es dort eins gibt. Und dass dort etwas ist, weswegen sie hin müssen.

„Familienschmuck?", erkundigt sich Nick grinsend.

„Was ist damit? Willst du ihn loswerden?“

Er lacht kurz auf. Ich wende mich ab und lehne den Kopf gegen die Wand. Zwar spüre ich so jede Bodenwelle, aber das ist mir egal.

Nach einer gefühlten Ewigkeit halten wir an. Der Fahrer spricht mit jemandem. Da der Gepäckraum des Wagens keine Fenster hat, habe ich keine Ahnung wo wir sind. Das heißt, ich ahne, dass wir am Flughafen angekommen sind.

Bye, bye, Skyline. Bye, bye, Newope. Bye, bye, Leben?

Ich atme tief durch.

Meine Handgelenke tun weh, die Kabelbinder haben die Haut durchgescheuert.

Dann hält der Wagen ruckartig an, die Tür wird aufgerissen. Zuerst steigen einige der Kerle aus, dann wir, dann der Rest. In der frühen Abendsonne dieses herrlichen Junitages gehen wir die Treppe hoch und ins Flugzeug. Jemand schließt die Tür.

„Die Alten setzen sich da hin!“, befiehlt der Terminator. Meine Eltern werden nebeneinander gesetzt, in der rechten Sitzreihe von der Tür aus gesehen. Meine Mutter bekommt einen Fensterplatz.

Vom Cockpit aus kommt Rollo an.

„Sieh einer an“, sagt er strahlend. „Meine süße Muschi ist ja auch dabei!“

Damit meint er eindeutig mich. Er packt mein Kinn, meine Versuche, mich ihm zu entwinden, sind zum Scheitern verurteilt. Lachend packt er zwischen meine Beine.

„Wir werden sicher noch viel Spaß miteinander haben, Süße! Doch jetzt noch nicht. Aber ihr könnt sie ja schon mal einreiten. Komm, Charlie, ich wollte schon immer im Cockpit dabei sein, wenn ein Flugzeug startet!“

Ich erstarre. Das kann er unmöglich ernst gemeint haben. Entsetzt sehe ich den Terminator an, doch der lacht. Das holt mich aus meiner Erstarrung und ich trete nach dem nächstbesten Kerl. Ihn treffe ich zwar im Gesicht, aber ich bin entsetzlich langsam. Im nächsten Moment fegt mich ein Schlag von irgendwoher von den Beinen, jemand packt mich an den Haaren und zieht mich zwischen die rechte und mittlere Sitzreihe. Höchstens zwei Meter weiter hinten sitzen meine Eltern, ich höre meine Mutter schreien und meinen Vater fluchen. Dann Schläge und Ruhe.

Ich will mich aufsetzen, von hinten packt jemand wieder meine Haare und zieht meinen Kopf ruckartig nach unten. Das macht mich benommen, trotz des Teppichbodens. Finger schließen sich um meinen Hals, über mir sehe ich das lachende Gesicht von Nick.

„Schlampe!", sagt er.

Andere Hände halten meine Beine fest, ziehen mir die Schuhe und die Socken aus, trotz meiner erbitterten, aber unkoordinierten Gegenwehr. Diese erlahmt, als sich einer auf meinen Bauch kniet und mir zwei Ohrfeigen verpasst. Ich spüre den Geschmack von Blut, mal wieder. Der Schmerz ist bestialisch, meine Bauchmuskeln protestieren heftig gegen die erneute Misshandlung. Praktisch wehrlos muss ich zulassen, dass mir die Hose und der Schlüpfer ausgezogen werden. Dann wird das T-Shirt aufgeschnitten, der BH entzwei gerissen, da meine Hände ja gefesselt sind. Und schließlich kauern sich zwei Kerle rechts und links auf die Sitze und halten meine Fußknöchel fest. Ich liege praktisch wie auf einem Gyno-Stuhl.

Und erstarre.

„Sie hat ihre Tage", bemerkt Nick und beugt sich von hinten über mich, um den Tampon herauszuziehen. Dann betrachtet er ihn interessiert. „Erstaunlich unblutig. Dafür technisch."

„Was redest du da für einen Schwachsinn?", fragt der Terminator und nimmt das Ding. „Tatsächlich, das ist ein sehr technischer Tampon. Ich tippe auf einen Peilsender. Das heißt, das war einer."

Er wirft ihn auf den Boden und tritt mit dem Absatz darauf. Da er dicke Schnürstiefel trägt, hat der Sender sofort ausgedient.

„Und jetzt zu dir", sagt er, zwischen meine Beine tretend. „Du bist eine attraktive Schlampe. Solltest mal darüber nachdenken, dass es deinen Marktwert steigert, wenn du dich rasierst" Mit der Stiefelspitze berührt er meinen Unterleib.

Ich zwinge mich, meinen rasenden Atem zu verlangsamen. Am liebsten würde ich laut schreien und heulen, aber diese Genugtuung bekommen sie nicht von mir.

„Erstick an meinen Haaren!", erwidere ich.

„Oh, die Gefahr besteht nicht. Ich habe nicht vor, so ein Mädchenzeug zu machen. Ich besorge es dir wie ein richtiger Mann. Hiermit." Er packt seinen Schwanz aus und mir wird fast schlecht. Nicht wegen mir, ich schaffe ihn. Ich hatte wahrscheinlich schon jeden Schwanz zwischen 5 und 30 cm. Aber mir ist klar, dass er auch in den Filmen mitgespielt haben wird.

„Ist er dir zu groß?", erkundigt sich Terminator, dem meine Reaktion nicht entgangen sein dürfte.

„Ganz sicher nicht. Meinst du, du kriegst ihn überhaupt hoch?"

„Hm", erwidert er und spielt mit seinem steifen Schwanz. „Mal sehen, wie lange du so cool bleibst. Du hast ja auch eine hübsche Mutter."

Ich vermeide es, nach meinen Eltern zusehen, und kann nur hoffen, dass mein Vater meine Mutter daran hindert, zuzuschauen. Wie er das überhaupt verkraftet, kann ich mir auch nicht vorstellen. Genauso wenig, wie ich es verkraften werde. Nicht einmal das Physische ist es, was mir Sorgen macht, ich bin ja keine Jungfrau mehr. Aber schon allein so hier zu liegen, die Beine weit auseinander, nackt, von den Arschlöchern angestarrt zu werden, bereits das geht fast über meine Kräfte.

Terminator geht auf die Knie und hält mir seine offene Hand hin.

„Leck sie!"

Ich weiß, warum. Aber lieber ertrage ich die Schmerzen, als seine Hand mit der Zunge zu berühren. Also verneine ich kopfschüttelnd.

„Wie du willst!", erwidert er achselzuckend.

Er spuckt in seine Hand, verteilt es auf seinem Schwanz, dann stützt er sich mit einem Arm neben mir ab, während er mit der anderen Hand seinen Schwanz einführt.

Das tut selbst so weh.

Ich beiße die Zähne zusammen, sonst kotze ich. Weine ich. Heule ich. Wegen der Hand um meinem Hals habe ich eh schon Brechreiz, das wird jetzt nicht besser.

Terminator beobachtet mich, während er mich wortwörtlich rammt. Ich erwidere den Blick. Gerne würde ich dabei auch noch lächeln, doch das schaffe ich nicht. Aber zumindest kann ich den Blick erwidern.

„Du bist wenigstens eine mutige Schlampe. Eine wilde."

„Brauchst du immer so lange?"

„Hättest es wohl gerne schnell hinter dir, was? Aber keine Sorge, da warten noch einige darauf, zu ihrem Vergnügen zu kommen."

Das weiß ich. Und mir ist klar, ich werde irgendwann zusammenbrechen. Mit jedem Male wird es schmerzhafter, selbst wenn die anderen wahrscheinlich kleiner gebaut sind. Und noch schlimmer wird mit jedem Mal der seelische Schmerz werden.

Ich, ausgerechnet ich, werde vergewaltigt! Ich, die selbst einen Greg in seine Schranken verwiesen hat, als er dasselbe versucht hat, sodass er vermutlich tagelang nicht schmerzfrei pinkeln konnte.Und jetzt liege ich hier, weit geöffnet, angegafft von diesen geifernden Arschlöchern, während ihr Chef so heftig rammelt, dass ich befürchten muss, dass meine Leisten nicht durchhalten.

Doch dann kommt er endlich. Mit geschlossenen Augen drückt er sein Gesicht gegen meins, sodass ich seine Luft einatmen muss, sodass ich ihn deutlich riechen kann, deutlich hören … Eine unglaublich intime Berührung im Moment seiner Wehrlosigkeit.

Ich sollte ihm die Nase abbeißen.

Doch der Gedanke kommt mir zu spät, er richtet sich lächelnd auf, packt seinen Schwanz ein und deutet auf mich: „Der Nächste bitte!"

„Ich bin dran!", ruft Nick. „Halte du sie fest!"

Sie tauschen, die riesige Pranke des Terminators umschließt meinen Hals, während Nick hastig seinen Schwanz rausholt, sich auf mich legt und ohne Umschweife loslegt. Trocken oder nicht, so was interessiert ihn gar nicht erst.

Nach ihm kommt ein Braunhaariger in dunkelblauem Hemd. Er hat einen relativ kurzen und gebogenen Schwanz. Beim Rammeln hechelt er wie ein Hund. Komisch, Hunde mag ich eigentlich. Trotzdem erinnert der Kerl mich an einen. Er heißt Clark, mit dem Namen wird er angefeuert.

Den nächsten kann ich nicht erkennen, die Tränen schießen unaufhaltsam aus meinen Augen, und ich höre auch fast nichts, bis auf mein Keuchen und Stöhnen und Wimmern.

„Das ist unfair, so macht das gar keinen Spaß!", ruft der Kerl. „Will noch jemand?"

Die Antwort kriege ich nicht mit, denn jemand kommt angerannt, ich glaube, aus dem Cockpit, und teilt mit, dass wir eigentlich starten wollen, aber es gibt anscheinend Ärger.

Ich werde losgelassen, höre, wie der Terminator Clark den Befehl gibt, auf uns aufzupassen, dann wird es still.

Meine Augen brennen. Mehr als mein Unterleib. Da unten ist der Schmerz irgendwie diffus. Es tut außen weh, die Leisten, der untere Bauch, alles, und es tut drinnen weh. Nicht klar abgrenzbar. Anders die Augen. Sie brennen von den Tränen. Und in der Nase habe ich meine eigene Rotze, glaube ich. Das ist beschissen unangenehm. Ich ziehe hoch und spucke alles auf den Boden.

„Hey, was machst du da?" Das ist Clarks Stimme. Aber er schaut nicht einmal in meine Richtung, denn aus dem Cockpit kommt Lärm, unter anderem auch Geschrei. Gut für mich, denn jetzt beginnt ein schwieriger Teil. Mit den Händen auf dem Rücken habe ich nicht die geringste Chance, ich muss irgendwie an eine Pistole kommen.

Ich drehe mich auf den Rücken und ziehe die geschlossenen Knie an, so weit es geht. Die geschundenen Bauchmuskeln schreien unhörbar, aber ich ignoriere es. Mit zusammengebissenen Zähnen zerre ich die Hände an meinem Hintern entlang nach vorne, dann strecke ich die Beine nach hinten aus und schaffe es mit etwas Mühe, die Hände an den Füßen vorbeizuzwängen.

Ballett und Kampfkunst machen sich gerade so was von bezahlt. Ich weiß, dass es Menschen gibt, die in der Lage sind, ihre gefesselten Arme über die Schultern nach vorne zu drehen. Ich nicht, zumindest nicht, ohne die Schultern auszukugeln. Das wäre jetzt nicht so gut.

Ich gönne mir den Luxus, ein paarmal durchzuatmen. Dabei bemerke ich, wie ich von meinem Vater beobachtet werde. Ich lege die Zeigefinger auf meine Lippen. Er nickt.

Dann drehe ich mich auf die Seite und schließlich auf den Bauch, So kann ich mich hochdrücken und auf allen vieren stehen.

Es tut immer noch verdammt weh.

Ich schließe kurz die Augen, um die beschissenen Schmerzen

zu unterdrücken, drehe mich um und robbe möglichst lautlos auf Clark zu. Er starrt in Richtung Cockpit. Viel dürfte er nicht sehen, wir sind in einer 747, da kommen erst die Toiletten und die Küche. Zwischen den beiden Durchgängen befindet sich der Monitor, jetzt natürlich schwarz. Hoffentlich sieht er mich darin nicht spiegeln.

Als ich ihn fast berühren könnte, richte ich mich langsam auf.

Von hinten kommt ein unterdrückter Laut. Ich tippe auf meine Mutter, aber ganz genau weiß ich es nicht.

Clark dreht sich um und starrt mich an.

Ich erhole mich schneller von der Überraschung. Mit den Fingerknöcheln schlage ich gegen seine Kehle, damit er nicht schreien kann, dann springe ich auf ihn zu, reiße das Knie dabei hoch und ramme es zwischen seine Beine. Ich spüre, wie etwas kaputt geht und würde am liebsten weinen vor Freude. Aber dafür fehlt mir die Zeit. Er krümmt sich nach vorne, seine Pistole fällt mit einem leicht gedämpften Laut auf den Boden. Wenn sich jetzt ein Schuss gelöst hätte! Ich hole wütend aus, die rechte Hand zur Faust geballt, die linke gestreckt, um mir die Finger nicht zu brechen, und schlage mit aller Kraft gegen das Genick des Arschlochs.

Er fällt in sich zusammen und zuckt nicht einmal. Ich glaube, ich habe ihm alles gebrochen, was ich ihm brechen konnte. Wozu habe ich schon Ziegelsteine mit den bloßen Händen zertrümmert? Gehörte ja zu den Prüfungen. Da kann so ein Genick halt nicht mithalten.

Ich bücke mich nach der Pistole. So, wie meine Hände gefesselt sind, kann ich sie nicht überprüfen. Jedenfalls ist es keine Glock, und sie scheint entsichert zu sein. Puh. Ob diese auch 15 Kugeln enthält? Eigentlich egal, etwas anderes habe ich nicht.

Ich schaue zu meinen Eltern und deute ihnen an, dass sie in Deckung gehen sollen. Mein Vater versteht und zieht meine

Mutter nach unten, zwischen die Sitze.

Dann höre ich hinter mir ein Geräusch und fahre herum. Aus Richtung der Küche kommt einer, vielleicht der, wer mich zuletzt vergewaltigt hat. So oder so, er muss jetzt sterben. Dank seiner Überraschung, mich zu sehen, bin ich schneller. Nur mit dem Leisesein, damit ist es jetzt vorbei, aber das war ja zu erwarten.

Ich schieße zweimal. Die erste Kugel trifft deutlich sichtbar sein Gesicht und richtet durchaus Schaden an. Sicherheitshalber schieße ich auch noch in seinen Oberkörper.

Während des Umfallens schießt er auch, vielleicht reflexartig, und er trifft nichts Wichtiges, aber mir wird klar, dass ich ungünstig stehe. Jede mir gedachte Kugel könnte meine Eltern treffen.

Ich gehe also nach rechts, dabei frage ich mich, wie viele Gegner ich eigentlich habe. Rollo, Brodwich, Nick und der Terminator sind vier. Clark und der Vierte, sind sechs. Zwei hielten meine Füße fest, sind acht. Und da waren noch mehr, mindestens drei weitere. Also sind es wahrscheinlich elf oder mehr. Zwei von ihnen sind tot. Also noch mindestens neun.

Das ist suboptimal.

Aus der Küche kommt jemand gerannt und schießt in meine Richtung. Die Kugel verfehlt mich und trifft die Außenwand. In der Luft wäre das doof, glaube ich. Ich schieße zurück und treffe seine Schulter, was ihn herumreißt. Eine zweite Kugel erwischt seinen Kopf, die Wucht lässt ihn gegen die Tür prallen, an der er hinunterrutscht, eine blutige Spur hinterlassend.

Vier Kugeln weg, drei tot.

Das ist mehr als nur suboptimal, verdammte Scheiße.

Von vorne höre ich Lärm, aber von hinten auch.

Was zum …?!

Ich sehe aus dem Augenwinkel die Bewegung und fahre herum. Diesmal kommt einer auf meiner Seite angerannt und schießt. Ich schieße auch. Etwas trifft meine Brust, und während ich mich um die eigene Achse drehe, dabei die Pistole verliere, sehe ich, dass der andere nur noch ein halbes Gesicht hat. Es geschieht alles wie in Zeitlupe.

Ich falle gegen die linke Sitzreihe, stoße mir den Kopf an einer Rückenlehne, pralle ab und lande hart auf dem Rücken. Der Boden ist mit hellgrauem Teppich ausgelegt, das weiß ich, aber ihn schon wieder im Rücken zu spüren, gefällt mir nicht.

Noch weniger gefällt es mir, dass ich offenbar getroffen wurde. Irgendwo links, in der Brustgegend. Dort, wo auch das Herz in etwa ist.

Ganz, ganz große, verdammte Scheiße.

Heute ist echt nicht mein Tag. Erst werde ich verprügelt, dann vergewaltigt, und jetzt auch noch erschossen. Muss das alles an einem Tag sein? Vor allem auf das Letzte hätte ich gerne verzichtet.

Ich kriege am Rande mit, dass um mich herum die Hölle los ist. Anscheinend ist ein Sonderkommando von hinten an Bord gekommen. Kurz sehe ich Nick, der die Pistole auf mich richtet, dann wird er erschossen und entfernt sich dadurch aus meinem Blickfeld.

Gut so, verrecke, du Arschloch! Wir sehen uns in der Hölle!

Dann schaffen es die anderen wohl nach draußen, da geht die Schießerei munter weiter.

Bis es irgendwann still wird. Nur einige Schmerzensschreie sind noch zu hören.

Ich berühre mit der rechten Hand die Gegend, wo ich getroffen wurde. Da ist Blut.

Verdammt viel Blut, glaube ich.

Aber es tut nicht weh.

Auch kein gutes Zeichen, schätze ich.

Über mir erscheint jetzt ein maskiertes Gesicht.

„Ich bin von ID5“, sagt er. „Die Entführer sind alle tot. Sie wurden angeschossen. Können Sie mich verstehen und Ihren Namen sagen?“

„Ich … ich heiße Fiona. Wieso wissen … Sie das nicht?“

„Ich weiß es, aber ich wollte sehen, ob Sie es auch wissen.“

Er hockt sich neben mir hin, holt ein Messer hervor und schneidet meinen Kabelbinder durch. Ungefähr zur gleichen Zeit taucht ein zweiter Maskierter auf und hält etwas in der Hand, das er mir auf die Wunde presst.

„Wir müssen die Blutung stoppen“, sagt er. „Aber ich glaube, Sie haben Glück gehabt, wenn das Herz getroffen wäre, würde es noch anders bluten.“

„Erzählen … erzählen Sie mir … heute nichts über Glück. Okay?“

„Fiona, Sie sind eine Heldin“, sagt der andere.

„Echt toll … Ich wollte … schon immer als Heldin … sterben.“ Ich fasse es nicht. Ich liege auf dem Rücken, Arme und Beine ausgestreckt, nackt, zu schwach, um auch nur die Finger zu bewegen, und der Kerl erzählt mir, ich sei eine Heldin. Unglaublich.

„Sie werden nicht sterben. Der Arzt ist gleich da. Und noch jemand.“

Ich kann es nicht sehen, aber ich habe eine Hoffnung. Und wenigstens diese erfüllt sich, als James neben mir niederkniet und meine Hand umklammert.

„Hast du den … Ring dabei?“

„Was?“

„Du solltest doch Ringe … besorgen.“

„Ich hatte keine Zeit dafür. Ich hole es auf jeden Fall nach!“

„Na gut. Unter den besonderen … Umständen … lasse ich das gelten ...“

„Ist sie immer so?“, erkundigt sich der Polizist, der meine

Wunde so kräftig drückt, dass er gleich am Rücken rauskommen müsste.

„Meistens“, erwidert James. „Zum Glück.“

„Ja, zum Glück“, bestätigt der Polizist.

„James …“

„Ja, ich bin da.“ Er beugt sich über mich.

„Die Kinder … Sie sind da, wo wir … waren. Ein altes Gefängnis. Ihr müsst sie rausholen …“

James schaut hoch, jetzt sehe ich erst, dass der erste Polizist hinter meinem Kopf steht. Der nickt und spricht in sein Funkgerät, dabei entfernt er sich.

„Meine Eltern …?“

„Sie haben keine weiteren Verletzungen. Man kümmert sich um sie, jetzt kommen auch die Ärzte.“

Einer von denen zu uns. Er hockt sich neben den zweiten Polizisten und tastet mich kurz ab. Dann übernimmt er die Wundbehandlung und schaut sich kurz das Loch an. Schließlich befiehlt er James, weiterzupressen, und holt eine Spritze hervor.

„Wir kriegen Sie hin, Fiona“, sagt er dabei. „Aber Sie müssen schnellstmöglich operiert werden. Das hier ist gegen die Schmerzen, dann bereite ich Sie auf den Transport vor.“

„Habe ich eine Wahl?“

„Nein“, antwortet er lächelnd.

Ich spüre noch den Einstich, aber es tut nicht einmal richtig weh. Das Letzte, was ich sehe, ist das Gesicht von James.

Ich tauche mühsam aus dem schwarzen Nichtsfühlen auf. Meine Augen weigern sich lange, sich zu öffnen, viel zu hell ist es. Wobei, so hell ist es eigentlich gar nicht, wie ich dann feststelle. Der Tagesvorhang ist zugezogen und dämpft das Sonnenlicht. Bloß, wo bin ich überhaupt?

Ich liege auf dem Rücken, das finde ich schnell heraus. Die

Decke ist weiß. Die Matratze recht hart. Links befindet sich das Fenster. Rechts eine Tür, ein Einbauschrank, und in einem Sessel Leslie. Sie ist wach und sieht mich lächelnd an.

Ich glaube, ich bin am dem Ort, den ich am meisten hasse: in einem Krankenhaus.

„Na, aufgewacht?"

Leslie erhebt sich und kommt näher. Sie trägt nicht mehr den Jogginganzug, sondern schwarze Jeans und ein rotes T-Shirt.

Und ich?

Als ich den linken Arm bewegen will, schießt höllischer Schmerz durch meine Brust. Aufstöhnend beschließe ich, dass meine Wunde noch nicht verheilt ist. Mit der rechten Hand hebe ich die Bettdecke an. Ich trage die typische Krankenhauswäsche. Und meine linke Brust ist bandagiert.

Ach ja, da war doch was.

„Hey, du bist gerade so dem Tod von der Schippe gesprungen, mach mal nicht so eine Action!" Kopfschüttelnd setzt sich Leslie auf den Bettrand. „Wie fühlst du dich?"

„Wie ausgekotzt."

„Das wundert mich nicht wirklich. Was du vorgestern durchgemacht hast ..."

„Vorgestern?!"

„Ja, klar. Die haben dich sediert, damit du dich erholst. Und du hast unglaubliches Glück gehabt, die Kugel hat tatsächlich alles, was irgendwie kritisch gewesen wäre, verfehlt. Nur Millimeter weiter nach links, recht, oben oder unten und du wärst eine tote Heldin."

„Ich bin keine Heldin."

„Oh doch. Schätzchen, du bist Thema Nummer 1, glaub es mir."

„Ach du Scheiße. Das will ich gar nicht."

„Dann darfst du nicht deine Eltern retten."

„Wie geht es ihnen überhaupt?“, erkundige ich mich seufzend.

„Den Umständen entsprechend. Deine Mutter hat drei Finger weniger und einen krassen Schock, aber sie hat überlebt, dank dir. Dein Vater hat nur kleinere Blessuren, ansonsten okay.“

„Gut. Leslie, irgendwo haben diese Betten immer einen Mechanismus zum Aufrichten.“ Sie springt auf und drückt irgendwo einen Knopf, woraufhin der Kopfteil nach oben geht. So, dass ich gut sitzen kann, aber doch ohne Anstrengung.

„Danke. Sag mal, was ist eigentlich passiert? Wieso sind die reingekommen?“

„Wegen dir. Als sie gesehen haben, was du treibst, mussten sie handeln.“

„Als sie gesehen ...“ Ich schließe die Augen. Tolle Scheiße. „Der Tag war einfach nur Scheiße, dabei fing er so gut an. Verdammt! An einem einzigen Tag wurde ich verprügelt, vergewaltigt, erschossen und zum Pornostar!“

„Fiona?“ Leslie starrt mich an. „Ich glaube nicht, dass dieses Video jemals an die Öffentlichkeit gelangen wird! Nicht einmal ich habe es gesehen!“

„Und James?“

„Der war dabei. Aber wieso ... Ich denke, ihr habt?“

„Ja. Gerade darum.“

Sie denkt kurz nach, dann nickt sie. „Ich verstehe. Schätzchen, ich glaube, da brauchst du dir keine Sorgen zu machen. Dad kann damit umgehen.“

„Ja, vielleicht. Wo ist er eigentlich?“

„Zu Hause, duschen. War nötig. Irgendwie witzig, da harrt er fast zwei Tage an deinem Bett aus und ausgerechnet, als er mal kurz weg ist, wachst du auf.“

„Ja, voll witzig.“

Sie lacht auf. „Komm schon, ist wirklich lustig. Übrigens, müssten deine Wunden nicht schon längst verheilt sein?“

Statt einer Antwort ziehe ich vorsichtig den linken Arm unter der Decke hervor und schiebe den Ärmel hoch.

„Vor einer Woche wurde mir da eine Kugel durchgeschossen.“

„Ups.“

„Ich schätze, so schwere Verletzungen brauchen etwas länger als Kratzer. Aber meinst du, andere sind nach zwei Tagen schon so munter wie ich? Mit so einer Verletzung?“

„Wahrscheinlich nicht, zumal du ja auch ordentlich verprügelt wurdest. Du warst voller Hämatome.“

„Davon merke ich gerade gar nichts mehr.“ Ich schiebe vorsichtig die Bettdecke runter und ziehe das Hemdchen hoch. Leslie hat mich schon so oft nackt gesehen, nach dem Sport, das stört mich nicht. Aber ich will wissen, was mit meinem Bauch ist.

Sieht völlig normal aus. Auch als ich auf ihm herumdrücke, merke ich nichts Besonderes.

„Verheilt. Das ist mir irgendwie unheimlich.“

„Mir auch“, erwidert Leslie. „Mir auch.“ Sie will noch mehr sagen, lässt es aber, denn die Tür geht auf.

Und mein Vater steckt den Kopf herein.

„Du bist wach?“

„Nein“, antworte ich. Und als ich sein verdutztes Gesicht sehe, füge ich hinzu: „Natürlich bin ich wach. Jetzt komm schon herein.“

Er ist auch vernünftig angezogen, keine Krankenhauskluft: Jeans, dunkelblaues Hemd. Seine Freizeitkleidung.

Er kommt langsam näher und setzt sich dann neben Leslie.

„Wie geht es dir?“, fragt er.

„Als wäre ich verprügelt und erschossen worden.“

„Deinen Humor hast du nicht verloren. Das freut mich. Ich hatte große Angst um dich.“

Meine weiterhin etwas schnippische Antwort bleibt mir im

218

Hals stecken. Das ist definitiv nicht der Mann, den ich bisher als meinen Vater kannte. Und jetzt kann ich auch erkennen, dass er geweint haben muss.

Wegen mir etwa?!

Ich versteife mich unwillkürlich etwas, als er meine rechte Hand nimmt.

Nach einem Seitenblick auf Leslie sagt er: „Ich möchte mich entschuldigen.“

„Entschuldigen? Hä? Wofür? Dass du dich hast entführen lassen?“

„Für alles. Für alles, was ich dir in den letzten 23 Jahren angetan habe.“

Oh Scheiße. Was wird das denn?

Ich starre ihn an und kann es nicht glauben. Mein Vater entschuldigt sich tatsächlich bei mir?

Meine Augen füllen sich mit Tränen.

„Ich … ich weiß nicht, was ich sagen soll.“

„Kommt nicht oft vor, oder?“, bemerkt er lächelnd.

„Äh … Nein.“

„Ich meine das ernst. Als ich dich im Flugzeug fallen sah, da spürte ich einen unglaublichen Schmerz. Ich dachte, ich hätte auch mein zweites Kind verloren. Das Kind, das ich gar nicht wirklich kannte. Das Kind, das anscheinend ohne zu zögern sich in die Hände dieser … Monster begab, genau wissend, was es erwartet, um Mama und mich zu retten. Das waren die schlimmsten Minuten meines Lebens, bis James mir gesagt hat, dass du überleben wirst.“

Okay, das geht weit, weit über eine Entschuldigung hinaus. Mein Körper ist völlig starr, nur die Tränen kommen völlig ungehindert und in Massen. Schließlich schaffe ich es, die Erstarrung zu lösen, lege meinen rechten Arm um seinen Hals und drücke mich an ihn, so gut es geht, ohne vor Schmerzen schreien zu müssen.

Und weine einfach.

Mein Vater streichelt mir den Kopf, sonst macht er nichts. Vielleicht weint er auch, still, das weiß ich nicht. Darf er ja. Schließlich ist er mein Vater und hat Schlimmes erlebt. Auch Männer dürfen weinen, ich habe nichts dagegen. Und meinen Vater habe ich noch nie weinen sehen. Schon mal gar nicht wegen mir.

Schließlich löse ich mich von ihm und bemerke, dass Leslie klammheimlich den Raum verlassen hat.

„Ich … ich … bin jetzt wirklich sprachlos. Und irgendwie glücklich."

Er nickt und gibt mir sein Taschentuch. Als ich einhändig nicht gegen die Tränen ankomme, nimmt er es mir jedoch wieder weg und trocknet mein Gesicht selbst ab. Ich lasse es fassungslos geschehen.

Dann klopft es an der Tür.

„Komm doch rein, Leslie!"

Sie gehorcht, bringt aber ihren Vater mit. Er trägt fast das Gleiche wie mein Vater, nur das Hemd ist heller. Als mein Vater ihn sieht, runzelt er die Stirn.

„Ich habe mich noch gar nicht bedankt, dass Sie so schnell da waren. Im Flugzeug. Und dann habe ich mich gefragt, wieso eigentlich."

Oh, oh. Er hat also noch keine Ahnung. Ob ich gleich wieder enterbt werde?

James mustert mich. Ich winke ihm zu, dass er sich auf meine andere Seite setzen soll. Da mein linker Arm nach wie vor unbrauchbar ist, nehme ich seine Hand mit der rechten Hand.

„Ich … ich hoffe, Papa, dass ich nicht alles wieder zerstöre … Aber ich will nicht lügen, nicht heimlich tun."

„Das hört sich an, als hättest du ein Verbrechen begangen."

„Habe ich nicht. Es sei denn, es ist ein Verbrechen, verliebt zu sein.“

Er braucht einen Moment, um zu begreifen. Dann weiten sich seine Augen und er starrt James an, der den Blick ruhig erwidert.

„Wie lange schon?“, fragt er schließlich.

„Eigentlich seit Freitagabend.“

„Seit … Waren deswegen deine Beschützer noch da, obwohl du nicht zu Hause warst?“

Ich nicke.

„Das ist jetzt allerdings wirklich heftig.“ Er blickt mich an. „Aber das wird ganz sicher nichts daran ändern, was ich gesagt habe.“

Scheiße, ich muss schon wieder heulen! Ich nehme die Hand meines Vaters und drücke sie gegen meine Brust. Diesmal ist es aber schneller vorbei. Ich hebe den Kopf und atme tief durch.

„Okay. Okay. Ich will, dass ihr euch zwei jetzt die Hände reicht. Papa, das ist James. James, das ist mein Vater, Jason.“

„Hi, James“, sagt Jason.

„Hi, Jason“, sagt James.

„Boah! Ihr zwei passt echt gut zusammen! Wie könnt ihr das nur machen, ohne auch nur eine Miene zu verziehen?!“ Ich starre die beiden abwechselnd an.

Schließlich grinst James und mein Vater zieht nach.

„Haut ab! Verschwindet! Geht einen zusammen trinken! Mann! Und komm nicht ohne Ringe wieder!“ Ich spüre die Schmerzen, aber ich ignoriere sie, sonst bleiben sie noch vor lauter Sorge.

„Oh, die habe ich diesmal dabei“, sagt James, während er sich erhebt, genau wie mein Vater.

„Was?!“

„Soll ich wirklich gehen?“ Er ist schon fast an der Tür. Seine

Tochter kämpft mit einem Erstickungsanfall wegen heftigen Lachens.

„Nein! Komm sofort zurück!"

Grinsend setzt er sich wieder. Mein Vater auch.

„Habe ich das richtig verstanden?"

Ich sehe ihn streng an. „Ich habe James gesagt, wenn ich die Scheiße überlebe und er hat keine Ringe, probiere ich Bungeespringen aus. Aber ohne Seile."

„Aha", erwidert mein Vater. „Also ein typischer Fiona-Spruch."

Er betrachtet Leslie, die fast vom Bett fällt vor Lachen.

„Ja, ja. Also, was ist jetzt?" Ich sehe James fragend an.

Er greift in seine Hosentasche und holt ein kleines Kästchen hervor. Darin zwei Ringe. Einen holt er heraus, nimmt meine rechte Hand und schiebt ihn auf den Ringfinger. Bisschen eng, aber es geht.

„Ich musste bei der Dicke schätzen, deswegen passt er nicht richtig, aber der Juwelier hat gesagt, ein bisschen lässt sich korrigieren, wenn du mit dem Ring vorbeigehst."

„Aha." Ich starre meine Hand mit dem Ring an. Habe ich das jetzt wirklich getan? Echt jetzt?

Ich blicke hoch, denn James hält mir die Schatulle hin. Endlich begreife ich, nehme den anderen Ring und stecke ihn auf seinen Ringfinger.

Leslie applaudiert. „Das war die unromantischste Verlobung, die ich je gesehen habe."

„Halt die Klappe", erwidere ich und starre wieder meine Hand mit dem Ring an.

„Panik?", erkundigt sich Leslie.

„Halt die Klappe! Was hast du daran nicht verstanden?"

„Übt ihr schon mal für euer neues Verhältnis Stiefmutter-Stieftochter?", erkundigt sich mein Vater.

„Was?! Quatsch. Dann würden wir schon üben, seitdem wir

uns kennen.“

„Ihr redet ständig so miteinander?“ Jetzt ist mein Vater ernsthaft erschüttert.

„Klar. Alle denken, wir würden uns gleich umbringen. Das ist immer wieder ein Spaß.“

„Genau, wie mit der schwarzen Pisse!“ Leslie prustet los, als sie das Gesicht meines Vaters sieht.

„Ich glaube, deine Mutter sollte auch davon erfahren“, erklärt mein Vater, nachdem er die Sprache wiedergefunden hat. „Soll ich es ihr nachher erzählen oder willst du es ihr selbst sagen?“

„Ich will es ihr selbst sagen. Aber ich glaube, ich darf nicht aufstehen.“

„Ich hole sie“, erwidert er und verlässt den Raum.

„Er nimmt es mit Haltung“, bemerkt James.

Ich betrachte ihn. „Ich nehme an, Leslie hat erzählt, was passiert ist?“

„Hat sie. Wie fühlst du dich?“

„Ich kann noch gar nicht alles glauben. Ich meine, echt, vorgestern erlebte ich den schlimmsten Tag meines Lebens, wenn ich vom Beginn des Tages absehe, und heute das. Ist das irgendwie eine ausgleichende Gerechtigkeit?“

„Wer soll denn dafür verantwortlich sein?“

„Na, Gott?“

Leslie prustet schon wieder los, James lächelt nur leicht.

Ich lehne mich zurück. Familiensachen sind irgendwie anstrengend, wenn man fast erschossen wurde. Eigentlich würde ich zu gerne wissen, wie die Wunde tatsächlich aussieht. Und ich glaube, ich werde nicht umhin kommen, James einzuweihen. Irgendwie juckt die Wunde auch ein wenig. Ich glaube, dafür ist es eigentlich noch zu früh, könnte ein Zeichen dafür sein, dass es mit der Wunderheilung auch diesmal klappt.

Aber wie zum Teufel erkläre ich das den Ärzten? Ich möchte

auf keinen Fall ein Studienobjekt werden oder gar die Aufmerksamkeit des Militärs erregen. Bin ja keine Außerirdische.

Mehr Zeit zum Grübeln habe ich nicht. Meine Mutter wird von meinem Vater auf einem Rollstuhl ins Zimmer geschoben. Sie sieht nicht gut aus, aber schon viel besser als vorgestern. Oder weniger schlimm. Sie trägt einen Hausanzug in Hellgrün. Die Farbe ist scheiße, aber sie hat manchmal einen seltsamen Geschmack. Und wenn mein Vater ihr die Tasche gepackt hat …

Sie hat keine Ahnung von nichts, das sehe ich ihr an. Auf meinen fragenden Blick hin schüttelt mein Vater den Kopf.

Oh je …

„Du hast gesagt, du willst es ihr selbst sagen.“

„Äh, ja, stimmt.“

„Was sagen?“ Meine Mutter sieht erst ihren Mann, dann mich erstaunt an. „Ist noch etwas Schlimmes passiert?“

„Das kann man so nicht sagen“, erwidert mein Vater.

„Das kann man so nicht sagen? Ich verstehe kein Wort! Was ist denn los? Warum sind Leslie und James hier?“

„Das hat mit der Sache, die unsere Tochter dir erzählen will, zu tun.“

Er hat „unsere Tochter“ gesagt! Nicht „deine“!

Ich atme tief durch. Und weil ich meiner Stimme gerade nicht so sicher bin, halte ich einfach die rechte Hand hoch.

Die Augen meiner Mutter weiten sich. „Was ist das?“

„Ein Verlobungsring?“

„Aber … wer … wann?“

„Jetzt gerade. Also, vor zehn Minuten. Oder so.“

„Aber mit wem?“

„Oh Mama! Mit James, mit wem denn sonst?“

„Mit James?“ Sie starrt ihn an. „Und du wusstest davon, Jason?“

„Ich war Zeuge des Vorfalls“, antwortet dieser. „Ein Vorfall aus heiterem Himmel, was mich angeht.“

„Für mich auch", sagt Leslie. „Aber besondere Umstände erfordern besondere Vorgehensweisen."

„Du hast dich mit James verlobt?", erkundigt sich meine Mutter bei mir.

„Genau. Vor elf Minuten."

„Und warum?"

„Weil ich ihn liebe? Und er mich?"

„Dann kennt ihr euch schon länger?"

„Ja, seitdem ich mit Leslie in eine Klasse ging."

„Was? Als Kind schon?"

„Mama, das natürlich nicht! Aber du hast gefragt, wie lange ich ihn schon kenne!"

„Fiona, du bist unmöglich", stellt Leslie fest. „Jetzt lass den Scheiß. Deine Mutter hat Schlimmes erlebt."

Ups? Was ist denn mit der los? Das erste Mal, dass sie nicht mitzieht. Wobei, irgendwie hat sie ja sogar recht.

„Okay, stimmt ja. Also, so kennen wir uns seit Freitag. Ich habe die Nacht bei ihm verbracht, deswegen fanden die Entführer mich nicht da, wo sie mich vermutet haben. Ich möchte jetzt nicht darüber sprechen, wieso und warum. Aber ich weiß ganz genau, dass ich James liebe, dass ich ihn so sehr liebe, dass ich ihn heiraten werde. Ich weiß, dass das ziemlich plötzlich kommt und so schnell und so weiter. Aber ehrlich, wissen nicht gerade wir, wie schnell auch alles enden kann?"

„Doch, das wissen wir", erwidert meine Mutter nach einer Weile leise. „Darf ich mich zu dir legen?"

Nach einem Moment der Überraschung nicke ich und halte die Decke hoch. Sie erhebt sich aus dem Rollstuhl und legt sich zu mir. Ich schiebe meinen Arm unter ihren Kopf und sehe dann meinen Vater fragend an.

Doch der lächelt nur.

Meine Mutter dreht sich so, dass sie mich sehen kann, und

legt ihre Hand auf meine Wange.

„Es sind komische Tage, und wenn ich ehrlich bin, ist deine Verlobung mit unserem Nachbarn noch das Normalste von all den Dingen, die geschehen sind.“

„Äh … Ja, da widerspreche ich dir nicht.“

„Ich hoffe natürlich, dass du glücklich wirst und kann meinem zukünftigen Schwiegersohn nur raten, dass er dich immer gut behandelt und dich glücklich macht, denn ansonsten lernt er mich von einer sehr unangenehmen Seite kennen.“

Ich starre sie fassungslos an. Und schon wieder sprachlos. Das ist ja unglaublich. Ich war heute öfter sprachlos als bisher in meinem ganzen Leben.

„Ich werde mir Mühe geben“, sagt James nach einer Weile. Es klingt nicht sehr verängstigt. Eher amüsiert.

„Dann ist das auch geklärt“, sagt meine Mutter. „Ich bin der Meinung, dass wir auch eine richtige Verlobungsfeier machen sollten. Meinetwegen in kleinem Kreis, aber gar nicht, nur so, in einem Krankenhaus, das finde ich sehr unromantisch.“

„Sehe ich auch so“, bemerkt Leslie.

„Ich ja auch“, füge ich hinzu. „Aber James musste das tun, ich habe ihn gezwungen.“

„Du hast ihn gezwungen? Ans Bett gefesselt?“

„Ja, weil sonst würde ich, sobald ich aufstehen kann, Bungeejumping ohne Seil machen.“

„Du bist verrückt“, erwidert meine Mutter spontan.
Leslie lacht auf.

„Weiß ich, Mama. Deswegen lieben mich doch alle so.“
Leslie kriegt einen Lachkrampf.

„Und mal ganz ehrlich, Mama, wäre ich normal, lägen wir nicht hier, oder?“

„Sondern in einem Sarg“, fügt mein Vater hinzu.

„Wie auch immer.“

226

Meine Mutter nickt, ohne etwas zu sagen.

Und danach kann sie nichts mehr sagen, denn die Tür geht auf und die Schwester, die wahrscheinlich nach mir sehen wollte, erstarrt.

„Was ist denn hier los?!“

„Familientreffen“, antwortet Leslie.

„Sind Sie denn alle verrückt geworden? Die junge Frau hat eine schwere Schussverletzung und Hämatome! Sie braucht Ruhe!“

„Mir geht es gut“, widerspreche ich. „Wenn ich …“

„Sie sind ja mal ganz still! Alle raus! Ich hole jetzt den Arzt!“

Wir blicken uns an, nachdem sie rausgestürmt ist. Dann erhebt sich meine Mutter.

„Wir gehen jetzt besser. Sie hat recht, du brauchst wirklich Ruhe.“

Ich nicke, dann nehme ich James´ Hand. „Du bleibst hier. Bitte.“

„Wenn ich nicht gewaltsam entfernt werde, bleibe ich.“

Das wird er nicht. Allerdings erst, nachdem ich damit drohe, dass ich dann auch gehe. Der Arzt sieht sehr unbegeistert aus, aber er kann nicht leugnen, dass ich für eine halbe Leiche erstaunlich munter bin.

James setzt sich an meine rechte Seite, nachdem alle fort sind, und nimmt wieder meine Hand.

„Du verursachst Chaos“, sagt er.

„Ich weiß.“

„Das macht dich irgendwie liebenswert.“

„Äh … Wieso bist du auf einmal so gesprächig?“

„Soll ich lieber schweigen?“

„Wenn du nur so was sagen kannst, dann ja.“

Er lächelt, dann beugt er sich vor und küsst mich. Sehr zurückhaltend, und als ich meine Zunge vorstrecke, richtet er sich wieder auf.

„Du bist wirklich schwerverletzt.“

Ich überlege kurz. Dann schiebe ich die Decke ein wenig nach unten und ziehe den Ärmel links hoch.

„Hm. Hattest du da nicht eine Schusswunde?“

„Doch. Eine Woche alt.“

„Da ist aber nichts mehr.“

„Genau. Bisher weiß nur Leslie davon. Als ich die Schlägerei mit Brodwich und den anderen hatte, habe ich unter anderem eine Platzwunde am Kinn abbekommen. Als am Morgen darauf Jack und Ben bei uns waren, weil die Personenbeschreibung auf mich gepasst hat, war die Platzwunde spurlos verschwunden. Sonst hätten die mich verhaften müssen.“

James sieht mich schweigend an.

„Ich habe es dann Leslie erzählt. Ich hatte regelrecht Panik. Ehrlich gesagt, habe ich die immer noch. Oder schon wieder. Ich glaube, in einer Woche ist auch die Schusswunde in der Brust weg. Wie kann das sein?!“

„Ich weiß es nicht. In meiner Zeit als Geheimagent habe ich einige Dinge gesehen, von denen die meisten Menschen nicht einmal ahnen, dass es sie gibt. Aber das ist schon heftig. Ich tippe auf eine genetische Sache.“

„Leslie meinte auch, das könnte ein Gendefekt sein.“

„Von Defekt habe ich nichts gesagt. Wenn du willst, frage ich mal ein paar Leute. Aber mach dir nicht zu viele Hoffnungen.“

„Das wäre toll.“

„Okay.“

Nach einer Woche ist die Schusswunde natürlich noch nicht weg. Die Heilungsdauer hängt also eindeutig von der Schwere der Verletzung ab. Dennoch bin ich ein medizinisches Wunder, laut Aussage der Ärzte, denn nach einer Woche kann ich, wenn auch etwas eingeschränkt, den Arm wieder benutzen. Andere würden zwei Monate dafür brauchen, erklärt mir eine der Schwestern mit großen Augen.

Und zwei Wochen später verlange ich nach den Entlassungspapieren. Als der diensthabende Arzt sagt, dass sie mich noch beobachten wollen, teile ich ihm mit, dass ich auf jeden Fall gehen werde. Wie aufs Stichwort kommt James mit einer Tasche, aus der ich Straßenkleidung hervorziehe: schwarze Jeans, eine weiße Bluse, die mir eine Nummer zu klein vorkommt, Stiefeletten.

„Wer hat die Tasche denn gepackt?", erkundige ich mich.

„Leslie."

„Sie ist ein Scherzkeks."

„Sie unterschreiben mir aber einen Haftungsausschluss", sagt der Arzt. „Vorher dürfen Sie nicht gehen!"

„Ich ziehe mich jetzt an und gehe", erwidere ich. „Wenn Sie mir den Wisch bis dahin gebracht haben, kriegen Sie Ihre Unterschrift. Oder wollen Sie eine Nationalheldin mit Gewalt festhalten?"

Er starrt mich kurz an, dann rennt er hinaus.

„Apropos Nationalheldin", sagt James. „Irgendwer, nicht ich, ganz sicher auch nicht Leslie, hat den Journalisten gesteckt, dass du heute entlassen wirst. Rate mal, wo ich parke."

„Weit weg? Und wir schleichen uns irgendwie hinten raus?"

„Ich liebe deine Intelligenz."

„Nur die?"

„Nein." Er betrachtet meine vorübergehend nackten Brüste und lächelt. Da jetzt aber der Arzt wiederkommt, knöpfe ich schnell die Bluse zu. Zwar hat er meine Brüste auch schon gesehen, aber nicht in unverletztem Zustand.

Er hält mir einen Zettel und einen Stift hin. Ich überfliege ihn kurz und unterschreibe dann, dass ich auf meinen eigenen Wunsch gegen den ausdrücklichen Rat der Ärzte das Krankenhaus verlasse. Ich glaube, uns allen ist klar, dass es kein Risiko gibt. Aber die Ärzte wittern eine medizinische Sensation, die ich hingegen auf jeden Fall vermeiden will. Daher achte ich darauf, dass ich mit meiner Unterschrift keine entsprechenden Veröffentlichungen autorisiere oder gar die Ärzte von ihrer Schweigepflicht entbinde.

„Es ist leichtsinnig", sagt der Arzt.

„Doc, ich weiß, dass Sie wissen, dass es gar nicht darum geht. Und Sie wissen auch, dass mein Vater genug Geld hat, Sie und das Krankenhaus in den Ruin zu klagen, wenn Informationen nach draußen gelangen, die nicht nach draußen gelangen dürfen. Es ist schon schlimm genug, dass die Journalisten auf mich warten. Noch bin ich geneigt, deswegen nichts zu unternehmen, aber hören Sie auf, mich zu ärgern, okay?"

Er nickt stumm.

Wir nehmen die Treppe und verlassen das Krankenhaus durch den Personaleingang. Und dann das Gelände, ohne von den Journalisten gesehen zu werden. Fünf Minuten später startet James den Motor und fährt los.

Dann blickt er mich kurz an: „Du kannst ja ganz schön biestig sein."

„Vier Jahre als Trainee bei meinem Vater."

„So, so." Aber er lächelt. „Und wohin jetzt? Nach Hause?"

„Noch nicht. Ich muss etwas mit der Presse machen, das gibt sonst Ärger. Fahr mich bitte zu meinem Vater."

Er nickt. Anscheinend versteht er mich. Das ist ein richtig tolles Gefühl.

Wir brauchen etwa eine Viertelstunde, was auch am Verkehr liegt. Ich dirigiere James in die Tiergarage, die Gästen ebenfalls zur Verfügung steht. Was nicht geht: Mit dem Aufzug ganz nach oben zu fahren. Ohne Firmenausweis hält der Aufzug automatisch im Erdgeschoss an.

„Scheiße, verfluchte Scheiße!"

„Was ist los?“

„Genau das wollte ich vermeiden!“ Ich atme tief durch, dann trete ich aus der Kabine und halte auf den Empfang zu. Natürlich ist Claire da und erstrahlt im ganzen Gesicht, als sie mich erblickt. Sie kommt hinter der Theke hervor und nimmt mich begeistert in die Arme.

„Wir sind so froh, dass es dir gutgeht! Alle haben mitgezittert und waren erleichtert, als die Nachricht kam, dass du dich erholen wirst!“

„Danke, Claire“, erwidere ich lächelnd. „Ihr seid echt lieb. Aber jetzt brauche ich einen Ausweis für alle Bereiche, meiner liegt zu Hause, und ich komme direkt aus dem Krankenhaus, muss aber mit meinem Vater sprechen.“

„Aber natürlich! Für ihn auch?“

„Ja, bitte. Das ist James.“ Fast füge ich hinzu, „mein Verlobter“, aber im letzten Moment verkneife ich es mir. Noch nicht. Wenn sich alle etwas beruhigt haben. Ich habe gerade keinen Nerv dafür.

Wir bekommen unsere Ausweise und gehen zu den Aufzügen.

„Dein Glück, dass sie nicht gefragt hat, wer ich bin.“

„Ach, ich will das gar nicht verheimlichen. Aber ich weiß, wie sie reagieren würde, und der Rest des Hauses auch, das könnte ich im Moment nicht verkraften.“

„Ich verstehe. Du scheinst beliebt zu sein.“

„Das mag sein. Ich habe nie ausgenutzt, die Tochter des Chefs zu sein.“

„Alles andere hätte mich auch gewundert.“

Ich schenke ihm ein Lächeln. „James, bei dir habe ich das Gefühl, du verstehst mich wirklich. Das ist mir noch nie oft passiert.“

„Nie oft?“

Ich muss lachen. „Siehst du, wie durcheinander ich bin?“

„Passiert dir bestimmt nie oft."

„Nein, normalerweise habe ich einen ganz guten Überblick. Aber momentan stehe ich etwas neben mir."

James betrachtet mich. „Echt? Ich sehe dich nur einmal."

Für meine Geistesverfassung spricht, dass ich einige Sekunden brauche, bis ich es verstehe. Dann stelle ich mich vor ihm auf die Zehenspitzen, lege die Arme um seinen Hals und küsse ihn wild. Die zuschauenden Kollegen sind mir gerade mal völlig egal. Auch wenn die Gerüchte sich wie Buschfeuer ausbreiten werden.

Ist mir völlig egal!

In der Vorstandsetage sieht es sehr edel aus, obwohl das Massivholzambiente das gesamte Gebäude dominiert. Aber hier noch ein bisschen mehr. Die Vertäfelung ist edler, der Teppich hochfloriger, alles einen Hauch luxuriöser.

James sieht ziemlich unbeeindruckt aus.

Monica steht schon in der Tür. Sie trägt heute Grün, das passt ja gut zum Sommer. Aber wieso einen Blazer? Okay, hier drin ist es angenehm kühl im Vergleich zu der Hitze draußen.

Auch sie strahlt.

„Ich bin ja so froh, Sie zu sehen, Fiona", sagt sie begeistert.

„Claire hat angerufen", stelle ich fest.

„Natürlich! Und ich habe Ihrem Vater schon gesagt, dass Sie hier sind."

„Wem nicht?" Und als ich ihr Gesicht sehe, füge ich hinzu: „Das war ein Scherz. Ein bisschen sollten Sie mich doch kennen."

„Eigentlich sollte ich das."

„Ja. Das ist übrigens James, mein Verlobter. Erzählen Sie das bitte noch niemandem! Es ist kein Geheimnis, aber ich könnte noch nicht mit dem Trubel umgehen. Insofern ist es doch noch ein Geheimnis."

Monica starrt James aus großen Augen an.

„Hallo?"

„Entschuldigen Sie, Fiona, die Nachricht war gerade etwas … überraschend."

„Für Sie auch? - Okay, wir sind bei meinem Vater."

Sie nickt, immer noch geistesabwesend. Erst als wir an der Tür sind, erwacht sie und ruft uns hinterher: „Herzlichen Glückwunsch!"

„Danke!"

Mein Vater sitzt an seinem Schreibtisch und steht sofort auf, als wir eintreten. Ich bekomme eine Umarmung, James ein Händeschütteln. Ich glaube, das ist beiden lieber so. Früher hat es auch bei mir nicht zu mehr gereicht, ich muss mich noch erst an die körperliche Nähe zu meinem Vater gewöhnen.

„Setzt euch doch", sagt mein Vater und begleitet uns zu der Sitzecke. „Was möchtet ihr?"

Bevor ich antworten kann, geht die Tür auf und Monica steckt ihren Kopf herein: „Ich habe gar nicht nach den Wünschen gefragt …"

„Kaffee, schwarz", erwidere ich, etwas durcheinander.

„Für mich auch", sagt James. Und mein Vater schüttelt den Kopf.

„Ehrlich gesagt, hätte ich nicht damit gerechnet, dass du schon nach zwei Wochen draußen herumläufst, wenn ich deinen Zustand nach der Schussverletzung bedenke."

„Unkraut vergeht nicht."

„Das war nicht deine beste Antwort."

„Stimmt. Entschuldige. Ich … Mir geht es gut. Du weißt ja, wenn man glücklich ist, klappt alles besser. Placebo und so."

Er glaubt mir kein Wort, das sehe ich ihm an, aber er bohrt nicht weiter. Er scheint das wirklich ernst zu meinen mit dem Neubeginn. Nun, mich freut es auf jeden Fall. Das wird mein Leben sehr erleichtern. Ich hoffe wirklich, dass ich mich nicht bloß in einem schönen Traum befinde, im Koma nach dem Treffer, aus dem ich irgendwann erwache. Das würde ich nicht verkraften. Dann lieber im Traum bleiben für immer.

„Was sagt deine Mutter?"

„Wir sind direkt aus dem Krankenhaus hierher gekommen."

Mein Vater zieht die Augenbrauen hoch, wartet jedoch ab, bis Monica den Kaffee serviert und das Büro wieder verlässt, nicht ohne mir ein strahlendes Lächeln zu schenken. James hat ja bereits festgestellt, dass ich wohl beliebt bin, aber ich glaube, mir war gar nicht klar, wie sehr.

„Irgendwer hat den Medien gesteckt, dass ich das Krankenhaus verlasse und sie haben den Eingangsbereich besetzt. Wir sind hinten herum weggeschlichen."

„Okay."

„Aber ich denke, es wäre auf Dauer nicht sehr klug, vor denen zu fliehen."

„Das sehe ich auch so."

„Und darum möchte ich eine Pressekonferenz veranstalten. Morgen."

„Ich verstehe. Wie groß soll sie werden?"

„Äh ... Ich glaube, ziemlich groß. Ich würde gerne den großen Saal nutzen. Ist das in Ordnung?"

„Kein Problem. Um wie viel Uhr? Welche Verpflegung? Brauchst du Moderation?"

Ich stutze. Klar, er hat recht, das zu fragen. Ich habe ja selbst insgesamt ein Jahr in der Marketingabteilung gearbeitet, ich hätte das von selbst wissen müssen. Und gerade der Saal bietet ja jede Möglichkeit.

„Äh ... Moderation mache ich lieber selbst. Das kriege ich hin. Glaube ich."

„Ich glaube das auch", bestätigt mein Vater und lächelt leicht.

Was zum Teufel ist mit dem los? Ich kann nicht anders, ich

springe auf, gehe zu ihm und umarme ihn. Dann gehe ich wieder auf meinen Platz und wische die Tränen aus meinen Augen.

„Erfrischungsgetränke reichen, denke ich.“

Mein Vater sieht mich nachdenklich an, dann nickt er.

„Papa ...“

„Ja?“

„Ach, nichts, ich muss erst noch ein paar Sachen klären. Und ich weiß noch nicht, wann ich wieder arbeiten komme.“

„Kein Problem. Nimm dir so viel Zeit, wie du brauchst. Und denk bitte darüber nach, ob du bereit bist, die Firma zu übernehmen.“

Eigentlich wollte ich gerade aufstehen, aber jetzt falle ich regelrecht wieder zurück.

„Was?!“

„Ich habe viel darüber nachgedacht. Sehr viel. Die Ereignisse haben einiges in mir in Bewegung gesetzt. Es gibt so viele Dinge, die ich eigentlich tun wollte und die ich immer hintenan gestellt habe. Es ist erschreckend, wenn man plötzlich merkt, wie schnell alles vorbei sein kann. Diese Firma hat schon viel zu viel Zeit meines Lebens beansprucht. Einfach verkaufen will ich sie aber nicht, dazu ist sie mir zu wichtig. Ich glaube, du wärst genau die Richtige, um sie weiterzuführen.“

Ich schnappe nach Luft. „Ich? Ich, eine Dreiundzwanzigjährige?“

„Das Alter ist doch nicht das Wichtigste. Niemand außer mir kennt die Firma so gut wie du. Auch wenn du immer so getan hast, als wäre es dir lästig, weiß ich trotzdem von deinen Vorgesetzten, wie du dich immer ins Zeug gelegt hast. Ich habe es auch auf den Messen gesehen. Ich kenne dich und weiß, was es für dich bedeutet, wenn du geschminkt und einwandfrei gekleidet am Stand stehst. Ich traue dir zu, die Firma weiterzuführen.“

Ich schnappe immer noch nach Luft. Das muss ein Traum

sein! Ist das wirklich der Mann, den ich vor zwei Wochen noch so gehasst habe?

Dann werfe ich einen Blick auf James, der eine Augenbraue leicht hochzieht. Und lächelt.

Er. Lächelt.

Haben die sich verschworen? Gegen mich? Für mich?

„Darf … darf ich darüber nachdenken?“

„Natürlich. Sprich mit James darüber. Er wusste auch noch nichts davon, aber er scheint es ähnlich zu sehen wie ich.“

Der Erwähnte nickt.

„Und weiß es Mama? Ich meine ja nur, weil ich sie bestimmt gleich sehen werde.“

„Ja, sie weiß es. Wir haben lange darüber gesprochen. Zuerst war sie dagegen. Sie traut dir das durchaus zu, aber sie hat die Befürchtung, dass es dir gehen könnte wie mir und glaubt, dass du dafür noch zu jung bist. Aber sie hat eingesehen, dass du einfach nicht so bist wie ich. Du würdest niemals deinen Mann oder deine Kinder für eine Firma vernachlässigen.“

Hallo? Hat er gerade zugegeben, dass er mich vernachlässigt hat? Und überhaupt, welche Kinder? Ich und Kinder? Ich beschließe, auf diesen Teil nicht einzugehen, das ist mir zu dünnes Eis.

„Okay. In letzter Zeit macht ihr mich ziemlich häufig sprachlos.“

„Nun, ich denke, wir können getrost davon ausgehen, dass die Ereignisse in den letzten Wochen maximal tief einschneidende Erlebnisse waren und vielleicht in der Nachdrücklichkeit nur vom eigenen Tod übertroffen werden könnten.“

„Äh … Ja. Das könnte gut sein. Wenn ich ehrlich sein soll, habe ich selbst auch für einige Zeit gedacht, ich würde da im Flugzeug sterben, als ich da lag und mich praktisch nicht mehr bewegen konnte. Das war ein sehr einschneidendes Erlebnis.“

„Das glaube ich dir, Fiona.“

Ich nicke langsam. „Also gut, wir fahren jetzt erst einmal nach Hause. Muss ich noch etwas tun wegen der Konferenz?“

„Mir sagen, um wieviel Uhr sie stattfinden soll.“

„Ach so, ja. Ähm … 11 Uhr vormittags wäre mir ganz lieb.“

„Kein Problem. Sei bitte um halb elf hier. Sonst brauchst du nichts zu tun.“

„In Ordnung.“

Ich verabschiede mich mit einer Umarmung von ihm, dann begleite ich James wie in Trance nach unten. Nach vorne starrend, setze ich mich ins Auto.

„Das scheint sonst anders gewesen zu sein“, stellt James fest, während er losfährt.

„Oh ja! Ganz anders!“

„Leslie hat davon erzählt. Ich denke, so eine Situation kann einen Menschen wirklich sehr verändern. Eigentlich hat er ja innerhalb einer Woche den Tod beider Kinder erlebt, in Gedanken. Er hielt dich wirklich für tot, bis ich ihm das Gegenteil gesagt habe.“

„Es … es muss schrecklich für ihn gewesen sein.“

„Ja.“

Ich blicke ihn an. Das war kein gewöhnliches Ja. Er hat gerade daran gedacht, wie es für ihn wäre, wenn er denken müsste, Leslie wäre tot. Ich glaube, er weiß ganz genau, wie mein Vater sich gefühlt hat, daher versteht er sein Verhalten sehr gut.

Ich lege die Hand auf seinen Unterarm und schenke ihm ein Lächeln.

Er lächelt zurück.

„James …“

Er sieht mich fragend an.

„Schau gefälligst auf die Straße. Du sollst mir nur zuhören.“

„Okay. Dann erzähl mal.“

„Wie machen wir das eigentlich?"

„Fiona, hat dir schon mal jemand gesagt, dass du gerne in Rätseln sprichst?"

„Ich glaube, du. Okay, ich rede davon, wo ich wohnen werde."

„Das kommt ganz auf dich an. Aber wenn du wissen willst, was ich darüber denke, dann kann ich dir sagen, dass ich denke, dass du bei uns wohnen solltest. Aber ich weiß nicht, was deine Mutter dazu sagen wird."

Hm. So viel an einem Stück redet er nicht oft.

„Na ja, es wäre nicht wirklich weit weg."

„Das stimmt. Was möchtest du denn?"

„Ganz ehrlich?"

„Ja."

„Fahr rechts ran."

Er gehorcht und will mich dann wieder fragend ansehen, aber das schafft er nicht mehr, weil ich mich auf ihn werfe und ihn leidenschaftlich küsse. Er ist etwas überrascht, das merke ich daran, dass es einige Sekunden dauert, bis er seine Hände auf meinen Po legt.

Jemand klopft gegen die Scheibe, die James herunterlässt.

„Gibt es Probleme?"

Scheiße, ein Polizist.

„Keine Probleme", erwidere ich. „Wieso?"

Er scheint mich jetzt zu erkennen, denn sein Gesichtsausdruck verändert sich.

„Sind Sie Fiona?"

Als ich nicke, reicht er mir einen Stift und einen Notizblock. „Kann ich ein Autogramm haben? Für meine Tochter. Sie ist begeistert von Ihnen."

Ich starre ihn an, dann James. Dieser grinst.

Na gut. Damit muss ich wohl leben. Aber vielleicht sollte ich die Pressekonferenz doch absagen.

Ich setze meine Unterschrift auf den Block und dahinter in Klarschrift meinen Namen, sonst kommt niemand darauf, was das Gekritzel bedeutet.

„Danke schön", sagt der Polizist. „Meine Tochter wird sich freuen."

„Grüßen Sie sie schön von mir."

Er salutiert kurz, dann lässt James die Scheibe wieder hochfahren.

„Verdammt!"

„Du bist halt berühmt, mein Schatz. Aber das lässt nach, keine Sorge."

„Bis dahin werde ich wahnsinnig!"

„Es hat vielleicht auch Vorteile, wenn alle Polizisten dich kennen."

„Welche denn?"

„Na, das war doch jetzt ein Vorteil, oder?"

Hm. Eigentlich hat er recht. Sonst lägen seine Hände nicht mehr auf meinem Po.

„Okay, das ist wahr. Vielleicht sollten wir trotzdem weiterfahren."

Als er nickt, klettere ich zurück auf den Beifahrersitz, und er fädelt sich wieder in den Verkehr ein. Mit dem kräftigen Jaguar reicht ihm eine kleine Lücke, auch wenn der hinter ihm es anders sieht, wie wir deutlich hören können.

„Und, wohin soll ich fahren?"

„Auf jeden Fall in die 11. Ich muss packen."

„Packen?"

„Na ja, wenigstens die Grundausstattung. Unterwäsche, ein paar Schuhe, Hosen, Umschnalldildos ..."

„So was hast du?"

„Jetzt, wo du fragst, fällt mir ein, dass ich die weggeworfen habe. Scheiße."

„Was hast du damit denn gemacht?“

„Gelenkigkeitsübungen.“

„Gelenkigkeitsübungen?!“

„Ja. Eine wirklich gelenkige Frau kann sich selbst mit einem Umschnalldildo ficken.“

„Du bist verrückt. Oder hast du es geschafft?“

„Leider haben ein paar Zentimeter gefehlt.“ Ich muss laut lachen, als ich sein Gesicht sehe. „Kopfkino?“

„Na ja, ich denke darüber nach, wie eine Frau mit einer normalen Anatomie das überhaupt machen soll.“

„Sollen wir in einen Sex-Shop fahren?“, erkundige ich mich grinsend.

„Nein, das ist nicht nötig. Ich erlaube dir kein selbstverletzendes Verhalten.“

„So, so. Das erlaubst du mir also nicht. Was erlaubst du mir denn? Das?“ Und packe seinen Schwanz durch die Jeans hindurch. „Hey, das Thema lässt dich wohl nicht kalt.“

„Kopfkino“, erwidert er ruhig.

„Sag mal, machst du eigentlich bei allem so ein Pokerface?“

„Das ist mein ganz normales Gesicht.“

„Ist dir überhaupt klar, dass wir uns in der ersten Phase unserer Beziehung befinden? Voller Leidenschaft, Hitze, Verrücktheit?“

„Definitiv.“

„Und wieso sieht man dir das nicht an?“

„Dafür bist du zuständig. Du machst das schon ganz gut.“

Dieser Mann ist echt verrückt. Und ich beschließe, ihn doch noch zu schocken. In dem Jaguar ist das nicht ganz so einfach, aber ich schaffe es irgendwie, mich so zu ihm hinüberzubeugen, dass ich weder versehentlich schalte noch sonst irgendwie in den Fahrzeugverkehr eingreife, öffne seine Hose und nehme seinen Schwanz in den Mund.

„Fiona?“

„Ja?", erwidere ich etwas undeutlich.

„Was machst du da?"

Ich richte mich etwas auf. „Merkst du das echt nicht?"

„Die Frage war rhetorisch."

„Dann kann ich ja weitermachen."

„Warte, warte! Ich muss fahren!"

„Kannst du ja."

„Nein, so kann ich das nicht."

Ich setze mich wieder hin und sehe ihn schmollend an. „Sag bloß, das hast du noch nie gemacht!"

„Doch. Aber jetzt geht es nicht."

„Wieso denn nicht?"

„Weil du es bist. Deine Nähe macht mich ...“

„Warum sprichst du es nicht aus? Mache ich dich wahnsinnig?"

„Ja."

„Hm. Weißt du was? Wir fahren besser erst einmal zu dir. Zu uns."

„Das glaube ich allerdings auch", murmelt er.

Zum Glück ist Leslie nicht da. Also, wir sehen sie jedenfalls nicht. Bis wir in James' Zimmer ankommen, haben wir beide nicht viel an. Jetzt darf ich ihn auch in den Mund nehmen. Und noch andere Sachen machen. Eigentlich verstehe ich ihn ja, mich macht jede seiner Berührungen verrückt. So richtig verrückt. Ich glaube, ich komme dreimal, bis ich es schaffe, von ihm abzulassen.

Dann liegen wir eine Weile nebeneinander, quer auf dem Bett, bis er sich erhebt.

„Wo willst du hin?"

„Duschen. Kommst du mit?"

Das ist eine gute Idee, dabei verschwenden wir allerdings viel Wasser. Trotzdem sind wir irgendwann sauber und wieder angezogen. Mangels Sachen ziehe ich dasselbe an wie davor.

James nicht, trotzdem sieht er genauso aus. Ob er auch andere Sachen als hellblaue Hemden und dunkelblaue Jeans hat? Ich werde das herausfinden und geeignete Maßnahmen ergreifen.

Und dann stehen wir vor der Tür. Da ich keinen Schlüssel dabei habe, müssen wir klingeln. Durch die Gartentür kamen wir ja noch, da ich den Code kenne. Aber hier ist es vorbei.

Meine Mutter macht auf. Sie starrt uns an.

„Mama?“

„Ich habe mir nur Sorgen gemacht. Kommt herein!“

Ich nehme sie in die Arme, James will ihr die Hand geben, doch sie drückt ihn an sich, was er etwas überrascht über sich ergehen lässt.

„Sorgen?“

„Dein Vater hat vor zwei Stunden angerufen, dass ihr gleich da seid.“

„Oh“, erwidere ich und werfe James einen Blick zu. „Okaaay … Das … war etwas … Egal.“

„Was habt ihr denn getrieben?“

Ich verschlucke mich, und James klopft mir sanft auf den Rücken, während meine Mutter ein Glas Wasser holt.

„Das willst du nicht wissen“, sage ich schließlich, als ich wieder genug Luft zum Sprechen habe.

„Oh. Ich glaube, du hast recht. Wollt ihr einen Kaffee?“

„Jaaa … Und danach werde ich packen.“

„Packen?“

„Mama, ich bin jetzt verlobt. Ich weiß nicht, ob du dich daran erinnerst.“

„Doch“, murmelt sie. „Zu meiner Zeit zog erst die Ehefrau zu ihrem Ehemann.“

„Ja, das mag sein, obwohl ich meine, mich zu erinnern, dass Papa das anders erzählt hat.“

„Es gab natürlich auch Ausnahmen.“

„Natürlich." Ich werfe einen Blick auf James, in dessen Gesicht kein einziger Muskel zuckt. Wie macht er das nur? „Mama, es ist nebenan!"

„Ich weiß. Und ich freue mich ja für dich, dass du so einen tollen Mann gefunden hast."

„Ich musste ihn nicht finden, er war schon da."

Endlich lächelt sie. „Ist ja gut, Kind. Ich verstehe dich doch. Aber es ist halt ein komisches Gefühl."

„Und das verstehe ich, Mama. Aber es ist wirklich nur nach nebenan. Wir werden uns täglich sehen können, bis wir uns gegenseitig nicht mehr ertragen."

„Das wird wohl kaum passieren."

„Wir werden sehen. Hör zu, ich packe eben schnell ein paar Sachen, danach gehen wir irgendwo essen und fragen auch Papa, ob er mit will. Einverstanden?"

Sie nickt. „Hat er es dir gesagt?"

„Äh … Ja."

„Und?"

„Ich denke darüber nach. Es war ein ziemlicher Schock."

„Das habe ich befürchtet."

„Mama! Ich denke wirklich darüber nach. Ich meine, die Firma hat über 1000 Beschäftigte und macht einen ziemlich hohen Umsatz. Und ich habe null Ahnung."

„Das stimmt nicht ganz", erwidert James, der sich bis jetzt wohltuend aus allem herausgehalten hat. „Dein Vater hat begründet, warum er denkt, dass du dafür geeignet bist. Und ich glaube, dass er in der Lage ist, das objektiv einzuschätzen, trotz der besonderen Situation."

„Verräter! - Ja, ihr habt recht, ich sehe es ja ein. Darf ich trotzdem eine Nacht darüber nachdenken?"

„Natürlich. Geh packen." Ich starre James empört an. Was erlaubt er sich? Doch als er grinst, schmelze ich dahin, gebe ihm einen Kuss und fliege förmlich nach oben in mein Zimmer.

Ich ziehe hastig die Decke über mich, als Leslie mit zwei Kaffeetassen ins Schlafzimmer kommt.

„Was machst du denn hier?"

„Ich wohne hier."

„Ich meine, in diesem Zimmer!"

„Ich bringe dir Kaffee."

„Du Arschloch! Wo ist James?"

„Ach so. Na, er holt frische Brötchen."

„Aha!"

Leslie setzt sich lachend auf den Bettrand und reicht mir eine Tasse.

„Nachschub, damit du schwarz pinkeln kannst."

„Sehr witzig. Deinetwegen muss ich irgendwann zur Dialyse."

„Wegen Kaffee? Wohl eher zur Lebertransplantation."

„Okay, lassen wir lieber alles, was mit Krankenhaus zu tun hat."

„Kann ich verstehen. Was macht deine Wunde?"

„Weg." Ich schiebe die Bettdecke etwas herunter. „Nichts mehr da. Nach zwei Wochen. Dass die Ärzte mich nicht irgendwo eingesperrt haben, um mich zu studieren, ist ein Wunder. Gestern allerdings war wenigstens noch die Narbe zu sehen. Dass die auch weg ist, haben sie nicht mehr mitbekommen."

„Zum Glück."

„Du sagst es!"

Ich nippe an meinem Kaffee und beobachte sie. Sie trägt im Moment noch einen Jogginganzug, aber ich glaube, sie will auch mit zur Pressekonferenz. Dafür schwänzt sie sogar die Uni, denn eigentlich ist es ein ganz normaler Dienstag. Nur für mich nicht. In keinster Weise.

„Was willst du eigentlich zur Pressekonferenz anziehen?", erkundigt sie sich.

„Ich könnte ja nackt gehen, dann vergessen alle, ihre Fragen zu stellen.“

„Du hast Angst? Du?“

„Eigentlich nicht. Oder ein bisschen doch. Aber ich habe eine Idee, was ich tatsächlich anziehen könnte. Doch dafür müssen wir nach drüben.“

„Nach drüben?“

„Zu meinen Eltern. Da sind ja noch fast alle Sachen von mir.“

„Aha.“

„Was?“

„Nichts weiter. Einfach nur Aha. Ist eine Aha-Situation.“

„Aha.“

Daraufhin kriegen wir erst einmal beide einen Lachkrampf. Mit Tränen in den Augen halb blind, wanke ich ins Bad und wasche mich einigermaßen, dann ziehe ich die Jeans und das Hemd von gestern an, dazu Schlappen. Leslie begleitet mich, und da ich diesmal auch Schlüssel bei mir habe, gelangen wir ungehindert ins Haus.

Hier sehen wir uns unerwarteterweise einer Fremden gegenüber. Etwa im Alter meiner Mutter, für eine Frau hochgewachsen, jedenfalls größer als ich, unauffällige, dunkelbraune Haare, dunkelbraune Augen, die uns erschrocken anstarren. Sie trägt ein einfaches, graues Kleid und feste Schuhe.

Nach einem Moment wird mir klar, wer sie ist.

„Hallo! Sie sind für Nicholas hier, oder?“

Sie nickt.

Ich reiche ihr die Hand. „Ich bin Fiona, das hier ist meine Freundin Leslie. Sind meine Eltern da?“

„Ich bin Rose Daniels. Ihr Vater ist schon weg, Ihre Mutter frühstückt in der Küche.“

Ich werfe einen Blick in die Küche, winke meiner Mutter kurz zu, dann packe ich Leslie an der Hand und ziehe sie mit mir hoch, bis in mein Zimmer. In mein ehemaliges Zimmer. Oder welchen Status es auch immer jetzt hat.

Ich bleibe vor dem großen Kleiderschrank stehen. „James wird seine Sachen in einem anderen Zimmer unterbringen müssen."

„Haha."

„So viele sind es ja gar nicht, wie ich gesehen habe."

„Ist halt ein Mann."

„Ja. Also, mal sehen." Ich hole einen normalen Schlüpfer hervor, kurze Jeans und ein helles Top. Leslie kriegt große Augen.

„Ich dachte, das wird eine Pressekonferenz?"

„Genau!", erwidere ich strahlend.

Dann ziehe ich mich erst aus und dann wieder an. Die Jeans sind kurz, nach der Art „Deine halbe Arschbacke hängt heraus", aber genau darum geht es. Ich sehe aus wie bei der Prügelei.

„Und warum?", erkundigt sich Leslie.

„Ist das nicht völlig klar?"

„Mir nicht. Ernsthaft."

„Eigentlich sind es mehrere Gründe. Zum einen lenke ich sie so von meinen Antworten ab und niemand bekommt es mit, wenn ich mal Blödsinn erzähle, was ich befürchte. Und zweitens ist das doch schon mal eine gute Werbung für CSE, wenn ich sie schon übernehme."

„Wenn du was machst?!"

Ich blicke sie überrascht an. „Hat James es gar nicht erzählt?"

„Was denn?"

„Ups. Na ja, wir waren gestern ja bei meinem Vater, wegen der Pressekonferenz."

„Ja, das weiß ich. Und?"

„Und als wir gerade gehen wollten, fragte er mich, ob ich denn die Firma übernehmen würde."

Leslie starrt mich an. „Was?!"

„Genau so muss ich auch ausgesehen haben."

„Die ganze Firma?“

„Halbe Sachen machen Carters nicht.“

„Äh, ja, das ist allerdings wahr. Okay, jetzt muss ich mich setzen.“

Wir gehen beide zum Bett und setzen uns auf den Rand. Leslie mustert mich nachdenklich.

„Was hast du gesagt?“

„Ich habe gefragt, ob ich darüber nachdenken darf. Er hat gesagt, dass ich das natürlich darf. Er wird auf keinen Fall weitermachen. Das hat mit den Erlebnissen zu tun. Ihm ist klar geworden, wie schnell alles vorbei sein kann und dass es andere, wichtige Sachen gibt im Leben, die er bisher vernachlässigt hat. Und er möchte ungern verkaufen, zumal er niemanden weiß, der besser dafür geeignet wäre als ich.“

„Das stimmt natürlich.“

Jetzt starre ich sie an.

„Was?“

„James hat das auch gesagt, und meine Mutter denkt das auch. Aber wieso?“

„Ist dir das wirklich nicht klar?“

„Würde ich dann fragen?“

Leslie nimmt meine Hände und schaut mir tief in die Augen.

„Du hast ein seltsames Selbstbild.“

„Aha.“

„Also, erstens kennst du die Firma sehr gut durch die letzten vier Jahre. Wer sonst war in allen Abteilungen?“

„Ich war auch nicht in allen. Und ich hasse Buchhaltung.“

„Das dürfte keine Seltenheit sein, aber dafür gibt es die Buchhalter. Zweitens: Du bist eine Führungspersönlichkeit.“

„Ich?“

„Ja, klar. Erinnere dich, wie oft du diejenige warst in der Schule, die die Initiative übernommen hat. Entweder gingen die Aktionen sowieso von dir aus oder du hast die Führung übernommen. Vor allem kannst du die Leute begeistern. Das ist vielleicht das Wichtigste."

„Hm. Du denkst also, ich sollte das machen?"

„Das kannst nur du entscheiden. Die Voraussetzungen hast du, soweit meine bescheidene Meinung da eine Rolle spielt. Aber du musst es natürlich auch wollen."

„Ja, das ist wahr." Ich seufze. „Ich habe das Gefühl, dass ich es machen werde. Schon allein, weil ich meinen Vater nicht enttäuschen will. Ich meine, er hat sich wirklich sehr verändert in seinem Verhalten mir gegenüber."

„Ich glaube schon, dass das eine sehr eindrückliche Erfahrung war."

Ich nicke. „Also schön. Lass uns zurückgehen, bevor James eine Vermisstenanzeige aufgibt."

„Wäre doch cool. Ich meine, wie könntest du verlorengehen, wenn dich jeder Polizist kennt?"

„Sehr witzig."

Meine Mutter wartet fertig angezogen unten. In einem weißen Sommerkleid mit Blumen!

„Wo willst du denn hin?", erkundige ich mich.

„Auf die Pressekonferenz."

„Die ist doch erst um elf."

„Ich weiß. Aber ich will rechtzeitig da sein."

„Äh … Wir wollen noch frühstücken. Ist doch erst neun Uhr."

„Ja, macht ruhig. Ich setze mich solange zu Monica, habe sie jetzt schon eine Weile nicht gesehen."

Wir begleiten sie nach draußen, sie setzt sich in ihren Wagen, wir gehen nach nebenan und winken ihr vom Tor aus noch zu.

James finden wir am Tisch. Er frühstückt in aller Ruhe. Als wir ankommen und er meinen Aufzug bemerkt, zieht er eine Augenbraue hoch, sagt aber nichts. Stumm deutet er auf die beiden Stühle rechts und links von ihm.

Wir setzen uns hin und sehen uns fragend an. Leslie zuckt die Achseln. Anscheinend besteht keine akute Gefahr. Nun ja, sie kennt ihren Vater besser als ich, schätze ich.

„Wir fahren um zehn los“, sagt er plötzlich. „Fiona soll eine halbe Stunde früher da sein.“

„Meinst du wirklich, wir brauchen eine halbe Stunde? Vielleicht sollte ich fahren.“

Leslie verschluckt sich, James' Reaktion fällt verhaltener aus. Er kaut ruhig zu Ende, dann sieht er mich an an und deutet ein Lächeln an.

„Du wärst die Erste, die ein Ziel schneller erreicht als ich.“

„Echt? Irgendwann werden wir das mal ausprobieren. Aber vielleicht besser nicht heute.“

„Da bin ich ja mal gespannt“, bemerkt Leslie. „Dad kann wirklich sehr gut Auto fahren.“

„Ich bin besser darin, Motorradfahrer unter Lastwagen zu drängen.“

„Eine überlebenswichtige Fähigkeit“, erwidert James nickend. „Willst du wirklich so die Pressekonferenz machen, mein Schatz?“

„Ja.“

James sieht mich wieder an und denkt nach. Vermutlich darüber, warum ich das tue und ob er mit mir darüber diskutieren sollte. Er sagt nicht, ob es wirklich so ist, er sagt einfach gar nichts. In jedem Fall eine gute Entscheidung.

Nach dem Frühstück macht Leslie uns allen einen Kaffee, danach gehen sie und James nach oben, sich umzuziehen. Ich bleibe allein in der Küche.

Irgendwie ist das eine seltsame Situation. Alles an ihr ist seltsam. Ich saß gerade hier mit meiner besten Freundin. Ich saß gerade hier mit dem Mann, den ich wirklich wahnsinnig liebe, wie ich inzwischen sehr genau weiß. Ich saß hier und frühstückte, bevor ich mit den beiden zu einer Pressekonferenz fahre, die ich gebe, weil ich plötzlich als Nationalheldin gelte, weil ich meine Eltern gerettet habe. Eigentlich waren es ja die Leute vom Sondereinsatzkommando, aber okay, ich hatte einen Anteil daran, das lässt sich nicht leugnen.

Und ich wurde vergewaltigt. Von vier Arschlöchern, die alle tot sind. Mindestens einen von ihnen habe ich mit den eigenen Händen getötet.

Das ist ein unglaublich befriedigendes Gefühl, aber ich habe gleichzeitig auch ein ziemlich fieses Gefühl, dass es mir so viel Freude bereitet, einen Menschen getötet zu haben. Gut, es waren mehr als einer, aber das Töten der anderen bereitet mir keine Freude. Sondern was?

Es fällt mir schwer, überhaupt ein Gefühl zu erkennen. Aber das ist wahrscheinlich normal in so einer Situation, wie mir James vor ein paar Tagen erklärt hat. Auch die Freude. Seiner Meinung nach kommt sie daher, dass ich dabei unmittelbar und physisch so viel Macht über ihn hatte, wie er zuvor über mich während der Vergewaltigung.

Es war nicht einfach bloß Rache, James nannte es Befreiung aus der Selbsterstarrung, die typisch sein soll für Vergewaltigungsopfer. Das Gefühl der Ohnmacht dabei würde die Opfer erstarren lassen. Auch die Männer, wenn sie vergewaltigt werden. Sie noch mehr, weil sie noch mehr als Frauen daran gewöhnt sind, die Macht zu haben. Die totale Machtlosigkeit zu erleben wäre für sie darum noch schlimmer, falls der Schrecken sich überhaupt steigern lässt.

Na dann dürfte für Clark der Schock so richtig heftig gewesen sein.

Gut so, du verficktes Arschloch!

„Fiona?“

Ich zucke zusammen und bemerke Leslie, die neben mir steht.
„Was?“

„Wieso weinst du? Und warum reagierst du nicht?!“
Ich berühre mein Gesicht, es ist tatsächlich feucht. Ich wische
die Tränen ab und zucke die Achseln. „Sorry. Ich habe nur an
das Flugzeug gedacht.“

„Bist du sicher, dass du die Pressekonferenz machen willst?“
Ich nicke. „Ja, keine Sorge. Ich habe mit James darüber gesprochen, über diese Sache, er hat es mir erklärt. So tief werden
wir auf der Konferenz ganz sicher nicht gehen.“

„Na gut, du musst es wissen. Ich werde in der Nähe sein,
okay?“

„Das wäre super. Danke.“ Ich umarme sie kurz, dann erhebe
ich mich, denn auch James ist fertig.

Er fährt selber. Allerdings dränge ich auch nicht ernsthaft
darauf, am Steuer zu sitzen. Ich setze mich sogar freiwillig nach
hinten und muss Leslie regelrecht zwingen, vorne zu sitzen.
Aber mir tut es einfach mal gut, nachzudenken und dabei zu
wissen, dass ich in Sicherheit bin, bei Menschen, die mich lieben
und die ich liebe.

Bei CSE sind die ersten Anzeichen zu sehen. Da zum Glück
niemand den Wagen von James erkennt, kommen wir ungehindert in die Tiefgarage. Meine Firmenkarte habe ich diesmal
dabei, so können wir direkt nach oben fahren.

Monica starrt mich aus großen Augen an, als wir ins Büro
spazieren. Sie sitzt zusammen mit meiner Mutter an dem Be-
suchertisch, beide haben Kaffee vor sich.

„Entschuldigen Sie“, sagt sie erschrocken. „Das … das ist
etwas überraschend.“

„Kein Problem“, erwidere ich lächelnd.
Die Reaktion meines Vaters fällt etwas verhaltener, aber im
Prinzip ähnlich aus.

„Habe ich das richtig verstanden, du willst eine Pressekonferenz machen?", erkundigt er sich.

„Ja, genau."

„Und du meinst nicht, eine etwas diskretere Kleidung wäre angebrachter?"

„Diskreter?"

„Er meint, dass deine halbe Arschbacke raushängt", übersetzt Leslie hilfsbereit.

„Du Arschloch!" Dann sehe ich die Gesichter meiner Eltern und Monicas, die das Spiel nicht so gut kennen wie James. Unwillkürlich muss ich lachen. „Sorry! Schaut euch James an, der weiß Bescheid."

„Gut, dann weiß ich jetzt auch Bescheid", sagt mein Vater. „Im Prinzip hat Leslie erfasst, was ich sagen wollte."

„Ich weiß. Das ist die Kleidung, die ich damals anhatte, als ich in die Kneipe ging, wo ich Brodwich gefunden habe."

„So bist du da hingegangen?", fragt James. „Du bist … mutig."

„Wolltest du wirklich mutig sagen, mein Schatz? Halt, antworte lieber nicht. Okay, die Journalisten sollen ruhig etwas zu sehen bekommen und merken, dass keine Frau eine Nutte ist, weil sie so herumläuft. Und vor allem ist das keine Aufforderung zum Begrabschen oder Vergewaltigen. Meine Vergewaltiger sind tot. Sie haben meine Körpersprache offenbar falsch verstanden."

„Hm", erwidert mein Vater. „Ich denke, ich verstehe, worauf du hinauswillst. Aber ganz sicher bin ich mir nicht, ob das der beste Weg ist und ob alle deine Intention verstehen werden."

„Ich werde es herausfinden. Und wenn nicht, dann nicht. Ist jetzt eh egal, außerdem habe ich mich entschieden, so zur Pressekonferenz zu gehen und möchte darüber nicht mehr diskutieren."

Vor allem merke ich, dass ich den Tränen schon wieder nahe bin. Das wird zu viel, das Verhalten meines Vaters erinnert mich zu sehr daran, wie er früher war.

Anscheinend merkt er das auch und er reagiert dann doch eben anders als früher. Er steht auf und kommt zu mir. Nach einem kurzen Moment nimmt er mich in die Arme und zieht mich an sich.

„Ist in Ordnung, Fiona. Ich weiß, dass du es richtig machen wirst. Okay?" Dabei sieht er mich fragend an.

Ich nicke nur stumm, aber es tut verdammt gut.

Er besteht dann noch darauf, dass mich kurz die Maskenbildnerin in Behandlung nimmt. Eigentlich ist sie keine Maskenbildnerin, aber sie arbeitet in der Marketingabteilung und hat die Aufgabe, für das entsprechende Aussehen der Leute in der Öffentlichkeit zu sorgen. Wir kennen uns flüchtig.

Sie lächelt mir aufmunternd zu, während sie ein wenig an meiner nicht vorhandenen Frisur herummacht und etwas Schminke aufträgt. Allerdings sehr, sehr dezent, vor allem um meinen Augen herum. Wohl nicht ohne Grund.

Danach fahren wir nach unten.

Es ist zehn vor elf. Und der Saal ist voll. So richtig voll. Voller als voll. Sie stehen bis nach draußen.

Hallo?

Als ich es sehe, drehe ich mich wieder um. „Ich will hier weg!"

Leslie hält mich fest. „Schätzchen, das solltest du dir jetzt sehr genau überlegen. Sie haben dich inzwischen gesehen. Wenn du jetzt einen Rückzieher machst, ist das ganz beschissen."

Ich starre sie an und frage mich, warum sie eigentlich ausgerechnet heute pinkfarbene Jeans trägt.

„Wieso pink?"

„Was?"

„Deine Jeans!"

Sie schaut an sich hinunter. „Hast du ein Problem damit?"

„Nein. Meinetwegen kannst du auch nackt gehen."

„Hättest du wohl gerne!“

Ich grinse sie an. „Stimmt, dann würde niemand auf mich achten. Also schön, auf in den Kampf.“

„So gefällst du mir schon besser, Schätzchen.“

Vom Blitzlichtgewitter geblendet marschieren wir in den Saal ein wie die Gladiatoren in die Arena. Nur warten hier glücklicherweise keine echten Löwen. Aber höllisch laut ist es. Und voll. Wirklich voll. So richtig voll.

Verdammte Scheiße, was habe ich schon wieder angerichtet? Wieso kommen alle Journalisten des Landes, wenn ich mal zur Pressekonferenz lade?

Ich hätte doch was Gescheites anziehen sollen.

Fuck, fuck, fuck!

Links von der kleinen Bühne sind die Stühle für meinen Geleitschutz, also Leslie, James und meine Eltern. Auf der Bühne selbst ein Rednerpult, Mikrofon und ein Glas Wasser. Sonst nichts und niemand. Ach ja, ich hatte ja angekündigt, dass ich selbst moderiere.

Unter welchen Drogen stand ich da nur?

Ich gehe also zum Podest, nehme das Mikrofon an mich und drehe mich um – zu der Meute.

Es wird still.

Ich mustere das Mikro. Zum Glück hatte ich schon mehrmals bei Messevorbereitungen mitgeholfen und weiß daher, wie das Scheißding funktioniert. Das fehlte jetzt noch, dass ich mich damit blöd anstelle.

Ich schalte es also ein und brülle die ersten Worte: „Guten Morgen zusam... Entschuldigung, ich habe vergessen, wie laut die Dinger sind. Wenn jemandem das Trommelfell geplatzt sein sollte, rufe ich einen Krankenwagen. Laut genug ist es ja, dass die es selbst in der Klinik hören.“

Alle lachen. Der erste Punkt geht an mich. Ich wusste gar

nicht, dass ich das so gut kann.

„Wenn jemand von Ihnen was sagen will, da laufen rechts und links zwei junge Damen mit je einem Mikro durch die Gegend. Einfach Hand heben und Frau Lehrerin ruf... Schon okay, Letzteres ist nicht nötig. Also, nachdem jetzt hoffentlich alle wieder normal hören können, fange ich einfach neu an. Guten Morgen, zusammen. Ehrlich gesagt bin ich etwas über den Andrang überrascht. Sind Sie alle sicher, bei der richtigen Veranstaltung zu sein? Das hier ist eine Pressekonferenz und es geht um so einen Entführungsfall. Wer sich verirrt hat, bitte jetzt aufstehen und unauffällig gehen. - Niemand? Echt jetzt? Unfassbar.“

Ich mache einige Schritte rückwärts und trete neben dem Pult auf die Bühne.

„So habe ich einen besseren Überblick. Na schön, dann gehe ich davon aus, dass wirklich alle zu dieser Pressekonferenz wollen. Wie Sie sehen können, gibt es Getränke, Sie dürfen gerne aufstehen und sich bedienen. Möglichst nicht alle gleichzeitig, dann könnte es eng werden. Ähm, ja. Vielleicht kurz etwas zu mir. Eigentlich müssten Sie ja als Journalisten ihre Hausaufgaben gemacht haben, und gerade deswegen wäre es mir lieb, wenn die alten Bilder, auf denen ich halbnackt auf irgendwelchen Tischen tanze, im Archiv bleiben könnten. Wie Sie sehen, habe ich auch heute nicht viel mehr an, nur tanzen werde ich nicht. Sorry.“

Ich werfe einen kurzen Blick nach rechts und sehe, dass Leslie vor Lachen fast vom Stuhl fällt. Auch die anderen wirken amüsiert. Gut, Lachen ist wichtig, so viel habe ich gelernt. Bring die Leute zum Lachen und du hast sie auf deiner Seite.

Mir wird bewusst, dass ich das Mikro beidhändig vor der Brust halte, als würde ich beten. Also stecke ich meine linke Hand in die Hosentasche, aber das ist wohl auch nicht viel besser, zumal die Jeans wirklich verdammt kurz und verflucht eng ist. Ich könnte fast masturbieren.

Was mache ich bloß mit der blöden Hand? Herunterhängen lassen fühlt sich doof an. In meiner Verzweiflung hake ich den Daumen schließlich in einer Gürtelschlaufe ein.

„Okay, ich bin Fiona Carter, mein Vater ist CEO hier, da sitzt er, neben ihm meine Mutter. Aus bekannten Gründen ist mein Bruder nicht dabei. Und wie Sie alle wissen, wurde er getötet, weil ..." Oh, oh, das wird hart. „... weil er sich mit den falschen Leuten eingelassen hat. Darauf würde ich gerne nicht näher eingehen, auch nachher in der Fragerunde nicht, okay? Jedenfalls habe ich dieselben Leute auch etwas verärgert und beim Versuch, mir das auszutreiben, haben sie nur meine Eltern angetroffen und kurzerhand mitgenommen." Ich werfe einen Blick auf die Erwähnten, damit ich notfalls sofort zur Fragerunde übergehen kann, aber sie scheinen es einigermaßen gut zu verkraften. Also atme ich tief durch und fahre fort: „Ohne in die Details zu gehen, die Entführer ließen mich wissen, dass sie 10 Millionen Dollar und ein Flugzeug haben wollen. Um ihren Forderungen Nachdruck zu verleihen, erhielt ich Päckchen mit ... mit Fingern meiner Mutter. Also besorgte ich das Geld und ging zur Übergabe. Danach lief es nicht ganz nach Plan, denn sie behielten das Geld, meine Eltern und mich. Mit Letzterem hatte ich sogar gerechnet, schließlich waren sie sauer auf mich. Danach fuhren wir alle zusammen auf den Flughafen und stiegen in das Flugzeug ein. Dort gab es Probleme mit der Tower, die nicht ganz zufällig keine Starterlaubnis erteilen wollte. Vielmehr diente das der Ablenkung, damit das Sonderkommando eine Chance hatte, in die Nähe des Flugzeugs zu kommen. Womit niemand gerechnet hat, dürfte die Tatsache sein, dass ich keine Lust hatte, irgendwohin zu fliegen und daher die Entführer bat, hier zu bleiben. Dabei kam es zu Schusswechseln und das Sonderkommando stürmte das Flugzeug. Die Entführer starben alle, auf unserer Seite gab es zwei Verluste und einige Verletzte. So, das war es." Ich atme erneut tief durch.

„Haben Sie nicht etwas Bedeutendes ausgelassen?!", ruft jemand.

„Ich habe einige Details weggelassen, aber ich schätze, Sie meinen die Tatsache, dass vier dieser Arschlöcher mich im Flugzeug vergewaltigt haben, während meine Eltern zusehen durften? Ja, genau, das habe ich gerade weggelassen, weil ich darauf noch eingehen möchte. Neben der Tatsache, dass ich einige der Entführer getötet habe, ist dies das wichtigste Thema der medialen Aufarbeitung, wie ich festgestellt habe. Und ich habe auch gelesen, dass es einige Leute gibt, die meinen, dass ich daran nicht ganz unschuldig bin, ich würde doch ein sehr freizügiges Leben führen. Okay." Ich drehe mich um die eigene Achse. „Ich habe mich heute mal bewusst so angezogen, denn so bin ich zwar niemals zur Arbeit, aber oft auf Partys gegangen. Auf Partys, wohlgemerkt, Orten des Vergnügens. Jetzt stellen Sie sich mal vor, insbesondere die Herren, Sie würden in Unterhosen auf eine Party gehen. Oder zum Einkaufen. Eigentlich egal. Selbst wenn Sie nackt wären: Würden Sie sagen, dass Sie damit allen Frauen, denen Sie begegnen, automatisch die Erlaubnis geben, an Ihre Eier zu fassen? Ihnen auf den Hintern zu klopfen? Die Wange zu streicheln? Eindeutige Angebote zu machen? Ja? Oder doch eher nein?"

Ich halte inne und mustere die Leute, vor allem die Männer. Alle halten den Atem an und starren mich entgeistert an. Damit haben sie eher nicht gerechnet, schätze ich.

„Ihr Schweigen interpretiere ich mal als ein Nein. Und wissen Sie was? Genauso sehe ich das auch. Schauen Sie mal, ich drehe mich um, Sie sehen ein ganz kleines Stück von meinem

Hintern, weil die Hose wirklich sehr knapp ist. Sozusagen eine Pomanschette. Was denken Sie, wem von Ihnen gebe ich durch das Tragen dieser Kleidung die Erlaubnis, mich anzufassen? Genau, niemandem! Und was bringt Sie auf diese Idee? Ich gebe Ihnen die Antwort: Weil es völlig absurd wäre, davon auszugehen, ich würde Ihnen, für mich wildfremden Leuten, diese Erlaubnis geben. Selbst wenn wir uns kennen würden, wäre es absurd. Richtig?"

Ich halte inne und atme tief durch.

„Wenn ich mit jemandem Sex haben will, kriegt derjenige es auf jeden Fall mit. Ich bin bei einer solchen Ansage sehr deutlich. Und glauben Sie mir, das sind alle anderen Frauen auch. Und die Männer eigentlich auch. Es dürfte eine absolute Ausnahme sein, dass das Objekt der Begierde eines Menschen nicht kapiert, was Sache ist. Und selbst das ist nicht wirklich schlimm, denn niemandem passiert etwas, was er nicht will. Also, ich will, dass Sie alle in Ihrem Bericht schreiben, was ich gesagt habe. Vor allem schreiben Sie bitte, dass ich nicht einmal, wenn ich nackt unterwegs bin, jemandem automatisch erlaube, mich anzufassen. Und dass das für alle Menschen gilt. Und wenn es jemanden geben sollte, der anderer Meinung ist, dann soll er bitte zu mir kommen, sich nackt vor mir ausziehen und sich dann überraschen lassen, was geschieht. Und ich verspreche Ihnen, er wird sehr überrascht sein! Danke, das war es. Sie dürfen jetzt Ihre Fragen stellen."

„Du hast es auf die Titelseite geschafft!" Leslie hält die „Skyliner" hoch, auf der ich zu sehen bin, in den kurzen Jeans, das Mikro wie ein Schwert vor mir haltend. Sieht irgendwie schon … seltsam aus. Ich kann es kaum glauben, dass die Kleine da auf dem Bild neun Männer zusammengeschlagen hat.

„Wer ist die Süße denn?", erkundige ich mich.

„Ich denke, du hasst es, wenn du so genannt wirst?“

„Das stimmt. Aber ich habe wohl vergessen, es mir selbst auch zu sagen.“

„Leidest du jetzt auch noch an Persönlichkeitsspaltung?“

„Was heißt hier auch noch?!“

Leslie zuckt die Achseln.

„Hallo!“

„Na ja, schwarze Pisse und so, sage ich nur.“

„Aha. Arschloch.“

„Genau. Willst du ein Brötchen?“

„Ja. Und Kaffee!“

Leslie grinst und während ich mich hinsetze, springt sie auf, um die Bestellung auszuführen. Unterdessen kommt auch James an. Immerhin trägt er jetzt eine etwas andere Farbe als gestern, ansonsten hat sich seine Kleidung nicht wesentlich verändert. Meine schon, ich trage einen Jogginganzug, allerdings nicht meinen pinkfarbenen, sondern einen schwarzen. Heute wird gearbeitet.

„Habe ich was von Titelseite gehört?“, erkundigt sich James, während er sich mein Brötchen nimmt, es aufschneidet und reichlich mit Marmelade beschmiert. Dann legt er die beiden Hälften wieder auf meinen Teller.

Ich starre erst die Brötchenhälften an, dann ihn.

„Iss“, sagt er. „Du musst zu Kräften kommen, so wie du dich gestern verausgabt hast.“

„Du doch auch.“

„Ich habe doch gar nicht geredet auf der Pressekonferenz.“

„Ach so, das meinst du.“

Leslie verschüttet vor Lachen meinen Kaffee und muss einen neuen machen, dann noch einen für ihren Vater. Dabei ist sie immer noch am Lachen.

„Leute“, sagt sie schließlich, „ich werde wegen euch leiden.

Habe jetzt schon Bauchmuskelkater!"

„Kannst ja Stöpsel in deine Ohren machen, Schätzchen."

„Nein, dann verpasse ich ja alles!"

„Dann musst du halt leiden. Das Leben ist ungerecht. Sieh mich an."

„Wieso, was ist mit dir? Ich meine, klar, ich weiß ja, was du durchgemacht hast."

„Das meine ich nicht."

„Sondern?" Leslie mustert mich ernst.

„Alles. Nein, nicht alles. Das mit den Wunden, dass sie so schnell heilen. Und neuerdings habe ich ständig das Gefühl, ich würde beobachtet. Selbst wenn ich alleine bin."

„Hm", sagt Leslie. „Seit wann?"

„Na ja, wenn ich so genau darüber nachdenke, auch seit der Schlägerei, seitdem meine Wunden so unheimlich schnell verheilen."

„Was genau meinst du mit beobachtet werden?", fragt mein Verlobter nachdenklich.

„Äh … Weißt du nicht, wie es sich anfühlt, wenn dich jemand ansieht?"

„Doch, aber dann weißt du ja, dass dich jemand ansieht. Es gibt auch das Gefühl, beobachtet zu werden, ohne dass du weißt, dass du beobachtet wirst."

Ich stutze. Er hat recht, das ist wirklich nicht dasselbe.

„Letzteres", sage ich schließlich.

„Vielleicht hat es mit dem zu tun, was deine Verletzungen so verheilen lässt. Was das auch immer ist."

„Hast du von so was schon mal gehört?"

Er schüttelt den Kopf. Irgendwie glaube ich, dass er nicht alles sagt, was er dazu sagen könnte. Vielleicht hat es ja mit seiner Arbeit früher zu tun, dann darf er es natürlich nicht erzählen. Aber was, wenn es erklären würde, was mit mir los ist?

„Tut es nicht.“

„Was?“

„Du hast dich gefragt, ob ich etwas weiß, was dir helfen könnte. Durch meine Arbeit als Geheimagent.“

„Äh … Ja, das stimmt.“

„War ja nicht schwer zu erraten.“

„Aber du hast bestimmt viele Dinge gesehen oder gehört, die normale Menschen nicht hören oder sehen. War da nichts dabei, was wenigstens ein Hinweis sein könnte?“

„Ich bin also nicht normal?“

Was ist jetzt schon wieder? Dann wird mir klar, was ich gerade gesagt habe und wende mich kopfschüttelnd ab, um in eine der Brötchenhälften zu beißen.

James nimmt mein Kinn, dreht mein Gesicht in seine Richtung und gibt mir einen Kuss. Vielleicht will er aber auch nur etwas von meiner Marmelade haben.

„Nein, leider nicht. Nichts, was dazu passt. Es könnte zum Beispiel eine Mutation sein, aber ich glaube, das würde sich auch auf andere Arten noch bemerkbar machen. Es gibt ja kein Gen, das für die Heilung zuständig ist, das ist ein komplexes Zusammenspiel, das wiederum genetisch beeinflusst werden kann. Aber wohl kaum so gezielt.“

„Es ist ja nicht nur die Heilung“, erwidere ich. „Je öfter ich über diese Sache mit den neun Männern nachdenke, desto erstaunlicher finde ich es. Ich meine, du hast doch bestimmt auch eine gute Nahkampfausbildung?“

Er nickt.

„Würdest du neun Männer, die das Kämpfen auf der Straße gewohnt sind, so verprügeln können?“

„Heute sicher nicht mehr. Früher, weiß ich nicht. Wahrscheinlich nicht ohne größere Blessuren. Schon allein dieser Brodwich sah nach einem ordentlichen Brocken aus.“

„Eben. Ich glaube, da gibt es einen Zusammenhang, aber ich habe keine Ahnung, welchen.“

„Ich werde mal ein paar Kontakte anzapfen. Vielleicht weiß jemand etwas.“

Ich lege meine linke Hand auf seinen Unterarm. „Ich möchte damit kein Aufsehen erregen. Lieber bleibe ich unwissend, als auf einem Seziertisch zu landen.“

„Keine Sorge, ich mache es öffentlich. Ich meine, diskret.“

„Dad, du scheinst gute Laune zu haben, deinen Scherzen nach zu urteilen.“

Beinahe rutscht mir heraus, dass er ja auch tiefenentspannt sein muss, kann mich aber gerade noch beherrschen. Ich habe ja eine Menge intimer Gespräche mit Leslie geführt, wie Freundinnen das halt so tun, vor allem, als das mit den Jungs für uns beide noch Neuland war.

Aber es gibt Grenzen.

„Geht arbeiten. Oder lernen.“

„Und was machst du?“, fragt Leslie provozierend.

„Haushalt.“

Sie prustet los. Während sie noch nach Luft ringt, falte ich aus meiner Serviette ein Flugzeug und werfe es nach ihr. Leider fliegt es schief und verfehlt sie um die halbe Küche.

Scheißtechnik.

Doch dann wird es tatsächlich Zeit, die beiden verlassen gemeinsam das Haus, da James Leslie zur Uni fährt. Sie hat zwar ein Auto, aber sie nutzt es eher selten. Und jetzt bleibt es sowieso da, falls ich mal eins brauche. Luxus pur, ich könnte auch den SUV meiner Mutter haben.

Eigentlich ist mir aber überhaupt nicht danach, irgendwohin zu fahren. Ich gehe baden, die Erinnerung an die Nähe von James, an seine Berührungen, seine Küsse und was er sonst noch getan hat, lässt mich feucht werden. Ich versuche, es zu ignorieren, aber als ich mich wieder anziehen will, werde ich richtig kribbelig. Schließlich gebe ich dem Drang nach und werfe mich aufs ungemachte Bett. Danach lohnt es sich wenigstens, das Bettzeug zu waschen.

Das allerdings stellt ein Problem dar. Ich brauchte in meinem ganzen bisherigen Leben nicht zu waschen. Das mag ein Luxusproblem sein, aber es ist dennoch ein echtes.

Ich bin ja nicht blöd, Technik kann ich eigentlich auch, ich verstehe, wie die Waschmaschine funktioniert, alles kein Thema. Aber die Bettwäsche soll mit höchstens 60 Grad gewaschen werden, und die Waschmaschine hat einige Programme mit 60 Grad. Ist Bettzeug Feinwäsche? Nehme ich das Baumwollprogramm? Oder Wolle? Nein, Wolle nicht. Aber Feinwäsche wird niedriger geschleudert als Baumwolle. Wahrscheinlich gibt es auch noch andere Unterschiede.

Das kann nicht wahr sein. Ich habe eine Entführung überlebt und scheitere an so einer dämlichen Waschmaschine?

Wütend suche ich das Telefon und rufe meine Mutter an.

„Möchtest du einen Kaffee?“, erkundige ich mich.

„Ja, Kaffeepause wäre gut. Komm doch rüber.“

„Äh … Ich dachte, bei uns.“

Stille. Dann: „Wobei soll ich helfen?“

Verflucht!

„Ich will Bettzeug waschen“, sage ich schließlich.

„Ich gehe mal davon aus, dass James eine automatische Waschmaschine hat.“

„Ja“, antworte ich.

„Da müsste doch auch ein Programm für Baumwolle sein. 60 Grad. Früher wurde Bettwäsche gekocht, aber ich finde das heutzutage übertrieben.“

„Kannst du trotzdem kommen?“

Als ich ihr dann die Tür aufhalte, lächelt sie mich an, aber so ohne jede Schadenfreude, dass ich es mir nicht verkneifen kann, sie zu umarmen. Als Erstes gehen wir in den Waschraum. Sie braucht nur Sekunden, um die scheißverfluchte Waschmaschine in Gang zu setzen.

Danach mache ich uns beiden Kaffee, immerhin das bekomme ich auch ohne Hilfe hin, und wir setzen uns nach draußen in den Schatten.

„Dein Vater ist wie ausgewechselt“, sagt sie und beobachtet eine Katze, die plötzlich auf dem Zaun steht, der das Grundstück vom Wald abgrenzt.

„Heute auch noch?“

„Du meinst, wegen deiner sehr interessanten Rede bei der Pressekonferenz? Ich glaube, du hast vielen Menschen aus der Seele gesprochen. Und vor allem glaube ich, dass gerade dir die Menschen glauben, du weißt, was du sagst.“

„Weil ich vergewaltigt wurde?“

„Nein, weil du dich wehrst. Ich habe ja sicher nicht alles mitbekommen, was du früher so … getrieben hast, und ich denke, das ist auch besser so, aber ich bin mir ziemlich sicher, dass du dich immer gewehrt hast, wenn es nötig war.“

„Oh ja“, erwidere ich und denke an Gregg und sein schmerzverzerrtes Gesicht, nachdem das Arschloch mich zum Abschied auch zum Sex zwingen wollte. Dabei hätte ich ohne dieses Erlebnis niemals Phil getroffen und die zweitschlimmsten Tage meines Lebens wären mir erspart worden.

Allerdings auch die schöne Zeit mit Phil.

„An wen hast du gedacht?“

Ich zucke die Achseln, dann lehne ich mich zurück und ziehe die Beine an.

„Es ist auch die Summe meiner Erfahrungen. Jedenfalls hätte ich nicht gedacht, dass mein Vater mal mein größter Fan wird.“

„Oh ja, er findet neuerdings einfach alles toll, was du machst.

Das ist wirklich unglaublich.“

„Es wird ja vergehen. Ich meine, ich hoffe natürlich, dass unser gutes Verhältnis erhalten bleibt, aber im Moment steht er noch unter dem Einfluss der Erlebnisse. Ich glaube, Psychotherapeuten kennen das.“

„Wahrscheinlich.“ Meine Mutter nickt. „Und du? Bist du glücklich?“

Ich sehe sie an. „Fragst du mich das nach einem Tag? Und heute Nachmittag ziehe ich doch erst um, wenn Leslie und James nach Hause kommen. Aber ja, ich … Weißt du, ich bin immer noch völlig durcheinander. Ich freue mich, dass wir alle überlebt haben. Dann denke ich wieder an Norman und könnte heulen. Oder an die Kinder. Die haben ja wenigstens überlebt, physisch jedenfalls. Dann sehe ich James und bin wieder total happy. Das ist ganz schön anstrengend, dieses Hin und Her.“

„Kann ich mir gut vorstellen. Vielleicht sollte ich dich nicht mit solchen Fragen quälen.“

„Das ist wirklich eine gute Idee.“ Ich greife nach meinen Zigaretten und zünde mir eine an. Ausnahmsweise raucht meine Mutter mit. Das passiert wirklich sehr selten.

Und schafft es tatsächlich, nichts zu sagen. Hat auch was, gab es schon lange nicht mehr, dass ich irgendwo mit meiner Mutter saß, Kaffee trank und rauchte und wir uns trotzdem verstanden. Das berühmte beredte Schweigen. Irgendwie.

Meine Mutter hilft mir später auch beim Kochen. Genauer gesagt, sie kocht, ich schaue zu und helfe. Zwiebeln schälen kann ich, reinigt die Tränendrüsen.

Als dann James hereinkommt und den gedeckten Tisch mustert, stelle ich mich vor ihn und erkläre: „Gewöhne dich gar nicht erst daran!“

„Würde mir aber gar nicht schwerfallen.“

„Deswegen sage ich es ja!“

Lächelnd zieht er mich an sich. „Du kannst mich ja mit Liebe füttern.“

„Oh Gott“, entfährt es meiner Mutter. „Entschuldige.“

„Er meint es eh nicht ernst“, erwidere ich. „Oder?!“

„Alles, was du willst, mein Schatz.“

„Er meint es doch ernst und hat einfach nur Angst. Geh Hände waschen und komm zum Essen!“

Während James mit einem angedeuteten Grinsen zum Spülbecken geht, erholt sich meine Mutter. Und weil gleich darauf auch Leslie eintrifft, können wir essen.

Danach gehen wir all gemeinsam in die 11. Meine Mutter ist dabei auffällig schweigsam, obwohl sie gerade am Tisch noch gesprächig war.

Ich lege den rechten Arm um ihre Schultern. „Mama, du hast doch gerade erlebt, dass es wirklich nur nebenan ist. Du hast sogar in der Küche … äh …“

„Meine Duftmarke hinterlassen?“

„Jaaa …“

„Im Grunde ist es in Ordnung. Du bist 23, erwachsen, verliebt in einen wunderbaren Mann. Und welche Mutter kann schon sagen, dass ihre Tochter nur ein Haus weiter umgezogen ist?“

„Genau.“

„Trotzdem ist es halt ein komisches Gefühl, das vorübergehen wird.“

„Ganz bestimmt.“

Hilfreich dabei ist wohl auch, dass wir viele Sachen gar nicht erst mitnehmen. Wohin auch? Ich habe so viele Sachen, James bräuchte ein weiteres Zimmer. Obwohl, Platz ist eigentlich schon genug da. Nur an Schränken fehlt es. Das zwingt mich, ein wenig zu sortieren. Selbst so sind wir einige Stunden beschäftigt, dabei hilft uns sogar Rose. Die irgendwie genauso gekleidet ist wie gestern.

Als mein Vater heimkommt, bringen wir die letzte Ladung nach drüben und beschließen danach, dass wir uns etwas zu essen verdient haben. Mein Vater lädt uns ein, da sagen wir natürlich nicht nein.

Es wird ganz lustig, zumal Leslie einige Anekdoten aus ihrem Leben vorträgt. An jeder bin entweder ich beteiligt, oder ihr Vater. Eigentlich komme ich viel öfter vor als James. So wie es aussieht, haben wir ziemlich viel angestellt, und das meiste wussten meine Eltern noch nicht. James wohl auch nicht, wie mir sein Gesichtsausdruck verrät. Dabei stelle ich fest, dass ich noch viel lernen muss, bis ich in seinem Gesicht zuverlässig lesen kann. Der Mann würde jedes Pokerspiel gewinnen.

Gutgelaunt kommen wir zu Hause an, verabschieden uns emotional und gehen schon bald ins Bett.

Und dann kann ich nicht schlafen.

Irgendwann reicht es mir. Die Uhr sagt was von zwei Uhr, das bedeutet, dass ich zwischendurch doch ein bisschen geschlafen habe. Aber was soll dieser Scheiß? Ich und Schlaflosigkeit? Das ist ja mal was ganz Neues. Doch nicht etwa wegen des Umzugs? Werde ich schon bald wie meine Mutter?

Oh je.

Ich stehe vorsichtig auf, schnappe mir irgendein T-Shirt und gehe nach unten. Das Haus ist dunkel, außer wo ich Licht anmache. Also erst in der Küche, dann im Wohnzimmer. Ich mache mir Milch warm, suche und finde Chips und dann durchwühle ich die Kisten, bis ich ihn endlich in den Händen halte: meinen Lieblingsfilm.

Eine schlaflose Nacht und nicht einmal diesen Film zu finden, das wäre die Höchststrafe gewesen.

Ich kuschel mich aufs Sofa, drapiere Milch und Chips um mich herum und starte den Film, so laut, wie nötig, dass ich noch etwas verstehe. Obwohl ich wahrscheinlich alle Dialoge auswendig kann.

Dabei fällt mir auf, wie groß die Ähnlichkeit zwischen Cary Grant und James ist. Beide beherrschen es perfekt, mit kaum vorhandener Mimik sehr viel zu sagen. Okay, James kann das noch etwas besser.

Während der Film läuft, schweifen meine Gedanken ab. Cary Grant sieht schon elegant aus, überwiegend zumindest. Darin ähnelt er weniger James, sondern eher meinem Onkel.

Meinem Onkel, der wie aus dem Ei gepellt ankam, selbst um die frühe Uhrzeit an einem Samstag. Sein Ausbruch wegen Rollo passte nicht so ganz zu der zur Schau getragenen Nonchalance, aber …

Was hat er eigentlich gesagt? Sagte er tatsächlich etwas wegen der Zigarillos?

Ich setze mich aufrecht hin, meine Hand erstarrt mitten ihrer Bewegung zum Mund.

Mein Onkel hat den zigarillorauchenden Jay King Rollo erwähnt!

Verdammte Scheiße! Das kann einfach nicht wahr sein! Ich muss mich irren!

Ich atme tief durch und rufe mit geschlossenen Augen die Erinnerung ab. Ich war ziemlich durcheinander an dem Tag, trotzdem kann ich mich auf mein Gedächtnis verlassen. Er kam aus dem Haus und sagte, dass es Zeit würde, diesen zigarillorauchenden Mistkerl zu fassen.

Woher wusste er das?

Ich esse wie in Trance weiter. Bis plötzlich das Licht angeht.

„Was machst du denn da?", erkundigt sich James blinzelnd. Er hat sich immerhin eine Unterhose angezogen.

„Ich konnte nicht schlafen."

„Und was machst du?"

„Ich esse Chips, trinke warme Milch und schaue mir einen Film an. Möchtest du auch Milch?“

„Nein, danke. Milch ist ungesund. Aber Chips nehme ich.“ Er lässt sich neben mir fallen und greift in die Chipstüte.

„Milch ist ungesund und Chips sind gesund? Hallo?“

„Ungesund sind beide, aber Chips schmecken wenigstens gut.“

„Aha.“

Er mustert mich nachdenklich. „Was schaust du dir da an?“

„Den besten Film aller Zeiten. Ich habe ihn etwa tausendmal gesehen: ‚Leoparden küsst man nicht‘. Mit Cary Grant, der dein Vorbild sein könnte, und Katherine Hepburn.“

„Und die könnte nicht dein Vorbild sein?“

„Mein Vorbild?“

„Na, denk doch mal an ‚Rate mal, wer zum Essen kommt‘.“

„Äh, da spielt sie die Mutter!“

„Oder was ist mit ‚Die Frau, von der man spricht‘?“

„Das schon eher, aber wie Spencer Tracy siehst du nun wirklich nicht aus!“

„Du bist kleinlich. Außerdem überrascht es mich, dass du an Schlaflosigkeit leidest.“

„Mich auch. Kann mich nicht erinnern, dass ich das je hatte.“

„Hm. Und wieso dann heute? Wegen des Umzugs doch nicht? Auch wenn es dein erster ist.“

„Nein, das ist nicht der Grund. Ich bin mir nicht ganz sicher. Vorhin ist mir etwas eingefallen, und ich glaube inzwischen, es wollte raus und hielt mich deswegen wach.“

„Was ist es denn?“

Ich sehe ihn an, dabei kaue ich auf meiner Unterlippe. Er legt seinen Zeigefinger auf meinen Mund.

„Kein selbstverletzendes Verhalten!“

„Du Idiot!“ Ich muss unwillkürlich lachen, obwohl mir gar nicht danach ist, denn mir wird immer deutlicher, was es bedeutet, wenn ich recht habe. „Hör zu, ich muss noch etwas darüber nachdenken. Wenn … wenn es stimmt, dann ist es so ungeheuerlich, so schlimm … Ich will ganz sicher sein, bevor ich es auch nur ausspreche.“

„Klingt ziemlich melodramatisch.“

„Glaube mir, wenn es stimmt, dann ist das eine Katastrophe“, erwidere ich düster.

Das Lächeln verschwindet aus seinen Augenwinkeln.

„Guten Morgen!“ Leslie kommt strahlend in die Küche, dann bleibt sie abrupt stehen. „Was ist denn mit euch los?“

„Wenig Schlaf“, erwidere ich murmelnd.

„Ich würde ja gerne glauben, das liegt an eurem Zustand als Frischverliebte, aber danach seht ihr so gar nicht aus. Also raus mit der Sprache!“

James erhebt sich und nimmt unsere leeren Tassen. „Auch einen Kaffee?“

Leslie schaut ihn nachdenklich an, dann nickt sie und setzt sich links von mir an den Tisch. Sie wartet, bis ihr Vater auch wieder sitzt.

„So, jetzt aber! Was ist los mit euch?“

„Mit uns gar nichts. Hör zu, ich muss mich erst überzeugen, dass ich mich nicht irre. Ich habe es James auch nicht verraten, nur dass mir etwas aufgefallen ist. Es ist so ungeheuerlich, dass …“ Ich vergrabe das Gesicht in den Händen und kann die Tränen nicht zurückhalten.

Leslie legt ihre Arme um mich. „Schätzchen, erzähl es uns lieber. Wir werden doch mit niemandem darüber reden, ehe es sicher ist, aber du musst raus damit, sonst platzt du noch!“

Ich hebe den Kopf und nicke. „Du hast recht.“ Ich wische die Tränen mit dem Ärmel meiner Bluse ab. „Erinnert ihr euch, als mein Onkel nach der Entführung da war?“

„Ja", antwortet James.

„Als er aus dem Haus kam, sagte er, dass wir uns um den zigarillorauchenden Mistkerl kümmern müssen. Damit meinte er Jay King Rollo."

„Ja, und?"

„Rollo ist erst ein paar Tage vorher von Zigaretten auf Zigarillos umgestiegen, wie er es uns am Tag vor der Entführung ganz stolz erzählt hat."

Beide brauchen einen Augenblick, bis sie die wahre Bedeutung dieses Satzes begreifen. James ist etwas schneller.

„Scheiße", sagt er nur.

„Oh mein Gott", einige Sekunden später Leslie und starrt mich entsetzt an. „Du hast recht, wenn das stimmt, dann … dann ist das entsetzlich. Ich kann es mir gar nicht vorstellen! Er ist doch dein Onkel!"

Ich zucke die Achseln. „Was heißt das schon? Wissen wir, wie es in seinem Kopf aussieht? Ich glaube, er war nie der gesellige Typ. Immer ordentlich, ist seinen Weg gegangen. Als Polizeichef ist er aber mehr Politiker als Polizist."

„Nicht alle Politiker sind Pädophile!"

„Natürlich nicht. Aber alle Politiker müssen lernen, zu lügen. Oder hast du da andere Erfahrungen gemacht, James?"

Er schüttelt langsam den Kopf. Und ich glaube, er weiß da eine Menge.

„Okay, das sehe ich ja auch so, dass Politiker Berufslügner sind", erwidert Leslie. „Und was willst du jetzt machen?"

„Darüber habe ich schon die halbe Nacht nachgedacht. Ich … ich fahre gleich einkaufen. Ich brauche ein neues Auto und eine Digitalkamera."

„Wegen deinem Onkel?"

„Teilweise. Hört zu, ich habe eine Idee, und wenn sich der Verdacht bestätigt, sage ich euch sofort Bescheid. Okay?"

Es gefällt beiden nicht, das sehe ich ihnen an. Ich bin fest entschlossen, meine Idee umzusetzen, aber nicht sicher, ob sie ihnen gefallen würde, deswegen weigere ich mich, mehr zu sagen. In erster Linie geht es um die Kamera, aber ich brauche wirklich ein neues Auto. Dank des Sparkontos, das seit meiner Geburt bis zu meinem 18. Geburtstag fleißig gefüttert wurde, kann ich mir einen gleichwertigen Ersatz für den geschrotteten BMW leisten.

Dann fällt mir ein, dass ich ja bald auch noch CEO sein werde. Also muss ich in nächster Zeit auch noch durch Modegeschäfte rennen. Verdammte Scheiße. Und außerdem, Schätzchen, hast du dich etwa schon entschieden?

Na ja, wenn ich Nein sage, wird mein Vater wohl oder übel verkaufen müssen oder weitermachen. Beide Alternativen finde ich nicht gut.

„Fiona, Schätzchen?" Leslies Hände liegen auf meinen Oberarmen, ihr Gesicht dicht vor meinem.

„Was denn?"

„Neuerdings hast du ständig solche Ausfälle. Du reagierst dann überhaupt nicht mehr."

„Ich habe nachgedacht."

„Hast du früher nie nachgedacht? Oh weh."

Ich muss jetzt doch lachen. „Arschloch."

„Was ist mit deinen Eltern?", erkundigt sich James. „Willst du es ihnen sagen? Wann?"

„Wenn ich sicher bin. Und Jack. Ich … Okay, ganz ruhig, Fiona. Es kann auch ein Irrtum sein."

„Unwahrscheinlich, aber nicht ausgeschlossen."

Ich mustere James. „Du glaubst, dass es sich bestätigen wird?"

„Ich fürchte, ja."

Ich atme tief durch. Ein paarmal, bis ich nicht mehr das Gefühl habe, gleich ersticken zu müssen.

„Ich denke, wir sollten jetzt weitermachen. Ich nehme an, du gehst zur Uni, Leslie?“

Sie nickt.

„James?“

„Ich begleite dich.“

Darüber diskutiere ich nicht, ich bin ja froh darum. Leslie, die ungewöhnlich elegant gekleidet ist in ihrer sandfarbenen Bundfaltenhose und der dunkelgelben Bluse, fährt mit ihrem Auto, wir nehmen den Jaguar.

„Auto oder Kamera zuerst?“, erkundigt sich James.

„Fahr zu Limes Cars“, erwidere ich. „Die haben einen Vertrag mit CSE, da habe ich auch den BMW gekauft.“

„Aha.“ Ich sehe James an, doch er lässt sich nicht anmerken, was seine Bemerkung tatsächlich bedeuten soll, also starre ich wieder nach vorne und versuche, möglichst an gar nichts zu denken.

Was natürlich nicht funktioniert. Ich denke an die Kinder. Sie wurden gerettet, physisch jedenfalls, und in ein Heim gebracht, soweit keine Angehörigen aufzufinden waren. Und das galt für die meisten. Ich möchte gar nicht wissen, wo sie hergekommen sind, denn dann muss ich daran denken, was mit ihren Eltern vielleicht geschehen ist. Ich traue diesen Bastarden ja inzwischen wirklich alles zu.

Ich hoffe, ich irre mich wenigstens damit.

Limes Cars ist, entgegen des Namens, riesig. James parkt auf dem Kundenparkplatz und wir spazieren in die Ausstellungshalle. Ich trage einfache Dreivierteljeans, weiße Slipper und eine Bluse, also nichts Besonderes. Auch nichts offensichtlich Teures. James sieht ebenfalls aus wie von nebenan.

Das könnte der Grund dafür sein, dass wir plötzlich von einem jungen Verkäufer angesprochen werden: „Wenn Sie möchten, zeige ich Ihnen, wo die Gebrauchten stehen.“

Ich starre ihn an. Früher wäre er fast mein Beuteschema gewesen, mit seinem spitzbübischen Grinsen, aber jetzt gerade regt er mich eher auf.

„Ich will einen neuen. Schwanke noch zwischen einem BMW und einem Rocket. Vermutlich sollte ich mal den heimischen Markt unterstützen, was meinen Sie?"

„Nun, das finde ich natürlich sehr lobenswert. Wir haben einige 1er ..."

„Auto! Nicht Go-Kart!"

Endlich scheint er zu merken, dass ihn seine Menschenkenntnis, über die Verkäufer normalerweise verfügen, bei uns völlig in Stich gelassen hat.

„Woran denken Sie, wenn ich mal fragen darf? Oder ist es Ihr Vater ...?"

Das wird ja immer schlimmer! Ich lese seinen Namen von dem Schild auf seinem Jackett ab: „Mr Ethan Hawks, ich kaufe das Auto selbst, nicht mein Verlobter."

Sein Gesicht entgleist ihm, zumindest kurz. Immerhin, er hat sich gut im Griff, wenigstens etwas Positives, was ich über ihn denken kann.

„Ich verstehe, Miss ..."

„Carter. Fiona Carter."

Das gibt ihm den Rest. Natürlich weiß er, dass CSE Sonderkonditionen bekommt. Natürlich weiß er, dass mein Vater einer der reichsten Männer des Landes ist. Und natürlich weiß er, wer ich bin. Warum er mich nicht erkannt hat, bleibt hingegen wohl sein Geheimnis, das er wohlbehütet mit ins Grab nehmen wird.

„Das ... das tut mir leid. Ich hätte Sie vermutlich erkennen müssen ..."

„Das hätte Ihnen gleich zwei dicke Fettnäpfchen erspart, ja." Ich werfe einen Seitenblick auf James, dessen regungsloses Gesicht nichts davon verrät, wie er sich amüsiert. „Ich hätte

274

gerne ein Auto, das völlig unauffällig wirkt, während es den Porsche auf der Autobahn überholt. Ich rede natürlich von einem mit Vollgas fahrenden 911er."

„Das dürfte nicht so einfach sein, vor allem mit unauffällig."

„Am liebsten wäre mir ein Kombi."

„Ein Kombi? Der einen 911er überholt?"

Selbst James ist entgeistert, eine Augenbraue hat sich nach oben bewegt.

„Das sind meine Anforderungen, genau." Sie sind mir zwar gerade eben eingefallen, um ihn zu bestrafen, aber das muss er ja nicht wissen. So ein Auto gibt es eh nicht, das ist mir auch klar.

„Vielleicht habe ich doch etwas für Sie", sagt er plötzlich.

Was?!

„Ein R1T. Die Biester sind schon serienmäßig schnell, wenn auch keine Porschekiller. Aber wir haben einen auf Kundenwunsch getunten, dessen Käufer unerwartet verstarb. Einen Kombi, der etwa 320 schaffen dürfte. Wir wissen selbst nicht, wie der Tuner das hinbekommen hat, aber eine Probefahrt war beeindruckend."

Jetzt bin ich etwas fassungslos. Physik hat immer zu meinen Lieblingsfächern gehört. Ein Kombi, der tatsächlich jeden Porsche abhängt? Wow! Es lebe die einheimische Ingenieurskunst!

„Den will ich haben", erwidere ich. „Sofort und ungesehen!"

„Er ist natürlich nicht ganz so billig, wie andere Rockets ..."

„Okay, ich möchte ihn jetzt doch mal anschauen."

Wir werden in eine andere Halle geführt, die vollgestopft ist mit Autos, die alle sechsstellig kosten. Der getunte Rocket steht in einer Ecke. Sieht beeindruckend normal aus, bis auf die vier dicken Endrohre. Und natürlich die riesigen Räder. Ansonsten hat der Wagen alles, was heute in dieser Klasse dazugehört.

Einschließlich des Preises von 150.000 ND. Für einen Porsche wäre das nicht viel, aber Rockets haben nun einmal nicht den

Namen wie Porsche.

„120.000 und ich unterschreibe sofort", sage ich.

„Wie bitte? Der Wagen ist ..."

„Komm, James, wir gehen." Ich nehme die Hand meines Verlobten und will die Ankündigung sofort in die Tat umsetzen.

„Warten Sie! Ich muss nachfragen."

„Hören Sie, Mr Ethan Hawks, dieser Wagen steht garantiert seit einem halben Jahr hier. Sie kriegen ihn nicht verkauft, denn wer außer mir will einen fliegenden Kombi? Und das wissen Sie, das weiß ich. Auf die 120.000 bekomme ich natürlich den Hausrabatt als CSE-Mitarbeiterin, 12 %."

Mr Ethan Hawks schluckt. Dann nickt er. Ich ahnte doch, dass er niemanden fragen muss.

Er bittet uns in sein Büro, wo er den Vertrag fertigmacht. Ohne viel Gerede, er will nicht einmal meine Daten haben, das heißt, nicht von mir, steht ja alles im Computer.

„13", sage ich.

„Wie bitte?"

„Die Hausnummer. 13 statt 11. Sonst stimmt alles."

Ich fange aus dem Augenwinkel James´ Kopfbewegung zu mir hin auf, und ich könnte schwören, dass er grinst. Nur sieht das niemand außer mir.

„Ja, selbstverständlich. Vielen Dank."

Als wir eine halbe Stunde später in den Jaguar einsteigen, sagt James ruhig: „Mach es einfach."

Ich brauche einen Moment, um zu verstehen, was er mir mitteilen will. Dann schenke ich ihm ein Lächeln.

„War ich so überzeugend?"

„Mir tun jetzt schon deine Verhandlungspartner leid."

„Mein Vater kann auch knallhart verhandeln."

„Aber nicht mit so einem Lächeln."

„Halt die beste Art, die Zähne zu zeigen."

„Wohl wahr", erwidert er, während er sportlich anfährt. „Wohin jetzt?"

„In die WCM. Ist am nächsten."

Die West City Mall ist an einem Donnerstagmorgen nicht überlaufen, aber das kann mir nur recht sein. Ich brauche eine Digitalkamera, kein Publikum. Publikum hatte ich vorgestern, und die Auswirkung sehe ich mehrfach, als wir an einem Kiosk vorbeilaufen.

Ich packe James am Arm. „Weg hier. Jetzt weiß ich, warum die Stars immer mit dunklen Sonnenbrillen herumlaufen!"

„Du warst doch früher auch schon mal in den Zeitungen."

„Ja, aber da war ich halbnackt und alle haben auf meine Brüste gestarrt. Auf der Straße war aber dieses Erkennungsmerkmal immer bedeckt. Mein Gesicht sehen sie auch jetzt!"

Wie wahr das ist, stelle ich fest, als zwei junge Mädchen auf mich zukommen und ein Autogramm haben wollen. Ich erfülle ihnen den Wunsch und flüchte dann in ein Geschäft mit Modeaccessoires. Billiges Zeug, aber sie haben Sonnenbrillen. Ich suche mir die größte und dunkelste aus, um dann derart verkleidet das nächstbeste Elektrogeschäft anzusteuern.

„Du siehst so unauffällig aus, gleich rennt noch jemand gegen dich", bemerkt James.

„Halt die Klappe!"

Mit meinem Geschrei erwecke ich natürlich erst recht die Neugier einiger Leute, also drücke ich mich an James. Er versteht und ist nett genug, seinen kräftigen Arm so um meine Schulter zu legen, dass kaum noch etwas von meinem Gesicht zu sehen ist. Und wenigstens rieche ich so sein Eau de Cologne in voller Intensität. Ich spüre, wie es zwischen meinen Beinen plötzlich zu kribbeln beginnt.

Scheiße, verdammte.

Ich löse mich von ihm.

„Habe ich zu fest gedrückt?“

„Nein. Deine Nähe hat die Produktion an einer bestimmten Stelle meines Körpers angeregt.“

„Sollen wir nach Hause fahren? Oder eine Toilette suchen?“

Der zweite Vorschlag bringt mich echt in Versuchung, und würde ich nicht grad ein Fotofachgeschäft erspähen, könnte ich wohl schwach werden.

„Nachher“, erwidere ich daher.

Bis ich die Kamera in den Händen halte, habe ich mich aber so weit abgeregt, dass ich davon ausgehen kann, es auch bis nach Hause auszuhalten, wo es doch bequemer ist.

„Ich muss dich warnen“, erkläre ich James.

„Mich warnen? Wovor? Ich kenne deinen Onkel schon.“

„Schlimmer. Viel schlimmer.“

Ich mustere ihn. Wir sitzen wieder im Jaguar. Vielleicht hätten wir uns umziehen sollen. Aber wir riechen nicht nach Sex. Jedenfalls nicht sehr, wir haben uns ja danach gewaschen. Duschen wäre besser gewesen. Meine verdammte Ungeduld hat es verhindert.

Scheiß drauf, das muss auch so gehen.

Mal sehen, wie Sandra reagiert.

„Verrätst du mir, worauf ich mich einstellen muss?“, erkundigt sich James.

„Auf eine blonde Sex-Bombe.“

„Noch eine?“

„Sie ist allerdings nur dunkelblond … Wieso noch eine?! Hallo? Ich bin vieles, aber ganz bestimmt keine Sex-Bombe! Okay?“ Das kann ja wohl nicht wahr sein!

„Erstaunlich heftige Reaktion, mein Schatz.“

„Ich will nicht als Sex-Bombe bezeichnet werden!“

„Das habe ich jetzt ja verstanden.“

Ich atme tief durch. „Sorry. Bin da etwas empfindlich.“

„Wieso?“

„Was wieso?“ Ich atme erneut tief durch. „Nochmal sorry. Okay, sieh mich an. Sehe ich aus wie eine Sex-Bombe?“

„Wieso nicht?“

„Weil Sex-Bomben riesige Titten, Wespentaille und endlos lange Beine haben, was sie alles auch noch so zeigen, dass sie nichts zeigen, nicht wirklich.“

„Das ist jetzt aber kein Vorurteil, oder?“

„Doch. Nein. Ein bisschen. Okay, hör zu, ich habe vier Jahre Partyleben hinter mir. Niemand hat mich eine Sex-Bombe genannt, auch nicht, wenn ich nicht mehr als ein kleines, schwarzes Kleidchen anhatte!“

„Nicht einmal ein Höschen?“

„Je nachdem. Wenn ich auf der Party ankam, hatte ich meistens ein Höschen und Stöckelschuhe an. Das änderte sich meistens schnell. Proportional zur Menge des Alkohols in meinem Blut. Wie auch immer, ich wurde von Süße bis Flittchen alles genannt, aber niemals Sex-Bombe!“

„Flittchen?“

„Wenn wir erwischt wurden … manchmal von der Freundin.“

„Hm.“ Er wirft mir einen Seitenblick zu. „Warst du echt ständig unterwegs?“

„Klar.“

„Gab es einen Auslöser?“

„Gab es.“

„Den du mir nicht verraten willst.“

„Zumindest nicht jetzt. Vielleicht später mal. Außerdem sind wir ja da.“

Ich deute auf das riesige Gebäude, in dessen vielen Fenstern sich die Sonne spiegelt und in dem das Polizeipräsidium untergebracht ist. Hier arbeitet Jack, hier hat auch der Polizeichef von Skyline sein Reich: mein Onkel Steve Connor.

Wir finden einen Parkplatz vor dem Gebäude. Kurz denke ich darüber nach, Jack und den anderen einen Besuch abzustatten, doch im Moment ist mir eher nicht danach, wenn ich an den Anlass denke, warum wir hier sind.

Wir fahren mit dem Aufzug hoch, mit demselben, mit dem ich vor einigen Tagen … Nein, inzwischen sind es ja sogar zweieinhalb Wochen!

Ich mustere die Tür.

„Du hast aber nicht vor, ihn jetzt schon zu konfrontieren?“, erkundigt sich James.

„Nein.“

„Warum bist du so nervös?“

Weil wir möglicherweise gleich einem Monster gegenüber stehen werden, würde ich antworten, wenn nicht jetzt die Tür aufgehen würde.

James lässt sich nicht anmerken, ob ihn Sandra beeindruckt. Heute ist sie dezenter angezogen, trägt einen hellgrauen Hosenanzug, Stöckelschuhe und eine schwarze Bluse, deren Ausschnitt erahnen lässt, dass sie in die von mir definierte Kategorie Sex-Bombe fallen könnte.

Vielleicht tue ich ihr aber sowieso unrecht, für ihre Titten kann sie nur dann etwas, wenn sie sie hat vergrößern lassen. Ansonsten verhält sie sich ja ganz normal. Dass es bei unserer letzten Begegnung anders war, lag ja nicht an ihr.

„Fiona“, sagt sie lächelnd, als sie uns erblickt. Ihr Lächeln wirkt echt. Ich glaube, ich sollte meine Meinung über sie tatsächlich revidieren. Sie kann ja nichts dafür, dass sie für ein Monster arbeitet. Niemand in diesem Haus wird es ahnen.

Hoffe ich jedenfalls.

„Hallo, Sandra. Diesmal warte ich, bis Sie gefragt haben, okay?“

„Das wäre nett“, erwidert sie amüsiert und mustert dann

meinen Begleiter.

„Das ist James Flame, mein Verlobter.“

„Freut mich sehr, Mr Flame. - Warten Sie bitte kurz, ich schau mal nach.“

Während sie hinter der schweren Tür verschwindet, sehe ich James fragend an. Er lächelt ansatzweise.

„Sind sie groß genug? Schwer zu erkennen.“

„Ich habe sie auch noch nicht ausgepackt gesehen!“, erwidere ich.

Zum Glück kehrt jetzt Sandra zurück und bittet uns herein. Mein Onkel, in einem perfekt sitzenden, dunkelgrauen Anzug von Boss, kommt uns lächelnd entgegen, schüttelt James die Hand, gibt mir eine angedeutete Umarmung und einen angedeuteten Wangenkuss, zum Glück nur angedeutet, und führt uns zur Sitzgruppe. In der Zwischenzeit bringt uns Sandra Kaffee und etwas Gebäck.

„Schön, dich wohlauf zu sehen“, sagt mein Onkel. „Die Pressekonferenz war … beeindruckend.“

„Ich sorge gerne für Überraschungen.“

„Das bestätige ich gerne. Ich hoffe, Sie gewöhnen sich daran.“ Das geht an James, der ansatzweise lächelt und nickt. Ich glaube, die beiden würden sich auch verstehen, ohne ein Wort zu sagen, nur durch Mimik. Also, durch die Andeutung von Mimik. Mann, Mann.

„Er hat keine Wahl“, erwidere ich, da James offensichtlich nichts darauf sagen will. „Onkel Steve, darf ich ein Foto von dir und James machen?“

„Selbstverständlich. Wie hättest du es denn gerne?“

Da ich weiß, dass James weiß, was ich weiß und ahnen kann, was denkt und vielleicht auch fühlt, erspare ich ihm allzu große Nähe und bitte die beiden nur, nebeneinander auf der Couch sitzend in die Kamera zu lächeln, mache ein paar Bilder und nehme wieder meinen Platz ein.

„Für das Familienalbum?“

„Ja, auch. Du hast offenbar schon gehört, dass wir heiraten wollen.“

„Ja, von deiner Mutter.“

„Genau. Und jetzt darf sich James mit allen ablichten lassen, die damit irgendwie etwas zu tun haben. Es soll eine Überraschung werden, mehr sage ich also noch nicht dazu.“

„In Ordnung. Ich hoffe, du hast dich von den Verletzungen wirklich erholt.“

„Das habe ich. Zumindest von den physischen.“

„Nun, das andere kann dauern, aber das ist normal. Falls ich da helfen kann … Wir haben Kontakte zu sehr guten Traumatherapeuten.“

„Danke, im Moment geht es. Ich … mag keine Psychologen. Schon die eine, die bei uns war, als Norman starb, wollte mir eine Therapie aufschwatzen.“

„Okay. Falls du es dir anders überlegst, weißt du ja, an wen du dich wenden kannst.“

„Ja, weiß ich. Okay, hör zu, wir wollen dich auch nicht länger stören. Es war schön, dass wir uns mal getroffen haben.“

„Das fand ich auch.“ James kriegt auch zum Abschied ein Händeschütteln. „Ich freue mich, dass die Familie wächst.“

James nickt lächelnd, doch sobald wir draußen sind und weder Sandra noch Steve ihn sehen können, gefriert sein Lächeln.

„Warte kurz“, sagt er dann und verschwindet auf der Toilette.

„Musstest du kotzen?“, erkundige ich mich im Aufzug.

„Nein. Hände waschen.“

„Ach so. Vielleicht sollten wir uns ein Lokal suchen, wo man auch was Stärkeres bekommt.“

„Gute Idee.“

Finde ich auch. Zumal das Schlimmste noch vor mir liegt.

Ich wäre so gerne einfach im Bett geblieben. Aber dann würde ich es morgen machen. Oder übermorgen. Es ist ausgeschlossen, dass ich nichts unternehme. Wie sollte das gehen mit diesem Wissen, mit dieser Unsicherheit?

Lustlos rühre ich in meinem Kaffee und starre die Stelle an, wo James soeben noch gesessen hat. Jetzt kommen er und Leslie in die Küche, fertig angezogen. Heute trägt er sogar einen Anzug, einen schicken in Hellgrau, selbst die Schuhe haben den Farbton, nur das weiße Hemd passt irgendwie nicht dazu.

Leslie trägt auch Grau, zumindest die Jeans. Dazu schwarze Slipper und ein grünes T-Shirt.

Ich starre sie fragend an.

„Grün geht doch zu grau", sagt sie.

„Na ja ..."

„Geht wohl."

„Okay, geht."

James gibt mir kopfschüttelnd einen Kuss, dann blickt er mir nach vorne gebeugt in die Augen.

„Mach nichts, was du bereuen könntest", sagt er.

„Habe ich nicht vor."

„Aber du hast etwas vor?"

„Ich werde es herausfinden und sage euch Bescheid."

„Na gut. Dann bis später, mein Schatz."

„Bis später."

Ich begleite sie nach draußen und winke ihnen zu. Heute nimmt James Leslie wieder mit, ich kann also ihren Wagen nutzen. Natürlich ein Rover, wenn schon kein Jaguar. Nicht gerade schnell mit den 109 PS, aber ein Auto. Habe ja zur Zeit kein eigenes.

Ich gehe ins Schlafzimmer, um mich umzuziehen. Nach kurzem Überlegen nehme ich schwarze Jeans, ein schwarzes

Hemd, aber weiße Sportschuhe. Vielleicht ist es auch scheißegal.

Zuerst jedoch muss ich ins Büro, also stecke ich auch den Firmenausweis ein.

Dank ihm muss ich nicht am Empfang vorbei, was mir heute sehr recht ist. Doppelt sogar, denn nach dieser Pressekonferenz kennt mich in diesem Haus nun endgültig jeder. Und ob ich das gut finde, habe ich noch nicht entschieden. Wobei, wenn ich tatsächlich von meinem Vater CSE übernehme, dann könnte es von Vorteil sein, bekannt zu sein. Hm. Andererseits, mein Name ist natürlich den meisten, wenn nicht allen, vorher schon bekannt gewesen.

Wie auch immer, im Moment habe ich einfach keine Lust, mehr Leuten als unbedingt nötig zu begegnen. Dafür habe ich viel zu viel Schiss vor dem, was vor mir liegt. Jawohl, ich habe Angst. Kommt nicht oft vor, aber manchmal doch. Jetzt zum Beispiel. Weil ich in Abgründe blicken werde, die sind so grauenvoll, dass mir allein vom Gedanken daran schlecht wird.

Mein Ziel ist die IT-Abteilung. Nicht die Programmierer und Entwickler, sondern die Leute, die sich um die Technik kümmern. Und hier interessiert mich heute insbesondere Rick Meyer, ein junger IT-Spezialist, fast genau 10 Jahre älter als ich und verdammt gutaussehend. Mit dunkelblonden Haaren und blauen Augen. Blauen Augen, denen ich nicht widerstehen konnte. Na ja, und dem Rest auch nicht.

Er sitzt an seinem Schreibtisch und sieht mich erstaunt an.

„Hi, Fiona. Arbeitest du wieder?“

„Nein. Ich wollte zu dir.“

„Zu mir? Ich dachte, da hast dich verlobt?“

„Yep! Von Sex habe ich nichts gesagt.“

„Schade. Demnach möchtest du mich um einen Gefallen bitten?“

„Yep!“ Hinter diesen blauen Augen verstecken sich intelligente Gedanken, aber auch das weiß ich schon lange. Ich reiche ihm die Speicherkarte aus der Kamera. „Die hätte ich gerne ausgedruckt. Bestmögliche Qualität."

„Warum machst du es nicht selbst?"

„Dann müsste ich zu meinem Rechner, ihn hochfahren, tausende von Fragen beantworten ..."

„Aha. Da ist es einfacher, mich zu quälen?" Aber er grinst, das Arschloch, und schiebt die Speicherkarte in seinen PC.

„Quälen?"

Er mustert meinen Ausschnitt. Eigentlich ist da nicht wirklich viel zu sehen, trotzdem knöpfe ich hastig das Hemd bis zum Hals zu.

„Ich hatte nicht vor, dich zu quälen", erwidere ich dann. „Kann ich was dafür, wenn dich selbst meine kaum sichtbaren Brustansätze erregen?"

„Wahrscheinlich nur, weil ich weiß, wie der Rest aussieht."

„Aha. Hör zu, wir wissen beide, dass wir nie eine echte Beziehung hatten. Dazu haben wir zu wenige gemeinsame Interessen."

„Ja, aber der Sex war geil."

„Das stimmt", gebe ich zu. „Und jetzt wechseln wir das Thema."

„Okay. Was sind das für Bilder?" Gleichzeitig markiert er sie und schickt sie an den Fotodrucker.

„Mein Onkel, der Polizeichef. Und mein Verlobter."

„Du Arschloch. Bist du deswegen zu mir gekommen?"

„Nein!", erwidere ich. „Traust du mir so eine Scheiße echt zu, dass ich das absichtlich mache? Na, danke auch!"

„Eigentlich nicht."

„Dann ist ja gut."

Während ich die Bilder aus dem Drucker nehme, zieht er die Speicherkarte aus seinem Rechner und gibt sie mir zurück.

Ich bedanke mich und schaffe es, wieder zum Auto zu gehen, ohne noch jemandem zu begegnen. Und das, obwohl ich noch einen kleinen Umweg zu meinem aktuellen Schreibtisch mache. Vermutlich sind die Kollegen von der Abteilung auf einem Meeting.

Puh!

Jetzt zum Waisenhaus.

Linda Cornmer, die zusammen mit einigen Erzieherinnen für die Betreuung der Opfer des Pornorings verantwortlich ist, freut sich, mich zu sehen. Vermutlich hat sie sonst wenig Grund, sich zu freuen, ich stelle es mir jedenfalls schrecklich vor, mit den Kindern zu arbeiten. Ständig vor Augen zu haben, was ihnen angetan wurde. Ich muss schon gegen die Übelkeit ankämpfen, bevor ich den isolierten Trakt auch nur betrete. Zumal es mich daran erinnert, dass auch ich vergewaltigt wurde. Nur hatte ich die Chance, diese Bastarde auszulöschen, wenigstens einige. Auch wenn sie unverdient schnell gestorben sind.

Aber tot ist tot. Das ist schon mal gut.

Linda, die bewusst auf irgendeine Art von Uniform verzichtet und ganz normale Jeans und ein T-Shirt trägt, führt mich in den Aufenthaltsraum, wo um diese Zeit fast alle Kinder sind. Überwiegend Mädchen zwischen zwei und elf, und einige wenige Jungs.

Ich bleibe kurz stehen und übe intensiv Tiefenatmung. Es käme wohl nicht so gut, einfach auf den Boden zu kotzen, was ich am liebsten tun würde. Linda scheint zu ahnen, was mit mir ist, denn sie geht schon mal zu einer Gruppe von Kindern, die um einen Tisch herum sitzen, und beschäftigt sich mit ihnen.

Ich folge ihr, sobald ich mich dazu in der Lage sehe.

Ich hasse meinen Onkel, weil er mich dazu zwingt, das hier zu tun. Aber ich habe keine Ahnung, wie ich sonst Gewissheit erlangen könnte. Und dass er ungeschoren davon kommt, das ist ausgeschlossen. Nicht bei dem, was er getan hat, nicht bei dem, was er noch tun könnte.

Ich zwinge ein Lächeln auf mein Gesicht, setze mich neben Sally, einem achtjährigen Kind mit dunkelblonden Locken. Sie hat graue Augen, wie ich. Ihre Eltern unbekannt.

Noch eine Gemeinsamkeit mit mir scheint ihre Vorliebe für pinke Jogginganzüge zu sein, ich habe auch einige, wie sie jetzt einen trägt. Nur etwas größer.

„Hallo, Fiona", sagt sie strahlend.

„Hi, Sally. Du solltest immer so lächeln."

„Okay! Was hast du da?" Sie deutet auf den Stapel Papier, den ich auf den Tisch gelegt habe.

„Das sind Figuren. Sie gehören zu einem Märchenvideospiel, an dem ich bisschen mitgearbeitet habe. Willst du sie sehen?"

Als sie nickt, hebe ich das Deckblatt. Gemeinsam blättern wir die possierlichen Tierfiguren durch, die mal in einem Computerspiel für Kinder ihr Unwesen treiben werden. Ein schönes Märchen, wenn auch arg verniedlicht. Ich werde wohl dafür sorgen, dass solche Spiele zukünftig pädagogisch etwas wertvoller werden.

Doch jetzt mache ich genau das Gegenteil von pädagogisch wertvoll, als ich Sally das Foto von meinem Onkel zeige.

Ihr Lächeln gefriert.

Sie starrt den Mann neben James an, eine ganze Weile völlig regungslos.

Gerade als Linda aufmerksam wird und ich beschließe, das Experiment abzubrechen, beginnt sie zu schreien. Dieser Schrei hat nichts Menschliches an sich. Gar nichts. So habe nicht einmal ich während der Vergewaltigung geschrien. Ich vermag es mir nicht einmal vorzustellen, wie sich jemand fühlen muss, um so zu schreien.

„Was haben Sie getan?!", fährt mich Linda an. „Sind Sie

denn völlig verrückt geworden? Verschwinden Sie hier, auf der Stelle! Raus!“

Ich raffe die Blätter zusammen und fliehe förmlich. Niemand verfolgt mich, die Erzieher sind vollauf damit beschäftigt, die Kinder zu beruhigen, denn Sallys Schreie haben eine Kettenreaktion ausgelöst.

Heftig keuchend bleibe ich neben dem Rover stehen und ringe um meine Fassung. Erst nach Minuten habe ich mich soweit im Griff, dass ich das Auto aufschließen und einsteigen kann.

Dann werfe ich die Mappe mit den Zeichnungen und den Fotos auf den Beifahrersitz und beuge mich über das Lenkrad, um den Tränen hemmungslos freien Lauf zu lassen.

Ich starre die Garrotte an. Das wäre doch das Richtige für Steve Connor. Am besten ganz langsam, mit einem Seil, zuziehen. Dann erstickt er, das kann Minuten dauern, wie es auf der Infotafel erklärt wird.

„Alles in Ordnung?“, erkundigt sich Leslie.

„Wie könnte es?“

„Na ja, ich weiß ja nicht, was der Grund für deine seltsame Stimmung ist. In den zehn Minuten, seitdem wir uns draußen getroffen haben, wolltest du es mir ja nicht verraten.“

„Ich stelle mir vor, wie mein Onkel darauf sitzt. Und dann ganz, ganz langsam erstickt.“

Sie starrt mich an. „Was hast du getan?“

„Ich? Wieso ich? Du meinst, was mein Onkel getan hat?“

„Nein, das weiß ich ja. Aber du hast irgendetwas getan und deswegen bist du so drauf. Du weißt jetzt sicher, dass es dein Onkel ist. Dass dich das nicht freut, ist verständlich. Aber es ist irgendetwas passiert, warum du ihn so richtig hasst. Du hast vermutlich irgendetwas getan, was nicht gut war, das war heute Morgen schon klar. Aber was?“

Ich blicke sie an und überlege, ob ich es ihr erzählen soll. Sie ist eh ganz nahe dran. Unwahrscheinlich, dass sie Ruhe geben wird. Würde ich umgekehrt auch nicht.

Also atme ich tief durch. „Ich war bei den Kindern. Und hatte Bilder von ihm dabei."

„Das ist nicht dein Ernst!"

„Doch, leider. Es … es war eine Katastrophe. Auch wenn es zur Gewissheit wurde. Ich … ich bin einfach nur dämlich. Diesen Preis war es einfach nicht wert. Ich will, dass er auf den elektrischen Stuhl kommt." Ich muss unwillkürlich lachen. „Ist das nicht bescheuert? Ich bin ja die totale Gegnerin der Todesstrafe und fordere für meinen Onkel die Todesstrafe. Noch lieber wäre mir die Garrotte, aber der elektrische Stuhl ist auch okay. Vor allem, wenn es lange dauert, wenn er so ganz langsam von innen heraus verschmort. Wenn er alles mitkriegt, wenn er spürt, wie seine Organe nach und nach verbrennen. Am liebsten wäre mir, es gebe einen Weg, das so einzurichten, dass sein Gehirn zuletzt verbrennt und er bis dahin alles spürt. Alles. Erschreckend, was ich denke, oder?"

Leslie starrt mich an und nickt langsam. „Ich kann mir nicht mal ansatzweise vorstellen, wie es sein muss, dass der jüngere Bruder stirbt. Und ich kann es mir auch nicht mal ansatzweise vorstellen, wie es ist, während einer Entführung verprügelt, vergewaltigt und fast erschossen zu werden. Und noch weniger kann ich es mir vorstellen, wie es ist, herauszufinden, dass ein eigener Blutsverwandter für all das verantwortlich ist. Ich glaube, du bist noch sehr ruhig und beherrscht im Vergleich zu dem, wie ich mich verhalten würde."

„Hm." Ich wende mich von der Garrotte ab. In der historischen Abteilung des Heimatmuseums gibt es durchaus noch weitere schöne Dinge. Der Mundspreizer ist auch ganz interessant und bestimmt sehr unangenehm in der Anwendung. Oder die Kopfpresse. Erinnert mich ein wenig an eine Saftpresse, wie ich sie bei meiner Oma auf dem Land schon mal gesehen habe. Muss ebenfalls sehr lustig sein, wenn einem der Kopf so allmählich zerquetscht wird. Ich schätze, zuerst springen die Augen durch den enormen Druck heraus. Die Zähne brechen, die Kiefer. Bis dahin bekommt man mit etwas Glück nicht mehr viel mit, aber das ist nicht sicher. Glaube ich jedenfalls.

„Überlegst du es dir doch noch anders?“, erkundigt sich Leslie.

„Wie, was?“

„Na ja, welche Methode für deinen Onkel am besten wäre.“

„Ach so. Ja, das ging mir auch durch den Kopf, ob ich wirklich bei der Garrotte bleibe. Diese Presse, schön langsam ausgeführt, ist auch bestimmt lustig. Also, für ihn natürlich nicht ganz so, aber ich könnte Spaß dabei haben.“

„Erinnere mich daran, dass ich dich niemals ärgern will.“

Ich muss lachen, und ich spüre, wie die enorme Anspannung wenigstens ein bisschen von mir weicht. Zumal jetzt auch James eintrifft. Er trägt, logisch, immer noch den hellgrauen Anzug, das weiße Hemd und die grauen Schuhe. Sieht verdammt sexy aus. Wie überrede ich ihn, mit mir mal eben irgendwohin zu verschwinden? Und wie überrede ich Leslie, solange etwas zu machen? Egal was. Hauptsache, wir haben unsere Ruhe.

Ich atme tief durch, bevor ich mich auf die Zehenspitzen stelle, die Hände hinter seinem Nacken verschränke und James dann einen langen Kuss gebe.

„Lass mir auch was von ihm übrig!“, sagt Leslie irgendwann.

„Du hattest ihn doch schon dein ganzes Leben lang!“

„Mehr oder weniger“, erwidert sie grinsend.

James mustert mich forschend. „Alles in Ordnung?“

„Inzwischen geht es wieder.“

Er zieht eine Augenbraue hoch.

„Fiona hat herausgefunden, dass es wahr ist. Und vorhin

überlegt, welche Methode am schmerzvollsten wäre." Leslie deutet dabei auf die Foltergeräte.

„Und, was nimmst du?"

Ich zucke die Achseln. „Ist so schwierig, sich zu entscheiden. Die Garrotte finde ich schon geil, aber auch diese Kopfsaftpressesache ist ganz interessant."

„Okay. Wir sind hier, nicht bei Jack. Gibt es dafür einen Grund?"

„Haben wir irgendeinen Beweis? Ich bin keine Staatsanwältin, aber ich glaube, wir haben nichts Verwertbares."

„Das stimmt. Aber Jack würde dir glauben."

„Und dann? Steve ist sein oberster Chef, der angesehene Polizeichef einer Millionenmetropole. Was meinst du, kann da ein Lieutenant machen?"

„Da gibt es auf jeden Fall einiges. Aber ich habe das Gefühl, du willst es auf deine Weise erledigen."

„Was du ihr auf jeden Fall ausreden solltest, Dad!"

James lächelt kurz. „Darling, wenn du das nicht schaffst, wieso glaubst du, dass es mir gelingt?"

„Weil … weil du sie heiraten willst!"

„Und?"

„Und … und Frauen erst nach der Hochzeit die Chefin herauskehren! Bis dahin machen sie alles, was ihr zukünftiger Ehemann möchte!"

Ich kriege einen Lachanfall, was in dieser Umgebung nicht so gut ankommt, also sehen wir zu, dass wir die Abteilung wechseln. Ein grinsender James hält dabei meine Schulter fest und führt mich, denn ich bin vor Lachtränen mehr oder weniger blind.

Schließlich beschließen wir, uns ins Café des Museums zu setzen. Ich nehme meinen üblichen Apfelkuchen und einen Cappuccino. Dieses Ritual hat auch was Beruhigendes. James nimmt nur einen Kaffee, Leslie einen Eisbecher mit Saisonfrüchten und einen Latte.

Wir warten schweigend, bis wir alles haben, was erstaunlich schnell geht. Okay, Freitag abends treiben sich an so einem Ort eher nicht so viele Leute herum. Obwohl dieses Café durchaus einen guten Ruf hat und bis spätabends geöffnet ist. Im Moment ist es etwa zur Hälfte gefüllt, das Personal aber fit und aufmerksam.

„Wann wollt ihr eigentlich heiraten?", fragt Leslie plötzlich.

Ich zucke zusammen, James zieht mal wieder eine Augenbraue hoch.

„Was denn? Habt ihr euch noch gar keine Gedanken darüber gemacht?"

„Wir … wir hatten nicht so viel Gelegenheit dazu", erwidere ich. „Vielleicht im Herbst? Also, Frühherbst, Ende September oder so. Dann sind die Tage noch schön, aber nicht mehr so heiß. So luftig kann ein Hochzeitskleid gar nicht sein, dass ich es bei dieser Hitze mehrere Stunden darin aushalte."

„Du willst in Weiß heiraten?"

„Wie denn sonst?", frage ich entgeistert.

„Na ja, direkt unschuldig bist du ja nun nicht mehr."

„Hallo? Schätzchen, wenn es danach ginge, dürfte ja kaum jemand in Weiß heiraten!"

„Auch wieder wahr. Also, ich finde Hochzeit in Weiß ja schön, gar keine Frage. Darf ich mit dir zusammen das Hochzeitskleid aussuchen?"

„Habe ich da nicht auch ein Wörtchen mitzureden?", erkundigt sich James.

„Nein!", erwidern Leslie und ich gleichzeitig.

„Okay", sagt er ruhig. „Und ich trage Schwarz?"

„Natürlich. Schwarzweiß ist doch eine sehr schöne Kombination."

Ich starre Leslie an, bis wir beide anfangen zu lachen. Für

kurze Zeit vergesse ich die dunklen Wolken, die mich umgeben und wir vertiefen uns in Hochzeitsplanungen. Zumindest Leslie und ich. James nickt gelegentlich, wenn er gefragt wird, ob er einverstanden ist.

Ich liebe diesen Mann. Er weiß genau, worauf es ankommt.

Leslie stellt den Kaffee vor mir ab und setzt sich kopfschüttelnd.

„Das ist gefährlich, du solltest es nicht machen."

„Und du solltest duschen", erwidere ich murmelnd. Wir sind vorhin schnell gelaufen, ich habe schon geduscht und mich umgezogen, sie trägt noch ihren weißen Jogginganzug.

„Lenk nicht ab!"

„Was erwartest du denn jetzt? Nichts machen ist keine Option. Ich kann ihn auch schlecht einfach packen, ins Museum schleifen und auf die Garrotte setzen."

„Nein, das wäre keine gute Idee", stimmt mir Leslie zu. „Aber vielleicht subtiler? Ich meine, was, wenn er dich einfach erschießt? Oder überfährt?"

„Das wird er nicht tun. James wird mich begleiten und unten warten. Außerdem würde Steve mich garantiert nicht im Präsidium angreifen. Er wird glauben, dass er Zeit hat."

„Dann schickt er dir Profikiller auf den Hals!"

„So blöd ist er nicht."

Leslie schweigt missmutig und schmiert sich ein Brötchen. In der Zwischenzeit kommt auch James in die Küche, straßentauglich angezogen. Seine Tochter blickt ihn wütend an.

„Und du machst bei diesem Scheiß auch noch mit, Dad?"

„Darling, meinst du, Fiona lässt es, bloß weil ich nicht mitmache? Ist es dann nicht besser, ich bin dabei?"

„Doch! Trotzdem ist es Wahnsinn!"

Dabei belassen wir es. Schließlich hat sie ja recht, aber das ändert nichts daran, dass ich es tun werde. Also verbringen wir das Frühstück schweigend, bis auf das gelegentliche Seufzen Leslies. Dramatisch kann sie echt gut, besser als ich auf jeden Fall. Ich bin mehr für Eskalationen. Ich kann richtig gut ausrasten. Mein Vater weiß das besonders gut. Der Arme.

Danach brechen wir auf. Wir nehmen den Jaguar und James fährt.

Es regnet.

„Leslie hat nicht unrecht“, bemerkt er nach einer Weile.

„Ich weiß.“

„Das habe ich befürchtet.“

Ich sehe ihn an und muss unwillkürlich lächeln.

„Ihr zwei seid echt süß. Was meinst du, könnte ich je wieder ruhig schlafen, wenn ich nichts tun würde?“

„Ich würde die Polizei einschalten. Jack, vielleicht auch Ben, im Vertrauen. Inoffiziell. Da geht viel.“

„Das glaube ich dir ja. Und dann? Hör zu, Schatz, würden wir nicht von dem Polizeichef Skylines reden, sondern von irgendeinem Provinznest oder so, kein Problem. Aber Steve ist ein Politiker, er ist eiskalt, und er ist skrupellos. Ich glaube, das hat er bereits bewiesen. Und auch, dass er intelligent ist. Er wäre beinahe davongekommen!“

„Das ist wahr.“

„Seine geliebte Nichte wird ihm die Suppe versalzen, aber so richtig gründlich.“

„Das ist ja, was ich befürchte.“

„Du beschützt mich.“

Endlich sieht er mich an, wenn auch nur kurz. Da er fährt, ist das aber auch besser so.

„Wenn du überhaupt Schutz brauchst, dann vor dir.“

Ich überlege, ob ich auch ihm zeigen soll, wie ich ausrasten kann, entscheide mich aber dagegen. Es würde nichts bringen. James ist nicht mein Vater, er hat Nerven wie Drahtseile. Er würde wahrscheinlich an den Straßenrand fahren, abwarten bis es vorbei ist und dann weiterfahren.

Außerdem sind wir sowieso fast da.

Heute ist Samstag, viele Parkplätze vor dem Gebäude frei. James stellt den Wagen etwas weiter weg vom Eingang ab, dann mustert er mich.

„Wie lange soll ich warten, bis ich das Befreiungskommando rufe?"

„Das sollst du gar nicht, und du weißt es auch. Du bist das Befreiungskommando. Im Ernst, ruf mich in zehn Minuten einfach an, okay?"

„In Ordnung. Wieso denkst du eigentlich, dass er im Büro ist?"

„Er ist Politiker. Außerdem wohnt er im Büro, nur zum Schlafen fährt er nach Hause. Oder wohin auch immer. Es würde mich nicht wundern, wenn er Sandra vögeln würde."

„Steht er auf große Titten?"

„Keine Ahnung. Ich tippe eher auf glatte Muschis."

„Aha. Woher weißt du, dass sie rasiert ist?"

„Weiß ich nicht. Du bist doof." Ich beuge mich hinüber und küsse ihn, bevor ich aus dem Auto springe und zum Eingang laufe. Sonst überlege ich es mir vielleicht doch noch anders, und das würde ich mein Leben lang bereuen.

Sandra ist tatsächlich da. Diesmal trägt sie einen Rockanzug und die Bluse ist hellblau.

Sie sieht mich erstaunt an, als ich durch die Tür trete.

„Hallo Fiona, an einem Samstag so früh?"

„Mir ist etwas eingefallen, was ich mit ihm besprechen möchte."

„Okay. Gehen Sie ruhig rein, ist niemand bei ihm."

„Danke." Wir lächeln uns gegenseitig zu, dann betrete ich das Allerheiligste.

Steve sitzt tadellos gekleidet an seinem Schreibtisch und liest etwas. Ich kann nicht erkennen, was es ist, außerdem interessiert es mich auch nicht.

Er wirkt ebenfalls erstaunt.

„Was verschafft mir denn diese ungeahnte Ehre?“, erkundigt er sich.

„Ich will Geld haben.“

„Geld haben? Von mir? Wofür denn?“

Ich setze mich vor dem Schreibtisch auf einen der beiden Besucherstühle. Komfortabel, aber ohne Armlehnen. Die Besucher sollen sich nicht zu sehr entspannen. Hier ist immer noch mein Onkel der Chef. Wer sich entspannen darf, wird sowieso zu der Sitzecke geführt.

Da ich mich gar nicht entspannen will, sitze ich gerne unbequem.

„Möchtest du einen Kaffee?“

„Nein. Ich möchte nur meinen Anteil von dem Geld, das du mit den Kinderpornos verdient hast. Zwei Millionen. In bar. Morgen Abend.“

Er starrt mich an, für eine kurze Zeit vergisst er seine Maske. Es sind nur Sekunden, aber sie reichen mir. Und dass er danach seine Selbstbeherrschung so schnell wiedererlangt, sagt auch viel darüber aus, wie sehr er sich immer verstellt. Verstellen musste, weil sein wahrer Charakter ihn in den Knast und nicht in dieses Büro geführt hätte.

„Soll das ein schlechter Scherz sein?“

„Kein Scherz. Du weißt das, ich weiß es auch. Es spielt auch keine Rolle, ob du es jetzt zugibst oder nicht. Ich weiß, dass du Rollo kanntest, denn du wusstest, was er geraucht hat. Ich habe es auch gewusst, weil er mir erst am Vortag stolz erzählt hat, dass er gerade erst auf Zigarillos umgestiegen war. Du allerdings hättest das als Polizeichef nicht wissen können. Als sein Chef aber schon.“

Steve mustert mich nachdenklich. Seine dunkelblauen Augen

lassen nicht erkennen, was er denkt, aber dass er denkt, und zwar sehr intensiv, das ist eindeutig.

Dann lehnt er sich zurück, legt seine Fingerspitzen zusammen, berührt mit den Zeigefingern seinen Mund und sagt langsam: „Deiner Mutter zuliebe werde ich so tun, als hätte dieses Gespräch nie stattgefunden. Solltest du diese Anschuldigung jemals wiederholen, werde ich nicht so freundlich bleiben."

Ich will etwas erwidern, da klingelt mein Handy. Es ist James, wie verabredet.

„Ich bin in fünf Minuten bei dir", sage ich knapp und lege auf. Dann wende ich mich Steve zu: „Ich habe keine Angst vor dir. Deine Berufskiller haben sich die Zähne an mir ausgebissen. Brodwich ist tot, King ist tot. Alle sind tot, die meinten, mich nicht ernst nehmen zu müssen."

„Oh, ich nehme dich durchaus ernst. Was ich sagte, das gilt."

„Nun, in dem Fall ist ja alles gesagt. Morgen, Sonntag, werde ich am Abend herkommen. Und ich erwarte, von dir zwei Millionen Dollar zu bekommen. Ansonsten verlierst du mehr als nur dieses hübsche Büro. Ich hoffe, du verzeihst, dass ich mich nicht verabschiede."

Er beobachtet mich, als ich durch die Tür nach draußen gehe. Sandra wirkt erstaunt. Ich nicke ihr kurz zu, dann beeile ich mich, aus dem Gebäude zu kommen. Bis ich mich neben James ins Auto werfe, laufen die Tränen wie ein Wasserfall. So werden wenigstens nicht nur meine Haare nass.

James legt einen Arm um mich und zieht mich an sich.

Ich beobachte den Scheibenwischer. Zwei Nächte! Zwei Nächte, in denen ich mehr schlecht als recht geschlafen habe, wenn überhaupt. Die erste Nacht war es nur die Aufregung, in der zweiten Nacht kam die Sorge hinzu.

„Er wird ja wohl nicht an einem Montagmorgen zuschlagen,

oder?", frage ich und sehe James an.

„Ich weiß es nicht."

„Warum fahren wir dann weg?"

„Weil du da raus musst, sonst werden wir alle verrückt."

Ich nicke, denn er hat recht. Nachdem wir meine Eltern gestern Abend gebeten hatten, Leslie in meinem alten Zimmer schlafen zu lassen, ohne sie einzuweihen, waren endgültig alle nervös geworden. Es gab einen Moment, da hatte ich echt überlegt, ihnen alles zu erzählen.

Nachdem Leslie kurz nochmal zu Hause war, um ihre Sachen für die Uni zu holen, und dann mit ihrem Wagen weg fuhr, schlug James vor, dass auch wir mal einen Ausflug machten. Nach kurzem Nachdenken fiel mir mein Bergsee ein und ich sagte ihm, in welche Richtung er fahren muss. Aber nicht, was unser Ziel ist.

Es regnet schon wieder, wie ziemlich genau vor 48 Stunden, als ich bei Steve war. Dazwischen gab es nur Sonnenschein. Und Mondschein, nachts. Das weiß ich auch ziemlich genau, saß ich doch mehrmals in den letzten beiden Nächten auf der Fensterbank und starrte rauchend in den dunklen Himmel.

Scheiße, verdammte Scheiße. Warum tue ich mir das an?

Wegen Norman. Wegen Sally. Wegen mir. Und wegen einiger anderer Kinder.

„Nächste Ausfahrt raus und dann links", bemerke ich.

James nickt. Eine halbe Stunde später verlassen wir die Hauptstraße und folgen einer kurvenreichen Strecke in die Berge hinauf.

„Ich bin froh, dass wir nicht weiter auf der Autobahn geblieben sind", sagt James plötzlich, während er den Jaguar beängstigend schnell durch eine Haarnadelkurve fährt. Ich liebe Sportfahrwerke.

„Wieso denn?"

„Sonst wäre ich nervös geworden. Da geht es zu meiner Familie.“

„Oh“, erwidere ich nur. Über James´ Familie haben wir bislang nicht gesprochen, auch Leslie erwähnte diese nicht. Spricht nicht gerade für ein herzliches Verhältnis. „Ich nehme an, du möchtest nicht darüber sprechen.“

„Richtig.“

Dass James dabei noch etwas schneller in die nächste Kurve fährt, die der vorhergehenden ziemlich ähnlich ist, spricht dafür, dass ihm das Thema keine Freude bereitet.

Ich lehne den Kopf zurück und schweige. Scheinbar zur Belohnung hört der Regen auf, zehn Minuten später denke ich über eine Sonnenbrille nach.

Dann sind wir da. Ich deute auf eine kaum erkennbare Einmündung. Sie ist nicht asphaltiert, was die harten Stoßdämpfer nicht so witzig finden. Und mein Hintern auch nicht. So sind wir alle froh, als wir endlich die Stelle erreichen, die als Parkplatz dienen soll. Falls sich noch jemand hierher verirrt, kommt er am Wagen vorbei, ein Tank sollte es aber nicht sein.

Nach dem Aussteigen mustere ich kurz James´ Kleidung, aber das passt. Jeans, Hemd und feste Schuhe. Ich habe wohlweislich stabile Sportschuhe zu den schwarzen Jeans angezogen. Mein Hemd, das locker darüber hängt, ist fast vom selben Grauton wie das Hemd von James. Nicht einmal mit Absicht.

Auf James fragenden Blick hin zeige ich auf einen Fußweg, der sich zwischen den Bäumen nach oben schlängelt. Wir müssen noch etwa zehn Minuten marschieren, bis wir endlich den Kraterrand erreichen und der Bergsee vor uns liegt.

„Wow“, sagt James. Ich glaube, für ihn ist das ein emotionaler Ausbruch, wie bei mir Luftsprünge und lautes Schreien wären. „Den kannte ich ja gar nicht.“

„Den kennen kaum Leute, weil er etwas schwer zugänglich

ist. Komm, da führt ein Pfad hinunter." Während ich vorgehe, fahre ich fort. „Angeblich ist der Krater bei einem Meteoriteneinschlag entstanden. Falls das stimmt, war es ein etwas größeres Exemplar und das Ganze dürfte etwas länger her sein. Ein Meteor dieser Größe hätte mehr Sprengkraft als Nagasaki und Hiroshima zusammen."

„Die sich übrigens bald jähren."

„Ja."

Der See füllt den Krater fast aus, aber an einer Stelle ragt etwas Land ins Wasser hinein. Von oben ist sie kaum zu überschauen, da hier auch Bäume wachsen, was ich fast schon für ein botanisches Wunder halte.

Im Vergleich zur Stadt gestern ist es angenehm kühl. Nicht kalt, aber gut zu ertragen.

Ich trete ganz nahe an den Uferrand. Das Wasser ist so klar, dass man gut erkennen kann, wie steil es in die Tiefe geht. Ein Krater halt.

„Warst du darin schon schwimmen?", erkundigt sich James.

„Klar. Wieso nicht?"

„Kraterseen können unangenehm werden."

„Bin ihm nicht begegnet."

„Wem?"

„Dem Wasserdrachen. Oder was das auch für ein Ding ist, das in Loch Ness sein Unwesen treibt."

„So was meinte ich eher nicht, sondern Strudel. Und das Ding dürfte ziemlich tief sein."

„Ja. Wäre bestimmt spannend, den See mal mit einem U-Boot zu erkunden."

„Was erwartest du zu finden?"

„Keine Ahnung", erwidere ich achselzuckend, dann trete ich vor ihn, lege die Hände auf seine Brust und stelle mich auf die Fußspitzen. „Sei doch mal bisschen romantisch."

„Romantisch? So romantisch?“ Er packt mit beiden Händen meinen Po und hebt mich noch etwas höher.

„Das ist schon mal ein guter Anfang. Ich finde nur, die Jeans stören.“

„Da ist was dran. Hart wie eine Rüstung.“

„Die Jeans? Oder was meinst du?“

„Finde es doch heraus.“

Das tue ich dann auch und stelle fest, dass seine Aussage eine gewisse Allgemeingültigkeit besitzt. Ich lasse ihn langsam eindringen. Er sollte sich nicht zu wild bewegen, die Jeans sind wie Fußfesseln für ihn, wenn er stolpert, landen wir beide im Wasser. Das ziemlich kalt sein dürfte.

„Zu Hause im Bett hätten wir das aber auch bequemer haben können“, bemerkt er.

„Boah, es geht um die Romantik!“

„Ach so.“

Ich fasse es nicht! Da stehen wir eng umschlungen, meine Oberschenkel umklammern seine Hüfte, seine Hände halten meinen Po, vereint und vereinigt beim Anblick des schönsten Sees mit unglaublich klarem Wasser, und er denkt an sein Bett zu Hause!

Ich berühre seinen Mund mit meinen Lippen und bemerke: „Wenn du in Zukunft lieber nur zu Hause im bequemen Bett Sex mit mir haben willst, dann würde ich das gerne jetzt wissen, Monsieur.“

„Du kannst Französisch?“

„Weißt du doch.“

„Bisher hast du nicht mit mir französisch gesprochen.“

„Ach so, das meinst du. Qui, Monsieur. Merci. Au revoir. Und das war es auch schon. Mein nonverbales Französisch ist besser, glaube ich.“

„Ja, das kann ich bestätigen.“

„Besser als die anderen Sprachen, die ich nicht spreche?"

„Das kommt darauf an, welche genau du meinst", erwidert er. Dann nimmt er meinen Mund in Beschlag. Fast, als wollte er mir mitteilen, dass ich zu viel rede.

Weiß ich doch.

Und dann bewundere ich ihn. Sehr. Mit den Jeans um die Fußknöchel und mir huckepack einen Orgasmus zu haben, ohne auch nur zu straucheln, das ist schon eine Leistung. Zumal ich nicht gerade hilfreich bin. Das bin ich nie, wenn ich einen Höhepunkt habe. Dann bin ich nur laut und außer Kontrolle. Mehr oder weniger.

Während ich danach keuchend meine Sinne und den ganzen Rest suche, löse ich mein Gesicht von seinem Hals, gegen den ich es im Moment höchster Entrücktheit gedrückt habe, und sehe ihm lächelnd in die Augen.

„War es unbequem?"

„Bequem geht anders, aber manchmal muss es eben unbequem sein, damit es etwas Besonderes ist."

Ich starre ihn einen Moment lang fassungslos an, bevor ich die Sprache wiederfinde und dann erwidere: „Wow! Dass du sooo romantisch veranlagt bist, wusste ich noch gar nicht!"

„Ich schätze, wir werden uns noch öfter gegenseitig überraschen, bevor wir alles übereinander wissen."

„Äh, ja. Das glaube ich allerdings ..."

Diesmal werde ich von meinem Handy unterbrochen, das wild klingelt. Irgendwo in meiner Hosentasche, die an der Hose hängt, diese am linken Bein. Oder eher am Schienenbein, gefährlich nahe am See.

Ich setze den rechten Fuß auf, nachdem James mit einem unhörbaren „Plopp!" aus mir geglitten ist, und hole dann vorsichtig, nicht ohne akrobatisches Geschick, mein anderes Bein nach vorne, ohne dabei die Hose zu verlieren. Bis ich jedoch das Handy hervor gezerrt und ans Ohr gehalten habe, hat der Anrufer aufgelegt.

Ich starre auf das Display.

Ben.

Das kann nichts Gutes bedeuten.

„Wenn es wichtig sein könnte, solltest du zurückrufen“, bemerkt James, während er seine Hose zuknöpft.

Ich nicke, ziehe Schlüpfer und Hose hoch, während ich das Handy an das rechte Ohr halte.

„Na endlich! Wo steckst du?“

„Hi Ben. Was ist denn los?“

„Zwei der Kinder sind weg! Weißt du was davon? Die Erzieherin meinte, du wärst da gewesen.“

„Zwei der Kinder sind weg?“ James´ Augen verengen sich. „Wann?“

„Heute. Den Erzieherinnen kam es seltsam vor, dass Polizisten Kinder mitnehmen und haben schließlich bei Jack angerufen. Eigentlich bei deinem Onkel, aber den konnten sie nicht erreichen, also hat Sandra zu Jack durchgestellt.“

„Scheiße!“, erwidere ich. „So eine verdammte Scheiße!“

„Weißt du etwa was darüber?“

„Nein.“ Ich drücke meine Faust gegen die Stirn und würde am liebsten weinen. „Aber ich ahne, wer dahintersteckt.“

„Wer?“

„Steve Connor.“

Stille. Und dann noch mehr Stille.

„Ben?“

„Ich bin noch dran. Du meinst aber nicht den Polizeipräsidenten, deinen Onkel?“

„Doch, genau den meine ich. Dieses verdammte Arschloch!“

„Ich glaube, wir müssen reden.“

„Ja, müssen wir. Wir brauchen etwa drei Stunden für die Fahrt zurück. Hör zu, Ben, ich weiß, dass sich das irre anhört, aber ihr müsst Steve suchen. Er ist gefährlich und hat die Kinder entführt, weil er irgendeine Scheiße mit ihnen vorhat. Lösegeld erpressen oder so was.“

„Warum zur Hölle sollte er so etwas tun?!“

„Weil er seinen Arsch retten will. Oh, verdammt, verdammt! Damit habe ich nicht gerechnet.“

„Fiona, ich bringe dich um, aber zumindest kriegst du eine Tracht Prügel, wenn du mir nicht sofort erklärst, wovon du da redest!“

Ich schließe kurz die Augen und bleibe dabei stehen. Eigentlich sind wir bereits auf dem etwas beschwerlichen Rückweg zum Auto. James sieht mich fragend an.

Ich schüttele den Kopf, dann konzentriere ich mich wieder auf Ben.

„Er ist der eigentliche Chef des Pornorings. Und ihm ist inzwischen klar, dass er verloren hat. Ich habe eigentlich damit gerechnet, dass er versuchen wird, mich umzubringen, aber er ist intelligenter als ich dachte.“

„Wie kommst du auf so eine gequirlte Scheiße?“

„Das ist keine gequirlte Scheiße. Wenn es gequirlte Scheiße wäre, würde Steve nicht versuchen, seine Haut zu retten, okay? Und außerdem weiß ich es. Der King hat ihn selbst nach seinem Tod noch geärgert. Vorher vielleicht auch. Jedenfalls wusste mein Onkel, als er aus dem Haus meiner Eltern kam, am Morgen der Entführung, dass Rollo Zigarillos raucht. Woher?“

Ich kann hören, wie Ben nach einem Moment tief durchatmet.

„Und du hast ihn damit konfrontiert?“

„Ja“, erwidere ich aufschluchzend. „Ich habe ihm gesagt, dass ich einen Anteil vom Geld haben will.“

„Bist du bescheuert?“

„Ja!“

„Na, wenigstens siehst du das ein. Wo steckst du überhaupt?"

„Ich … ich musste mal raus aus der Stadt. James ist bei mir."

„Okay. Kommt so schnell, wie ihr könnt, zum Präsidium! Ich informiere Jack. Mann, Mann!" Und legt auf.

„Er schien unbegeistert zu sein", bemerkt James.

„Ja", erwidere ich schniefend. „Ich habe eine Dummheit begangen."

„Damit konntest du schließlich nicht rechnen. Und wärst du vorher zu Ben gegangen, hätte er vermutlich anders reagiert."

„Ja, das stimmt auch. So eine verdammte Scheiße!" Ich werfe mein Handy, das ich zufällig noch in der Hand halte, in den nächsten Busch, dann klettere ich hinterher, um es zu suchen. Das bringt mir einige Kratzer ein, aber wenigstens ist das Handy nicht kaputt. Ich sollte jetzt erreichbar sein.

James beobachtet mich nachdenklich.

„Was?!"

„Eigentlich wollte ich vorhin noch vorschlagen, dass du fährst, aber das lasse ich dann lieber."

„Ist auch besser so!" Ich werfe mich auf den Beifahrersitz und ziehe die Beine an. Nachdem James auf der anderen Seite eingestiegen ist, beugt er sich vor mir hinüber, nimmt den Sicherheitsgurt und schnallt mich an. Dann fährt er los. Ziemlich dynamisch.

So dynamisch, dass es kaum mehr als zwei Stunden dauert, bis er den Wagen vor dem Präsidium abstellt.

Zwischenzeitlich sind alle meine Versuche, Leslie zu erreichen, fehlgeschlagen. Und noch jemand ist verschwunden, wie uns Ben als Erstes mitteilt, als wir zu Jack ins Büro kommen.

„Laura ist auch weg!"

„Laura? Steckt die etwa mit drin?"

Jack mustert mich nachdenklich. „Das ist schon sehr heftig, was du behauptest. Aber leider ist es wirklich so, dass zwei Polizisten zwei Kinder abgeholt haben, ohne dass sie einen Auftrag dazu gehabt hätten. Steve Connor ist spurlos verschwunden. Laura ebenfalls."

„Und Leslie erreiche ich nicht."

„Du wirst aber nicht ernsthaft behauptet, dass auch sie …?"

„Nein! Ich mache mir Sorgen um sie! Und um meine Eltern, aber die habe ich sprechen können und ihnen gesagt, dass sie niemanden aufs Grundstück lassen sollen."

Jack greift nach seinem Telefon. „Ich lasse eine Streife hinfahren. Wo könnte Leslie sein?"

„Sie wollte zur Uni."

Jack nickt und gibt entsprechende Anweisungen. In der Zwischenzeit sieht mich Ben an. Er scheint sich beruhigt zu haben, er sieht eher besorgt als wütend aus.

„Wenn die Presse davon Wind bekommt, werden sie sich noch mehr auf dich stürzen als sowieso schon", sagt er.

„Ganz ehrlich, das ist im Moment meine geringste Sorge!"

„Schon klar." Er will wohl noch etwas sagen, aber sein Handy unterbricht ihn. Er lauscht hinein, seine Miene verfinstert sich dabei zunehmend, dann legt er auf und starrt mich an. „Die Erzieher haben Steve Connor auf einem Bild erkannt als den Mann, der die Kinder abgeholt hat. Ein weiterer Mann war bei ihm, also nicht Laura. Sie sind also anscheinend mindestens zu dritt."

Ich lasse mich auf einen Stuhl sinken. „Auch ein Polizist?"

„Wir müssen diese Möglichkeit in Betracht ziehen", erwidert Jack, während er wieder nach dem Telefon greift. Wenn ich mich nicht irre, gibt er die Fahndung nach Steve heraus. Ohne aufzulegen, ruft er wieder jemanden an. Als er fertig ist, sieht er mich an.

„Das war der Captain. Eigentlich hätte ich mit ihm anfangen müssen. Seine Freude kennt keine Grenzen. Er geht jetzt zum

Bürgermeister. Ich kann nur hoffen, dass das Ganze nicht bloß ein Missverständnis ist, sonst sterben wir alle unter dem Fallbeil."

„Ist es garantiert nicht", sagt James. „Fiona hat am Samstag mit ihm gesprochen. Wie hättest du reagiert, wenn du unschuldig wärst und dir deine Nichte mitteilt, sie wüsste, dass du der eigentliche Chef eines Pornorings bist? Hättest du zwei Tage später zwei der Opfer abgeholt?"

Jack schüttelt den Kopf und seufzt. „So unbegreiflich es auch scheint, anscheinend wurde Connor vom Polizeichef zum Staatsfeind Nummer 1. Fiona, dich möchte ich nicht zur Feindin haben."

Ich starre ihn an und weiß nicht, ob ich lachen oder weinen soll. Schließlich entscheide ich mich für das Weinen, dann werde ich wenigstens von drei Männern getröstet.

Ich sehe James fragend an. Der schüttelt den Kopf. Ich spüre seine eigentlich gut versteckte Unruhe. Mir gefällt das auch nicht und James' Reaktion bestärkt meine Vermutung, dass es ungewöhnlich ist, Leslie nicht zu erreichen.

„Du hast doch Leute zur Uni geschickt, Jack?", erkundige ich mich.

Der Lieutenant nickt. „Sie sprechen mit den Kommilitonen. Sobald sie was erfahren, melden sie sich bei mir."

Ich schließe kurz die Augen. Sowohl James als auch ich wissen, dass wir uns auf das Schlimmste gefasst machen sollten.

Ich gehe vor das Gebäude, um eine zu rauchen. Ben und James begleiten mich, doch bevor irgendjemand etwas sagen könnte, klingelt mein Handy.

Meine Mutter.

„Hi, Mum", melde ich mich. „Wie geht es dir?"

„Das wollte ich dich fragen."

„Wieso?"

„Wieso? Das fragst du noch? Erst schläft Leslie hier. Dann sollen wir niemanden aufs Grundstück lassen! Und jetzt steht auch noch ein Streifenwagen vor unserem Tor! Was ist hier los?“

„Ich … ich … Mama, setz dich bitte hin.“

„Ich sitze schon. Und dein Vater sitzt neben mir.“

„Okay, dann brauche ich ja alles nur einmal zu erzählen. Oh, verdammte Scheiße, noch nie …“ Ich muss mich unterbrechen und Tiefenatmung üben, sonst kotze ich den beiden Jungs vor die Füße.

„Fiona?“, höre ich meine Mutter leise aus dem Handy.

Ich lege es wieder ans Ohr. „Sorry, mir wurde gerade schlecht.“

„Bist du schwanger?“

Ich muss lachen, aber es ist absolut kein fröhliches Lachen. „Nein, so schnell geht das nicht. Außerdem nehme ich die Pille, schon vergessen?“

„Kind, das ist jetzt … acht Jahre her?“

„Warum hätte ich die Pille absetzen sollen?“

„Das weiß ich auch nicht. Aber ich weiß, dass du gerade versuchst, vom eigentlichen Thema abzulenken.“

„Ja, das ist wahr. Sorry. Okay. Ich habe herausgefunden, dass der eigentliche Chef des Kinderpornorings noch frei herumläuft.“

„Der Chef … Aber wieso … warum sollte er uns …?“

„Weil ich ihn enttarnt habe und er sich möglicherweise an mir rächen will. Zwei der Opfer hat er bereits entführt, wie es aussieht. Er und seine Gehilfen.“

„Aha. Das klingt sehr schrecklich und furchtbar, aber wieso sollte er uns …?“

„Es ist Steve Connor.“

Stille. Und dann noch mehr Stille.

Schließlich meldet sich mein Vater. „Der Polizeichef?“

„Ja.“

„Kannst du das beweisen?“

„Papa, ich stehe hier gerade vor dem Präsidium mit James und Ben. Jack hat inzwischen eine internationale Fahndung nach ihm herausgegeben. Der Bürgermeister rotiert. Eigentlich rotieren alle. Die Erzieherinnen haben ihn erkannt und bestätigt, dass er und noch ein Mann die Kinder abgeholt haben. Er ist nicht auffindbar, nicht einmal Sandra weiß, wo er ist.“

„Ich verstehe.“

„Und Leslie ist auch verschwunden.“

„Oh mein Gott!“, ruft meine Mutter.

„Also, bitte, tut mir den Gefallen und lasst niemanden rein. Wenn ihr draußen etwas Verdächtiges bemerkt, sagt uns sofort Bescheid. Oder ruft direkt den Notruf und verweist darauf, dass es um Steve geht. Bitte, bitte, verspricht mir das!“

„Wir versprechen es dir“, sagt mein Vater nach einem Moment leise. „Und was machst du?“

„Wir sind zusammen mit der Polizei dran. Ich melde mich, wenn ich etwas erfahre, okay?“

Ich warte die Antwort nicht mehr ab, genug ist genug. Heulend drücke ich mich an James und wünsche mir, dass das alles nur ein Alptraum sein mag und ich gleich aufwache.

Stattdessen höre ich eine vertraute Stimme: „Das tut mir leid, Fiona.“

Ich drehe mich um und starre durch den Tränenschleier Tom Halliway an.

„Was machst du denn hier?“

„Der Bürgermeister will, dass wir dabei sind“, erwidert er. „Er ist im Moment der Polizeichef der Stadt, also sind wir da.“

„Also weißt du, um was es geht?“

Er nickt. „Weiß ich“, sagt er düster. „Ich wünschte, ich wüsste es nicht, aber ich weiß es. Das wird Wellen schlagen bis ganz nach oben.“

„Krogman steckt das weg“, erwidert James.

„Hoffen wir es.“

Ich denke an den Präsidenten von Newope. Ja, er wird das wegstecken. Er ist viel zu beliebt, als dass ihn ein abgrundtief böser Polizeichef gefährden könnte. Ich bin ihm mal auf einem Empfang kurz begegnet, vor einigen Jahren, auf mich machte er einen ganz sympathischen Eindruck. Ein Politiker zwar, aber einer von der besseren Sorte.

„Wer ist alles verschwunden?“, erkundigt sich Halliway, während wir wieder ins Gebäude gehen.

„Mindestens Steve Connor, Laura Holler und Leslie Flame“, antwortet Ben.

„Leslie Flame?“ Der Major sieht James an. „Ich nehme an, sie wird nicht verdächtigt, dazu zu gehören?“

James schüttelt stumm den Kopf. Halliway flucht lautlos.

Jack weiß schon Bescheid. Sein Büro und der Bereich davor sind vorübergehend Einsatzzentrale, bis ein Konferenzraum hergerichtet wurde.

Jack, Ben und Tom unterhalten sich miteinander, mich interessiert das alles grad mal überhaupt nicht und setze mich hinter Jacks Schreibtisch, da das aktuell der einzige freie Stuhl ist. James bleibt neben den drei Polizisten und hört mit finsterem Gesichtsausdruck zu.

Als mein Handy klingelt, überlege ich kurz, ob ich drangehen soll. Aber vielleicht ist es ja auch Leslie, also ziehe ich das Telefon aus meiner Hosentasche und werfe einen Blick auf das Display.

Rufnummer unterdrückt. Leslie ist es also schon mal nicht.

„Ja?“

„Hallo, Fiona.“

Ich richte mich kerzengerade auf. „Steve?!“

Sofort verstummen alle Gespräche und ungefähr tausend Augenpaare richten sich auf mich. Dann beginnt Tom, hektisch zu gestikulieren. Ben rennt nach draußen, Jack schreibt hastig etwas auf einen Zettel.

„Das freut mich, dass meine Lieblingsnichte mich sofort an der Stimme erkennt", sagt Steve in der Zwischenzeit.

„Was willst du? Wo steckst du? Hast du die Kinder?"

„Das sind ja ganz schön viele Fragen." Jack hält mir den Zettel vor die Nase. „Halte ihn hin, wir orten!" steht darauf. „Ich nehme an, inzwischen weiß die Polizei des ganzen Landes Bescheid und ich wurde zum Staatsfeind Nummer 1 erklärt. Das bedeutet, die versuchen gerade verzweifelt, mein Handy zu orten. Ich habe nicht mehr viel Zeit. Komm zum Flughafen, dann melde ich mich wieder. Du hast zehn Minuten."

„Was?!" Doch er hat schon wieder aufgelegt.

Ich starre das Handy fassungslos an. Hat er tatsächlich gerade gesagt, ich soll in zehn Minuten auf dem Flughafen sein? Ist er denn wahnsinnig? Wie soll ich das von hier aus denn schaffen?

„Das hat leider nicht gereicht", bemerkt Jack. „Was ..."

„Ich soll in zehn Minuten am Flughafen sein!", unterbreche ich ihn. „Schaffen wir das mit Blaulicht?"

„Ja", erwidert James. „Wenn ich fahre. Ich brauche einen Streifenwagen."

Zum Glück fängt niemand eine Diskussion mit ihm an, wieso er denn das besser hinkriegen könnte als beispielsweise Jack. Oder der Major. Die Gesichter sagen ja schon alles. Doch allen ist klar, dass jetzt der falsche Zeitpunkt dafür wäre.

Gefühlt zwei Sekunden später sitzen wir zu viert in einem Streifenwagen. James fährt, ich sitze neben ihm, hinter uns Jack und Tom. Eine Armee von Einsatzwagen fährt hinter uns her. Das heißt, sie versuchen es, aber James hängt sie ab. Das will schon was heißen.

Ich werfe einen Blick auf die beiden hinten und sehe ihnen an, dass sie ihre Meinung über James´ Aussage vorhin revidieren. Ich bin auch beeindruckt. Anscheinend werde ich den richtigen

Mann heiraten. Wenn wir diese Scheiße hier überleben. Im Moment würde mich gar nichts wundern. Wenn Steve mich auf dem Flughafen haben will, dann gibt es dafür einen Grund, und der wird mir wahrscheinlich nicht gefallen.

Ich öffne gerade die Tür und will hinausspringen, als mein Handy vibriert und klingelt. Ich zerre es hektisch hervor, wie erwartet eine unterdrückte Nummer.

„Bist du da?", erkundigt sich mein Onkel.

„Gerade angekommen!"

„Sehr schön. Dann begib dich zu Terminal 2. Ich melde mich in fünf Minuten wieder. Bis dahin sollte auch ein Kamerateam dort sein." Und legt schon wieder auf.

„Ein was …?!"

Ich starre mein Handy an und habe ein extrem starkes Déja-vu-Gefühl.

„Was will er denn jetzt schon wieder?", fragt Tom und wirkt genervt.

„Terminal 2 in fünf Minuten. Einschließlich Kamerateam."

„Kamerateam?" Die anderen sehen genauso doof aus wie ich vorhin. Glaube ich jedenfalls. Doch mir bleibt keine Zeit, länger darüber nachzudenken. Stattdessen überlege ich, ob ich zu Fuß oder mit dem Auto schneller bin. Und wo zum Teufel ich ein Kamerateam hernehme.

Schließlich entscheide ich mich dafür, zu laufen. Dabei einem Kamerateam zu begegnen ist weniger unwahrscheinlich als mit dem Auto. Es ist unwahrscheinlich, aber nicht völlig ausgeschlossen.

Also rase ich los, mit den anderen im Schlepptau.

Natürlich begegnen wir keinem Kamerateam. Warum sollte hier ein Kamerateam nur auf uns warten? So was Bescheuertes.

Keuchend bleibe ich neben dem Infozentrum in Terminal 2 stehen und sehe mich um. Der Major ist am Telefonieren.

„Ich habe ein Kamerateam“, sagt er, nachdem er aufgelegt hat. Und nachdem er unsere Verwunderung ein wenig ausgekostet hat: „Ich kenne jemanden bei einem lokalen Fernsehsender und ...“

Mein Handy geht.

„Hast du ein Kamerateam?“

„Nein! Zumindest noch nicht! Man kann die hier nicht am Kiosk kaufen, verdammt!“

„Sehr witzig. Du hast zehn Minuten, wenn bis dahin immer noch kein Kamerateam da ist, geht es wieder los mit den Fingern. Rate mal, wessen.“

Zum dritten Mal innerhalb von vielleicht einer halben Stunde starre ich wieder das blöde Handy an. Es fällt mir echt schwer zu glauben, dass ich gerade mit einem Blutsverwandten gesprochen habe.

„Was hat er gesagt?“, erkundigt sich James.

Ich atme tief durch und konzentriere mich darauf, nichts zu tun, was ich bereuen würde.

„In zehn Minuten ist ein Kamerateam hier oder er beginnt, den Kindern Finger abzuschneiden ...“

„Schaffen wir“, erwidert Tom. „Sie sind schon unterwegs. Als ich ihnen sagte, dass sie dafür eine Exklusivstory mit Fiona bekommen, waren sie nicht zu halten.“

Ich starre Tom an.

„Ist das nicht so?“

„Doch“, antworte ich. „Darf ich Steve Connor töten, wenn ich die Gelegenheit dazu bekomme?“

„Ich nehme an, das war nur ein Scherz?“ Jack sieht mich fragend an. „Er ist immer noch dein Onkel.“

„Jack, der Terminator hielt es auch für einen Scherz. Und dann war er tot. Nein, es ist kein Scherz!“

„Schon okay. Wenn du ihn in Notwehr tötest, dürfte sich

kaum ein Staatsanwalt finden, der dich deswegen anklagt.“

Ich lasse das unkommentiert. Mir ist klar, dass die Ereignisse im Flugzeug juristisch aufgearbeitet werden, genau wie die beiden Motorradkiller, die ich direkt und indirekt getötet habe. Mein Konto mit selbstverschuldeten Leichen wächst gerade erstaunlich schnell. Vor wenigen Wochen hätte ich noch geschworen, gar nicht in der Lage zu sein, einen Menschen zu töten. Gemessen daran sind es inzwischen wirklich viele, und kein Einziger verursacht mir Albträume.

Scheiße.

Ich lege die Arme um James und drücke mein Gesicht gegen seine Schulter. Er streichelt meine Haare und küsst meinen Kopf. Irgendwie tut das gerade unglaublich gut, ihn und seine Ruhe zu spüren, seine Berührung, seine Zärtlichkeit.

Zeitgleich mit dem Kamerateam kommt der Anruf von meinem Onkel.

„Wie sieht es aus mit dem Kamerateam?“

„Gerade eingetroffen.“

„Sehr schön. Ich hätte ungern einem der Mädchen was abgeschnitten, aber ich hätte es getan.“

„Ist nicht nötig, ein Team von TV Skyline ist hier!“

„Hm. Kleiner Sender. Aber egal, für meine Zwecke dürfte das auch reichen. Ich will, dass die live senden und dass das auf dem Flughafen auf jedem Monitor zu sehen ist.“

„Geht bestimmt. Aber was sollen sie überhaupt filmen?“

„Dich.“

„Mich?“

„Genau. Du gehst durch den Flughafen und sie filmen dich dabei.“

Ich verspüre große Lust, das Handy wieder anzustarren. Was soll die Scheiße denn?

„Nackt.“

„Was?!“

„Du gehst nackt durch den Flughafen, wirst dabei gefilmt und das wird live gesendet. In fünf Minuten ist es on air, sonst bekommt ihr den ersten Finger.“

Und legt auf.

Ich lasse das Handy sinken und starre zur Abwechslung mal James an.

„Sie sollen dich filmen? Wobei?“

„Wie ich nackt durch den Flughafen spaziere.“

James' Miene verdüstert sich. Ich glaube, er ist gerade ziemlich wütend geworden. Er hat sich sehr gut unter Kontrolle, aber inzwischen kenne ich ihn ein bisschen.

Er ist wütend.

„Du sollst nackt durch den Flughafen laufen?“, wiederholt Jack. „Warum das denn? Hat er keine anderen Sorgen?“

Achselzuckend wende ich mich dem Kamerateam zu. Ein untersetzter Mann, der eigentliche Kameramann, und eine extrem schlanke Frau mit rotbraunen Haaren.

„Wer will, dass Sie nackt durch die Gegend rennen?“, erkundigt sie sich.

„Mein Onkel, der ehemalige Polizeichef. Kriegen Sie das hin mit Live?“

„Ich kümmere mich darum“, erwidert Tom und geht zum Telefonieren zur Seite.

Die Journalistin mustert mich nachdenklich. „Ich bin Jenny Kortens von TV Skyline, mein Kameramann heißt Timothy Atkins. Ich bin mir nicht sicher, was die Ethikkommission sagen würde, wenn wir dabei mitmachen. Auch wenn es sicherlich für hohe Einschaltquoten sorgen würde.“

„Was würde sie denn dazu sagen, wenn deswegen ein kleines Mädchen, das bereits zigfach vergewaltigt wurde, verstümmelt würde?“, erwidere ich.

„Es wird Ärger geben, in jedem Fall“, sagt Atkins düster. „Dann wenigstens das kleinere Übel. Meine Meinung.“

„Und das kleinere Übel ist, mich nackt zu sehen, oder?“

„Den Teil würde ich nicht als Übel bezeichnen, natürlich nur aus Sicht der Zuschauer. Für Sie schon, das ist mir klar.“ Er grinst. „Sind Sie denn überhaupt bereit dazu?“

Statt einer Antwort ziehe die Schuhe, Socken und Hose aus. Mit dem Hemd und dem Schlüpfer warte ich noch.

Auf Toms Okay. Und das kommt dann auch, nachdem er sein aktuelles Gespräch beendet hat.

„Das war der Bürgermeister. Die Live-Schaltung wird vorgenommen. Ich soll nicht fragen, wie das technisch geht, hat er gesagt.“

„Schade“, erwidert Atkins. „Mich hätte das wirklich interessiert.“

Das ist total bescheuert. Ich weiß genau, warum mein Onkel das macht. Rache. Demütigung. Ich wurde vergewaltigt, während meine Eltern zugesehen haben. Und einige Polizisten. Er weiß genau, wie schrecklich ich das finde. Ich …

„Wir können anfangen“, sagt Tom.

Ich nicke und ziehe das Hemd aus. Dabei kommt mir der Gedanke, dass Steve extra erwähnt hat, dass alle Monitore auf dem Flughafen live geschaltet werden müssen. Dafür kann es eigentlich nur einen Grund geben.

Während ich James mein Hemd reiche und völlig aus dem Bewusstsein verbanne, dass zigtausend oder viel mehr Menschen meine nackten Titten sehen, Steve wird brennen, flüstere ich ihm zu: „Steve ist hier auf dem Flughafen!“

„Ich weiß“, erwidert er, genauso leise. „Tom kümmert sich bereits darum.“

Ich liebe intelligente Menschen.

Nach kurzem Zögern schiebe ich auch meinen Schlüpfer

hinunter, reiche ihn James und gehe dann los. In irgendeine Richtung. Dabei vermeide ich es, irgendetwas bewusst anzusehen. Ich weiß, es wäre eigentlich besser, den Leuten, die mich anstarren, direkt in die Augen zu schauen, bis sie es nicht mehr aushalten, aber ich schaffe es nicht. Das Einzige, was ich mit sehr viel Konzentration hinkriege, ist, nicht zu weinen.

Diese Genugtuung gebe ich diesem Arschlochbastard einfach nicht.

Tom, Jack und Steve sowie inzwischen hinzu gekommene Polizisten schirmen mich ab, so gut es geht. Zumindest der Kamera müssen sie aber freie Sicht gewähren.

Plötzlich klingelt mein Handy, das sich noch in meiner Hosentasche befindet. Nach einem Blick darauf reicht James es mir.

„Du bist schön", sagt mein Onkel. „Ich fand dich immer schön. Und arrogant."

Es dauert einen Moment, bis ich meine Sprache wiederfinde, denn mir ist klar, was es bedeutet.

„Fick dich, du Arschloch!", erwidere ich dann, und es ist mir egal, wer mich dabei hören oder sehen kann.

„Na, du musst nicht gleich ausfallend werden. Was ist schon dabei, dass ich dich nackt gesehen habe?"

„Heimlich? Ich kann mich jedenfalls nicht erinnern!"

„Ja, mag schon sein. Wie auch immer … Was ist denn los?"

Im nächsten Augenblick erklingen Schüsse.

Ich starre Tom an, der auch ein Handy am Ohr hat. Dann ruft er uns zu: „Sie haben ihn!"

Damit ist die Fernsehshow beendet. Wir rennen alle los, ich ziehe mich dabei an. Allmählich bekomme ich darin ja Übung. Zum Schluss verlange ich eine Pistole, die ich schließlich auch bekomme. Nicht alle sind begeistert, aber das ist mir egal. Jack und Tom wissen, dass ich damit umgehen kann. Eigentlich wissen es alle Polizisten.

Nachdem ich endlich nicht mehr durch unvollständige Kleidung und Anzieherei behindert werde, hänge ich die anderen ab. Von Tom weiß ich, dass sie Steve in Terminal 4 entdeckt haben. Bis dorthin ist es ein weiter Weg.

Jetzt wirst du bezahlen, mein lieber Onkel!

James und einer der Polizisten sind die Ersten, die mich einholen. Sie hocken sich neben mir hinter den Infostand, von hier aus ist der Eingang zum Café gut einsehbar. Auf dem Boden liegen Leute, sie scheinen am Leben zu sein. Auch ein Polizist ist darunter, er liegt in einer Blutlache. Ob der auch am Leben ist, weiß ich nicht.

„Sind Sie lebensmüde?", fragt der andere Polizist, der mit James gekommen ist.

„Nein. Nur wütend. Sehr wütend!"

Er schüttelt den Kopf, verzichtet aber zum Glück auf weitere Diskussionen. Zumal jetzt auch die anderen ankommen.

„Seitdem ich hier bin, hat sich nichts getan. Ich bezweifle, dass sie noch da sind. Ich gehe rein."

„Fiona, halt, warte … Verdammt nochmal, sie macht mich noch wahnsinnig!" Armer Jack.

Ich laufe geduckt auf den Eingang zu, halte dabei die Pistole nach unten gerichtet und achte darauf, dass kein Unschuldiger vor die Mündung gerät. Aus den Augenwinkeln sehe ich, dass ich beobachtet werde. Sie wissen also nicht, dass die Gefahr vorbei ist. Was ja nichts zu sagen hat.

Ich werfe mich neben der Tür hin. Die Wand hat eher Alibifunktion, vermutlich sind Schießereien hier nicht an der Tagesordnung. Die andere Seite nimmt James ein, er grinst. Ihm scheint es zu gefallen, wie seine Verlobte drauf ist. Gut, sehr gut.

„Ich glaube auch, dass sie schon fort sind", sagt er leise.

„Selbst wenn Steve und seine Komplizen ruhig wären, die Kinder würden sie verraten."

„Das denke ich auch. Gehen wir rein?"

Er nickt und zählt mit den Fingern. Als er die Hand zur Faust ballt, springen wir beide auf und stürmen das Café. Keine Ahnung, was für eine Ausbildung James hatte, meine wurde von dem anderen James und seinen Kollegen erledigt. Ob sie im Ernstfall ausreichen würde, ist fraglich. Hier und heute finde ich es nicht heraus, denn bis auf zwei Leichen und einigen völlig verängstigten Gästen und Angestellten ist nichts Gefährliches drin.

„Gesichert!", ruft James.

Ich blicke mich um. Ein Tisch ist umgeworfen, die Stühle um ihn herum ebenfalls. Kakao und Kaffee auf dem Boden verteilt. Unschwer zu erraten, dass sie hier gesessen haben. Wäre gut zu wissen, wie viele es überhaupt sind. Hoffentlich können es uns die Zeugen sagen.

Ich mustere kurz die hereinstürmenden Polizisten, dann trete ich zu einem jungen Mann, der sich gerade aufrappelt. Ähnlich wie einige andere, die endlich bemerken, dass die Gefahr vorüber ist.

„Haben sie an dem Tisch da gesessen?", erkundige ich mich.

„Ja ..."

„Wie viele?"

„Was?" Er starrt mich verständnislos an.

„Wie viele Leute waren es? Zwei Kinder und ...?"

„Vier. Ich glaube, es waren vier Erwachsene. Eine Frau und drei Männer."

„Also zwei weitere Helfer", sage ich zu James und Jack, die sich nähern. „Und sie sind verschwunden. So eine verdammte Scheiße!"

„Sie kommen nicht weit, Fiona", erwidert Jack. „Was sollte

das gerade? Auch wenn du eine Heldin bist ...“

„Es bestand ja keine Gefahr.“

„Das konntest du aber nicht wissen, höchstens raten!“

„Ich bin gut im Raten, das weißt du ja.“

Er atmet tief durch, vermutlich um weiterzumachen, aber Major Tom rettet mich.

Allerdings sieht er so schrecklich aus, dass ich mich darüber nicht freue. Eine fürchterliche Ahnung steigt in mir hoch.

„Sie haben Leslie gefunden“, sagt er.

„Ja, und weiter? So wie du aussiehst, ist sie verletzt. Wohin wird sie gebracht?“

„Sie ist tot.“

Ich erstarre. Vorhin habe ich ja noch gedacht, dass James und ich uns auf das Schlimmste gefasst machen sollten, aber bis zuletzt lebte in mir die Hoffnung, dass das gar nicht sein kann.

„Was ist passiert?“, fragt James leise. Seine Stimme ist ungewöhnlich tief, fast ein Knurren.

„Sie wurde auf der Toilette gefunden. So wie es aussieht, starb sie an einer Überdosis Heroin.“

„Was? Leslie war doch nicht süchtig!“, rufe ich empört.

„Nein, das denke ich auch nicht.“ Tom schüttelt den Kopf. „Es war Mord.“

Ich sehe James an. Er erwidert den Blick. Sein Gesicht wirkt starr, seine Augen sind klar. Und Wut ist in ihnen. Unbändige Wut.

Dann erklingen irgendwo Schüsse, weit weg.

Diesmal warte ich auf nichts und niemanden. Anscheinend bin ich die Einzige, die keine Schrecksekunde hat. Nicht einmal James kann so schnell reagieren.

Ich renne eine Treppe nach unten. Ich höre Lärm, Geschrei. Durch die Glaswand, die zum Flugfeld führt, sehe ich, wie sich die Tür eines Vans schließt und der Wagen dann mit quietschenden Reifen davonfährt. Jemand kommt wild gestikulierend angerannt. Der Kleidung nach gehört er zum Bodenpersonal.

Ich laufe zu einer schmalen Tür, die verschlossen ist. Ohne zu zögern, schieße ich mehrmals auf das Schloss, bis ich die Tür aufreißen kann. Der Mann vom Bodenpersonal starrt mich panisch an.

„Ich bin von der Polizei", erkläre ich. „Meine Kollegen kommen gleich nach. Ich brauche einen Wagen!"

Er deutet auf einem orangefarbenen BMW Kombi. Cool. Ein 5er, aber im Prinzip wie mein alter. Der Mann gibt mir den Schlüssel, Sekunden später fahre ich hinter dem Van her.

Sehr gut durchdacht ist das nicht, fällt mir dabei ein. Ich kenne mich auf so einem Flughafen überhaupt nicht aus. Als ich das letzte Mal hier war, saß ich erst in einem anderen Van, danach lag ich auf einer Trage, halb tot. Vermutlich haben all die Markierungen auf dem Boden etwas zu bedeuten, nur ich habe keine Ahnung, was.

Scheiß drauf. Steve wird es auch nicht wissen. Und wenn er von einem Flugzeug plattgemacht wird, kann es mich ja nicht mehr überfahren. Höchstens ein anderes. Aber darüber sollte ich jetzt nicht nachdenken, denn ich muss mich konzentrieren, zumal es tatsächlich Querverkehr gibt. Ein landendes Flugzeug von links ignoriert rechts vor links, eine Tragfläche huscht knapp über meinen Wagen weg.

Verdammt!

Ich atme tief durch, dabei entdecke ich den Van, der gerade durch den Zaun bricht. Einfach so. Dahinter befindet sich eine Straße, auf der der Wagen jetzt nach rechts dreht und dann beschleunigt.

Ich beschleunige auch. Dabei klingelt mein Handy. Gar nicht so einfach, es hervorzufischen, während ich die Straße verlassen muss, um dem Van auf die andere Straße zu folgen. Zum Glück ist der BMW mit Automatik ausgestattet, sonst wäre ich jetzt überfordert. Aber auch so langweile ich mich nicht.

„Ja?!", schreie ich ins Handy, ohne nachzusehen, wer überhaupt dran ist.

„Wo bist du?", fragt jemand und hat die Stimme von James.

„Keine Ahnung! Hier ist eine Landstraße oder so was. Der Van mit meinem Onkel ist durch den Zaun gebrochen, ich folge ihnen, aber ich habe keine Ahnung, wohin! Wir sind nach rechts gefahren, die Landstraße macht einen Bogen nach links, vom Flughafen weg!"

„Okay, warte." Ich höre im Hintergrund Stimmen, dann redet James wieder mit mir. „Da bist du schon mal hergefahren, als ihr zum Flugzeug gefahren seid. Steve fährt in Richtung Stadt. Mehrere Einsatzfahrzeuge folgen euch bereits. Ich sage es ungern, aber du musst dranbleiben."

„Kein Problem", erwidere ich.

„Doch, eigentlich schon. Aber ist jetzt auch egal."

„Willst du ernsthaft jetzt mit mir diskutieren?!"

„Nein." Kluger Mann. „Aber halte dich bitte zurück. Nur folgen, sonst nichts."

Hä? Hallo? Genervt lege ich auf und werfe das Handy auf den Beifahrersitz. Was wollen die von mir? Niemand außer mir ist in der Lage, dem Wahnsinnigen da vorne zu folgen und machen mir dann auch noch Vorschriften? Hallo? Macht doch euren Job, dann passiert so was nicht! Mann!

Ich hole auf, der Van ist nicht einmal ansatzweise so schnell wie der BMW und ich muss auf keine Beifahrer Rücksicht nehmen.

Und gemeinsam holen wir einen Schulbus ein.

Nicht gut. Gar nicht gut.

Ich glaube, ich werde diesen Tag mein ganzes Leben lang hassen. Ganz sicher sogar.

Während ich aus dem Auto springe, höre ich aus weiter Ferne die Sirenen. Sie werden definitiv zu spät kommen. Eigentlich könnten sie überhaupt nicht nicht zu spät kommen, solange dieses verdammte Arschloch zwei Kinder als Geiseln hat.

Genauer gesagt, jetzt haben sie noch einige dazu bekommen.

Der Schulbus steht halb im Graben, dank der Geistesgegenwart des Fahrers. Der Van hat den Bus geschnitten, das hätte ganz anders ausgehen können. Was Steve auch genau weiß, also hat er den Tod oder zumindest die Verletzung der Kinder in dem Bus in Kauf genommen.

Ich laufe geduckt in der Deckung des Busses, dann nach rechts. Gerade noch rechtzeitig, um zu sehen, wie der Fahrer ins Gras fliegt. Als er aufstehen will, fällt ein Schuss. Die Kugel trifft ihn an der Schläfe, und ich schätze, das ist keine Glock. Jedenfalls keine neun Millimeter. Die Kugel reißt auf der einen Seite ein riesiges Loch in den Kopf und verlässt den Kopf auf der anderen Seite, eine Fontäne an Blut und was auch immer hinter sich ziehend. Der Busfahrer wird förmlich von den Füßen gefegt. Er zuckt noch ein paarmal, dann hat er es geschafft.

Wutentbrannt laufe ich zur Tür, ohne darüber nachzudenken, wie bescheuert das ist – und starre Steve an, der einen Jungen vor sich und seine Pistole an dessen Schläfe hält.

„Hallo, Fiona", sagt er lächelnd. „Eigentlich müsste ich dich ja erschießen, wenn du dich schon so anbietest. Aber das wäre zu einfach. Wenn du willst, drück doch ab."

Stattdessen atme ich tief durch und lasse die Waffe sinken.

„Was willst du!?"

„Nun, zunächst einmal, dass du schön brav wieder zu deinem Auto gehst und deinen Freunden erzählst, dass sie nicht näher kommen sollten, wenn sie nicht in die Chroniken der Stadt als diejenigen eingehen wollen, die für den Tod von etwa 20 Schulkindern verantwortlich waren."

Ich verkneife es mir, ihm mitzuteilen, dass immer diejenigen verantwortlich sind, die eine Handlung ausführen. Bringt jetzt gerade nichts, außer Ärger. Also stecke ich meine Pistole in den Hosenbund und gehe zurück zu meinem Auto, hinter dem mittlerweile einige Polizeiwagen mit Blaulicht stehen.

Die Polizisten scheinen genau zu wissen, wer ich bin. Das ist schon mal gut. Etwas überraschend finde ich, als einer von ihnen mich fragt, was sie tun sollen. Mal eben zur Einsatzleiterin aufgestiegen zu sein, ist unerwartet. Aber aus der Sicht meiner neuen Mitarbeiter durchaus nachvollziehbar.

Den Gedanken daran, dass ich damit zugleich auch jede Menge Verantwortung aufgehalst bekommen habe, verscheuche ich ganz schnell wieder.

„Erst einmal nichts, sie haben einen Haufen Schulkinder und die beiden entführten Kinder, und natürlich Waffen. Den Busfahrer haben sie gerade erschossen … Ich will mit Tom oder Jack sprechen!"

Es ist fast schon lustig, wie sie sich in Deckung halten, während ich mich vollkommen frei bewege. Obwohl, nein, lustig ist es nicht. Sie sind nur vernünftig, im Gegensatz zu mir. Vielleicht habe ich ja auch nur einen Schock. Andererseits, das Arschloch hat ja gesagt, es wäre zu einfach, mich einfach so zu erschießen. Ich glaube, diese Gnade gilt aber nicht für die Officers, insofern ist das sehr gut nachvollziehbar, dass sie in Deckung bleiben.

Einer von ihnen reicht mir sein Funkgerät und zeigt mir, was ich drücken muss.

„Hallo?", erklingt Toms etwas verzerrte Stimme.

„Hi, Tom. Fiona hier. Ich kenne die Codes nicht und rede Klartext."

„Tust du sowieso. Was ist da los?"

„Haha." Ich erzähle in wenigen Stichworten, was Sache ist. Er hört zu, ohne mich zu unterbrechen. „Und jetzt erwarten die hier alle irgendwie, dass ich sage, was gemacht werden soll.“

„Verständlich, wenn auch ziemlich ungewöhnlich. Jack und James werden gleich da sein. Bis dahin ...“

Meine Aufmerksamkeit wird von einem Polizisten, der mir auf die Schulter tippt, abgelenkt. Er deutet auf den Bus.

Steve steht mit einem Kind vor sich an der hinteren Fensterscheibe und deutet an, dass ich zur Tür kommen soll.

Nach kurzem Nachdenken gebe ich dem Polizisten sein Funkgerät zurück und gehe auf den Bus zu. Dabei höre ich noch, wie Tom sich erkundigt, was jetzt schon wieder los sei und der Polizist antwortet, dass Connor die Fiona sprechen will. Den Rest kriege ich nicht mehr mit. Ist mir auch scheißegal.

Ich konzentriere mich auf die nächste Begegnung. Mein Bauch sagt mir, dass das nicht gut ausgehen wird. Möglicherweise für mich.

Steve erwartet mich genauso wie vorhin.

„Zieh dich aus“, sagt er.

„Was soll die Scheiße denn?! Das hatten wir vorhin schon!“

Er verstärkt seinen Griff um den Hals des Jungen, der aufstöhnt.

„Zieh dich aus und komm rein! Jetzt!“

Ich werfe einen Blick in die Richtung der Polizisten, dann lege ich die Pistole ins Gras und ziehe mich aus, bis auf das Höschen. Erst auf den ausdrücklichen Befehl Steves hin entledige ich mich dessen auch.

Dann steige ich ein und bleibe stehen. Der Junge, vielleicht 13, starrt mich aus angstgeweiteten Augen an. Steve gibt den Befehl, loszufahren. Ein braunhaariger Typ mit Sonnenbrille setzt sich ans Steuer, rempelt mich vorher noch an, dann setzt er zurück und fährt in großem Bogen um den Van herum. Ich kann sehen, dass die Polizeiwagen sich ebenfalls in Bewegung setzen. Lediglich der auffällige BMW des Flughafens bleibt stehen.

Endlich lässt Steve den Jungen los, der mit steifen Bewegungen zu einem leeren Sitz geht.

Dann starrt Steve mich an.

„Laura würde dich am liebsten umbringen", sagt er in lockerem Plauderton.

Ich betrachte die beiden anderen Komplizen. Da ist Laura in Cargohose, Stiefeln und T-Shirt. Die Hose ist olivgrün. Sie sieht gut darin aus, fast wie aus einem Actionfilm.

Sie funkelt mich wütend an. „Glotz nicht so, sonst kratze ich dir wirklich die Augen aus!"

Wortlos wende ich mich ab und sehe mir den anderen Mann an. Er hat eine Halbglatze und wirkt leicht untersetzt. Mir tun die Leute leid, die mit ihm als Opfer zu tun hatten. Ich könnte kotzen, wenn ich ihn sehe und daran denke, was er mit den Kindern getan haben dürfte.

„Das ist Kerry", sagt Steve. „Auch er ist nicht begeistert über deine jüngsten Aktivitäten."

Ich blicke ihn an. „Was willst du eigentlich? Ich stehe hier nackt vor dir in einem Bus voller Schulkinder. Willst du mich vergewaltigen? Eine Orgie feiern?"

„Du hast gute Ideen", erwidert er freudlos. „Vielleicht später. Jetzt setz dich irgendwo hin."

Ich nehme den Platz neben dem Jungen, den er vorhin als Druckmittel benutzt hat. Er riecht intensiv nach Angst, was kein Wunder ist. Ich werfe ihm ein aufmunterndes Lächeln zu, das ziemlich schief sein dürfte, da ich auch am liebsten heulen würde. Okay, er heult nicht, aber seine Augen glänzen verdächtig. Jedenfalls fühle ich mich gar nicht so viel besser als er. Wahrscheinlich gar nicht. Ich bin nur etwa zehn Jahre älter und im Moment abgehärtet, was das Dasein als Geisel angeht. Selbst nackt unter mir nicht gerade freundlich gesonnenen

Männern zu sein ist mir noch vertraut und wird es auch eine Weile bleiben.

Verdammte Scheiße.

Ich sehe Steve an, der sich schräg gegenüber so hingesetzt hat, dass er alles im Blick hat, insbesondere die Straße vor uns.

„Warum lässt du die Kinder nicht frei? Du hast jetzt mich.“

„Habe ich dich um deine Meinung gebeten? Kann mich nicht erinnern.“

„Wir sollten sie echt umbringen!“, ruft Laura.

„Dich auch nicht“, erwidert Steve ruhig. „Außerdem brauchen wir sie noch.“ Er richtet seinen Blick wieder auf mich. „Ich muss gestehen, ich fühle mich in deiner Gegenwart sicherer, solange die Kinder dabei sind.“

„Es gehört schon viel Mut dazu, 13-Jährige als Geisel zu halten, um eine nackte 23-Jährige in Schach zu halten.“

Steve lächelt. Dann beugt er sich blitzschnell vor und verpasst mir einen Schlag mit dem Handrücken gegen den Mund, der meinen Kopf gegen die Sitzlehne knallen lässt. Das tut doppelt weh und ich weiß einen Moment lang nicht, ob mein Genick es ausgehalten hat. Doch dann spüre ich wieder meinen ganzen Körper, einschließlich des höllischen Schmerzes der aufgeplatzten Lippen.

„Ab jetzt redest du nur, wenn ich es dir erlaube“, sagt Steve, immer noch sehr ruhig. „Ist das klar?“

Ich nicke, denn mit dem Sprechen hätte ich jetzt Probleme. Mit dem Handrücken berühre ich meinen Mund, dann wische ich mit der offenen Hand meine Tränen ab. Dabei kann ich riechen, dass der Junge neben mir nicht einhalten konnte. Ich hoffe inständig, dass ihm heute nichts Schlimmeres als eine nasse Hose widerfährt.

„Und hör auf zu heulen.“

„Das liegt nicht nur an mir“, erwidere ich etwas undeutlich.

Erst sieht er so aus, als wollte er wieder zuschlagen, doch er überlegt es sich anders und wendet sich ab.

Die nächsten Minuten vergehen ohne besondere Ereignisse. Ich spüre, wie der Schmerz nachlässt, auch, dass die Verletzung verheilt. Verdammt! Hoffentlich bekommt das niemand mit! Und nochmal verdammt, wieso geht das so schnell?

Steve beobachtet die Straße, dann dreht er mir plötzlich den Kopf wieder zu. „Du warst ein hübsches Kind. Ich hätte dich gerne dabei gehabt, aber Norman meinte, dafür wärst du nicht zu haben. Im Gegenteil, du würdest ausrasten, wenn du davon erfährst. Irgendwie witzig, wie recht er behalten sollte."

Ich starre ihn entgeistert an. Dann wird mir bewusst, dass er mich hübsches Kind genannt hat.

„Hast du mich schon als Kind nackt gesehen?"

Er nickt amüsiert.

„Du Mistkerl, dämliches Arschloch …!" Ich werfe mich auf ihn, es ist mir völlig egal, was das zur Folge haben wird. Ich will ihn nur töten! Er empfängt mich mit einem Fuß und bevor ich zuschlagen kann, stößt er mich zurück. Beim Fallen spüre ich die harte Kante einer Sitzlehne im Rücken, was mir den Atem raubt. Im nächsten Moment reißt mich Laura an den Haaren hoch und drückt ihre Pistole gegen meine Stirn.

„Soll ich sie erschießen? Sie ist gefährlich, verdammt!"

„Lass sie los, Laura", sagt Steve ruhig.

„Bist du bescheuert? Du bist wohl in sie verliebt? Und dafür riskierst du unser aller Leben?"

Steve richtet seine Pistole auf ihren Kopf und drückt ab. Die Kinder schreien auf, während aus ihrem Kopf eine Blutfontäne spritzt. Sie fällt zwei Mädchen hinter mir auf den Schoß, ich selbst auf den Boden. Ich drehe mich um, drücke mich mit den Armen hoch und greife nach Lauras Pistole, die ihr entglitten ist, als die Wucht des Treffers sie von den Füßen riss. Dabei rechne ich damit, in den Rücken geschossen zu werden.

Wahrscheinlich rettet mich der Polizist mit der Sonnenbrille, der am Steuer sitzt. Ob aus Reflex oder aus welchem Grund auch immer, jedenfalls tritt er auf die Bremse. Dabei schlingert der Bus hin und her.

Ich komme auf die Knie und kann aufstehen, weil ich mich mit einer Hand am Haltegriff des mir nächsten Sitzes festhalte. Nebenbei kassiere ich einen Schlag gegen das Kinn von einer Stange, die sonst dazu dient, sich nicht zu verletzen, indem man sich an ihr festhält. Das tut weh und ich spüre erneut den Geschmack von Blut.

Na ja, heilt ja eh bald wieder.

Nachdem der Bus endlich steht, richte ich mich auf und drehe mich um. Steve liegt zwischen zwei Sitzen, der Fahrer hingegen springt gerade auf und zieht seine Waffe. Ich bin schneller mit meiner, bevor er abdrücken kann, verteilt sich der Inhalt seines Kopfes auf der Windschutzscheibe. Vielleicht ist es auch nur sein Blut, ich weiß es nicht und es interessiert mich sowieso nur am Rande.

Steve ist noch nicht einsatzbereit, also nach dem anderen Polizisten schauen. Während ich mich umdrehe, höre ich den Schuss und spüre dann auch schon etwas an meinem Bauch. Schmerz. Brennend. Heiß. Meine Pistole fliegt mir aus der Hand, während ich nach hinten falle, halb auf den Jungen, neben dem ich vorhin saß.

Dann starre ich in die Mündung der Pistole, die mich gerade erwischt hat.

„Lass sie am Leben, Kerry!", ruft Steve, sein Gesicht erscheint über mir.

„Sie ist eh getroffen", sagt Kerry wütend.

„Nur ein Streifschuss, das wird sie ausbremsen."

„Sie hat Bart erschossen!"

„Ja. Und?" Steve zuckt die Achseln. „Jetzt müssen wir nur noch zu zweit teilen. Aber wir brauchen einander. Und sie erst recht. Oder glaubst du, deine ehemaligen Kollegen würden es riskieren, dass ihrer Heldin was passiert?"

Jetzt bin ich schon die Heldin der Polizei? Na toll. Fühle mich überhaupt nicht wie eine Heldin, eher wie eine, die nahe davor ist, einen hysterischen Anfall zu bekommen. Der Bauch tut höllisch weh, den Rücken spüre ich auch. Der Junge heult, seine Hose, auf der mein Kopf liegt, ist nass. Vielleicht habe ich mich vor Schmerz auch bepisst, das wäre durchaus möglich.

Kerry verschwindet aus meinem Blickfeld und ich höre meinen Onkel sagen: „Setz dich hin, Fiona. Eine unerlaubte Bewegung danach und du hast ein Loch irgendwo, wo es wehtut, dich aber nicht tötet. Und dann noch eins. Ich könnte dir zum Beispiel die Zehen einzeln wegschießen. Klar?"

Ich setze mich stöhnend auf, beide Hände auf den Bauch pressend. Es fühlt sich nass und warm an. Vermutlich Blut, aber ganz sicher bin ich mir erst, als ich nach unten blicke und sehe, dass meine Hände rot sind.

„Das dürfte ziemlich schmerzhaft sein, aber das hast du dir selbst zuzuschreiben. Ich will keinen Laut von dir hören. Kerry, was machen die Bullen?"

„Im Moment nichts. Wir haben Glück gehabt. Ich höre Hubschrauber, SWAT kommt."

„War ja zu erwarten. Wir haben wirklich Glück gehabt, die wären gerade reingekommen. Zeit für eine Absicherung."

Was er damit meint, wird mir klar, als ich zuschaue, wie beide sich Sprengstoffgürtel umlegen. Ich spüre, dass mir kalt wird. Kerrys ehemalige Kollegen wissen es nicht, sie brauchen nur auf die ungute Idee zu kommen, die beiden durch Scharfschützen erledigen zu lassen, und das war es. Mit den beiden, mit einigen Schulkindern und mit Fiona.

„Ihr solltet sie warnen", sage ich stöhnend. Der Bauch tut immer noch höllisch weg, blutet aber nicht mehr. Ich kann mit den Händen spüren, wie die Wunde sich langsam schließt. Am liebsten würde ich schreien vor Angst, weil ich keine Ahnung habe, was mit mir geschieht. Doch dafür ist es nicht die richtige Zeit und Steve darf auf keinen Fall erfahren, was mit mir los ist. Niemand darf es erfahren.

Steve richtet die Pistole auf mich. „Was habe ich dir gesagt?"

Ich presse die Lippen zusammen und schweige.

„Sehr schön. Und keine Sorge, sie werden es erfahren. Durch dich haben wir die beschissene Situation, dass wir hier nicht wegkommen. Oder würdest du dich gerne auf Barts Überreste setzen?"

„Nein", erwidere ich.

„Dachte ich mir." Er mustert kurz Laura. „Los, zieh ihre Sachen an."

„Was?!"

Steve schießt. Die Kugel durchschlägt den Boden dicht neben meinem rechten Fuß. Ich schreie unwillkürlich auf und starre ihn an.

„Das ist wirklich die allerletzte Warnung. Zieh ihre Sachen an."

Nach kurzem Zögern erhebe ich mich. Laura liegt auf dem Boden, seltsam verrenkt. Die beiden Mädchen haben sie von sich geschoben, oder sie ist beim Schlingern heruntergefallen. Keine Ahnung. Ist ja auch egal. Ich ziehe ihr erst das schwarze T-Shirt aus und streife es mir über. Dann Stiefel, olivgrüne Hose und auf Steves aufforderndes Nicken hin auch den Schlüpfer.

„Soll ich den echt anziehen?"

„Warum nicht? Oder hat sie sich vollgepisst?"

„Nein."

„Na dann. Schlimmstenfalls wirst du von mir schwanger. Ist aber nicht sehr wahrscheinlich." Er grinst, als er meinen

Gesichtsausdruck sieht.

Und es bestätigt, was ich mir schon gedacht habe. Umso erschreckender, mit welcher Leichtigkeit er sie erschossen hat.

Flach atmend, weil ich sonst kotzen müsste, ziehe ich Lauras Sachen alle an. Sie trägt, vielmehr, sie trug Schnürstiefel. Jetzt trage ich sie. Genau wie die Baumwollsocken. Und die Hose. Und ihren Geruch. Und Moleküle von Steve.

Ich beuge mich vor und kotze zwischen meine Füße. Dann richte ich mich auf und wische den Mund mit meinem T-Shirt ab. Mit Lauras T-Shirt. Steve beobachtet mich nachdenklich dabei, unternimmt aber nichts.

„Dein Handy hast du vermutlich bei deiner Kleidung gelassen?", erkundigt er sich danach.

„Nein, ich habe es mir schnell in die Fotze gesteckt, so schnell, dass …"

Er schießt nicht. Immerhin habe ich ja nicht gegen seinen Befehl gehandelt. Ich war einfach nur frech. Provokativ. Unverschämt. Dafür gibt es keine Kugel, nur eine Ohrfeige. Wieder mit dem Handrücken, wieder tut es weh.

Blut sammelt sich in meinem Mund, das ich ausspucke.

„Vielleicht erinnerst du dich noch daran, dass ich mal Detective war", sagt er in lockerem Plauderton und ignoriert den entsetzten Blick des Jungen neben mir. Die anderen Kinder dürften ähnlich aussehen, aber ich konzentriere mich auf Steve. „Ich habe in der Zeit gelernt, wie man schlagen muss, dass es wirklich übel wehtut, aber keinen dauerhaften Schaden verursacht."

„Rührend, wie du dich um meine Gesundheit sorgst", erwidere ich. Etwas undeutlich, aber dafür kann ich ja nichts.

„Ja, wie es sich für einen Onkel halt gehört. Hier, nimm dieses Handy." Er reicht mir seins. Ich muss mich richtig überwinden, es anzupacken. Er hatte es in der Hand. In derselben Hand, die … Ich denke lieber nicht darüber nach, was er mit dieser Hand alles angestellt hat, sonst kann ich nicht mehr mit dem Kotzen aufhören. Und ich glaube, ich sollte langsam mal anfangen, meine Gedanken zu sortieren. Ich werde meine volle Konzentration brauchen, die Kinder zu retten. Und mich. Und überhaupt.

„Wen soll ich anrufen? Jack?"

„Jack ist eine gute Wahl. Ruf ihn an. Seine Nummer ist einprogrammiert."

Jack ist schnell dran, und er denkt mit, denn er meldet sich mit einem neutralen „Hallo.".

„Hi Jack, Fiona hier", erwidere ich. Steve runzelt die Stirn, doch das ignoriere ich. „Es sind alle am Leben."

„Nicht alle", entfährt es Steve. Ich sehe ihm an, dass er es bereut. „Sag ihm, dass wir Sprengstoffgürtel haben."

„Nicht nötig, ich habe es gehört."

„Er hat es gehört", sage ich weiter.

„Wir haben hier 23 Kinder und die beiden aus dem Heim. In einer halben Stunde steht ein Hubschrauber hier vor dem Bus bereit, sonst werden es nur noch insgesamt 24 Kinder sein. Und das eine wird den Bus nicht auf eigenen Beinen verlassen. Klar?"

„Verstanden", sagt Jack. „Wohin soll der Hubschrauber fliegen?"

Ich wiederhole die Frage laut.

„Das sage ich dann, wenn es so weit ist. Er soll auf jeden Fall vollgetankt sein. Ich brauche wohl nicht zu erwähnen, dass ich natürlich alle Tricks kenne."

„Braucht er nicht", sagt Jack. Ich leite diese Info mit einem Kopfschütteln weiter.

„Die SWAT zieht sich zurück. Die anderen auch. In einem Umkreis von 300 Metern will ich niemanden sehen. Die Straße wird gesperrt und bleibt gesperrt.“

Ich nicke, als Jack „Verstanden.“ sagt.

„Frag ihn, ob er bereit ist, einen Teil der Kinder freizulassen.“

Steve schüttelt den Kopf, als ich die Frage für ihn hörbar stelle.

„Nein“, teile ich Jack mit.

„Wir haben keinen Hubschrauber in einer halben Stunde für 30 Leute organisiert.“

Ich leite diese Info an Steve weiter.

„Zehn Leute plus Pilot.“

„Okay. Ich melde mich, wenn der Hubschrauber hier startet.“

Ich lege auf und reiche Steve das Handy, doch der winkt ab.

„Behalte es. Er wird anrufen, bevor der Hubschrauber kommt.“

Ich nicke.

Steve mustert Kerry. „Such dir zwei Mädchen aus und binde sie an dich. Du kommst auch mit, Fiona.“

„Wieso wundert mich das nicht?“

„Weil du ein kluges Mädchen bist. Nur nicht klug genug. Eigentlich schade. Norman hat erzählt, dass du nicht gegen Sex eingestellt bist.“

„So, hat er das?“

„Stimmt das nicht?“

„Hör zu, bloß weil wir zufällig verwandt sind, heißt das nicht, dass ich dir aus meinem Privatleben plaudere. Jetzt schon mal gar nicht. Ich habe auf jeden Fall niemanden vergewaltigt.“

„Die gute Fiona, Newopes neue Nationalheldin.“

„Weißt du, auch das ist mir ziemlich egal. Dafür tue ich das nicht.“

„Ist mir klar. Warum dann? Niemand hat dich gezwungen, in den Bus zu kommen. Und du wusstest, dass dich hier keine Streicheleinheiten erwarten.“

„Ja, das war mir klar. Aber im Gegensatz zu euch lässt mich das Leiden der Kinder nicht kalt. Genauso wenig wie das

Schicksal meiner Eltern mir egal war."

„Ich vermute, du willst dir damit die Zuneigung deines Vaters erkaufen."

„Oh, der große Ex-Polizeichef kennt sich mit Psychologie aus? Denkt er zumindest. Du hast recht, das Verhältnis zwischen meinem Vater und mir ist nicht einfach. Aber er hat sich bei mir entschuldigt. Ich muss nichts mehr beweisen. Aber ich will in den Spiegel schauen können, ohne kotzen zu müssen. Du hast doch bestimmt alle Spiegel abgehängt, oder?"

Er lacht. „Ich müsste dir jetzt einen Zeh wegschießen."

„Du hast nicht gesagt, ich müsste lügen. Und du hast mich gefragt, ich habe geantwortet. Ich tue nur, was du willst."

„Ja, sicher. Wie geht es deinem Bauch?"

„Tut weh. Wieso interessiert dich das auf einmal?"

„Ich will nicht, dass es meiner Lieblingsnichte schlechtgeht."

„Ich bin zu Tränen gerührt."

„Gut. Und mach das jetzt, ohne den Mund zu bewegen." Er steht auf und folgt Kerrys Beispiel. Beide haben jetzt links und rechts je ein Mädchen an sich gefesselt. Nicht zu eng, damit sie sich bewegen können, aber doch nah genug, dass kein Scharfschütze es riskieren kann, einen Schuss abzugeben, ohne Gefahr zu laufen, auch eins der Mädchen zu treffen.

Ich lehne den Kopf nach hinten und denke darüber nach, ob und welche Chance ich überhaupt habe, diesen Wahnsinn zu beenden.

Aber entweder bin ich im Moment nicht fähig, klar genug zu denken, oder es gibt gar keine Chance.

Scheiße. Verdammte Scheiße.

Als das Handy klingelt, gehe ich dran. Dabei sehe ich, dass es schon sieben Uhr abends ist. Was zum Teufel ist mit der Zeit passiert?

„Hi Jack“, sage ich müde.

„Alles in Ordnung?“

„Ja.“

„Hubschrauber“, sagt Steve.

„Ist unterwegs, ihr müsstet ihn bereits hören können.“

„Er kommt“, dolmetsche ich. „Schon zu hören.“

Steve lauscht kurz, dann nickt er. „Leg auf.“

Ich gehorche, diesmal nimmt er mir das Telefon weg.

„Sobald der Hubschrauber gelandet ist, steigst du aus. Du überzeugst dich, dass wirklich nur der Pilot drin sitzt. Haust du ab oder tust du sonst irgendetwas, was mir nicht gefällt, stirbt das erste Kind. Klar?“

„Klar. Und wenn es mir egal ist?“

„Ist es nicht.“

Er hat recht, blöd ist nur, dass er das so genau weiß.

Als der Hubschrauber landet, erhebe ich mich. Dabei halte ich meinen Bauch fest, obwohl er überhaupt nicht mehr wehtut. Die Geschwindigkeit der Heilung ist erschreckend. Ganz verheilt ist die Wunde wahrscheinlich noch nicht, auch meine Lippen sind noch etwas geschwollen, aber die Wunde scheint sich bereits geschlossen zu haben. Das ist ganz sicher nicht mit Genetik zu erklären. Eigentlich ist es gar nicht zu erklären. Das gibt es einfach nicht.

Leider erlebe ich es trotzdem gerade.

„Du gehst hin, schaust rein und kommst zurück“, sagt Steve. „Ich will dich ganze Zeit über sehen.“

„Wie soll ich dann reinschauen? Ich kann das Innere nicht sehen von draußen. Wie soll das gehen?“

„Du darfst den Kopf kurz reinstecken. Kurz. Paar Sekunden. Klar?“

„Klar.“

Der Türöffner ist neben dem Lenkrad. Auf dem ein Teil von

Bart liegt. Die ersten Fliegen sind auch schon da. Vermutlich freut sich der Teufel bereits über Nachschub. Hilft mir bloß alles nichts, ich muss die Tür aufmachen. Es gibt garantiert auch einen manuellen Mechanismus, aber bis ich den gefunden habe, sind die beiden so nervös geworden, dass sie alle erschießen.

Ich halte die Luft an, während ich den Knopf drücke. Die Tür gleitet mit dem so typischen Geräusch zur Seite. Ich gehe die drei Stufen hinunter und springe auf die Straße. Es ist verdammt hell und warm. Das Höschen zwickt, vielleicht sind es auch nur die Spermien meines Onkels,, die Einlass begehren.

Boah ey, bist du bescheuert, Fiona?

Mit zusammengebissenen Zähnen gehe ich zum großen Hubschrauber, dessen Seitentür offen ist. Ich werfe einen Blick hinein und flüchtig einen auf den langhaarigen Piloten.

„Benimm dich ganz unauffällig. Besser, du erschrickst jetzt als nachher."

Ich kriege tatsächlich fast einen Herzinfarkt, weil er die Stimme von James hat.

„Lass dir nichts anmerken, wenn es irgendwie geht."

Am liebsten würde ich nicken und ihm zurufen, wie wahnsinnig er ist. Fast so wahnsinnig wie ich! Doch dann geschieht eine Katastrophe. Ich stütze mich also am Hubschrauber ab und mache einen Schritt zurück. Dabei krümme ich mich nach vorne, als würde mein Bauch schmerzen. Hoffentlich kaufen die mir das im Bus ab.

Steve mustert mich misstrauisch. „Was war das?"

„Was? Ich habe Schmerzen, was ist so schwer daran zu verstehen?" Ich wische meine Tränen ab. Er muss ja nicht wissen, dass sie eine andere Ursache haben.

„Na schön. Wir gehen jetzt rüber. Die Kinder begleiten uns. Sie gehen um uns herum, zuerst steigen einige von ihnen aus und warten. Wer wegläuft, wird erschossen. Ist das klar?"

Es kommt zumindest keine Widerrede. Ich hoffe wirklich sehr, dass sie durchhalten und keins versucht zu fliehen, denn dann gibt es ein Blutbad. Ich bin mir nicht sicher, wie die Polizei reagiert, wenn ein Kind erschossen wird. Und ich möchte es gar nicht herausfinden.

Zum Glück sind alle vernünftig. Oder zu geschockt. Eher Letzteres. Auf jeden Fall gibt es keinen Zwischenfall. Inmitten einer Traube von Kindern gelangen Steve und Kerry zum Hubschrauber und steigen ein. Bis auf die an sie gefesselten Kinder bleiben alle anderen draußen. Ich lasse sie einige Schritte zurücktreten, bevor auch ich einsteige.

„Ich begrüße die Fluggäste“, sagt James mit veränderter Stimme. „Wohin soll es gehen?“

„Nach oben erst einmal“, antwortet Steve und mustert den Hinterkopf des Piloten.

„Aye, aye.“

Ich schnalle mich hastig an, während der Hubschrauber nach oben zieht. Neben mir sitzen Steve und zwei Kinder, gegenüber Kerry und die beiden anderen Kinder. Von James ist nur der Hinterkopf zu sehen. Ich schätze, er hat auch sein Gesicht verändert, denn Steve kennt ihn ja.

Es ist Wahnsinn. Welcher Idiot hat das genehmigt? Tom? Jack? Ich werde die umbringen!

Dann wird mir bewusst, was ich eigentlich tue. Okay, das kann man als mildernden Umstand gelten lassen. Oder eben nicht.

Ach, Scheiße. Ich sollte mich lieber auf das Jetzt und Hier konzentrieren, das ist herausfordernd genug.

Steve beobachtet mich amüsiert.

„Worüber hast du nachgedacht?“, erkundigt er sich.

„Welche Art der Todesstrafe sie nur für dich wieder einführen werden.“

Steve lacht auf, Kerry findet es weniger witzig.

„Von meiner Nichte würde ich eigentlich mehr Empathie und Liebe erwarten.“

„Und ich von meinem Onkel. Eigentlich ist es ausgeschlossen, dass wir blutsverwandt sind!“

„Meinst du? Bist du dir wirklich sicher, dass wir so verschieden sind?“

„Definitiv!“, erwidere ich.

„Wie du meinst.“ Er mustert wieder den Piloten. „Kennen wir uns von irgendwoher?“

„Das glaube ich nicht, daran würde ich mich erinnern, wenn wir uns schon mal begegnet wären“, antwortet James mit leicht näselnder Stimme.

„Ja, vermutlich. Ich schätze, ich verwechsele Sie mit jemandem.“

„Das kann bestimmt schon mal vorkommen, wenn man so viele Leute kennt wie Sie.“

„Woher wissen Sie das?“

„Na, man hat mir natürlich erzählt, was für Fluggäste ich haben werden, sonst müsste ich mich doch schon sehr wundern.“

„Stimmt. Und Sie haben kein Problem damit?“

„Ich mache meinen Job. Ich hoffe ja sehr, dass Sie nicht vorhaben, mich zu erschießen.“

„Nicht, wenn Sie keine Scheiße bauen.“

„Das werde ich nicht. Sie sagen, was ich tun soll, ich tue es. Jetzt bräuchte ich zum Beispiel ein Ziel.“

Steve lacht kurz auf. „Klar. Unser Ziel ist Monty, der kleinere Flughafen. Ich bin nicht abergläubisch, aber der Zentralflughafen ist mir nicht geheuer. Dank meiner Nichte. Und geben Sie der Zentrale durch, dass ich dort ein Langstreckenflugzeug haben will. Voll getankt.“

James gibt es durch, während ich Steve betrachte. Ich habe das dumpfe Gefühl, er möchte, dass ich mit verreise. Und ich habe auch diesmal überhaupt keine Lust dazu. Kurz denke ich sogar darüber nach, ob er ähnliche Pläne mit mir hat wie der Terminator. Dass er scharf auf mich ist, das steht fest, wohl schon seit vielen Jahren. Anscheinend auch jetzt noch, was ich etwas erstaunlich finde, denn ich bin kein Kind mehr. Okay, ich werde häufig jünger geschätzt wegen meiner zierlichen Figur. Trotzdem, ich sehe auf keinen Fall wie ein Kind aus.

„Was starrst du mich so an?“, erkundigt sich Steve.

„Bist du eigentlich in mich verliebt?“

Er gibt keine Antwort. Jedenfalls nicht verbal. Sein Handrücken und mein Mund begegnen sich wieder einmal. Und mein Kopf und die Fensterscheibe des Hubschraubers erstmalig.

Die Kinder schreien unterdrückt auf, ich stöhne unwillkürlich. Dann betaste ich meine Lippen.

„Danke ...“

„Möchtest du noch eine?“

„Vielleicht später. Zu viel auf einmal verkrafte ich vielleicht nicht.“

„Ich müsste dich ja eigentlich bewundern, Fiona. Es müsste mich mit Stolz erfüllen, dass ich eine so coole, taffe Nichte habe. Du hattest schon damals abgefuckte Sprüche drauf, bei der Entführung, oder?“

„Hast du echt abgefuckt gesagt?“

„Erstaunt?“

„Na ja, es passt irgendwie schon. Ich meine, du machst ja schon krampfhaft auf jung. Vielleicht deswegen Kinder?“

Und die nächste Begegnung. Diesmal etwas heftiger. Der Schmerz lässt mich nach vorne krümmen und die Tränen in meine Augen schießen.

„Sie scheint ganz gut im Provozieren zu sein“, bemerkt der Pilot.

„Oh ja, eine Meisterin“, erwidert Steve. „Kennst du sie?“

„Aus den Medien halt. Ich war vorhin auf Bereitschaft, da sah ich sie auch im Fernsehen.“

„Und, gefällt sie dir?“

„Klar, sieht schon gut aus.“ Endlich sagt er mal die Wahrheit.

„Das stimmt. Komm mit uns, dann kannst du sie auch haben.“

„Nichts für ungut, Mann, aber ich stehe nicht so auf Gewalt. Wenn sie mich freiwillig will, sicher, aber so viel ich weiß, ist sie vergeben.“

„Auch das stimmt. Bist gut informiert.“

„Soll das ein Witz sein? Es war doch gar nicht möglich in den letzten Wochen, nicht alles über sie zu erfahren. Dass die Farbe ihrer Schamhaare nicht in den Medien zu lesen war, ist auch schon alles.“

„Jetzt schon“, erwidert Steve grinsend.

„Ach ja, stimmt, inzwischen auch das.“

„Spinnt ihr eigentlich?“, bemerke ich. „Ist für euch eine Frau echt nicht mehr als eine Sache nur für den Sex?“

„Und fürs Kochen. Kinderkriegen. War da noch was?“ Steve sieht mich fragend an.

Ich überlege, ob ich noch eine Ohrfeige kriegen möchte. Eigentlich nicht, meine Lippen und mein Hinterkopf tun noch weh. Also zucke ich die Achseln.

„Redest du nicht mehr mit uns?“

„Ich habe keine Lust auf noch mehr Schläge und eine andere Antwort fällt mir nicht ein.“

„Sag, was du sagen wolltest. Ich werde dich nicht schlagen.“

„Also gut. Männer sind halt neidisch auf Frauen, weil sie weder kochen noch Kinder kriegen können. Sie würden es ja nicht einmal aushalten. Und auf den Sex braucht ihr euch auch nichts einzubilden. Dieses Gerammele, glaubt ihr ernsthaft, das finden wir geil? Ganz zu schweigen von eurer Fresse, wenn ihr kommt. Zum Kotzen. Jetzt zufrieden?“

„Da hat aber jemand Dampf abgelassen. Weiß James, wie du über ihn denkst?"

Ich starre ihn an. „Vielleicht gibt es ja Ausnahmen? Und ich glaube, wir sind da."

Das stimmt, wir fliegen direkt auf den kleinen Flughafen am Stadtrand zu. Darüber bin ich auch froh, das Gespräch entwickelte sich gerade in eine Richtung, die ich nicht so toll fand. Okay, ich bin echt sauer auf James, er sollte das schon hören, was ich über Männer gesagt habe. Er wird es richtig einzuschätzen wissen. Aber weiß ich, bis zu welchem Punkt er sich wirklich beherrschen kann?

Der Flughafen sieht ziemlich leer aus. Lediglich um einen größeren Flugzeug herum sind Bewegungen zu erkennen. Da haben sie anscheinend schnell reagiert.

„Die Flughafenbetreiber werden dich auf Schadensersatz verklagen", bemerke ich.

„Das können sie gerne tun. Ich werde mir eine entsprechende Antwort überlegen, wenn es so weit ist, während ich in meinem Bambussessel sitze und den Sonnenuntergang über dem unglaublichen klaren Meereswasser ansehe."

„Davon träumst du also."

Steve lässt den Hubschrauber in der Nähe des Haupteingangs landen, dann darf ich wieder vorgehen und überprüfen, ob der Terminal wirklich leer ist. Als ich zurückkomme, steigen erst Kerry und die Kinder aus, und erst, nachdem sie sicher ins Gebäude gelangt sind, folgt ihnen Steve mit den beiden anderen Kindern.

Der Hubschrauber hebt ab und fliegt davon. Ich spaziere ins Flughafengebäude, wo ich bereits ungeduldig erwartet werde.

Ich könnte schon wieder heulen.

Monty ist ein kleiner Flughafen, es gibt nur einen Terminal, der das ganze Gebäude einnimmt. In der Mitte führt eine Rolltreppe eine Etage höher, auf die Galerie. Dort gibt es Gastronomie und ein paar Boutiquen.

Im Moment sieht alles verwaist aus, wie in einem Endzeitfilm. Nur ohne die obligatorischen Leichen.

„Ich schätze, unser Flugzeug ist gleich fertig", stellt Steve fest.

„Ich muss aufs Klo ..." Eines der Mädchen presst die Beine zusammen und wirkt ziemlich unglücklich. „Ganz dringend!"

Steve mustert sie kurz, dann zuckt er die Achseln. „Vermutlich eine gute Gelegenheit. Kerry, du gehst zuerst mit den Mädchen. Mit allen. Ich passe solange auf Fiona auf. Fiona, komm her!"

Als ich gehorchte, schiebt er mir den Lauf seiner Pistole in den Mund, so tief, dass ich würgen muss.

„Noch nie deep throat gemacht?", erkundigt sich Steve, während er die Pistole fast wieder ganz herauszieht.

„Nicht mit Pistolen", erwidere ich, etwas undeutlich. „Und du?"

„Ich auch nicht", antwortet er lächelnd. „Irgendwie mag ich deinen Humor doch. Ist mir lieber als Herumgeheule, was andere Mädchen in deinem Alter veranstalten würden."

Ich spare mir eine Reaktion, mit dem Ding im Mund zu sprechen ist unangenehm, weil die Zähne dabei ständig gegen das Metall stoßen. Ich bin eh schon am Sabbern.

Es dauert eine Weile, bis Kerry zurückkommt.

„Ich muss auch!", teile ich ihnen mit.

„Kannst du nicht einhalten?", fragt Steve stirnrunzelnd.

„Nein! Ich mache mir höchstens in die Hose, wenn dir das lieber ist!"

„Na schön. Kerry, du gehst mit ihr. Binde die Kids an mir fest."

Nachdem Kerry die Kinder gesichert hat, packt er mich am rechten Arm und zieht mich hinter sich her.

„Am liebsten wäre mir, du würdest versuchen zu fliehen und

ich hätte endlich eine Ausrede, dich zu erschießen", sagt er, als wir außer Hörweite von Steve sind.

„Die große Liebe wird das zwischen uns beiden wohl nie werden."

„Was muss man eigentlich tun, damit du keine Sprüche mehr klopfst?"

„Das schaffst du nicht. Selbst wenn du mich tötest, ich würde wiederkommen und dir als Geist jede Nacht Sprüche um die Ohren hauen. Bis zu deinem Tod."

„Unglaublich." Kerry schüttelt fassungslos den Kopf. „Was ist?"

Er registriert leider meine sich weit öffnenden Augen, doch zum Glück braucht er viel zu lange, um den Grund zu erkennen. Da ist es für ihn schon zu spät, irgendetwas trifft so hart seinen Kopf, dass es ein berstendes Geräusch gibt.

James fängt seinen umkippenden Körper auf und legt ihn sanft auf die Fliesen. Dann nimmt er seine Pistole und reicht sie mir.

„Jetzt kannst du dich an den Männern rächen", sagt er dabei leise.

„Sorry. Ich sagte ja, es gibt Ausnahmen."

„Ich weiß. Komm, wir gehen außen herum."

Es gibt tatsächlich eine Tür, die nach draußen führt. Das scheint der schlaue Steve nicht bedacht zu haben. Gut für uns. Wobei ich mich frage, wie James es so schnell geschafft hat, zu landen und wieder herzukommen. Oder ist schon so viel Zeit vergangen?

Als ob er meine Gedanken lesen könnte, sagt er flüsternd: „Ich habe den Hubschrauber in der Nähe abgestellt und bin wieder zurück. Bis die SWAT-Leute hier sind, könnte es zu spät sein. Und außerdem bemerkt er sie vielleicht."

„Er hat immer noch vier Kinder. Und Sprengstoff!"

„Wir müssen ihn erschießen.“

„Kannst du so gut schießen?“

„Ich habe es gelernt und habe auch als Scharfschütze gearbeitet. Allerdings nicht mit solchen Spielzeugen.“ Er hält seine Pistole hoch. „Ich muss nahe genug an ihn rankommen.“

„Wie? Er steht ganz frei, keine Chance, sich unbemerkt zu nähern.“

„Ich weiß. Vielleicht, wenn er auf der Toilette nachsieht, wo ihr bleibt. Was glaubst du, was er mit den Mädchen vorhat? Im Flugzeug?“

Ich schweige, denn das möchte ich nicht einmal aussprechen, was ich denke. James nickt, dann bewegt er sich geduckt zur Eingangstür. Geduckt, weil das Gebäude teilverglast ist. Was sich der Architekt dabei gedacht, weiß ich nicht so genau. Mehr Licht innen, klar, aber wieso nur ab einer Höhe von etwa anderthalb Metern? Ist zwar jetzt gut für uns, aber trotzdem irgendwie unästhetisch. Zumindest für meine Sinne.

Scheiß drauf.

Als James um die Ecke schauen will, erklingen Schüsse. Er wirft sich auf den Boden und reißt mich mit.

„Kerry!“, sagt er nur.

„War der nicht tot?!“

„Nicht genug!“

Über unseren Köpfen fliegen noch einige Kugeln hinweg, die mühelos durch die Tür kommen, dann hört das Schießen plötzlich auf. Dafür höre ich Laufschritte, die sich entfernen. Wo zum Teufel will er denn hin?

James hat es wohl auch gehört, denn er krabbelt zur Tür und ich folge ihm. Dann zeigt er plötzlich auf Fahrzeuge, die sich nähern. Und aus der Ferne ist das Rattern eines Hubschraubers zu hören.

„Sind die denn bescheuert?!“

„Wer weiß, wozu das gut ist. Vielleicht haben sie dasselbe gedacht wie ich und beschlossen, dass alles besser ist für die Kinder. Und dass du frei bist, sehen sie ja.“

Er hat nicht unrecht, begeistert bin ich trotzdem nicht. Aber ich habe auch keine Lösung. Zwei Mädchen aus dem Heim und zwei 13-Jährige aus dem Schulbus, noch jung genug, dass ein perverses Arschloch wie Steve anspringt.

Hör auf, Fiona, darüber nachzudenken! Es gibt Wichtigeres zu tun!

Da ich oder die Andere in mir recht hat, konzentriere ich mich lieber auf das Hier und Jetzt. Das ist spannend genug.

James läuft geduckt in die Halle, ich hinterher. Wir haben beide eine Pistole in der Hand. Die von James ist aber keine Glock, nur ein anderes Spielzeug. Spielzeug! Was hat er früher denn benutzt? 45er Magnum?

Steve rennt die Treppe zur Galerie hoch. Wobei, das ist kein Rennen, die vier Mädchen behindern ihn ziemlich. Uns auch, denn wir können nicht schießen, ohne zu riskieren, eins der Kinder zu verletzen.

Plötzlich bleibt Steve stehen, fummelt herum, dann stößt er zwei der Mädchen von sich. Eins stolpert und rollt die Treppe hinunter, das andere kann sich festhalten. Jetzt hat er nur noch die beiden ursprünglichen Opfer.

Bevor er mit ihnen weiter nach oben rennt, schießt er in unsere Richtung. Ich spüre etwas am Oberschenkel und merke nur, wie ich auf die Nase fliege. Der harte Boden stoppt mich.

Dann erst wird mir bewusst, dass mein Onkel mich mal eben angeschossen hat. Ein Treffer im Oberschenkel. Das tut weh. Und meine Nase auch. Toll, womöglich ist die jetzt auch noch gebrochen. Wirklich der beste Tag meines bisherigen Lebens. Oder zumindest der zweitbeste.

„Fiona!“ James kauert neben mir.

„Alles gut." Ich richte mich auf, das heißt, ich versuche es zumindest. Der plötzliche Schmerz im linken Bein lässt mich aufschreiend wieder niedersinken. Beim zweiten Mal hilft mir James und ich bin vorsichtiger.

Dann betrachte ich das Loch in der olivgrünen Kampfhose von Laura.

„Bleib hier, ich kümmere mich um Steve", sagt James.

Ich schüttele den Kopf. „Vergiss es. Ich kann wieder laufen, das war nur die Überraschung. Und schau mal!" Ich entdecke gerade Kerry, der in dem Gang zu den Toiletten liegt. Er zuckt seltsam herum.

„Mein Schlag hat anscheinend sein Gehirn in Mitleidenschaft gezogen", erwidert James. „Lass ihn."

Ich nicke, dann kümmern wir uns um das Mädchen, das die Treppe heruntergestürzt ist. Es ist bewusstlos, aber am Leben. Ein Arm scheint gebrochen zu sein, ansonsten keine Verletzungen, von den üblichen Prellungen abgesehen.

Ich blicke hoch zum anderen Mädchen, das einige Stufen höher steht und uns entsetzt anstarrt.

„Bist du unverletzt?", fragt James.

Als es nickt, winkt er es heran. „Hör zu, zieh sie da in Deckung und warte auf die Polizei. Die müssten in wenigen Minuten hier sein. Sollte es zur Explosion kommen, duck dich und mach dich möglichst klein. Aber renne nicht nach draußen! Alles verstanden?"

Die Kleine nickt. Wir helfen ihr, die Bewusstlose in Bewegung zu setzen, dann gehen wir vorsichtig nach oben, falls Steve auf uns wartet.

Was er seltsamerweise nicht tut. Ich sehe, dass eine Tür halb offen steht, hinter der eine Treppe nach oben zu sehen ist. Wir laufen dorthin. Von oben kommt etwas Sonnenlicht. Die Treppe führt anscheinend auf das Dach.

„Was soll der Scheiß?", frage ich verwundert. „Oben hat er doch gar keine Chance!"

„Doch, mehr als im Gebäude", erwidert James, während er vorgeht. „Die Scharfschützen werden ihn nicht erschießen, solange die Mädchen bei ihm sind, hier kann ihn auch niemand überraschen. Kein Betäubungsgas. Und ein Hubschrauber könnte hier landen. Im Gebäude könnte er zwar auf Zeit spielen, mehr aber auch nicht. Er kennt die Regeln ja."

„Du hast recht."

Wir treten hinaus auf das Dach, die Pistolen auf Steve gerichtet. Er steht ganz am Rand, die Mädchen eng am Körper. Seine Waffe ist auf einen der Köpfe gerichtet. Auf Sallys Kopf.

Scheiße! Scheiße! Scheiße!

„Bleibt stehen", sagt Steve. Er mustert James. „Der Pilot. Und Fionas Verlobter. Glückwunsch, Fiona. Du hast den richtigen Mann gefunden, der zu dir passt. Und eine Chance hat, dich zu ertragen."

„Mit Nieten gebe ich mich nicht ab. Hör zu, du hast verloren, das weißt du auch. Gib auf."

„Du hast Sinn für Humor, Fiona. Warum sollte ich aufgeben? Selbst wenn du recht hättest, was du nicht hast, würde ich sicher nicht aufgeben."

„Dann lass wenigstens die Kinder laufen! Nimm mich stattdessen!"

„Fiona …?", sagt James entgeistert.

Steve hingegen scheint Gefallen an der Idee zu finden. „Das würdest du tun?"

„Ja!" Ich lege langsam meine Pistole hin und schiebe sie dann mit dem Fuß weg. Dabei halte ich die Hände nach oben. „James bringt die Kinder weg. Nur wir beide."

„Und Scharfschützen. Und Einsatzleitung. Und Journalisten. Außerdem gefällt deinem Verlobten die Idee nicht."

Ich blicke zu James. Steve hat recht. James wird wissen, dass die Idee sehr gut ist, aber sie bedeutet höchstwahrscheinlich meinen Tod. Damit kann er nicht einverstanden sein.

Ich gehe auf Steve zu. Entweder verliert James die Nerven und erschießt ihn oder mein Plan geht auf. Doch James verliert nicht so schnell die Nerven. Sollte ich doch überleben, wird er mich vielleicht verprügeln, aber er tut nichts, was die Kinder gefährden könnte. Oder mich, denn wenn er jetzt schießt, bin ich auf jeden Fall tot. Und solange ich lebe, gibt es auch Hoffnung.

Schließlich stehe ich vor Steve und rieche Angst. Die der Kinder. Und seine. Schweiß. Urin. Blut auch, aber das kommt eher von mir.

„Mund auf!“, befiehlt mir Steve.

Als ich gehorche, schiebt er mir die Mündung in den Mund.

„Und jetzt auf die Knie!“

Wieder tue ich, was er verlangt. Mit der freien Hand nestelt er an den Seilen herum, mit denen die Kinder an ihn gebunden sind. Es dauert eine Weile, bis er die Knoten gelöst hat, doch schließlich sind sie frei und können zu James laufen, der mit ihnen nach unten geht. Keine Ahnung, was er denkt, mit der Pistole im Mund ist mein Blickfeld sehr eingeschränkt.

Steve zieht den Lauf heraus, lässt die Waffe aber auf mich gerichtet.

„Aufstehen!“

Auch das tue ich.

„Du erstaunst mich“, sagt er dann. „Eigentlich müsste dein Gesicht aussehen wie Hackfleisch. Von deinem seelischen Zustand ganz zu schweigen. Wieso stehst du noch?“

„Ich will dich sterben sehen“, erwidere ich und bin auf einmal sehr ruhig.

„Du wirst vor mir sterben.“

„Mag sein. Aber wenn du mich erschießt, erschießen sie dich.

Das ist dir doch bewusst?"

„Natürlich. Ich hätte eh schon längst den Schießbefehl gegeben. Wer ist mein Nachfolger?"

„Jack, zumindest vorübergehend."

„Er ist zu weich."

„Das glaube ich nicht. Aber er hat ein Gewissen, im Gegensatz zu dir."

„Ein Gewissen? Als Polizeichef nur Ballast, vor allem in einer Stadt wie Skyline. Fast zehn Millionen Menschen, deren Sicherheit vom Polizeichef abhängt."

„Jetzt übertreib nicht. Aber willst du wirklich darüber in deinen letzten Minuten mit mir reden? Und meine Arme werden langsam müde."

„Die bleiben schön oben. Also gut, willst du die Kugel sehen, wie sie in dich eindringt? Oder willst du sie lieber von hinten?"

„Lieber von hinten."

„Dann dreh dich um", sagt er heiser.

Ich gehorche wie in Trance. Also ist es jetzt tatsächlich so weit. Wahrscheinlich gibt es gerade eine hitzige Diskussion darüber, ob sie auf Steve schießen sollen oder nicht. In der Nähe gibt es keine Versteckmöglichkeit für die Scharfschützen, also sind sie weiter weg. Die Chance, dass sie Steve so treffen, dass mir dabei nichts passiert, dürfte zumindest nicht sehr groß sein. Andererseits wissen sie inzwischen möglicherweise, dass ich gleich hingerichtet werde. Eine große Wahl bleibt ihnen nicht.

Was sie nicht wissen können, ist, ob es wirklich darum geht, dass er mich jetzt erschießen will. Wir reden ja noch miteinander.

Reden. Meine einzige Chance, das hier irgendwie zu überleben.

„Bevor ich gen Himmel fahre und von dort zuschaue, wie du in die Hölle deportiert wirst, mein lieber Onkel, darf ich noch eine Sache von dir erfahren?"

„Stell deine Frage, ich entscheide dann, ob ich sie dir beantworte.“

Ich hebe den Blick und starre den blauen Himmel an. Die Sonne ist schon weit im Westen, es dürfte nach acht Uhr sein. In spätestens zwei Stunden ist es dunkel. Für mich wohl viel eher, wenn ich jetzt nicht die richtige Frage stelle.

„Hast du mit meiner Mutter geschlafen?“ Keine Ahnung, warum mir gerade diese Frage einfällt. Wobei, so ganz abwegig ist das ja gar nicht. Ich habe Ähnlichkeit mit meiner Mutter, vor allem, als sie ein Teenager war, sah sie fast so aus wie ich.

Auch ohne Steve im Blick zu haben, spüre ich förmlich seine Erstarrung.

Jetzt!

Ich fahre herum. Wenn ich nach ihm schlage, bin ich in der Fluglinie der Kugeln aus seiner Pistole. Nah genug wäre er ja eigentlich.

Also setze ich mein Bein ein, dabei beuge ich mich zur Seite und damit von ihm weg. Die Pistole fliegt davon, sein Kopf nach hinten, als mein Fuß seine Wange trifft. Doch ich bin nicht auf der Höhe und die Wunde im linken Bein, dem Standbein, noch nicht verheilt.

Steve bleibt auf den Füßen und könnte immer noch die Bombe zünden.

Während ich hochkomme, vom eigenen Schwung aus der Drehung getragen, werfe ich mich nach vorne, gegen Steve. Hinter ihm ist das Geländer, danach kommt die Tiefe. Und das Rollfeld. Wenn der Sprengstoff dort hochgeht, gibt es vielleicht keine Toten.

Bis auf ihn, natürlich.

Er rudert mit den Armen, dabei erwischt er mich. Und während er am Geländer genug Drehmoment bekommt, um nach unten zu kippen, zieht er mich mit sich.

Ich packe das Geländer, doch meine schweißnasse Hand

ist zu glitschig, ich schaffe es nicht, mich festzuhalten. Dann kommt auch schon der Dachrand. Scharfkantig.

Aber ich kralle mich mit beiden Händen fest. Wenn ich meine Hände verliere, ist es eben so. Aber wenn ich loslasse, verliere ich mein Leben.

Keine sehr schwere Entscheidung.

Auch bei Steve werden unglaubliche Kräfte mobilisiert durch die Todesangst. Zwar schafft er es nicht, mich am T-Shirt weiter festzuhalten und rutscht nach unten, aber meine Schnürstiefel sitzen bombenfest. Er krallt sich mit beiden Händen an meinen Füßen fest.

Das ist in mehrfacher Hinsicht unangenehm und schmerzhaft für mich.

Ich blicke nach unten, er nach oben.

„Das … das war sehr unartig!", ruft er. „Wieso stirbst du nicht einfach?"

„Lass mich los!"

„Das hättest du wohl gerne! Fahr zur Hölle!"

Mit einer Hand lässt er mich tatsächlich los und tastet seinen Oberkörper ab. Mir wird klar, dass er die Bombe zünden will. Wie auch immer.

Ich hole aus, um mit dem freien Fuß gegen ihn zu treten, als plötzlich Putz aus der Wand schießt. Und Blut dagegen. Und noch andere Sachen.

Steve erstarrt.

Dann sieht er nach oben, an mir vorbei. Seine Augen sind sehr weit geöffnet.

Schließlich lockert sich sein Griff um meinen Fuß und wie in Zeitlupe, ganz langsam, fällt er nach unten. Dabei kann ich gut das Loch in seiner Brust sehen.

Seine Arme sind wie beim Segnen geöffnet, sein Mund aufgerissen, die Augen auch. Ich glaube, er lebt noch, und für ihn dürfte der Fall noch viel, viel länger dauern als für mich.

Kurz bevor er auftritt, drücke ich mich gegen die Wand, vor allem das Gesicht.

Die Explosion erschüttert das Gebäude und es wird heiß von unten. Mir kommt es wie eine Ewigkeit vor, bis ich wieder atmen kann, höre aber nach wie vor nichts.

Mit wirklich letzter Kraft ziehe ich mich hoch und rolle mich vom Dachrand weg. Als dann jemand mich berührt, beginne ich um mich zu schlagen und zu schreien, aber ich glaube, ich bewirke damit gar nichts. Ich habe keine Kraft mehr.

Ich bin einfach nur unglaublich müde.

Ich bekomme einen Körper. Augen. Mund. Schlechten Geschmack, das Gefühl von Trockenheit. Ich schlucke mehrmals, bis ich nicht mehr das Gefühl habe, die Zunge klebt am Gaumen fest.

Hände. Ich habe auch Hände, sie liegen neben mir. Und Arme, sie gehören ebenfalls dazu. Beine, Füße. Nach und nach baut sich mein Körper in meiner Wahrnehmung zusammen. Erst ganz zum Schluss kann ich ihn als Ganzes spüren.

Das ist irgendwie ziemlich schräg. Ich glaube, ich war in einem verrückten Traum gefangen, an den ich mich nicht mehr erinnern kann. Aber er muss echt schräg gewesen sein. So schräg, wie das Gefühl beim Aufwachen, als sich mein Körper Stück für Stück in mein Bewusstsein einbaute.

Wo bin ich überhaupt?

Es ist dunkel. Nicht absolut dunkel, dass man nichts sieht. Aber so dunkel wie nachts in einem Zimmer ohne Lampe, wenn woanders im selben Gebäude Lampen brennen. Und auf der Straße die Laternen, nur eben nicht direkt neben dem Fenster. So eine Dunkelheit scheint das zu sein.

Ich bin definitiv nicht zu Hause. Irgendwie kommt mir der

Ort aber bekannt vor. Hier war ich schon mal.

Dann wird es mir klar: Ich bin im Krankenhaus! Schon wieder!

Warum eigentlich?

Da war eine Explosion. Ich sehe jetzt das Gesicht von Steve. Dann wird es laut und heiß. Danach höre ich nichts mehr. Plötzlich sind da Hände, die mich berühren. Gesichter über mir.

Und dann Ruhe.

Ich atme tief durch.

Steve Connor ist tot.

Und ich habe überlebt, obwohl ich mit dem Leben eigentlich schon abgeschlossen hatte. Trotzdem lebe ich. Glaube ich jedenfalls. Es fühlt sich so an. Nicht hundertprozentig, das gebe ich zu, aber im Großen und Ganzen schon. Außerdem, wieso sollte ich im Jenseits in einem Krankenhaus sein? Das wäre irgendwie bescheuert.

„Waren anstrengende Tage."

Vor Schreck falle ich fast aus dem Bett. Auf dem Stuhl neben dem Bett sitzt jemand, und da war war vorhin ganz sicher niemand. Ich habe mich umgesehen, ich war gerade noch alleine!

Jetzt sitzt da ein glatzköpfiger Mann, der mich ein wenig an DeVito erinnert. Vielleicht etwas größer, aber das kann man bei jemandem, der sitzt, nicht so gut abschätzen. Dieser hier ist jedenfalls auch kein Sitzriese. In der nächtlichen Dunkelheit erkenne ich nicht viel von ihm, aber er scheint einen Anzug zu tragen und ein weißes Hemd, denn das leuchtet förmlich.

„Wer … wer zum Teufel sind Sie denn?"

„Ich wollte nur mal nach dir sehen. Du hast eine harte Zeit hinter dir."

„Ja, das stimmt. Trotzdem würde ich gerne wissen, wer Sie überhaupt sind!"

„Alles zu seiner Zeit. Es ist wichtig, dass du den begonnenen Weg fortsetzt."

„Ich habe keinen Weg begonnen!“

„Ganz sicher nicht?“ Er scheint zu lächeln. „Nun, du wirst müde sein und brauchst Schlaf.“

Da hat er recht, ich bin plötzlich sogar sehr müde. So müde, dass meine Augen sich von selbst schließen. Als ich sie wieder öffne, ist es hell. Von draußen dringt Sonnenschein in mein Krankenzimmer.

Und eine Krankenschwester ist da.

„Oh, Sie sind wach, Fiona!“, sagt sie erfreut. „Ich sage gleich mal Bescheid.“

„Einen Augenblick“, erwidere ich. „Wie … wie lange war ich weg?“

„Nicht ganz zwei Tage. Wir haben heute Mittwoch, Sie wurden am Montagabend eingeliefert. Aber das ist ja auch kein Wunder, bei dem, was Sie geleistet haben. Sie haben dieses Schwein zur Strecke gebracht! Das war wirklich sehr große Klasse! Die Medien sind voll des Lobes über Sie!“

„Ach ja …“ Ich lasse den Kopf auf das Kissen sinken. „Na dann. Ach, übrigens, ich habe etwas den Überblick verloren, welche Schusswunden habe ich überhaupt?“

„Oh, alles nicht so schlimm. Ich glaube, eine Schusswunde am Bein und ein Streifschuss am Bauch. Heilt aber sehr gut.“

Die Untertreibung des Jahres, schätze ich. Ich muss hier so schnell wie möglich raus. So allmählich mutiere ich wieder zurück zu Fiona und fühle mich nicht mehr vollständig wie ein Zombie.

„Was liegt denn hier?“, fragt die Krankenschwester, als sie sich halb abgewendet hat, um nach draußen zu gehen und Bescheid zu geben. „Das ist sicher von Ihnen.“

Sie reicht mir eine Visitenkarte und geht nach draußen.

Ach ja, da war ja jemand. Und bis gerade dachte ich, der hätte auch zum Traum gehört. Träume hinterlassen allerdings keine Visitenkarten.

Ich starre entgeistert auf die in meiner Hand.

Drol Wayne
Rechtsanwalt

Mehr steht nicht darauf, aber das reicht, um mir die Fassung zu rauben.

Was ist das denn für ein Scheiß?!

Eigentlich wäre es eine so gute Gelegenheit, mein neues Auto zu präsentieren. Aber ich kann James´ Argument verstehen, dass der Jaguar irgendwie doch besser passt als ein getunter Kombi. Auch wenn das Ganze nur in einem sehr kleinen Kreis stattfindet. Nicht einmal James´ Geschwister kommen. Dazu hätte er einen späteren Termin nehmen müssen, am Wochenende zum Beispiel, und ich habe das dumpfe Gefühl, dass er das ganz bewusst nicht tat.

Auf diese Familie bin ich ja mal gespannt.

Und so sind es nur wenige Leute, die mit uns in die Kapelle gehen, in der Leslie aufgebahrt liegt.

Sie sieht unglaublich schön aus. Die Bestatter haben gute Arbeit geleistet. Eigentlich mag ich so was nicht. Doch plötzlich kann ich verstehen, dass es wichtig ist, einen geliebten Menschen in schöner Erinnerung zu behalten. Seltsam, dass mir das bei Normans Beerdigung nicht so bewusst wurde.

James und Jack sind in schwarze Anzüge gekleidet, mein Vater und Ben tragen eher dunkelgrau. Mein Vater hat sogar auf den Sakko verzichtet. Er meint es wohl ernst mit dem Ruhestand.

Meine Mutter trägt ganz klassisch ein schwarzes Kleid, schwarze Strümpfe und schwarze Schuhe mit hohen Absätzen. Da ich das beim Anziehen geahnt habe, trage ich einen Hosenanzug.

356

Und eine Sonnenbrille, meine Augen sind völlig verweint.

Meine Mutter weint auch und hält ständig ihr Taschentuch in der linken Hand.

James weint nicht. Keine Ahnung, was passieren müsste, damit er weint. Vermutlich kann er gar nicht weinen. Oder doch, ich glaube, er hatte Tränen in den Augen, als ich auf dem Dach um mich geschlagen habe und er mich festhalten musste, damit mir jemand, der Arzt wohl, eine Spritze setzen konnte.

Hm.

Vorgestern erst kam ich im Krankenhaus zu mir. Und sah zu, dass ich da weg kam, bevor die sich zu sehr über meine rasante Heilung wundern konnten.

Nachdem wir beide eine lange Zeit vor dem Sarg gestanden haben, nehme ich James´ Hand und ziehe ihn sanft zu der Sitzbank, auf der auch die anderen sitzen.

Der Priester macht es kurz. Dafür bin ich ihm auch sehr dankbar. James verzichtet auf eine Rede, ich auf seine Bitte hin, die er vorhin, als wir losgefahren sind, geäußert hat, ebenfalls.

Auf dem Weg zum Grab gehen Jack und Ben hinter uns, James links von mir und meine Eltern rechts von mir. Meine Mutter hakt sich bei mir ein. Ich rieche ihr unaufdringliches Parfüm und weiß nicht einmal, wonach es riecht. Nach Geld auf jeden Fall.

Das ist unfair, denke ich mir dann. Meine Mutter gehört echt nicht zu denen, die mit dem Geld ihres Mannes angeben. Mit dem eigenen genauso wenig. Sie leistet sich ein gutes, nicht ganz billiges Parfüm und nutzt es bei der Beerdigung der besten Freundin ihrer Tochter.

Ist das wirklich so falsch?

Nein!

Falsch ist es, eine 23-Jährige zu töten, bloß weil deren beste Freundin aufgedeckt hat, dass der Arschloch-Polizeipräsident einer Metropole einen Kinderpornoring unterhält. Das ist falsch! Aber so was von!

Ich atme tief durch, beruhige alle, dass es mir gutgeht, dann setzen wir den Weg fort.

Der Rest ist schnell erledigt. Da wir insgesamt nur sechs Leute sind, brauchen wir nicht lange für die Beileidsbekundungen. Irgendwie zeigt das für mich, wie stark der Schmerz tatsächlich ist, den James empfindet. Er, der Rationale, weigert sich, sich mit Leslies Tod auseinanderzusetzen. Ihn zu verarbeiten. Und auch ohne Psychologiestudium ist mir klar, dass das nicht gut ist.

Ich habe bloß keine Ahnung, wie ich ihm da helfen kann. Außer, für ihn da zu sein. Und meine eigene Trauer zu bearbeiten. Norman, mein Bruder ist tot. Okay, mein Onkel auch, aber damit komme ich eher klar. Niemand scheint um ihn zu trauern, zumindest nicht offen und schon gar nicht öffentlich. Öffentlich gibt es nur Empörung, davon aber jede Menge. Das ist irgendwie auch verständlich.

Und ich bin im Moment begehrt bei den Medien. Es war gar nicht so einfach, den Beerdigungstermin geheim zu halten und unbemerkt hierher zu kommen.

Aber wozu habe ich den besten James aller Zeiten? Da wäre selbst der andere James neidisch geworden, wie er die alle abgehängt hat.

Bei den Autos bleiben wir kurz stehen. Jack und Ben verabschieden sich recht schnell. Das wundert mich nicht, da Jack als Favorit für Steves Nachfolge gehandelt wird. Ein heftiger Sprung von Lieutenant zum Chief. Oder wie der Rang auch immer heißt. Ich blicke da eh nicht durch. Aber ich wundere mich auch immer, warum ein Detective ausflippt, wenn man ihn Officer nennt.

Meine Mutter nimmt mich in die Arme, währenddessen beschließen die Männer, dass wir irgendwo in Ruhe essen gehen und danach nach Hause fahren.

Während der Fahrt starre ich zur Seite hinaus und denke über diesen Rechtsanwalt nach. Drol Wayne. Was für ein seltsamer Name.

Ich würde ihn am liebsten vergessen, als Traum abhaken. Diese blöde Visitenkarte.

Ich habe keinen Schlüssel dabei, also klingele ich. Die Kameraleuchte geht kurz an, dann öffnet sich die Tür. Ich laufe mit meinem Begleiter zur Haustür, die sich auch bereits öffnet. Rose Daniels, gekleidet wie immer, starrt Danny an.

„Oh", sagt sie. „Der ist aber neu!"

„Das stimmt", erwidere ich.

Danny beäugt kurz Nicholas´ Vertreterin, dann stürmt er an ihr vorbei ins Haus. Das heißt, er würde das gerne tun, aber die Leine hindert ihn daran. Ich nehme sie ab und schon ist der Hund fort.

Grinsend und achselzuckend betrete ich das Haus. Rose schließt die Tür hinter mir, danach folgen wir gemeinsam der Spur des Hundes. Das ist gar nicht so schwer, er befindet sich in der Küche, von dort sind die Schreie meiner Mutter zu hören.

Als wir am Ort des Geschehens ankommen, finden wir meine Mutter hockend vor der Anrichte, mit beiden Händen den Hund durchknetend. So sieht es zumindest aus. In Wirklichkeit sind das wohl eher Streicheleinheiten.

Es ist völlig offensichtlich, da haben sich zwei gefunden.

„Was ist das?!", fragt meine Mutter, ohne mit dem aufzuhören, was man auf den ersten Blick Hundefolterung nennen könnte, wenn man keine Ahnung von Hunden hat.

„Ein Hund", erwidere ich. „Sieht man das nicht?"

„Aber wo kommt er her?!"

„Von draußen. Wie ich auch."

„Fiona!“

„Ja, ist ja schon gut, sorry. Das ist Danny, ein Geschenk von James. Er ist seit gestern Abend bei uns.“

„Ein Hund?!“

„Äh … Ich dachte, das hättest du von selbst erkannt? Und gesagt habe ich es doch vorhin auch.“

„Ja, natürlich! Es irritiert mich nur etwas.“

„Wieso?“

„Du und ein Hund?“

„Hallo? Was ist denn daran so seltsam?“

„Und wann kommt das Kind?“

„Mama?!“

„Ist schon gut, war nur eine Frage.“ Sie richtet sich etwas schwerfällig auf. „Er ist jedenfalls süß! Rose, geben Sie ihm doch bitte frisches Wasser. Und etwas zu essen, er sieht hungrig aus.“

„Äh, er hat vorhin erst was gefressen.“

„Trotzdem sieht er hungrig aus.“

„Mama, das ist ein Hund. Weißt du, was ein Hund macht? Fressen, schlafen, spazierengehen. Natürlich sieht er hungrig aus.“

„Ich wusste gar nicht, dass du solche Vorurteile hast.“

„Habe ich nicht. Trotzdem, der Hund ist nicht hungrig. Aber Wasser ist eine gute Idee.“

Danny findet allerdings auch die Wurst eine gute Idee, die Rose aus dem Kühlschrank holt und meine Mutter ihm dann häppchenweise gibt.

Oh je.

„Wo hast du ihn her?“

„James hat ihn mir geschenkt.“

„James hat dir einen Hund geschenkt?!“

„Ja.“

Ich setze mich an den Küchentisch und beobachte grinsend,

wie eine innige Freundschaft entsteht. Eigentlich schon fertig ist.

„Warum?“

„Hat er nicht gesagt. Aber jetzt ist er halt da.“

„Hm. Ich hatte bisher gar nicht das Gefühl, dass du besonders interessiert an Hunden bist. Und seit wann trägst du pinkfarbene Jogginganzüge?“

„Seitdem ich regelmäßig mit Danny raus muss, weil er sonst das Haus vollmacht? Und ich wusste das auch nicht.“

„Wenn du ihn nicht behalten willst, ich nehme ihn.“

„Meins!“

„Ist ja schon gut. Hätte ja sein können, dass du nichts mit Hunden anfangen kannst.“

„Ist eine neue Herausforderung“, gebe ich zu. „Aber ich bin bereit, sie anzunehmen. James wird schon einen Grund gehabt haben, einen Hund mitzubringen.“

„Hm. Und wer kümmert sich um ihn, wenn du arbeitest? Und James auch nicht da ist?“

„Äh … Ich denke, James kann ihn immer mal mitnehmen.“

„Aber nicht ständig. Und du auch nicht. Und wenn beides nicht geht, muss er halt hier sein.“

„Aha.“ Ich starre sie überrascht an. „Das wäre okay für dich?“

„Klar.“ Meine Mutter beobachtet den Hund, der nicht kapiert hat, dass er schon satt ist. An seiner Selbstwahrnehmung müssen wir noch arbeiten. „Er ist so süß!“

„Dass er ein bisschen wachsen wird, ist dir aber schon klar?“

„Nicht nur ein bisschen. Er hat riesige Pfoten.“

„Echt? Das erkennt man daran?“

„Es gibt natürlich auch noch andere Faktoren, die am Ende die Größe von Hunden beeinflussen, aber die Größe der Pfoten gibt einen Hinweis.“

„Hm. Dann wird er ja riesig!“

„Ja, ich schätze, der wird so seine 50 kg irgendwann haben.

Und wird dir durchs Gesicht lecken können, ohne sich aufzurichten."

„Jetzt übertreib nicht so!"

Meine Mutter lacht auf. „Bist du neuerdings so leicht zu erschrecken? So groß wird er vermutlich nicht werden. Aber schon ein Brocken."

„Woher weißt du das alles überhaupt?"

„Als wir Kinder waren, hatten wir immer Hunde."

„Das wusste ich ja gar nicht."

„Es gab bisher keinen Anlass, dir das zu erzählen. Obwohl ich mir sicher bin, dass ich das bereits erwähnt habe. Du hattest nur keinen Bezug dazu."

„Das kann sein", gebe ich zu. „Hunde standen bei mir eigentlich nicht auf dem Plan. Aber es ist lustig. Wenn man ins Bett geht, liegt er auf dem Boden am Fußende. Wenn man einschläft, liegt er auf dem Fußende. Und wenn man aufwacht, hat man seine Pfoten im Gesicht."

„Hunde müssen erzogen werden, dann machen sie das nicht. Eine gute Übung für später, wenn die Kinder kommen."

„Wenn die Kinder kommen?" Ich starre sie fassungslos an. Was hat sie heute mit Kindern? Speziell mit meinen, die nicht einmal in Planung sind? „Welche Kinder?"

„Deine. Du wirst Kinder haben, das steht für mich fest."

„Wieso denn das?!"

„Weil du Kinder liebst."

„Ich liebe Kinder?" Das wird ja immer besser. „Eigentlich wollte ich mit dir nicht darüber reden."

„Du weichst aus. Du wolltest über etwas mit mir reden?"

„Ja, über Steve."

Schlagartig wird sie ernst. „Da gibt es nichts zu bereden. Seine Asche ist pulverisiert."

„Jetzt weichst du aus. Wieso eigentlich? Ich meine, mir ist

362

ja klar, was das für ein Schock gewesen sein muss. Dass der eigene Cousin so ein … so ein böser Mensch gewesen ist, das ist sicherlich nicht einfach zu verkraften.“

„Wie ich schon sagte, da gibt es nichts zu bereden.“

„Doch, gibt es. Mama, ich werde dir jetzt etwas erzählen, was bisher noch niemand weiß. Ich werde es sonst auch nicht erzählen, aber es steht dir frei, darüber mit anderen zu reden, wenn du das möchtest.“

„Klingt ja sehr geheimnisvoll.“

Ich atme tief durch. Meine Mutter hockt immer noch vor Danny und knuddelt ihn, was der sich mit ausgestreckten Beinen gefallen lässt.

„Als … als ich auf dem Dach stand und Steve kurz davor war, mich zu erschießen, habe ich ihn gefragt, ob er mit dir geschlafen hätte. Das hat ihn förmlich erstarren lassen, nur dadurch hatte ich die Gelegenheit, ihn vom Dach zu stoßen. Was ist passiert?“

„Ich habe nicht mit ihm geschlafen“, sagt meine Mutter nach einer Weile. „Aber es kann schon sein, dass er das gewollt hätte.“

„Ich glaube, ich habe ihn an dich erinnert, als du in meinem Alter warst.“

„Ja, das kann schon sein. Ich sah dir damals nicht unähnlich, allerdings habe ich nicht so viel Sport getrieben, ich war nicht ganz so schlank.“

„Wir haben ähnliche Gesichtszüge, glaube ich.“

„Ja, du bist schließlich meine Tochter“, sagt sie lächelnd.

„Ähm, ja, ich habe davon gehört“, erwidere ich grinsend, weil ich sonst in Tränen ausbreche. „Das sieht man schon daran, dass du ähnlich gut wie ich darin bist, von einer Frage abzulenken. Anscheinend habe ich das von dir gelernt.“

„Auch das ist nicht ausgeschlossen. Also, die Wahrheit ist, dass Steve wohl wirklich gerne mit mir geschlafen hätte. Er hatte auch keine besonders schöne Kindheit. Seine Mutter starb früh und sein Vater war, vielleicht auch deswegen, sehr streng mit ihm. Zu streng. Er hat ihn gebrochen, denke ich."

„Ich meine, mal gehört zu haben, dass die Umstände seines Todes nicht ganz geklärt sind."

„Das stimmt."

„Hat er ihn getötet?"

„Das weiß ich nicht. Aber wenn, dann in Notwehr. Ich möchte mir gar nicht vorstellen, was das mit einem Kind macht."

„Wie alt war er da?"

„Vierzehn."

Ich schweige. Vorstellbar ist das schon. Ich hätte mit 14 meinen Vater auch gelegentlich gerne getötet. Natürlich nicht ernsthaft, aber es gab manch einen sehr hässlichen Streit und die eine oder andere Ohrfeige, die ich mir dabei einfing. Trotz allem hat mich mein Vater aber nie wirklich misshandelt. Zumindest nicht physisch. Ich glaube, bei Steve war das anders.

Ist das eine Entschuldigung, Kinder zu missbrauchen? Sie zu töten, ohne ihnen den Tod zu gönnen?

Nein, definitiv nicht. Er ist und bleibt ein Monster.

Und gleichzeitig tut er mir leid. Weil ich ihn ein kleines Stück verstehen kann. Ein ganz, ganz kleines Stück.

Meine Mutter reicht mir ein Taschentuch.

„Was soll ich damit?"

„Deine Tränen abtrocknen."

Ich fasse an mein Gesicht und die Finger werden feucht. So eine Scheiße. Ich weine und merke es nicht einmal!

Ich putze mein Gesicht und danach meine Nase.

„Kind, ich … ich weiß, dass dein Verhältnis mit deinem Vater nicht immer sehr schön war. Aber glaube mir, im Vergleich dazu lebte Steve in der Hölle."

„Oh, das glaube ich dir sofort. Ich würde nie meinen Vater

töten wollen. Nicht ernsthaft. Noch nie. Manchmal habe ich ihn gehasst, das ja. Wütend bin ich immer noch, obwohl ich ihm verziehen habe. Ich sehe, dass er sich wirklich geändert hat, ich freue mich darüber auch, obwohl es mich ein wenig traurig macht, dass dafür so eine schreckliche Erfahrung nötig war. Andererseits, wer weiß, was andere über mich denken? Wie dem auch sei, ich würde mein Leben für euch opfern, auch für meinen Vater."

„Das weiß ich, Kind!" Meine Mutter nimmt mich in die Arme und ist mal dran mit Heulen. „Das weiß ich, und das hast du ja auch bewiesen!"

Während ich meine Mutter in den Armen halte, ihre Haare streichele und meine eigenen Tränen hinunter schlucke, sehe ich Danny, der hinter ihr sitzt und uns aus großen Augen beobachtet.

Ich könnte schwören, er versteht uns genau.

Was mache ich hier? Ich muss bescheuert sein. Bescheuert, weil ich meinem Vater zugesagt habe, CSE zu übernehmen. Bescheuert, weil ich zugesagt habe, an diesem Empfang teilzunehmen. Bescheuert, weil ich bereit war, die Stiftung nicht nur ins Leben zu rufen, sondern auch zu leiten.

So bescheuert kann ein einzelner Mensch doch gar nicht sein!

Es ist eine Art Stehparty. Stehpartys hatte ich früher oft, aber die waren nicht so steif. Hier werde ich garantiert nicht mein Höschen irgendwann ausziehen, auf einem der Tische tanzen und mit einem Kerl, oder auch mehreren, nacheinander, irgendwo verschwinden, wo wir mal eben schnell oder auch nicht so schnell ficken können.

Nichts davon wird geschehen.

Denn ich trage zwar ein Kleid, das kurz ist, aber nicht so kurz wie damals. Ich trage zwar einen Schlüpfer, aber unter einer

Strumpfhose. Mehr Stoff als damals hat er zwar nicht, aber das hat ausschließlich mit James zu tun, der in seinem grauen Anzug und dem hellblauen Hemd, natürlich ohne Krawatte, übrigens so gut aussieht, dass ich ihn vielleicht noch verteidigen werde müssen. Bewachen! Nicht verteidigen!

Und meine Eltern sind auch dabei. Diesmal begleiten sie allerdings mich und nicht ich sie. Ha! Hoffentlich ist mein Vater nicht so rachsüchtig und schmeißt einen Strip auf einem der Tische … Zum Glück eher unwahrscheinlich.

Und der Empfang wird vom Präsidenten dieses Landes gegeben, von Michael Krogman. Ich gehöre zu den Ehrengästen, wegen meiner Verdienste vor wenigen Wochen. Es ist heute einen Monat und einen Tag her, dass Steve an meinen Füßen hing, dass ich ernsthaft gedacht habe, nicht bloß meine letzte Stunde, auch meine letzte Minute hätte geschlagen.

Was zum Teufel mache ich also hier?

Ich weiß es. Ich übe. Als Frontfrau eines nicht gerade kleinen und unbedeutenden Unternehmens wie CSE muss ich solche Auftritte können. Charmant lächeln, umwerfend gut aussehen, intelligente Witze machen, die kein Mensch versteht.

Letzteres kann ich jetzt schon. Okay, ich sehe wohl umwerfend gut aus. Das Kleid reicht bis zur Mitte der Oberschenkel. In der schwarzen Strumpfhose kommen meine langen Beine gut zur Geltung, erst recht in Verbindung mit den Schuhen, die schwindelerregend hohe Absätze haben. Ohne mein Kampfsporttraining könnte ich darin nicht einmal stehen, geschweige denn gehen.

Dezent geschminkt, angeleitet von meiner Mutter, hinterlasse ich ganz sicher einen tiefen Eindruck in der Seele anwesender Männer. Okay, vielleicht nicht in der Seele, sondern in tieferen Regionen. Und Eindruck sollte ich das vielleicht auch nicht nennen …

Es gibt allerdings mindestens noch eine Frau auf diesem Empfang, die Blicke auf sich zieht. Kann ich nachvollziehen, sie sieht wirklich unglaublich aus. Ich stehe nicht auf Frauen, aber ich erkenne echte Konkurrenz. Und sie gehört auf jeden Fall dazu. Sie trägt eine schwarze Bundfaltenhose, die fast bis zum Boden reicht, und ein weißes Hemd. Sieht irgendwie extrem erotisch aus. Das sollte ich mir mal merken. Ob es an mir auch so wirkt, weiß ich nicht. Meine Haare sind nicht schulterlang wie ihre, dafür aber etwas heller. Was keine Rolle spielt. Ich habe auch nicht so leuchtend blaue Augen, meine sind grau, blass. Ich habe nicht so volle Lippen, die an Bardot erinnern. Und ich habe eine deutlich kleinere Körbchengröße. Diese Frau ist so was von sexy, das merke selbst ich. Nein, nicht sexy. Sie ist erotisch, elegant.

„Kennst du sie?", erkundigt sich mein Vater, dem es nicht entgeht, dass ich sie beobachte.

„Nein. Du?"

„Ja. Sie ist ziemlich bekannt in der Geschäftswelt. Das ist Katharina Lewis. Ihr gehört die halbe Stadt."

„Aha. Sieht man ihr nicht an."

Mein Vater lächelt ansatzweise. „Lass dich davon nicht täuschen. Früher oder später wirst auch du mit ihr zu tun haben. Sie gilt als knallhart, hat ein hervorragendes Netzwerk und sehr, sehr viel Geld."

Hm. Wenn mein Vater von sehr, sehr viel Geld spricht, dann meint er nicht nur ein paar Millionen. Dann meint er Milliarden. Viele davon. Wieso habe ich noch nie von ihr gehört?

Als hätte sie gemerkt, dass wir über sie sprechen, kommt sie auf uns zu. Vielmehr auf mich. Sie hält ein Sektglas in der Hand.

„Die große Fiona", sagt sie lächelnd. „Schön, dass wir uns kennenlernen."

„So groß bin ich gar nicht."

Sie lacht auf. Ihr Lachen erinnert mich an ein sehr gutes, klares Glockenspiel. Wie gut, dass ich nichts mit Frauen anfangen kann, als Mann würde ich mich sofort in sie verlieben.

„Ihr Humor ist auch berühmt. Barbara, Jason." Sie nickt meinen Eltern zu, dann mustert sie James. Ich bin mir nicht sicher, ob mir der Blick gefällt. „Ihr Verlobter, Fiona, nehme ich an."

„James Flame", erwidere ich. „Mein Verlobter."

Sie lächelt. Und ihr Blick verrät, dass sie es verstanden hat. Eine schöne und intelligente Frau. Da bin ich ja mal gespannt, ob und wann ich es mit ihr zu tun bekomme. Das könnte noch interessant werden.

Sie nickt uns zu, dann geht sie zu einem Mann, der sich mit zwei anderen Männern unterhält, und hakt sich bei ihm unter.

„Kay Lewis, ihr Mann", bemerkt mein Vater.

„Sollte ich ihn bemitleiden?"

„Sie haben eine gemeinsame Tochter."

„War das die Antwort auf meine Frage?"

„Wenn du möchtest."

Hm. Mein Vater scheint fest entschlossen zu sein, sich zu ändern. Früher hat er verständlicher geredet. Ich hoffe, er hat nicht vor, sich mir anzupassen.

„Na gut. Er wirkt nicht selbstmordgefährdet, vielleicht ist er ihr gewachsen. Was nicht einfach sein dürfte."

„Meinst du?", fragt James amüsiert.

„Siehst du das anders?"

„Nein. Sie hat ja deine Andeutung sofort verstanden und darauf reagiert. Ohne mit den Wimpern zu zucken. Ich möchte sie nicht zur Feindin haben."

„Ich auch nicht, glaube ich. Also gut, Themenwechsel. Wie lange müssen wir denn noch bleiben?"

„Wenigstens bis zur Rede Krogmans. Und deiner."

„Meiner?!" Hilfe! Wieso erfahre ich das jetzt erst?

„Was denkst du denn? Du gehörst zu den Ehrengästen, es werden wenigstens ein paar Worte von dir erwartet. Von dir ganz besonders!"

„Wieso das denn?!" Das wird ja immer schlimmer! Was ist denn an mir so besonders?

„Weil alle wissen, dass du gut reden kannst. Das hast du auf der Pressekonferenz gezeigt. Zukünftig wirst du daran gemessen."

„Oh Scheiße … Wieso hat mir niemand gesagt, dass ich hier auch noch reden soll?"

„Eigentlich solltest du das wissen. Nun ist es aber egal. Wenn du willst, helfe ich dir, ein paar Notizen zu machen."

Ich überlege kurz. Das Angebot ist verführerisch. Andererseits kann ich nicht immer zu ihm rennen, wenn ich … Ja, was denn eigentlich? Angst habe? Habe ich ja nicht. Auf eine perverse Art macht mir das sogar Spaß. Das allerdings sollte mir Angst machen.

Ich nippe an meinem Sekt, dann erwidere ich kopfschüttelnd: „Danke, Papa, das ist lieb von dir. Aber ich werde das machen, wie ich alles mache: spontan und von Herzen. So!"

Während meine Mutter mich leicht entgeistert anstarrt, deutet James ein Grinsen an und mein Vater sagt lächelnd: „Genau das habe ich erwartet. Und vielleicht wirst du es mir nicht glauben, aber es gefällt mir."

Das zu glauben, fällt mir tatsächlich schwer. Zumindest im ersten Moment. Mein Vater, wie er vor der Entführung war, hätte das nicht einmal ausgesprochen. Schon allein die Tatsache, dass er es gesagt hat, beweist eigentlich, wie ernst es ihm damit ist.

Okay, also Umarmung. „Doch, ich glaube es dir. So, und jetzt habe ich Hunger!"

Geschlossen marschieren wir zum Buffet. Ich weiß genau, wie schwer es meinem Vater gefallen sein muss, zu sagen, was er gesagt hat, auch wenn er es genau so gemeint hat. Umso mehr freut es mich, aber ich möchte nicht mein Make-up mit Tränen verschmieren. Außerdem muss ich über meine Rede nachdenken.

Und über Katharina. Irgendein Gefühl sagt mir, dass ich sie nicht zum letzten Mal gesehen habe.

Ich schätze, mein neues Leben wird ziemlich aufregend.